KB120878

한시치 체포록

半
七
捕
物
帳

옮긴이 **추지나**는 한신대학에서 일본지역학을 전공하던 중, 일본 문부과학성 장학생으로 선발되어 이바라키 대학에서 일본사를 공부했다. 도서 MD를 거쳐 편집자로 일하며 마쓰모토 세이초, 미야베 미유키 등 걸출한 일본 작가의 여러 작품을 책임편집했다. 현재는 일본 문학 전문 번역가로 활동 중이며, 오노 후유미의 《마성의 아이》, 미쓰다 신조의 〈괴기 사진 작가〉 등을 번역했다.

한시치 체포록
에도의 명탐정 한시치의 기이한 사건기록부

초판 1쇄 펴낸날 | 2010년 2월 20일
초판 3쇄 펴낸날 | 2016년 10월 10일

지은이 | 오카모토 기도
옮긴이 | 추지나
펴낸이 | 김현태
펴낸곳 | 책세상

주소 | 서울시 종로구 경희궁길 33 내자빌딩 3층(03176)
전화 | 704-1251(영업부) 3273-1334(편집부)
팩스 | 719-1258
이메일 | bkworld11@gmail.com
홈페이지 | **www.bkworld.co.kr**

등록 1975. 5. 21 제1-517호

ISBN 978-89-7013-753-7 03830

한시치 체포록

— 에도의 명탐정 한시치의 기이한 사건기록부

半七捕物帳

오카모토 기도 지음 · 추지나 옮김

책세상

오후미의 혼령 お文の魂

半七捕物帳

1

　에도 말기에 태어난 작은아버지는 그 시대에 홍수를 이루던 유령 저택 금기의 방이며, 질투심으로 생령(원한 때문에 산 채로 악귀가 된 원령─옮긴이)이 된 여자, 집념 깊은 남자의 사령 같은 음산하고 이상야릇한 전설을 많이 알고 있었다. 하지만 작은아버지는 '모름지기 무사라 함은 요괴 따위 믿지 않는 법'이라는 무관 교육의 영향으로 괴담을 철저히 부정하려고 애썼던 것 같다. 그런 기풍은 메이지 이후(1868년 무사 정권이었던 에도 막부가 붕괴되고 메이지 신정부에 의한 근대 통일 국가가 형성된 정치 사회적 변혁, 즉 메이지 유신이 있은 이후─옮긴이)가 되어도 사라지지 않았다. 어린 내가 두서없이 귀신 이야기를 꺼내면 작은아버지는 언제나 못마땅한 표정으로 아예 상대해주지 않았다.

그런 작은아버지가 딱 한 번 이런 말을 했다.

"하지만 세상에는 알 수 없는 일도 있어. 오후미 사건처럼……."

오후미 사건이 무엇인지 아무도 알지 못했다. 작은아버지도 자신의 신념에 반하는 불가해한 사실을 이야기하기가 정말로 싫었던지 그 이상은 절대로 이야기해주지 않았다. 아버지께 물어도 소용없었다. 그러나 사건 배후에 K삼촌이 있는 듯하다는 것은 작은아버지의 말투로 대충 짐작이 갔기 때문에, 나의 어린 호기심은 나를 부추겨 기어코 K삼촌 댁까지 발걸음을 하게 했다. 그때 나는 열두 살이었다. 피가 섞이지 않았지만, 아버지와 오랜 지기인 그 사람을 어릴 적부터 습관처럼 삼촌이라고 불렀다.

K삼촌도 내 질문에 만족스럽게 대답해주지 않았다.

"아무렴 어떠냐. 시시한 귀신 얘기나 떠들면 아버지나 작은아버지께 혼난다."

평소에 이야기하기 좋아하는 삼촌마저 이 문제에 대해서는 굳게 입을 다물어버려서 나도 더 이상 파고들 재간이 없었다. 그 후, 학교에서 매일 같이 물리학이니 수학이니 머릿속에 쉴 새 없이 집어넣느라 정신없는 나날을 보내다 보니, 오후미라는 여자의 이름은 점차 연기처럼 사라져 갔다. 그렇게 이 년쯤 지났을까. 십일월 말이었다고 기억한다. 학교에서 돌아올 무렵부터 부슬부슬 내리기 시작한 차가운 빗줄기가 날이 저물 무렵에는 제법 거세졌다. 오늘 K삼촌의 부인은 이웃과 함께 오전부터 신토미자 극장으로 가부키를 보러 갔을 터였다.

"나는 집을 지키고 있을 테니, 내일 밤에 놀러 오렴."

전날 K삼촌이 말했다. 나는 약속대로 저녁밥을 먹자마자 K삼촌을 찾아갔다. 삼촌의 집은 우리 집에서 사 정(일 정은 약 백 미터―옮긴이) 정도밖에 떨어져 있지 않았다. 장소는 반초로, 그 시절에는 아직 에도 시대의 유물인 낡은 무가(武家) 저택이 허물리지 않고 남아 있어서 맑은 날에도 해질 무렵처럼 어둑어둑한 그림자를 짓고 있었다. 비 내리는 저물녘은 특히 더 쓸쓸했다. K삼촌은 어느 다이묘(만석 이상의 영지를 가진 영주―옮긴이)의 저택 안에 살고 있었는데, 작은 정원에 성긴 대나무 울타리가 둘러쳐 있는 단독 주택이었다. 옛날에는 가로(다이묘를 도와 정치를 행하는 중신―옮긴이)라든가 요닌(다이묘나 하타모토 집안의 출납을 관리하던 중신―옮긴이) 같은 신분의 사람이 살던 건물이었던 것 같다.

K삼촌은 일하고 돌아와 벌써 저녁을 들고, 목욕도 마친 참이었다. 삼촌은 램프 앞에 앉아 나를 상대로 한 시간이나 잡다한 이야기를 떠들었다. 때때로 덧창을 매만지는 정원 팔손이나무의 커다란 이파리, 처덕처덕 들리는 빗소리로 바깥의 어둠을 상상할 수 있는 밤이었다. 기둥에 걸려 있는 시계가 일곱 시를 알리자 삼촌은 이야기를 중단하고 바깥의 빗소리에 귀를 기울였다.

"제법 내리기 시작했군."

"아주머니, 돌아오실 때 괜찮을까요?"

"괜찮아, 인력거를 보냈으니 잘 오겠지."

삼촌은 다시 입을 다물고 차를 마시다가 불현듯 정색하며 말했다.

"예전에 물었던 오후미의 이야기를 들려줄까? 귀신 이야기는 이런 밤이 딱이지. 하지만 너, 겁이 많잖니."

실제로 나는 겁쟁이였다. 그래도 눈과 귀를 자극하는 괴담이 좋아서 언제나 작은 몸을 웅크리고 열심히 들었다. 줄곧 궁금했던 오후미 이야기를 삼촌이 먼저 꺼내다니, 나는 절로 눈을 빛냈다. 밝은 램프 아래라면 어떤 괴담도 무섭지 않다는 듯이 일부러 어깨를 으쓱거리며 삼촌의 얼굴을 씩씩하게 올려다보자, 애써 용기를 가장하는 내 어린아이 같은 태도가 삼촌의 눈에는 우스워 보였던 모양이다. 삼촌은 한동안 말없이 히죽히죽 웃었다.

"그럼 얘기해줄 테니까, 무서워서 집에 못 돌아가겠으니 하룻밤만 재워달라고 조르면 안 된다."

삼촌은 겁을 한번 주고는 오후미 사건에 대해 조용히 이야기하기 시작했다.

"내가 딱 스물 되던 해니까, 겐지 원년(1864년), 그러니까 교토에서 하마구리문 사건〔조슈(長州)의 군대가 교토로 출병해 아이즈, 사쓰마의 무사들로 이루어진 부대와 하마구리문(교토 황거의 외곽 서문) 부근에서 싸워 패배한 사건─옮긴이]이 있었던 해였지, 아마."

그렇게 이야기의 운을 뗴었다.

그 시절 반초에 마쓰무라 히코타로라는 봉록 삼백 석의 하타모토(쇼군의 직속 가신으로 에도에 살며, 쇼군의 알현이 가능한 무사─옮긴이)의 저택이 있었다. 마쓰무라는 상당한 학식이 있는 자로, 특히 양학(洋學)에 능한 덕에 외교관으로 채용되어 위세가 당당했다. 여동생 오미치는 사 년 전 고이시카와 니시에도가와바타의 오바타 이오리라는 하타모토에게 시집가, 오하루라는 세 살배기 딸까지 있었다.

그러던 어느 날이었다. 오미치가 오하루를 데리고 친정을 찾아와 "더 이상 그 집에서 살 수 없어요. 이혼하겠어요" 하고, 얼토당토않은 말을 꺼내 오빠 마쓰무라는 크게 놀랐다. 마쓰무라가 이유를 물었으나 오미치는 핏기가 가신 얼굴로 입도 뻥긋하지 않았다.

"입을 다문다고 될 일이 아니다. 어떻게 된 일인지 똑바로 말해라. 여자가 한번 다른 집안으로 시집간 이상, 함부로 이혼 얘기를 꺼내서는 안 되고, 이혼을 당해서도 안 된다. 느닷없이 헤어지고 싶다는 말만으로는 납득할 수 없어. 먼저 자초지종을 듣고, 그게 이 오라비도 이해가 가는 사정이라야 그쪽에 말이라도 꺼내 보지 않겠느냐. 어서 얘기를 해 보아라."

이런 상황이라면 마쓰무라가 아니더라도 누구든 먼저 이렇게 말하리라. 하지만 오미치는 완강히 이유를 밝히지 않았다. 더는 하루도 그 집에서 살 수 없으니 이혼하게 해달라고, 스물하나씩이나 먹은 양반집 안주인이 떼쓰는 어린아이처럼 같은 말만 되풀이했다. 인내심 강한 오빠도 몸이 달기 시작했다.

"어리석은 것아, 너도 생각해 보아라. 이유도 말하지 않고 이혼장을 들고 갈 수 있겠느냐. 그쪽에서 알았다고 받아들이겠느냐 이 말이다. 어제오늘 시집간 것도 아니고, 벌써 햇수로 사 년이나 살았다. 그사이 오하루라는 아이까지 얻었지. 시부모 시중들 필요도 없고, 남편 오바타는 녹봉이 많지 않으나 무사히 관직에 오른 정직하고 참한 인물. 무엇이 부족해 연을 끊고 싶다는 게냐."

화를 내도, 타일러 보아도 꿈쩍도 하지 않자 마쓰무라도 고심했다. 오바타의 집에는 젊은 무사가 있다. 이웃 저택에도 놀고먹는 차남, 삼남들이 얼마든지 굴러다닌다. 동생도 젊으니 혹시 도리에 어긋난 짓이라도 저지르고 스스로 떠나야만 하는 나락으로 떨어진 게 아닐까. 설마 하면서도 세상에 그런 일이 없지 않다는 생각이 든 마쓰무라는 거세게 따져 물었다. 네가 정녕 이유를 밝히지 않겠다면, 내게도 생각이 있다, 지금 당장 너를 시댁으로 데려가 매제의 눈앞에서 전부 불게 하겠다, 어서 함께 가자, 하며 뒷덜미를 잡아채 여동생을 끌고 가려 했다.

서슬이 시퍼렇게 으름장을 놓으니 오미치도 겁이 났는지 말하겠다고 울며 용서를 빌었다. 울면서 호소한 내용을 듣고 마쓰무라는 또 한 번 놀랐다.

사건은 지금으로부터 이레 전, 히나마쓰리(삼짇날 제단에 인형을 장

14

식하고, 단술, 떡, 복숭아꽃 등을 차려놓고, 여자아이의 행복을 비는 행사—옮긴이)의 하나 인형을 정리한 밤의 일이었다. 오미치의 머리맡에 산발한 젊은 여자가 창백한 얼굴을 하고 나왔다. 여자는 물이라도 뒤집어썼는지 머리에서부터 옷까지 흠뻑 젖어 있었다. 그 언동을 보니, 무가 저택에서 일한 적이 있는 듯 예의 바르게 바닥에 손을 짚고 절을 했다. 여자는 아무 말도 하지 않았다. 사람을 겁줄 만한 행동도 하지 않았다. 다만 말없이 얌전히 쪼그려 앉아 있을 뿐이었는데, 그것이 무엇과 비교할 수 없이 끔찍했다. 겁이 나 저도 모르게 이불 끝자락을 꽉 움켜쥐자마자 무시무시한 꿈에서 깨었다.

그와 동시에 함께 자던 오하루 역시 무서운 꿈이라도 꾸었는지, 갑자기 불에 댄 듯 울면서 "오후미가 왔다. 오후미가 왔다"고 연거푸 소리를 질렀다. 젖은 여자는 어린 딸의 꿈에도 나타난 모양이었다. 오하루가 정신없이 외친 오후미라는 것이 아마도 그녀의 이름이리라.

오미치는 겁에 질려 밤을 꼬박 새웠다. 무사 집안에서 자라 무사에게 시집온 그녀는 꿈같은 유령 이야기를 다른 사람에게 이야기하기가 수치스러워 그날 밤 일을 남편에게도 비밀로 했다. 그러나 젖은 여자는 다음 날 밤에도, 그다음 날 밤에도 그녀의 머리맡에 창백한 얼굴을 하고 나왔다. 그때마다 어린 오하루도 "오후미가 왔다"고 비명을 질렀다. 마음이 여린 오미치는 더 견딜 수 없었으나 그래도 남편에게 털어놓을 용기가 없었다.

이런 일이 사흘 밤이나 이어지자 오미치도 불안과 불면으로 지칠 대로 지치고 말았다. 수치고 뭐고 생각할 수조차 없어져 결국 큰맘 먹고 남편에게 털어놓았다. 그러나 오바타는 웃기만 할 뿐 귓등으로 흘렸다. 젖은 여자는 그 후에도 오미치의 머리맡을 떠나지 않았다. 오미치가 뭐라고 말하든 남편은 상대해주지 않았다. 끝내는 "무사의 아내답게 행동하라"며 언짢은 심기를 드러냈다.

"아무리 무사라도 아내가 괴로워하는 모습을 웃으며 보고만 있을 수는 없는 거예요."

오미치는 남편의 냉담한 태도를 원망하기 시작했다. 이런 괴로운 나날이 계속된다면 늦건 빠르건 정체 모를 유령에게 시달려 제명을 다하지 못하리라. 이렇게 된 이상 한시라도 빨리 딸을 데리고 귀신이 나오는 저택에서 도망쳐야만 한다. 오미치는 이미 남편이나 자신을 돌아볼 여유가 없었다.

"그 집에서는 더 살 수 없어요. 제발 이해해 주셔요."

오미치는 다시 떠올린 것만으로 소름이 끼치는지 이야기하는 중에도 때때로 숨을 삼키고 몸을 떨었다. 겁에 질린 눈빛이 도저히 거짓으로 보이지 않아서 마쓰무라는 고민에 빠졌다.

'그런 일이 정말 있을까.'

아무리 생각해도 있을 법하지 않았다. 오바타가 상대해주지 않은 것도 무리가 아니었다. 마쓰무라도 '바보 같은 소리 하지 마라'고 크게 호통을 칠까 생각했으나 이렇게 간절히 호소하는 여동생을 일

갈에 쫓아 보내는 것도 어쩐지 가여웠다. 여동생이 말은 이렇게 했지만 이 사건 밑바닥에 다른 복잡한 사정이 숨어 있을지도 모른다. 어찌 되었건 오바타와 만나 그 사정을 제대로 확인해 보기로 했다.

"네 말만 듣고 결정할 수는 없지. 일단 매제를 만나 그쪽 생각을 물어보자. 전부 내게 맡겨두어라."

마쓰무라는 여동생을 집에 남겨 둔 채 신발지기(신발을 들고 따라다니던 하인—옮긴이) 한 명을 데리고 니시에도가와바타로 향했다.

2

오바타를 찾아가는 길에도 마쓰무라는 여러 생각을 했다. 여동생은 본디 어리석은 아녀자라 논쟁할 가치가 없지만, 자신은 사내대장부, 게다가 두 자루의 칼을 허리에 찬 몸이다. 무사와 무사의 담판에서 정색하고 유령 이야기를 논할 수도 없는 노릇이다. 나이도 먹을만큼 먹은 주제에 어리석은 녀석이다, 하고 비웃음을 사는 것도 참을 수 없다. 어떻게든 잘 이야기할 방도가 없을까 궁리했지만, 문제가 너무나 단순한 만큼 이야기를 다른 쪽으로 끌고 갈 뾰족한 수가 없었다.

니시에도가와바타의 저택 주인 오바타 이오리는 마침 집에 있었다. 마쓰무라는 도착하자마자 안쪽 방으로 안내받았다. 그러나 형식적인 인사를 마치고서도 용건을 꺼낼 기회를 잡는 데 애를 먹었다. 어차피 비웃음 살 각오를 하고 왔거늘 상대의 얼굴을 보자 유령 이야기를 꺼내기 어려웠다. 고민하는 사이 오바타가 먼저 입을 열었다.

"오늘 오미치가 그 댁에 갔습니까?"

"왔습니다."

대답은 했지만 역시 뒷말을 잇지 못했다.

"그럼 이야기를 들으셨는지 모르겠지만, 최근에 유령이 나온다더군요. 계집이란 어리석기 짝이 없습니다. 하하하하하."

오바타가 웃었다. 마쓰무라도 하는 수 없이 따라 웃었다. 허나 웃고만 있을 수 없는 일이라 이 기회에 작정하고 오후미 이야기를 꺼냈다. 마쓰무라는 이야기를 마치고서 땀을 닦았다. 이렇게 되자 오바타도 웃고 있을 수만은 없었다. 오바타는 난처한 듯 얼굴을 찌푸리고 한동안 침묵을 지켰다. 단순히 유령이 나온다는 이야기라면 어리석다거나 겁쟁이라고 혼내거나 웃으면 그만이지만, 문제가 복잡해져 처남이 이혼 담판을 지으러 찾아온 이상, 오바타도 진지하게 유령 문제를 다루어야 했다.

"어쨌든 조사나 한번 해보지요."

오바타가 말했다. 만약 이 집이 유령이 나오는, 소위 말하는 유령 저택이라면 이제껏 불가사의한 것과 마주친 자가 오미치 말고도 더 있어야 타당하다. 오바타는 이 저택에서 태어나 이십팔 년의 세월을 보냈으나, 자신은 물론이고 누구에게 비슷한 소문을 들은 적조차 없다. 어릴 때 세상을 뜬 조부모도, 팔 년 전에 돌아가신 아버지도, 육 년 전에 돌아가신 어머니도, 일찍이 그런 이야기를 한 적이 없었다. 그런데 사 년 전에 시집온 오미치에게만 보인다는 것이 이상하다. 설령 무슨 사정이 있어 특별히 오미치에게만 보인다고 해도 새삼 사 년이 지나고서야 비로소 모습을 나타낸 것도 이상하다. 하지만 달리 의심 가는 곳도 없는지라 우선 저택 사람들을 모아 따져 묻기로 하였다.

"모쪼록 부탁합니다."

마쓰무라도 동의했다. 오바타는 먼저 요닌인 고자에몬을 불러 심문했다. 그는 올해 마흔하나로 대대로 오바타 가문을 섬겨 왔다.

"선대 주인 나리 때부터 일찍이 그러한 소문은 듣지 못했습니다. 제 아비에게도 전해 들은 바가 없습니다."

고자에몬은 앉은자리에서 딱 잘라 말했다. 다음으로 젊은 하급무사와 남자 일꾼 들을 심문했으나 그들은 새로 들어온 뜨내기로 아무것도 알지 못했다. 여종들도 심문했는데 그들은 처음 듣는 이야기라며 부들부들 떨었다. 심문은 빈손으로 끝났다.

"연못을 뒤져 보아라."

오바타가 명령했다. 오미치의 머리맡에 나타나는 여자가 젖어 있다는 것을 단서로 어쩌면 연못 바닥에 어떤 비밀이 잠겨 있지 않을까 하고 생각했기 때문이다. 오바타 저택에는 백 평 정도의 오래된 못이 있었다.

다음 날 많은 인부를 모아 오래된 연못의 물을 퍼내기 시작했다. 오바타와 마쓰무라가 입회하여 감시했으나 붕어와 잉어 외에는 아무 수확도 없었다. 진흙 바닥에서는 여자의 머리카락 한 올도 발견되지 않았다. 여자의 집념이 남아 있을 법한 빗이나 비녀 같은 것도 나오지 않았다. 오바타의 지시로 저택 안 우물까지 뒤졌지만, 깊은 우물 바닥에서 빨간 미꾸라지 한 마리가 떠올라 사람들을 놀라게 했을 뿐, 역시 헛수고로 끝났다.

조사할 실마리가 다 떨어졌다.

이번에는 마쓰무라가 앞장서 싫어하는 오미치를 억지로 저택으로 불러들여서, 오하루와 함께 평소 지내던 방에 재우기로 했다. 마쓰무라와 오바타는 곁방에 숨어 밤이 깊어지기를 기다렸다.

구름이 달을 가린 따뜻한 밤이었다. 신경 쇠약 상태의 오미치는 도저히 쉽게 잠들 성싶지 않았다. 아무것도 모르는 어린 딸은 이내 새근새근 잠이 들었나 싶더니만 갑자기 바늘로 눈이라도 찔린 듯이 큰 비명을 질렀다. 그러고서 "오후미가 왔다, 오후미가 왔다"고 낮은 목소리로 신음했다.

"드디어 왔군."

기다리던 두 명의 무사는 다급하게 장지문을 열었다. 닫혀 있던 방 안에는 봄밤의 미지근한 공기가 무겁게 가라앉아 있었다. 어둑어둑한 사방등의 불빛이 깜빡이지도 않고 모녀의 머리맡을 응시했다. 바깥에서는 바람조차 흘러들어 온 기척이 없었다. 오미치는 아이를 꼭 껴안은 채 베개에 얼굴을 끌어 묻고 있었다.

마쓰무라와 오바타는 생생한 증거를 앞에 두고 서로의 얼굴을 마주 보았다. 자신들의 눈에는 보이지 않았던 침입자의 이름을 어린 오하루가 어떻게 아는 것일까. 그것이 가장 큰 의문이었다. 오바타는 오하루를 어르며 이것저것 질문해 보았지만 아직 어린 세 살배기 딸하고는 말이 전혀 통하지 않았다. 오하루의 작은 혼에 들린 젖은 여자가 아무도 모르는 자신의 이름을 사람들에게 알린 것만 같았다. 두 명의 무사도 으스스해졌다.

요닌 고자에몬도 걱정하여, 다음 날 이치가야의 유명한 점쟁이를 찾아갔다. 점쟁이는 저택 서쪽에 있는 커다란 동백나무 뿌리를 파 보라고 했다. 말대로 동백나무를 파내 보았으나 괜히 점쟁이의 신용만 떨어뜨리는 꼴이 되었다.

오미치는 도저히 밤에 잘 수가 없어서 낮에 잠자리에 들었다. 과연 오후미도 낮에는 찾아오지 않았다. 이것으로 다소 안심이었다. 그러나 양반집 안방마님이 밤일하는 여자처럼 밤에는 일어나 있고 낮에는 잔다는 변칙적인 생활을 하는 것은 큰 민폐이기도 하거니와 불편한 점 또한 한둘이 아니었다. 어떻게든 유령을 영원히 몰아내지 않으면 오바타 일가의 평화를 유지할 가망이 없어 보였다. 이런 일이 세상에 알려지면 집안의 체면이 말이 아닌지라 마쓰무라도 비밀을 지켰다. 오바타 역시 가신들의 입단속을 시켰다. 그럼에도 누구의 입에서 이야기가 새어 나갔는지 흉흉한 소문이 저택을 드나드는 사람들의 귀에 들어갔다.

"오바타 저택에 유령이 나온대. 여자의 유령이라더군."

뒤에서는 살을 덧붙여 이러쿵저러쿵 떠들었지만, 무사끼리 체면이 있어서인지 얼굴을 맞대고 유령에 대해 캐묻는 자는 없었다. 그 중에 유일하게 한 사람, 대단히 무례한 남자가 있었다. 그자가 바로 오바타 저택 근처에 살던 K삼촌으로, 삼촌은 하타모토의 둘째 아들이었다. 그는 소문을 듣자마자 오바타 저택에 쳐들어가 진위를 확인했다.

오바타도 평소 허물없이 지내던 삼촌에게 숨기지 않고 비밀을 고백했다. 그리고 어떻게든 유령의 진상을 캐낼 방도가 없겠느냐고 물었다. 하타모토며 고케닌(쇼군의 직속 가신으로 자신의 영지에 사는 무사―옮긴이) 할 것 없이 에도 시대 무사의 차남, 삼남은 대개 관직도 없이 빈둥거리는 존재였다. 장남은 집안을 잇지만, 차남이나 삼남으로 태어난 자는 특수한 재능이 있어서 특별 채용되거나, 다른 집안의 양자로 가는 경우를 제외하고는 출세할 가망이 거의 없었다. 그들 대부분은 형의 집에 신세를 지며 빈둥빈둥 허송세월을 보내는, 어찌 보면 아주 팔자가 늘어진, 또 달리 보면 몹시 비참한 경우에 놓여 있었다.

이런 부득이한 사정은 그들을 방종하고 나태한 고등유민(高等遊民. 힘든 일을 기피하고, 일정한 직업 없이 자유롭게 사는 사람을 가리키는 메이지 시대의 유행어―옮긴이)으로 살도록 내몰았다. 그들 대다수는 한량이었다. 어디 시간을 때울 만한 일이 없는지 벼르는 무리였다. K삼촌도 불운하게 태어난 한 사람으로, 이런 상담을 하기 딱 좋은 인물이었다. 당연히 삼촌은 기뻐하며 직접 조사에 나섰다.

삼촌은 이렇게 생각했다. 옛날이야기 속의 쓰나나 긴토키처럼 요란스럽게 라이코(10세기경의 무장 미나모토노 요리미쓰의 속칭. 라이코 사천왕이라 불리는 와타나베노 쓰나, 사카타노 긴토키, 우라베노 스에타케, 우스이노 사다미쓰와 함께 갖가지 요괴를 무찔렀다는 전설이 있다―옮긴이)의 머리맡을 지키고 서 있는 것은 시대에 뒤처진 짓이다. 먼저 오후미라는 여자의 정체를 밝혀내, 그 여자와 이 집안 사이에 어떤 연결고리가 있는지를 밝혀내야겠다.

"이 집의 친척 또는 시종 중에 오후미라는 여자가 없었습니까?"

이 물음에 오바타는 짐작 가는 곳이 전혀 없다고 대답했다. 친척 중에는 물론 없다. 일하는 자는 시기마다 바뀌니까 일일이 기억하지 못하지만 최근에 그런 이름의 여자를 고용한 적은 없다고 했다. 좀 더 자세히 캐물어, 오바타 저택에서는 옛날부터 여자 둘을 쓰는데, 그중 한 명은 오바타의 영지에서 데려오고, 다른 한 명은 에도의 직업소개소 소개로 고용한다는 사실을 알았다. 또한 오토와의 사카이야라는 소개소와 대대로 거래하고 있다는 것도 알아냈다.

오미치의 이야기로 따져 보건데 유령은 아무래도 무가에서 일한 여자인 듯했기에 K삼촌은 멀리 있는 영지는 나중으로 돌리고, 먼저 가까운 사카이야부터 조사해보기로 마음먹었다. 오바타가 모르는 오래전에 오후미라는 여자가 고용살이를 했을 수도 있기 때문이었다.

"잘 부탁하네. 되도록 은밀하게 해주게나."

오바타는 말했다.

"알겠습니다."

삼월 말의 쾌청한 날, 두 사람은 그렇게 약속하고 헤어졌다. 오바타 저택의 벚나무에도 벌써 푸른 잎사귀가 눈에 띄었다.

3

K삼촌은 오토와의 사카이야에 가서 여자 일꾼의 출입장을 조사했다. 대대로 거래해 왔으니 사카이야에서 오바타 저택으로 보낸 일꾼의 이름은 모두 장부에 기록되어 있을 터였다.

오바타가 말한 대로 최근 장부에서 오후미라는 이름은 찾을 수 없었다. 삼 년, 오 년, 십 년, 점점 거슬러 올라가 조사해보았으나 오후유, 오후쿠, 오후사……후 자가 붙는 여자 이름은 하나도 보이지 않았다.

'영지에서 온 여자인가.'

삼촌은 그리 생각하면서도 계속 고집스럽게 낡은 장부를 닥치는 대로 뒤졌다. 어차피 지금으로부터 삼십 년 전에 화재로 오래된 장부가 불타버려서 그 이전 것은 한 권도 남아 있지 않았다. 낡은 장부를 모조리 조사해본들 삼십 년 전 것이 마지막이었다. 삼촌은 마지막 권까지 전부 들추어 볼 작정으로 그을린 종이에 남은 빛바랜 먹의 흔적을 끈기 있게 더듬어 갔다.

당연히 오바타 가문을 위해 특별히 만든 장부가 아니었으므로, 사카이야를 이용하는 저택의 내역이 두꺼운 책자 한 권에 전부 적혀 있었다. 그 두꺼운 책자에서 오바타라는 이름을 하나하나 찾는 것만으로도 예삿일이 아니었다. 게다가 오랜 시간에 걸쳐 쓰인 것이기에 필적도 같지 않았다. 괴발개발의 남자 글씨 속에 지렁이가 기어간 듯한 여자 글씨가 섞여 있었다. 한자가 하나도 없는, 아이가 쓴 것 같은 부분도 있었다. 괴발개발, 지렁이 기어간 어지러운 흔적을 차근차근 뒤지다 보니 머리도 눈도 어지럽기 시작했다.

삼촌도 슬슬 진력이 났다. 재미 삼아 일을 받아들인 것에 대한 후회가 슬슬 밀려왔다.

"아이고, 에도가와의 작은 도련님 아니세요? 무얼 찾

고 계십니까?'

웃으면서 가게 앞에 걸터앉은 이는 마흔두셋쯤 된 빼빼 마른 남자로, 줄무늬 기모노에 줄무늬 하오리(길이가 짧은 겉옷—옮긴이)를 걸쳤다. 누가 보더라도 성실해 보이는 상사람이다. 가무잡잡한 피부에 오뚝한 코, 광대처럼 표정이 풍부한 눈이 그의 가늘고 긴 얼굴의 큰 특징이다. 그는 간다의 한시치라는 오캇피키(신분은 평민으로 요리키나 도신에게 사적으로 고용되어, 범인의 수색과 체포를 맡던 자—옮긴이)로, 여동생은 간다 묘진시타에서 도키와즈(이야기에 가락을 붙여 부르는 조루리의 일파—옮긴이)를 가르친다. 도키와즈 사범의 집에 종종 놀러 가는 K삼촌은 오빠 한시치와도 자연스럽게 친해졌다.

한시치는 오캇피키 중에서도 유명했다. 그런 일을 하는 사람답지 않게 정직하고 담백한 에도 토박이로, 권력을 이용해 약한 자를 괴롭힌다는 나쁜 소문은 일찍이 들어 보지 못했다. 그는 누구에게나 친절한 남자였다.

"여전히 바쁜가?"

삼촌이 물었다.

"그렇죠, 뭐. 오늘도 일 때문에 이쪽에 온 겁니다."

삼촌은 세상 돌아가는 이야기를 나누다가 문득 생각했다.

'한시치라면 비밀을 밝혀도 지장이 없겠지. 차라리 전부 털어놓고 그의 지혜를 빌려볼까.'

삼촌이 주변을 둘러보며 말했다.

"바쁜 와중에 미안하지만, 자네에게 묻고 싶은 것이 있는데⋯⋯."

한시치는 흔쾌히 고개를 끄덕였다.

"무슨 일인지는 모르지만 일단 들어보지요. 이봐, 주인장, 잠깐 이 층 좀 빌리겠네. 알았나?"

그는 앞장서서 좁은 이 층으로 올라갔다. 이 층에는 다다미 여섯 장짜리 방 한 칸이 있고, 어두침침한 구석에 댕댕이덩굴 따위가 놓여 있었다. 삼촌도 뒤따라 올라가, 오바타 저택의 기괴한 사건을 자세히 설명했다.

"어떤가. 속 시원하게 유령의 정체를 밝혀낼 방도가 없겠는가. 유령의 신원을 알아내서 절에다 공양이라도 해주면 될 듯한데⋯⋯."

"음, 글쎄요."

한시치는 고개를 갸웃거리며 한동안 생각에 잠겨 있었다.

"저기, 도련님. 유령이 정말로 나오는 걸까요?"

"글쎄."

삼촌도 대답하기 곤란했다.

"일단 나온다고는 하는데⋯⋯. 직접 보지는 않았으니."

한시치는 다시 입을 다물고 담배를 피웠다.

"유령이 좋은 집 시종 같은 차림새에 물에 흠뻑 젖어 있었다고요? 쉽게 말하면 〈사라야시키(皿屋敷)〉(주인집 가보인 접시를 깨 자살한 오키쿠의 망령이 밤마다 나타나 접시를 센다는 괴담―옮긴이)의 오키쿠를 어떻게 한 것 같은 모습이겠군요."

"그런 모양이야."

"그 댁에서 삽화 소설 같은 것도 보시려나요?"

한시치가 느닷없이 생각지도 못한 것을 물었다.

"주인은 싫어하지만, 안방에서는 읽는 것 같더군. 이 근처 다지마야라는 책 대여점을 이용하는 모양이야."

"그 댁의 단나사(조상의 위패를 모신 절—옮긴이)는……."

"시타야의 조엔지네만."

"조엔지. 호오, 그렇습니까?"

한시치는 씩 웃었다.

"뭐 짐작 가는 게 있나?"

"오바타의 마님은 미인이신가요?"

"음, 괜찮은 여자지. 나이는 스물하나고."

"도련님. 이러면 어떨까요."

한시치는 웃으면서 말했다.

"저택 내부의 일이니 저희가 참견할 자리는 아니지만, 차라리 이 일을 제게 맡겨주시지 않겠습니까? 이삼일 안에 반드시 마무리를 지어 보이죠. 물론 이건 도련님과 저만의 비밀입니다. 절대로 누설하지 않겠습니다."

K삼촌은 한시치를 믿고 만사를 부탁한다고 말했다. 한시치도 책임지겠다고 약속하며, "저는 어디까지나 남몰래 뒤에서 움직이는 겁니다. 표면적으로는 도련님 혼자 사건을 좇는 것으로 되어 있으므

로 결과는 도련님께서 직접 보고하셔야 합니다. 그러려면 귀찮더라도 내일부터 저와 함께 다니셔야 합니다" 하고 말했다. 어차피 시간이 남아도는 몸이라, 삼촌도 흔쾌히 승낙했다. 오캇피키 사이에서도 평판이 좋은 한시치가 이 사건을 어떻게 다룰지, 삼촌은 큰 흥미를 가지고 내일을 기다리기로 했다. 그렇게 그날 한시치와 헤어진 삼촌은 후카가와의 모처에서 열리는 하이카이(일본의 단시. 근세에 하이쿠로 발전했다—옮긴이) 경연에 갔다.

밤늦게 집에 돌아온 삼촌은 다음 날 일찍 일어나기가 고역이었다. 그래도 약속한 시각에 약속한 장소에서 한시치를 만났다.

"오늘은 먼저 어디에 가지?"

"책 대여점부터 가볼까요."

두 사람은 오토와의 다지마야로 갔다. 삼촌네서도 드나드는 곳이어서 책 대여점의 행수는 삼촌을 잘 알고 있었다. 한시치는 행수에게 정월 이후에 오바타 저택에서 어떤 책을 빌렸는지 물었다. 빌려간 책을 일일이 장부에 적지 않기 때문에 행수도 바로 대답하지는 못했으나, 그래도 기억을 헤집어 두세 종류의 소설이며 삽화 소설의 제목을 늘어놓았다.

"그거 말고《우스즈미소지(薄墨草紙)》라는 삽화 소설을 빌린 적은 없었나?"

한시치가 물었다.

"있었습니다. 분명히 이월경에 빌렸다고 기억합니다."

"잠깐 보여주겠나?"

행수는 책장을 뒤져 두 권짜리 삽화 소설을 꺼내 왔다. 한시치는 손에 든 책의 하권을 펼치더니 일고여덟 장을 넘겨서 삼촌에게 보여 주었다. 양반집 마님처럼 보이는 여자가 다다미방에 앉아 있고, 마루 끝에 몸종인 젊은 여자가 힘없이 고개를 숙인 그림이었다. 몸종은 유령이다. 정원에는 제비붓꽃이 핀 못이 있는데, 유령은 연못 바닥에서 떠오른 듯 머리카락도 옷도 처참하게 젖어 있다. 그 얼굴이나 모습이 아녀자를 겁에 질리게 할 만큼 끔찍하게 그려져 있었다.

삼촌은 흠칫했다. 유령의 모습이 끔찍해서가 아니라, 그것이 머릿속에서 그리던 오후미의 유령과 똑 닮았다는 사실에 깜짝 놀랐다. 삽화 소설을 받아들어 보니 표지에는 《신편(新編) 우스즈미소지》, 다메나가 효초 작(作)이라 씌어 있었다.

"도련님, 빌려 가시죠. 아주 재미있어요."

한시치는 의미심장한 눈으로 눈짓했다.

삼촌은 두 권짜리 삽화 소설을 품에 넣고, 그곳을 나왔다.

"저도 그 책을 읽은 적이 있습니다. 어제 도련님께 유령 이야기를 듣고 문득 그것을 떠올렸어요."

길가로 나와 한시치가 말했다.

"삽화 소설의 그림을 보고 너무 무서운 나머지 꿈에서까지 보았는지도 모르겠군."

"그게 다가 아닐 테지요. 이제 시타야에 가보십시다."

한시치가 앞서서 걸었다. 두 사람은 안도자카 언덕을 올라 혼고에서 시타야로 갔다. 오늘은 아침부터 바람이 전혀 없는 날로, 늦봄의 하늘은 푸른 옥을 연마한 것처럼 눈부시게 화창했다.

소방서의 망루 위에는 솔개가 잠든 듯 앉아 있었다. 지친 말을 채찍질하는, 갈 길이 멀어 보이는 젊은 무사가 쓴 전립의 챙에도 벌써 여름다운 빛이 반짝이고 있었다.

오바타의 단나사 조엔지는 상당히 큰 절이었다. 문을 들어서자 절 마당에 가득 핀 황매화가 눈에 들어왔다. 두 사람은 주지를 만났다.

주지는 마흔 전후로, 흰 피부에 푸르스름한 수염 자국이 있는 사람이었다. 손님 중 한 사람은 무사, 한 사람은 포리라니, 주지도 이들을 소홀히 대할 수 없었다.

두 사람은 오는 길에 충분히 말을 맞추었다. 먼저 입을 연 삼촌이 요즘 오바타 저택에 괴이한 일이 있음을 전했다. 안주인의 머리맡에 여자 유령이 나온다고 이야기하며, 유령 퇴치를 위한 기도를 드려줄 수 없겠느냐고 상담했다.

주지는 묵묵히 이야기를 들었다.

"그런데 이건 오바타 집안의 부탁인가요. 아니면 귀공의 상담인가요?"

주지는 손끝으로 염주를 굴리며 불안한 듯 물었다.

"그건 아무래도 좋지 않은가. 어쨌든 해주겠소, 안 해주겠소?"

삼촌과 한시치가 예리한 눈빛을 쏘아붙이자 주지는 얼굴이 새하

32

애지며 몸을 떨었다.

"수행이 부족한 몸이라 과연 효과가 있을지 보증은 할 수 없지만, 전심을 다해 득탈 기도를 드리도록 하겠습니다."

"잘 부탁하네."

끼니때가 되자 호화로운 사찰 요리가 나왔다. 술도 나왔다. 주지는 한 잔도 입에 대지 않았지만 두 사람은 배불리 먹고 마셨다. 한시치는 주지가 "가마라도 부르게 할까요……"라며 슬쩍 건넨 돈 꾸러미를 물리치며 절을 나왔다.

"도련님, 이제 이걸로 되었겠지요. 땡추 녀석, 벌벌 떨고 있더군요."

한시치는 그렇게 말하며 웃었다. 말은 하지 않았지만 주지는 변한 안색과 자신들에게 베푼 극진한 대접으로, 자신의 죄를 시인한 것이나 다름없었다. 그래도 삼촌은 아직 납득 가지 않는 일이 있었다.

"그건 그렇고 어째서 어린아이가 오후미가 왔다고 외친 걸까. 알 수 없군."

"그건 저도 잘 모르겠습니다."

한시치는 여전히 웃고 있었다.

"아이가 저절로 그런 소리를 할 리가 없으니 아마도 누군가가 일러주었겠지요. 만일을 위해 말씀드리지만, 저 땡추중은 나쁜 녀석이에요. 이제껏 엔메이인(에도 닛포리의 엔메이인 절에서 주지 니치도가 귀부인들을 꾀어 간음한 죄로 체포된 사건—옮긴이)의 전철을 밟고 있다는 나쁜 소문이 여러 번 있었습니다. 켕기는 게 있으니까 저와 도련님이 불시에 찾아간 것만으로 지레 겁을 먹었겠지요. 이렇게 못을 박아두면 더 이상 허튼짓은 하지 않을 겁니다. 제 역할은 이게 마지막. 이제부터는 도련님 내키는 대로 오바타의 나리께 잘 말씀해 주십시오. 저는 이만 물러가겠습니다."

두 사람은 이케노하타에서 헤어졌다.

4

돌아가는 길에 혼고의 친구 집에 들르니 친구는 이제부터 야나기바시의 모처에서 열리는 친한 무용(舞踊) 사범의 발표회에 의리상 가야 한단다. 함께 가지 않겠느냐고 권하기에 삼촌도 선물을 몇 가지 들고 따라갔다. 그날 밤 삼촌은 어여쁜 처녀와 아이들이 모인 곳에서 거리에 등불이 켜질 때까지 왁자지껄하게 떠들다 기분 좋게 취해서 돌아왔다. 그래서 그날은 오바타에게 결과를 보고하러 가지 못했다.

다음 날 오바타의 집을 찾아가, 주인 오바타 이오리를 만났다. 한시치 이야기는 쏙 빼고 삼촌은 혼자 알아낸 것처럼 삽화 소설과 땡추중 이야기를 자랑스럽게 보고했다. 그것을 듣던 오바타의 안색이 금세 어두워졌다.

오미치가 남편 앞에 불려 왔다. 《신편 우스즈미소지》를 눈앞에 들이대며, 네가 꿈에서 본 유령의 정체가 이것이냐, 하고 따져 묻자 오미치는 납빛이 되어 한마디도 하지 못했다.

"듣자하니 조엔지의 주지는 타락한 파계승이라고 하더군. 너도 그에게 꾀여 무도한 짓을 한 거로구나. 거짓 없이 똑바로 말해라."

남편이 아무리 다그쳐도 오미치는 결코 무도한 짓은 하지 않았다고 울며 항변했다. 그러나 어리석은 짓을 해서 너무나 죄송하다며, 모든 비밀을 남편과 삼촌 앞에서 자백했다.

"올 정월에 조엔지에 참배하러 갔다 별실에서 스님과 여러 이야기를 나누었어요. 그런데 스님께서 제 얼굴을 눈여겨보시고 자꾸 한숨을 쉬시더니 마침내 낮은 목소리로 '참으로 불운한 분이로고' 하고 혼잣말처럼 말씀하셨습니다. 그날은 그것으로 절을 나섰는데, 이월에 다시 찾아갔을 때 스님께서 제 얼굴을 보고 또 똑같은 말씀을 하시며 한숨을 쉬시기에 저 또한 어쩐지 불안한 기분이 들어 '그게 무슨 말씀이셔요' 하고 조심조심 여쭙자, 스님께서는 안됐다는 듯이 '부인의 관상이 좋지 못합니다. 남편이 계시다면 조만간 목숨과 관계되는 재앙이 찾아올 겁니다. 가능하면 홀몸이 되시는 게 좋은데, 그렇지 않으면 부인뿐만 아니라 따님께도 무서운 재난이 내릴지도 모릅니다' 하고 타이르셨습니다. 그런 말을 듣고 저도 흠칫했지요. 저는 아무래도 좋으니 하다못해 딸만이라도 재난을 면할 방법이 없겠느냐고 되물으니 스님께서는 '안됐지만 모녀는 한 몸, 부인이 재앙을 피하지 않는 한 따님도 끝내 벗어날 수 없겠지요' 라고……

그런 말을 들었을 때의……제 마음……부디 헤아려주세요."

오미치는 소리 내어 울었다.

"요즘 사람들이 들으면 딱 잘라 미신이라느니, 어처구니없다느니 하며 경멸하겠지만, 그 시절 사람, 특히 여자는 모두 그랬단다."

삼촌은 이 부분에서 설명을 덧붙였다.

스님의 이야기를 듣고부터 오미치에게는 어두운 그림자가 달라붙어 떨어지지 않았다. 어떤 재앙이 내리더라도 자신은 전세의 업보라고 포기하고 운명을 받아들이겠으나, 사랑스러운 딸까지 휘말리게 하다니 어미 된 몸으로서 생각조차 하고 싶지 않았다. 너무나 측은했다. 오미치에게 남편도 틀림없이 소중했지만, 딸은 더욱 귀여웠다. 자신의 목숨보다 사랑스러웠다. 딸을 구하고, 더불어 자신의 목숨을 지키려면, 여전히 사이가 좋은 남편의 집을 떠나는 수밖에 없다고 생각했다.

그래도 그녀는 몇 번이나 망설였다. 그사이 이월이 지나, 딸인 오하루의 행복을 비는 히나마쓰리가 다가왔다. 이 집에서도 히나 인형을 장식했다. 황도, 백도의 그림자를 몽롱하게 뒤흔드는 히나 인형 진열단의 등불을 오미치는 애처롭게 바라보았다. 내년, 내후년에도 무사히 히나마쓰리를 치를 수 있을까. 딸은 언제까지 무사할까. 저주받은 어머니와 딸 중 누구에게 먼저 재앙이 덮칠까. 그러한 공포와 슬픔이 그녀의 가슴 가득 퍼져 비탄에 잠긴 어머니는 단술에도 취할 수 없었다.

오바타가에서는 오일에 히나 인형을 치웠다. 새삼 히나 인형과의 이별이 아쉬웠다. 그날 오후에 오미치가 책 대여점에서 빌린 삽화 소설을 읽고 있는데, 오하루가 어머니의 무릎에 매달려 그림을 멍하니 들여다보았다. 삽화 소설은 바로 《우스즈미소지》였는데, 매정한 주인 때문에 제비붓꽃이 핀 오래된 못에 빠져 죽은 오후미라는 몸종의 혼령이 마님 앞에 모습을 드러내 원한을 호소하는 내용이었다. 책에는 유령이 무시무시하게 그려져 있었다. 어린 오하루도 몹시 무서웠는지 그림을 가리키며 "이거 뭐야?" 하고 조심조심 물었다.

"오후미라는 여자 귀신이에요. 오하루가 못된 짓을 하면 정원 연못에서 이런 무서운 귀신이 나온답니다."

겁을 주려던 것은 아니었지만 오미치가 별생각 없이 한 이 말이 오하루의 마음을 강하게 자극했는지, 경련하듯 얼굴이 하얗게 질려 어머니의 무릎에 꽉 매달렸다.

그날 밤 오하루는 가위에 눌려 비명을 질렀다.

"오후미가 왔다!"

다음 날 밤도 또 외쳤다.

"오후미가 왔다!"

몹쓸 짓을 했다고 후회하며 오미치는 서둘러 삽화 소설을 반납했다. 오하루는 사흘 밤이나 오후미의 이름을 불렀다. 후회와 걱정으로 오미치도 제대로 잠을 이루지 못했다. 이것이 예의 무시무시한 재앙의 전조가 아닐까 두려웠다. 그녀의 눈앞에도 오후미의 모습이

환영처럼 나타났다.

마침내 오미치도 결심이 섰다. 굳게 신뢰하는 주지의 가르침에 따라 이 집을 떠나는 수밖에 없다. 아무것도 모르는 어린아이가 오후미의 이름을 불러대는 것을 이용해 오미치는 괴담의 작가가 되었다. 거짓 괴담을 구실로 남편이 있는 집에서 도망치려 한 것이었다. 오바타는 기막혔는지 자기 앞에서 엎드려 우는 부인을 보며 "이런 천치가"라고 질책했다. 그러나 어리석은 여자의 속내에 어머니로서 내 아이를 생각하는 애정의 샘이 남몰래 흐르고 있음을 K삼촌도 인정할 수밖에 없었다. 삼촌의 중재로 오미치는 가까스로 남편의 용서를 받았다.

"이런 이야기는 처남인 마쓰무라에게도 알리고 싶지 않아. 하지만 처남과 집안사람들 앞에서 어떻게든 사건을 매듭지어야 할 텐데, 어쩌면 좋을지."

오바타에게 상담을 받은 K삼촌도 고민했다. 결국 삼촌의 단나사 주지에게 부탁해 정체 모를 오후미의 혼령을 위해 추선 공양을 거행하기로 했다. 오하루는 의사의 치료를 받고 밤에 울기를 그쳤다. 사건은 추선 공양의 공력으로 오후미의 유령이 더 이상 모습을 나타내지 않았다는 그럴싸한 이야기로 포장되었다.

그런 비밀을 모르는 마쓰무라 히코타로는 세상에는 논리적으로 설명할 수 없는 이상한 일도 있다고 갸웃거리며, 평소 자신과 가까이 지내던 두세 사람에게 몰래 이야기했다. 내 작은아버지도 그중

한 명이었다.

　오후미의 유령을 삽화 소설 속에서 찾아낸 한시치의 예리한 눈썰미에 K삼촌은 새삼스레 감탄했다. 조엔지의 주지가 무슨 목적으로 오미치에게 무시무시한 예언을 했는지에 대해서는, 한시치도 그다지 이야기하고 싶어 하지 않았다. 하지만 그로부터 반년 후 주지가 여자를 범한 죄로 사원부교(에도 시대 집행 기구인 3부교 중 하나로, 절과 신사를 관리하고 통제하던 부교—옮긴이)에 체포되었다는 이야기를 듣고, 오미치는 또다시 부르르 떨었다. 위험한 단애 위에 서 있던 오미치를 한시치가 가까스로 구해준 것이었다.

　"지금도 약속대로 이 비밀은 오바타 부부와 나 외에는 아무도 모른단다. 오바타 부부는 아직 살아 있지. 오바타는 유신 후에 관리가 되어 지금은 상당한 지위에 있어. 내가 오늘 밤 이야기한 것은 아무에게도 떠벌려서는 안 된다."

　K삼촌은 이야기의 끝 즈음 이렇게 덧붙였다.

　이야기가 끝날 무렵 밤비는 점점 가늘어져 정원의 팔손이나무 잎의 수런거림도 잠든 것처럼 잠잠해졌다.

　어린 내 머릿속에는 이 이야기가 몹시 흥미롭게 각인되었다. 그러나 나중에 생각하니 한시치에게는 식은 죽 먹기나 다름없는 사건에 불과했다. 그 이상으로 사람을 충동질하는 그의 모험담은 잔뜩 있었다. 한시치는 에도 시대의 숨은 셜록 홈즈였던 것이다.

내가 한시치와 자주 만나게 된 것은 그로부터 십 년 뒤, 마침 청일 전쟁이 끝을 알릴 무렵이었다. K삼촌은 이미 이 세상에 없었다. 한시치는 일흔을 세 살이나 넘겼다고 하는데 아직 팔팔한, 이상하리만치 젊어 보이는 노인이었다. 그는 양자에게 양품점을 차려주고 자신은 마음 편히 은퇴해 빈둥거리며 놀고 있었다. 나는 어떤 기회로 한시치 노인과 막역한 사이가 되어 그가 은거 중인 아카사카의 집에 종종 놀러 갔다. 노인은 꽤 부유하여 비싼 차를 끓여 주고, 맛있는 과자를 내주었다.

그런 한담 속에서 나는 그의 옛날이야기를 여럿 들었다. 내가 기록한 사건첩 대부분이 그가 해결한 사건 이야기로 가득하다. 이제부터 그 안에서 가장 흥미로웠던 사건을 하나하나 골라내 보려고 한다. 시대의 전후를 불문하고······.

석등롱

石灯籠

半七捕物帳

1

언제던가, 한시치 노인은 그의 옛 신분에 대해 자세히 이야기해 주었다. 에도 시대 탐정 이야기를 읽는 사람들의 편의를 위해 이쯤에서 간략하게 그 말을 옮기겠다.

"체포록이 무엇이냐고요? 행정부교소(에도 시대 집행 기구인 3부교 중 하나로, 도시의 사법, 행정, 입법, 경찰, 소방 등을 관장하는 부교—옮긴이) 집무실에는 장부 같은 것이 있었습니다. 요리키(각 부교에 소속되어 부하인 도신을 지휘하고 상관을 보좌하던 관리—옮긴이)나 도신(요리키 밑에서 경찰 업무를 맡았던 하급관리—옮긴이)이 오캇피키의 보고를 듣고, 이를 위에 다시 이야기하면 서기가 일단 그 내용을 기록해둡니다. 그 장부를 바로 체포록이라 하지요."

한시치는 그렇게 운을 떼었다.

"사람들은 저희를 고요키키(御用聞き. 나라의 명을 받아 일하는 사람—옮긴이), 오캇피키, 데사키(手先. 누군가의 수족이 되어 일하는 일꾼—옮긴이) 등 멋대로 여러 이름을 붙여 부른 모양인데 고요키키란 말은 일종의 높임말이에요. 다른 이들이 저희를 높여 말할 때나 저희가 다른 이를 위협할 때 사용하는 말로, 정식 명칭은 고모노(小者. 허드레꾼—옮긴이)라 합니다. 고모노란 이름으로는 체면이 서지 않는지라 고요키키니 메아카시(目明し. 일을 감정하는 사람—옮긴이)라고 자칭하기도 했지만, 일반적으로는 오캇피키라고 불렀습니다. 요리키 아래에는 도신이 네댓 명 있고, 도신 아래에는 오캇피키가 두세 명 붙어 있었습니다. 그 오캇피키 아래에 또 네댓 명의 데사키가 붙어 있는 거지요. 오캇피키도 얼굴이 팔리면 혼자 일고여덟 명 내지는 열 명 정도 되는 데사키를 부렸습니다. 행정부교에서 고모노, 즉 오캇피키에게 주는 급료는 많아야 한 달에 한 푼 두 주(금화 단위. 한 냥=너 푼=열여섯 주. 정확한 환산은 어려우나 한 냥은 대략 십만 엔—옮긴이), 적게 받는 자는 한 푼 정도였어요. 아무리 물가가 싼 시대라도 한 달에 한 푼이나 한 푼 두 주로는 생활은 어림도 없습니다. 더불어 다섯 명에서 열 명이나 되는 데사키를 부리는데, 그들의 급료는 어떻게 하겠습니까. 대장인 오캇피키가 어떻게든 보살펴 주어야 했지요. 애초에 수지가 맞지 않는 무리한 구조로 되어 있으니 자연히 여

러 가지 폐해가 일어나 오캇피키나 데사키라면 사람들이 덮어놓고 벌레 보듯 싫어하게 된 겁니다. 하지만 대부분의 오캇피키는 다른 장사를 했어요. 부인 이름으로 목욕탕을 하거나 요릿집을 차리거나 했습니다."

행정부교소에서 인정한 것은 소수의 오캇피키뿐으로 다수의 데사키는 말 그대로 오캇피키의 손발이 되어 움직일 뿐이었다. 따라서 오캇피키와 데사키는 자연히 부모 자식 같은 관계가 되어, 데사키는 오캇피키의 부엌에서 밥을 얻어먹었다. 물론 데사키 중에서도 꽤 괜찮은 남자가 있어서, 좋은 데사키를 데리고 있지 않으면 대장 오캇피키도 세력을 떨칠 수 없었다.

한시치는 오캇피키의 자식이 아니었다. 니혼바시에 있는 포목점 통근 행수의 아들로 태어났는데, 그가 열세 살, 여동생 오쿠메가 다섯 살 때 아버지 한베가 세상을 떠났다. 그 후 어머니 오타미는 재혼도 하지 않고 두 명의 아이를 잘 키워냈다. 어머니는 한시치가 아버지의 뒤를 이어 한베가 일하던 포목점에서 고용살이하기를 바랐지만 천성이 도락가인 한시치는 성실히 고용살이를 할 마음이 내키지 않았다.

"저는 불효자식이었어요. 젊은 시절 어머니를 많이 울렸습니다."

그것이 한시치의 참회였다. 철들기 전부터 도락의 맛을 안 그는 결국 집을 뛰쳐나가 간다의 기치고로라는 오캇피키의 수하가 되었다. 기치고로는 술버릇이 좋지 않은 남자였지만, 수하들은 친절히 보살펴주었다. 한시치가 데사키가 된 지 일 년쯤 지났을 무렵, 첫 공명을 세울 기회가 찾아왔다.

"어떻게 잊겠습니까, 신축년 십이월, 제 나이 열아홉 끝 무렵이었습니다."

한시치 노인의 공훈담은 이러했다.

덴포 십이 년(1841년), 한 해가 저물어 가는 십이월 초순 구름 낀 날이었다. 니혼바시 대로를 어슬렁어슬렁 걷고 있는데 시라키 골목에서 창백한 얼굴을 한 젊은 남자가 고민이 있는 듯한 표정으로 터벅터벅 걸어 나왔다. 남자는 이 골목에 있는 기쿠무라라는 오래된 분가게의 행수였다. 한시치도 근처 태생이라 어릴 때부터 그를 알았다.

"세이 씨, 어디 가세요?"

말을 걸자 세이지로는 조용히 고개를 숙였다. 그날의 겨울 하늘보다 그늘진 젊은 행수의 낯빛이 한시치의 눈에 띄었다.

"감기라도 걸리셨나요? 안색이 지독한데……."

"아니, 무슨, 별것 아니네."

세이지로는 말할까 말까 주저주저하더니 결심한 듯 다가와 속삭였다.

"사실은 오키쿠 아가씨가 행방불명되었네."

"오키쿠 씨가……. 대체 무슨 일입니까?"

"어제 오후에 여급인 오타케와 함께 아사쿠사의 관음보살님을 참배하러 갔다가, 도중에 아가씨와 엇갈렸다며 오타케만 혼자 돌아왔어."

"어제 오후……."

한시치도 얼굴을 찡그렸다.

"그리고 여태껏 모습을 보이지 않았군요. 안주인께서도 걱정이
이만저만 아니겠어요. 짚이는 바가 전혀 없으십니까?"

당연히 기쿠무라에서도 어제저녁부터 오늘 아침까지 짐작 가는
곳을 샅샅이 뒤져보았으나 조금도 성과가 없었다고 한다. 세이지로
는 어젯밤 제대로 잠들지 못한 듯, 벌겋게 충혈된 눈 안쪽에 지친 기
색이 역력한 눈동자만이 예리하게 빛났다.

"세이 씨, 웃기지 마세요. 세이 씨가 어딘가 데려다 숨겨놓은 게
아닙니까?"

한시치가 세이지로의 어깨를 두드리며 말했다.

"무슨 그런 말도 안 되는 소리를……."

세이지로는 창백한 얼굴을 조금 붉혔다.

그 집 딸과 세이지로가 단순한 주종 관계가 아님은 한시치도 어렴
풋이 눈치채고 있었다. 그러나 착실한 세이지로가 주인집 아가씨를
꼬드겨 가출하게 할 만큼 나쁜 짓을 하리라고도 생각할 수 없었다.
혼고에 기쿠무라의 먼 친척이 있어서, 어차피 소용없는 줄 알면서도
혹시나 싶어 물어나 보러 가려는 길이라고 세이지로는 힘없이 말했
다. 세이지로의 헝클어진 살쩍이 섣달의 차가운 바람에 쓸쓸히 흔들
렸다.

"혹시 모르니 어서 갔다 오세요. 저도 가능한 신경을 쓰도록 할 터이니."

"제발 부탁하네."

한시치는 세이지로와 헤어지자마자 기쿠무라를 찾아갔다. 내림너 칸 반의 기쿠무라는 가게 한편에 있는 좁은 뒷길 왼쪽에 문살문 출입구가 있다. 안길이가 깊은 집으로 안채의 다다미 여덟 장짜리 방이 주인의 거처인 듯, 그 앞에 열 평 정도 되는 북향의 정원이 있음을 한시치는 똑똑히 알고 있었다.

기쿠무라의 주인은 오 년 정도 전에 죽고, 지금은 안주인 오토라가 일가를 꾸려가고 있다. 오키쿠는 남편이 남긴 외동딸로 올해 열여덟 살인 아름다운 아가씨였다. 가게에는 대행수 주조 외에 세이지로와 후지요시라는 젊은 행수가 둘, 네 명의 사환이 일하고 있다. 안채에는 오토라 모녀와 여급인 오타케, 그리고 부엌에서 일하는 찬모 둘이 있음도 한시치는 세세히 기억했다.

한시치는 안주인 오토라와도 만났다. 대행수 주조도 만났다. 몸종인 오타케도 만났다. 모두 어둡고 일그러진 얼굴로 한숨짓기만 할 뿐 오카쿠의 행방을 수사하는 데 필요한 어떠한 실마리도 주지 않았다.

한시치는 돌아가기 전에 오타케를 문살문 밖으로 불러내 속삭였다.

"너는 오키쿠 씨와 함께 외출했던 당사자이니 무슨 일이 있어도 이번 사건에서 빠질 수 없을 거야. 안팎으로 잘 살피고 짚이는 게 있으면 반드시 내게 알리라고. 알았어? 숨기면 이롭지 않을 거야."

나이 어린 오타케는 잿빛 얼굴을 하고 몸을 떨었다. 위협이 효과를 보았는지 한시치가 다음 날 아침 다시 찾아가니 문살문 앞을 오들오들 떨며 비질하던 오타케가 기다렸다는 듯이 달려왔다.

"저기요, 한시치 씨. 아가씨가 어젯밤 돌아왔어요."

"돌아왔다……. 그거 잘됐군."

"그런데 금세 또 어딘가로 사라지셨어요."

"그거 이상하구먼."

"이상하고말고요. ……그러고서 또 종적을 감추셨고요."

"돌아온 걸 아무도 몰랐나?"

"아니요, 저도 알았고 마님도 분명히 보셨다고 하는데 어느 틈엔지……."

듣는 사람보다 말하는 사람이 더 이해 가지 않는다는 표정이었다.

2

"어제저녁 고쿠초에서 저녁 여섯 시를 알리는 종소리가 들릴 무렵이었을 거예요."

오타케는 무서운 것이라도 본 것처럼 소곤거리며 이야기했다.

"문살문이 드르륵 열리더니 오키쿠 아가씨가 소리 없이 스윽 하고 들어왔어요. 찬모들은 모두 부엌에서 저녁밥을 짓는 중이어서 거기에 저만 있었죠. 제가 '아가씨' 하고 말을 걸자 아가씨는 살짝 돌아보고는 안채로 쌩 가버리셨어요. 조금 이따 안쪽에서 '어머, 오키쿠니?' 라는 마님 목소리가 들렸나 싶더니만 마님이 안에서 나오셔서 '오키쿠가 거기 있느냐' 하고 물으셨어요. 제가 '아니요, 안 계신데요' 라고 대답하자 마님은 이상한 표정을 지으며 '지금 그리로 오지 않았니? 찾아보아라' 하셨지요. 마님과 함께 온 집 안을 뒤져 보았지만 오키쿠 아가씨의 그림자조차 보이지 않았어요. 가게에는 행수님들도 모두 계셨고, 부엌에는 찬모들도 있었지만 아무도 오키쿠 아가씨가 왔다 가는 모습을 본 이가 없다는 거예요. 출입문이 안쪽에서 잠겨 있는 걸로 보아서는 정원으로도 나가신 것 같지 않았어요. 게다가 말이죠, 문살문 안에 오키쿠 아가씨가 벗어놓은 나막신이 그대로 있는 게 아닙니까. 맨발로 나가신 걸까요. 그게 가장 이상해요."

"오키쿠 씨는 그때 어떤 차림이셨지?"

한시치가 생각에 잠긴 채 물었다.

"그저께 집을 나왔을 때랑 같은 옷이었어요. 기하치조(하치조지마의 특산물로 노란 바탕에 황색 계통 색실로 줄무늬를 넣은 천—옮긴이) 기모노를 입고 연보라색 두건을 쓰시고……."

시라코야의 오쿠마(시라코야라는 상점의 안주인과 딸 오쿠마, 오쿠마의 정부인 행수가 공모하여 오쿠마의 남편을 살해하려다 실패한 사건. 안주인은 유배당하고 오쿠마와 행수는 사형당했다―옮긴이)가 조리돌리기 때 말 위에서 기하치조를 입은 비참한 모습을 드러낸 이래, 한동안 기하치조를 입은 젊은 처자를 찾아볼 수 없었으나 요즘 들어 점점 유행하기 시작하여, 시집가지 않은 처녀 중에서도 연극 속 오코마(오쿠마 사건을 소재로 한 조루리〈고이무스메 무카시하치조(戀娘昔八丈)〉의 여자주인공. 이 연극의 인기로 기하치조 의상이 폭발적으로 유행했다―옮긴이)를 흉내 낸 이가 드문드문 눈에 띄기 시작했다. 겹쳐 입은 기하치조에 흰색 점무늬가 있는 진홍색 오비(기모노 허리에 두르는 띠―옮긴이)를 맨 사랑스러운 저잣거리 처녀의 모습을 한시치는 머릿속으로 그렸다.

"오키쿠 씨가 집을 나갈 때 두건을 쓰고 있었나?"

"예, 연보라색 주름 잡은 비단으로 만든……."

이 대답에 한시치는 조금 실망했다. 없어진 물건이 있었느냐고 묻자 오타케는 딱히 그런 것도 없는 것 같다고 대답했다. 너무 순식간의 일이었기 때문이다. 안주인이 안쪽 다다미 여덟 장짜리 방에 앉아 있는데 장지문이 살짝 열린 듯하여 별생각 없이 돌아보자 기하치조에 연보라색 두건을 쓴 처녀의 모습이 살짝 보였다. 놀람과 기쁨으로 저도 모르게 말을 거니 장지문은 또다시 소리도 없이 닫혔다. 딸은 감쪽같이 사라져버렸다. 어딘가에서 비명횡사하여 헤매던 영혼이 자신이 태어난 집으로 돌아온 것일까. 하지만 그녀는 분명히 문살문을 열고 들어왔다. 게다가 살아 있다는 증거로 진흙 묻은 나막신을 문살문 안에 남기고 떠났다.

"그저께 아사쿠사에 갔을 때, 오키쿠 씨가 중간에 세이 씨와 만나지 않았나?"

한시치가 재차 물었다.

"아니요."

"숨기면 쓰나. 네 얼굴에 다 씌어 있어. 아가씨와 행수가 미리 약조를 하고 오쿠야마의 찻집 같은 데서 만났지? 그렇지?"

오타케는 끝내 숨기지 못하고 털어놓았다. 오키쿠는 젊은 행수 세이지로와 벌써 오래전부터 정분이 나서 밖에서 몰래 만나곤 했다. 그저께 관음님 참배를 나선 것도 그 때문으로, 오키쿠는 기다리던 세이지로와 함께 오쿠야마의 어느 찻집으로 들어갔다. 다리 역할인 오타케는 그 자리를 떠나 경내를 한 시간가량 하릴없이 거닐었다. 그러고서 다시 찻집으로 돌아가니 두 사람은 이미 보이지 않았다. 찻집 여자의 이야기로는 남자가 먼저 돌아가고, 여자는 나중에 나갔다고 한다. 찻값은 여자가 내고 갔다.

"주변을 뒤지며 돌아다녀 보아도 오키쿠 아가씨는 어디에도 보이지 않았어요. 혹시 먼저 돌아가셨나 싶어 서둘러 집에 와보니 역시 돌아오지 않으셨더군요. 몰래 세이 씨에게 물어보았는데 그이도 한 발 먼저 돌아와서 아무것도 모른다 하지 뭐예요. 마님께 사실대로 말할 수가 없어 도중에 엇갈렸다고 얼버무렸지만, 세이 씨와 제가 그저께부터 속으로 얼마나 걱정하고 있는지 몰라요. 어제저녁에 돌

아오셔서 이야 잘됐다 했더니 또 금세 사라지시고……. 대체 어찌
된 일인지 영문을 모르겠어요."

오타케가 울먹이는 목소리로 하는 이야기를 한시치는 묵묵히 들
었다.

"걱정 마라, 곧 해결될 테니. 안주인과 행수에게도 너무 걱정 말라
고 말해두고. 오늘은 이만 돌아가지."

한시치가 간다로 돌아가 대장에게 이 이야기를 하자, 기치고로 대
장은 고개를 갸웃거리며 행수가 수상하다고 말했다. 그러나 한시치
는 착실한 세이지로를 의심할 수 없었다.

"아무리 착실하다 해도 주인의 딸과 부도덕한 짓을 한 녀석인데,
무슨 짓을 할지 알까 보냐. 내일 가서 그 행수를 후려쳐봐라."

기치고로가 말했다.

한시치가 다음 날 오전 열 시쯤 또다시 기쿠무라를 돌아보러 갔을
때, 가게 앞에는 사람들이 우글우글 서 있었다. 사람들은 뭐라고 수
군덕거리며 호기심과 불안이 뒤섞인 시선으로 부지런히 안을 들여
다보았다. 동네 개까지 사람들 다리 사이를 무언가 있는 듯이 서성
였다. 뒤로 돌아 문살문을 열자 좁은 디딤돌은 짚신, 나막신으로 가
득했다. 오타케가 우는 얼굴을 하고 금세 나왔다.

"어이, 무슨 일이야?"

"마님께서 살해당하셨어요……."

오타케는 울음을 터뜨렸다. 한시치도 어안이 벙벙해질 수밖에 없

었다.

"누가 죽였지?"

오타케는 대답도 않고 또 울기 시작했다. 어르고 달래서 사정을 묻자 안주인 오토라가 어젯밤 누군가에게 살해당했다고 한다. 표면적으로는 누군지 모른다고 말했지만 사실은 딸 오키쿠가 저질렀다는 것이다. 오타케는 분명히 보았다고 말했다. 오타케뿐만 아니라 찬모인 오토요도 오카쓰도 마찬가지로 오키쿠의 모습을 보았다고 한다.

그 말에 거짓이 없다면 오키쿠는 말할 것도 없이 존속 살해를 저지른 죄인이다. 한시치 앞에 거대해진 사건이 모습을 드러냈다. 지금까지 상점 아가씨와 일꾼 사이에 흔히 있는 연애 문제라며 대수롭지 않게 여겼던 한시치는 중대한 사건과 맞닥뜨려 잠시 허둥댔다.

'이럴 때야말로 실력을 보여야 한다.'

젊은 한시치는 애써 용기를 불러일으켰다.

처녀는 그끄저께 행방불명되었다. 그저께 밤, 훌쩍 돌아와서 금세 다시 모습을 감추었다. 어제저녁 또 돌아왔나 했더니만 이번에는 어머니를 살해하고 도망쳤다. 여기에는 상당히 복잡한 사정이 얽혀 있을 것이었다.

"그럼 오키쿠 씨는 어찌 되었나?"

"모르겠어요."

오타케는 또 울었다.

오타케가 울면서 호소한 이야기로는 오키쿠는 어제저녁도 전날 밤과 마찬가지로 저물녘이 되어 똑같은 차림을 하고 집에 나타났다고 한다. 이번에는 어디로 들어왔는지 알 수 없었지만 안에서 안주인이 갑자기 '오키쿠 아니냐' 하고 외쳤다. 그러고는 이어서 비명을 질렀다. 오타케와 찬모 두 사람이 놀라서 뛰어갔을 때 마루를 스르륵 빠져나가는 오키쿠의 뒷모습이 보였다. 기하치조를 입고, 연보라 색 두건을 쓰고 있었다.

세 명은 오키쿠를 붙잡기보다 먼저 안주인을 살펴야 했다. 오토라는 왼쪽 가슴 아래를 찔려 끊어질 듯한 숨을 내쉬며 쓰러져 있었다. 다다미 위에는 붉은 피가 흥건했다. 세 사람은 꺅 하고 소리 지르며 얼어붙고 말았다. 가게 사람들도 이 소리에 놀라 모두 달려왔다.

"오키쿠가……오키쿠가……."

오토라는 희미하게 이렇게 말한 모양인데, 그 이상은 아무도 알아듣지 못했다. 사람들이 갈팡질팡하는 사이 오토라는 숨을 거두고 말았다. 마을의 자경단원과 함께 위에 알리자 곧바로 검시관이 왔다. 예리한 비수로 깊이 후빈 듯한 상처였다.

집안사람들은 모두 조사를 받았다. 그러나 무심코 허튼소리를 입 밖에 냈다가 가게 신용에 금이 가서는 안 된다는 생각에 모두 범인을 모른다고 대답했다. 그러나 딸인 오키쿠의 부재가 관리들의 주의를 끈 모양이었다. 세이지로는 오키쿠의 애인이라는 사실이 발각되어 그 자리에서 바로 끌려가버렸다. 오타케는, 자신에게는 아직 아무 일도 없으나 조만간 자경소(마을마다 두었던 자치적인 경비 초소—옮긴이)로 끌려가게 될 거다, 살아도 산 것 같지 않다면서 겁에 질려 떨었다.

"일이 어처구니없어졌군."

한시치는 무심코 한숨을 쉬었다.

"저는 어찌 될까요."

오타케는 연좌죄가 얼마나 무거울지가 두렵고 또 두려운 것 같았다. 차라리 죽어버리고 싶다며 미친 여자처럼 울었다.

"바보 같은 소리 마라. 너는 중요한 증인이야."

한시치가 야단치듯 말했다.

"수사관이 함께 왔을 텐데, 누가 왔지?"

"겐타로 씨인가 하는 분이셨어요."

"허허, 그런가. 세토모노초로군."

겐타로는 세토모노초에 사는 고참 오캇피키로, 괜찮은 수하를 많이 거느리고 있었다. 이자의 선수를 쳐서 자신이 모시는 대장이 공을 세울 수 있도록 하고 싶다는 강한 경쟁심이 한시치의 마음속에서 불처럼 타올랐다. 그러나 어디에서부터 손을 대면 좋을지 당장은 판단이 서지 않았다.

"엊저녁에도 오키쿠 씨는 두건을 쓰고 있었겠지?"

"예. 전날 밤이랑 같은 연보라색 두건이었어요."

"조금 전 이야기로는 오키쿠 씨가 혼잡을 틈타 마루를 빠져나간 다음의 행적을 알 수 없군. 이봐, 출입문을 열고 정원을 둘러보게 해주지 않겠나."

한시치가 말했다.

오타케가 안에 들어가 불러왔는지, 대행수 주조가 퀭한 눈을 하고 나왔다.

"수고하십니다. 어서 이리로 오시지요……."

"큰일을 당하셨군요. 안 그래도 어수선한데 성큼성큼 들어가기 뭣해서 정원만 둘러보려 했는데, 이거 실례하겠습니다."

한시치는 안으로 안내받아 오토라의 핏자국이 아직 마르지 않은 다다미 여덟 장짜리 방으로 들어섰다. 그가 진작부터 알고 있던 대로 북향 마루 앞에는 열 평쯤 되는 작은 뜰이 있었다. 뜰은 깨끗하게 손질되어 있었고, 눈 피해를 방지하기 위해 새끼줄 우산을 쓴 소나무며 짚으로 덮어 놓은 파초가 겨울 정원다운 분위기를 자아냈다.

"마루의 빈지문은 열려 있었습니까?"

한시치가 물었다.

"빈지문은 전부 닫혀 있었지만, 저기 물그릇 앞 한 장만 언제나 아주 조금 열어둡니다."

안내역인 주조가 설명했다.

"물론 저녁에만 그렇고, 잘 때는 꼭 닫습니다."

한시치는 말없이 키 큰 소나무의 우듬지를 올려다보았다. 침입자가 소나무를 타고 넘어왔을 것 같지는 않았다. 도둑을 막기 위해 담

위에 박아놓은 대나무도 멀쩡했다.

"담이 꽤 높군요."

"네. 어제저녁에 관리 나리들도 살펴보시고서 정원으로 숨어들어오지는 않았을 거라고 하셨습니다. 이렇게 높은 담을 넘기란 쉬운일이 아닙니다. 그렇다고 사다리를 쓴 흔적도 없고, 소나무를 타고온 것 같지도 않고요. 어디로 들어왔더라도 나갈 때는 틀림없이 정원을 이용했을 텐데, 출입문의 자물쇠는 안에서 단단히 잠가 놓은채여서, 어디로 어떻게 나갔는지 알 길이 없습니다."

주조의 어두운 눈빛이 점점 더 침울해지더니, 의미 없이 주변을두리번거렸다.

"그렇군요. 담 위에도 흔적을 남기지 않고, 소나무 가지에도 손대지 않은 채 이 높은 담을 넘기란 예삿일이 아니지요."

아무리 생각해도 보통 처녀가 할 수 있는 재주가 아니었다. 한시치는 상습범이 틀림없다고 판단했다. 현장으로 달려온 세 여자는 오키쿠의 뒷모습을 똑똑히 보았다고 하지만 분명히 어떤 착각을 했으리라고 한시치는 생각했다.

다시 한 번 확인차 정원용 나막신을 신고 좁은 정원 구석구석을둘러보니 동쪽 구석에 커다란 석등롱이 눈에 띄었다. 제법 오래된물건인지 갓과 받침돌까지 빼곡히 검푸른 이끼 옷을 입고 있었다.습기를 머금은 이끼의 냄새가 노포(老鋪)의 오랜 역사를 말하는 듯도 보였다.

"멋진 석등롱이군요. 최근에 손댄 적이 있습니까?"

한시치가 넌지시 물었다.

"아니요. 옛날부터 아무도 손대지 않았습니다. 마님께서 이렇게 훌륭하게 이끼가 앉아 있으니 함부로 만져서는 안 된다고 단단히 이르셨기 때문에……."

"그렇군요."

한시치는 함부로 만지지 못하게 되어 있는 오래된 석등롱 갓 위에 희미하게 남아 있는 사람 발자국을 우연히 보았다. 두터운 푸른 이끼 표면에 작은 발이 짓밟은 자국만이 살짝 남아 있었다.

3

이끼에 남은 발자국은 작았다. 남자라면 어린 소년이어야 한다. 아무래도 여자의 발자국인 듯하다. 상습범이리라 생각했던 예상이 빗겨간 모양이다. 여자라면 역시 오키쿠일까. 설령 석등롱을 발판으로 삼았더라도 상가의 젊은 처녀가 이렇게 높은 담을 자유자재로 오르락내리락하기란 도저히 가능할 법하지 않았다.

한시치는 무엇을 생각했는지, 바로 기쿠무라를 나와 지금의 아사쿠사 공원 제6구(19세기 후반부터 20세기 중반까지 도쿄 최고의 환락가—옮긴이)를 더욱 무질서하고, 몇 배나 혼잡하게 만든 듯한 료고쿠의 히로코지로 향했다.

벌써 이럭저럭 점심때로 히로코지의 극장이며 연예장, 무코료고쿠의 가설 흥행장도 이제부터 슬슬 시끄러워지려는 시각이었다. 거적을 드리운 흥행장 앞에는 가녀린 겨울 해가 먼지투성이인 그림 간판을 부옇게 비추고, 색 바랜 깃발이 매서운 강바람에 떨었다. 늘어선 찻집 문 앞, 뼈만 앙상한 버드나무에서조차 나날이 저물어 가는 겨울의 어둡고 쇠퇴해 가는 쓸쓸함이 느껴졌다. 그래도 장소가 장소인지라 어디에선가 몰려드는 인파는 점점 많아졌다. 혼잡한 인파를 뚫고 한시치는 늘어선 찻집 중 한 곳에 들어갔다.

"요즘 장사는 어때? 여전한가?"

"어머나, 어서 오세요."

피부가 하얀 처녀가 바로 차를 내왔다.

"이보, 누님. 좀 묻고 싶은 게 있는데. 저 극장에 출연하는 하루카제 고류라는 여자 곡예사의 남편이 누구랬지?"

"호호호. 그이는 아직 서방이 없어요."

"남편이든 애인이든 형제든 상관없어. 저 여자 주변에 남자가 있지?"

"긴 씨 말씀이세요?"

여자는 웃으면서 말했다.

"그래, 맞아. 긴지였나. 녀석의 집이 무코료고쿠였어. 고류도 함께 사나?"

"호호, 글쎄요."

"긴지는 여전히 놀고 있지?"

"얘기로는 원래 큰 포목전에서 일했다고 하던데, 고류 씨 댁에 옷감을 배달한 게 연이 되었다나요……. 고류 씨보다 훨씬 나이가 어리고 얌전한 사람이에요."

"고맙네. 그것만 알면 됐어."

한시치는 찻집을 나와 바로 옆 가설 흥행장으로 들어갔다. 이곳은 곡예단의 가설극장으로 무대 위에서 하루카제 고류라는 여자가 줄타기며 공중제비 같은 위태로운 곡예를 선보이고 있었다. 고류는 하얀 가면을 쓴 것처럼 두꺼운 화장을 하고 젊어 보이려고 열심히 애썼지만 진짜 나이는 벌써 서른 줄인지도 모른다. 먹으로 그린 듯한 짙은 눈썹과 눈꺼풀에 연지를 바른 듯한 아름다운 눈을 끊임없이 움직이면서 연기 중에도 여러 관객을 향해 천박하게 교태를 부렸다. 그 모습이 그렇게 재미있는지 관객들은 입을 벌리고 넋을 잃고 보았다. 한시치는 한동안 무대를 지켜보다가 흥행장을 나와 무코료고쿠로 갔다.

고마도메바시 다리의 푸줏간 근처 골목에 있는 긴지의 집을 발견하고, 문살문 밖에서 두세 번 불러 보았지만 안에서는 대답하는 이가 없었다. 어쩔 수 없이 옆집에 가서 물으니 긴지는 문도 걸어 잠그지 않고 근처 목욕탕에 간 모양이란다.

"야마노테에서 어렵게 찾아온 사람입니다. 돌아올 때까지 입구에서 기다리겠습니다."

　한시치는 옆집 부인에게 양해를 구하고 문살문 안으로 들어갔다. 마루 끝에 자리 잡고 앉아 담배를 한 대 피다 문득 떠오른 생각이 있어 슬쩍 입구의 장지문을 조금 열었다. 안은 다다미 여섯 장과 넉 장 반짜리 방 두 개가 있고, 입구에 가까운 다다미 여섯 장짜리 방에는 화로가 놓여 있었다. 옆방에는 고타쓰(화로를 나무틀 안에 넣고 그 위에 이불을 덮은 난방 기구―옮긴이)를 들여놓은 듯 위에 덮는 이불의 붉은 자락이 대충 닫아놓은 장지문 사이로 삐져나와 있었다.

　마루 끝에서 발돋움해 살펴보니 옆방 벽에는 여성용 기하치조가 걸려 있었다. 한시치는 조리(바닥이 평평하고 끈이 달린 일본 전통 신―옮긴이)를 벗고 살그머니 안으로 기어들어갔다. 장지문 사이로 자세히 들여다보자 벽에 걸려 있는 여자 옷은 분명히 기하치조로 소매 부분이 아직 젖어 있는 듯한데, 아마도 핏자국을 빨아 말려 둔 것이리라. 한시치는 고개를 끄덕이고 입구로 돌아왔다.

　그 순간 하수구 위에 얹은 널을 밟는 발소리가 가까워지더니 옆집 부인에게 인사하는 남자 목소리가 들렸다.

　"집 비운 사이 누가 왔더라고."

　"그래요?"

　긴지가 돌아왔구나 하고 생각하는 사이 문살문이 드르륵 열리고 한시치와 비슷한 또래의 젊고 잘생긴 남자가 젖은 수건을 들고 들어왔다. 근래 자잘한 노름에 손을 대기 시작한 긴지는 빈둥빈둥 놀고

먹는 남자로, 한시치와도 안면이 있었다.

"아니, 간다의 형님 아니십니까. 웬일이세요. 어서 들어오십시오."

상대가 보통 사람이 아닌지라 긴지는 살갑게 한시치를 화로 앞으로 안내했다. 대수롭지 않은 인사 몇 마디를 나누면서도 안절부절못하는 그의 거동이 한시치의 눈에는 아주 잘 보였다.

"이보게, 긴지. 자네에게 사과해둘 일이 있네."

"뭘 말입니까, 형님. 갑자기 정색을 하시고⋯⋯."

"아무리 수사관 신분이라도, 주인도 없는 빈집에 들어와 안을 들여다본 건 잘못이지. 부디 이해해주게."

화로의 재를 쑤시던 긴지는 순식간에 얼굴색이 바뀌며 벙어리처럼 입을 다물고 말았다. 손에 들려 있던 부젓가락이 달칵달칵 울릴 정도로 떨렸다.

"저기 기하치조는 고류 건가. 아무리 예인이라도 굉장히 화려한 무늬를 입는군. 하기야 자네처럼 젊은 신랑과 함께 사니, 어지간히 젊게 차려입어야겠지⋯⋯. 하하하. 어이, 긴지, 왜 입을 다물고 있나. 붙임성 없는 녀석이로구먼. 인심 써서 들어줄 테니 고류 자랑이라도 늘어놔 보지 그래. 이보게, 뭐라고 대답 좀 해보게. 나이 많은 여자에게 예쁨을 받으며 신세 지고 있는 처지이니 여자 말이라면 설령 내키지 않더라도 어쩔 수 없이 한편이 되어 도와야 할 일도 있겠지. 나도 그런 사정을 충분히 알고 있으니 가능한 한 죄가 가벼워지기를 빌어주마. 어서 전부 털어놔."

입술까지 새파랗게 질려 떨던 긴지는 누가 위에서 누른 것처럼 다다미에 손을 짚었다.

"형님, 전부 말씀드리겠습니다."

"기특하군. 기하치조는 기쿠무라의 아가씨 것이겠지. 너 대체 어디서 그 처녀를 끌고 왔느냐."

"제가 데려온 게 아닙니다."

긴지는 동정을 비는 듯한 슬픈 눈으로 한시치의 얼굴을 가만히 올려다보았다.

"실은 그끄저께 점심 전에 고류와 둘이서 아사쿠사에 놀러 갔었습니다. 취해서 오늘은 쉬겠다는 걸 어떻게든 얼러서 돌아가려 해보았지만 도무지 말을 듣지 않았어요. 직업은 화려해도 씀씀이가 헤픈데다 제 돈벌이가 요즘 시원치 않아서 여기저기 무리하게 빚을 진 상태였죠. 올해 말은 너무 힘든 나머지 녀석도 자포자기한 것 같아서 하는 수 없이 달래가며 오후까지 오쿠야마 근처를 어슬렁거리고 있었는데, 어느 찻집에서 젊은 행수가 나오지 않겠습니까. 뒤이어 예쁘장한 아가씨가 나왔습니다. 그것을 고류가 보고, 저년은 니혼바시에 있는 기쿠무라의 딸이다, 얌전한 얼굴을 하고서 이런 데서 행수랑 만나고 있다니, 저년을 첫 번째 제물로 삼아주겠다면서……."

"고류는 어떻게 기쿠무라의 아가씨라는 걸 알았지?"

한시치가 끼어들었다.

"그야 종종 연지나 분을 사러 가는걸요. 기쿠무라는 오래된 가게니까요. 그래서 저는 바로 가마를 부르러 갔습니다. 그 사이 뭐라고 꾀었는지 모르지만, 정말로 처녀를 우마미치까지 데려왔어요. 가마는 두 채로 고류와 처녀가 가마에 타고 먼저 간 다음 제가 뒤따라 걸어서 돌아왔습니다. 돌아와 보니 처녀는 울고 있었습니다. 고류가 이웃에게 들리면 큰일이니까 재갈을 물려서 벽장 안에 처넣으라고 했습니다. 가엽다고도 생각했지만, 고류가 '이런 무골충, 무얼 꾸물대는 거야' 하고 거칠게 나무라는 바람에 결국 함께 안쪽 벽장에 밀어넣고 말았습니다."

"나도 전부터 고류가 질이 좋지 않은 여자라는 이야기는 들었지만 꼭 아사지가하라의 할멈(하룻밤 묵어가는 나그네를 돌베개 위에 재우고 돌로 내리쳐 살해한 노파. 어느 날 밤 부처가 젊은이로 변해 이 집에 묵었는데, 대신 돌베개를 베고 자던 자신의 딸을 죽이고 만 노파가 잘못을 뉘우치고 깨달음을 얻었다고 한다—옮긴이)이로군. 그래서 어쨌나?"

"그날 밤 당장 지방 유곽으로 여자를 알선하는 뚜쟁이를 근처에서 불러와 이타코에서 일 년 꼭 채워 일하는 조건으로 마흔 냥을 받기로 이야기가 되었습니다. 헐값이기는 하지만 하는 수 없이 다음 날 아침 가마에 태워 뚜쟁이와 함께 보냈어요. 그러나 뚜쟁이가 돌아오기 전까지 저희 수중에는 한 푼도 들어오지 않지요. 십이월이 되고서부터 매일 같이 여기저기서 빚쟁이가 밀어닥쳤어요. 고류는 마지못해 또 이런 일을 꾸민 겁니다. 처녀를 이타코로 보낼 때, 팔려고 내놓으려면 예쁘게 차려야 한다면서 입고 있던 기하치조를 벗겨

내고 고류의 외출복으로 갈아입혔던 터라 처녀의 기모노는 저희에게 남아 있었어요."

"흐음. 기하치조 기모노와 연보라색 두건으로 고류가 아가씨로 분해서 기쿠무라에 숨어들어 갔구나. 역시 돈을 훔치려고 했던 건가?"

"그렇습니다."

긴지가 고개를 끄덕였다.

"안주인 방에 돈이 든 손궤가 있다는 사실은 딸을 협박해서 확인해두었습니다."

"그럼 처음부터 그럴 작정이었겠군."

"어떤지는 모르지만, 고류는 궁여지책으로 어쩔 수 없이 이런 짓을 하는 거라고 했습니다. 하지만 그저께 밤은 생각대로 되지 않아서 맥없이 돌아왔습니다. 오늘이야말로 꼭 해내고 말겠다면서 어제도 저녁에 나갔는데…… 역시 빈손으로 돌아와서 '오늘 또 실패했어. 게다가 할망구가 큰 소리를 내는 바람에 화딱지 나서 배때기를 쑤셔주고 왔지'라는 겁니다. 형님 앞에서 이런 말씀 드리기 부끄럽지만, 저는 부들부들 떨려서 한동안 입도 떼지 못했습니다. 소매에 묻어 있는 피를 보니 거짓말이 아닌 것 같았어요. 이거 큰일 났다 생각하고 있는데, 당사자는 태연히 '걱정 마. 이 두건과 기모노를 보았으니 사람들은 딸이 범인이라고 생각할걸' 하고 말하더군요. 그러고 나서 피 묻은 옷을 빨아서 저쪽 방에 널어두고, 오늘도 변함없이 일하러 나갔습니다."

"배짱 한번 두둑하군. 네놈의 애인으로는 아까운 물건이야."

한시치는 쓴웃음을 지었다.

"그래도 숨김없이 다 이야기해 주어 고맙다. 너도 엄청난 여자에게 사랑받는 바람에 신세를 망쳤구나. 고류는 어차피 효수형이겠지만, 너는 어떻게 말하느냐에 따라 목숨만은 건질 수 있을 거야. 마음 놓아라."

"부디 자비를 베풀어 주십시오. 저는 정말 한심한 놈이라, 어젯밤도 마음 놓고 잘 수가 없었습니다. 형님 얼굴을 뵌 순간 이제 끝이로구나, 하고 체념하고 말았습니다. 고류에게는 미안하지만, 저 같은 녀석은 이렇게 전부 털어놓는 편이 마음이 가벼워져서 오히려 좋습니다."

"안됐지만 지금 당장 간다의 대장님께 함께 가자. 당분간 사바세계 구경은 못할 터이니 천천히 준비해."

"감사합니다."

"대낮이다. 이웃들 눈도 있으니 오라는 지우지 않겠다."

한시치는 상냥하게 말했다.

"정말 감사합니다."

긴지는 거듭 감사 인사를 했다. 그의 눈동자에는 패기 없이 축축이 눈물이 고였다.

둘 다 아직 젊다. 그렇게 생각하니 한시치는 자신에게 붙들려 끌려가는 이 연약한 젊은 남자가 참으로 안쓰러웠다.

4

한시치의 보고를 듣고 대장 기치고로는 가나스기의 바닷가에서 고래라도 잡은 것처럼 화들짝 놀랐다.

"개도 나다니면 몽둥이에 부딪힌다(돌아다니다 뜻밖의 행운을 얻는다는 속담—옮긴이)더니 너도 어슬렁거리면서 큰일을 해냈구나. 아직 애송이라고 생각했더니만 얕잡아 볼 수 없는 놈이야. 좋아, 아주 잘했어. 나는 네 공로를 가로챌 사람이 아니야. 네가 한 일은 전부 위에 보고해 올릴 테니 그리 알아. 그나저나 고류라는 녀석을 어서 빨리 붙잡아야겠군. 여자라도 만만치 않은 녀석이다. 무슨 짓을 할지 모르니까 누가 같이 가서 한시치를 도와줘."

고참 데사키 두 사람이 한시치를 앞세우고 다시 료고쿠로 향한 것은 짧은 겨울 해가 뉘엿뉘엿 저물 무렵으로 마침 가설 흥행장이 문을 닫을 시간이었다. 두 사람은 바깥에서 대기하고 한시치만 흥행장으로 들어갔다. 고류는 분장실에서 기모노를 갈아입고 있었다.

"간다의 기치고로 대장이 보내서 왔어. 대장께서 용건이 있다고 하니까 번거로워도 잠깐 따라와 주게."

한시치가 태연히 말했다.

고류의 얼굴에는 검은 그림자가 드리워졌다. 그러나 생각 외로 담담한 태도로 쓸쓸히 웃었다.

"대장님께서……. 어쩐지 불길한데요. 무슨 일이시람."

"네 소문이 자자하니 대장도 한번 보고 싶어졌는지도 모르지."

"어머, 농담은. 사실대로 말해보셔요. 당신, 전부 알고 있지요?"

고류는 의상이 담긴 고리짝에 낭창낭창한 몸을 기대고 뱀 같은 눈으로 한시치의 얼굴을 훑어보았다.

"난 그저 심부름꾼이라 아무것도 몰라. 크게 수고 들일 일도 아니니까 번거롭게 하지 말고 얼른 가자고."

"그야 당연히 가야지요……. 윗분 말씀이라면 도망쳐 숨을 수도 없으니까요."

고류는 담뱃갑을 꺼내 조용히 담배 한 대를 태웠다.

옆 흥행장의 요술 극단에서 끝을 알리는 북소리가 들렸다. 다른 곡예사들도 불안해하며 숨을 죽인 채 두 사람의 문답에 귀를 기울였다. 좁은 분장실 구석구석이 어두워졌다.

"해가 다 저물겠어. 대장님은 성격이 급하다고. 꾸물거리다가 나까지 혼쭐이 나니까, 서둘러 주지 않겠어?"

한시치는 애가 달아 재촉했다.

"예, 예, 알겠어요. 금방 갑니다."

가까스로 분장실을 나온 고류는 어두운 그림자 속에 두 명의 데사키가 서 있는 모습을 보고 분한 듯 한시치를 흘깃 노려보았다.

"아유, 추워. 해가 저무니까 갑자기 추워지네요."

고류는 양 소매를 여몄다.

"그러니까 빨리 걸어."

"무슨 용건인지는 모르겠지만,
혹시 금방 돌려보내지 않을 거라면
잠깐 집에 들렀다 갈 수는 없을까
요?"

"돌아가 봤자 긴지는 없어."

한시치는 차갑게 말했다.

고류는 눈을 감고 멈추어
섰다. 마침내 다시 눈을 떴
을 때 긴 속눈썹에는 하얀
이슬이 빛났다.

"긴 씨는 없군요. 그래도 저
는 여자니까 준비를 하고 싶어요."

고류는 세 명에게 둘러싸여 료고쿠
바시 다리를 건넜다. 고류는 때때로
어깨를 들먹이며 애달프게 훌쩍였다.

"긴지가 그렇게 좋으냐?"

"예."

"너 같은 여자에게 어울리지 않아."

"헤아려주시어요."

긴 다리 중간쯤 왔을 즈음에는 강가 집들에서 노란 등불 그림자가
띄엄띄엄 빛났다. 오카와 강물 위에 쥐색 연기가 피어오르고, 멀리

강 하류가 수면에 반사되는 빛으로 희끄무레해 보여서 괜스레 춥게 느껴졌다. 다리 관리소의 사방등에도 어렴풋한 불빛이 켜졌다. 오늘 밤에 서리가 내릴 것을 예견하듯이 선창 위를 기러기 떼가 울며 지나갔다.

"만약 제게 나쁜 일이 생기면 긴 씨는 어찌 될까요?"

"그야 본인이 어떻게 하느냐에 따라 달렸지."

고류는 조용히 눈을 비볐다. 그런 줄 알았는데 갑자기 이렇게 외쳤다.

"긴 씨, 용서해요."

고류는 옆에 있는 한시치를 있는 힘껏 밀치고 제비처럼 몸을 돌려 내달렸다. 역시 곡예사여서인지 날랜 솜씨는 눈에 보이지 않을 정도였다. 고류가 난간에 손을 짚나 싶더니, 눈 깜짝할 새에 거꾸로 떨어진 몸은 이미 오카와 강의 수면 아래 삼켜지고 없었다.

"제길!"

한시치는 이를 깨물었다.

물소리를 듣고 다리 관리인까지 나왔다. 관명으로 곧바로 근처 뱃사공에게 배를 띄우게 했으나 고류는 두 번 다시 떠오르지 않았다. 다음 날 반대편 강가의 햣폰구이(물살을 약하게 하기 위해 박아 놓은 말뚝. 지금의 소파블록―옮긴이)에서 그 옛날 아사쿠사의 명물이었던 김처럼, 검게 휘감기는 여자의 머리가 발견되었다. 끌어올려 보니 머리카락의 주인은 고류였다. 얼어붙은 시체는 강가의 아침서리를 맞으며 검시를 받았다. 여자 곡예사는 끝내 생명의 끈을 놓고 말았다. 이 사건 이야기가 에도 전체로 퍼져 한시치의 이름 또한 높아졌다.

기쿠무라에서는 바로 사람을 보내, 아직 손님에게 선보이기 전의 오키쿠를 무사히 이타코에서 데려왔다.

"지금 생각하면 그때가 꼭 꿈만 같아요. 세이지로는 한 발 먼저 돌아가 버려서 어쩐지 쓸쓸하기도 하고, 오타케가 돌아오기를 기다리다 못해 아무 생각 없이 바깥으로 나왔는데, 거목 아래에 전부터 얼굴을 알던 곡예사 고류가 있었어요. 고류가 세이 씨가 방금 저기서 급환으로 쓰러졌으니 빨리 와달라고 말하는 거예요. 깜짝 놀라 함께 가니 세이 씨는 가마로 의원에 실려 갔다고, 함께 가마를 타고 가달라며 억지로 가마에 태우고는 어디인지 모를 어둑한 집으로 끌고 갔어요. 고류의 태도가 급변하더니 젊은 남자와 함께 저를 마구 괴롭히고서 먼 곳으로 보냈습니다. 반쯤 죽은 사람처럼 멍해져서 무엇을 어쩌면 좋을지 지혜를 짜낼 수도, 분별을 내릴 수도 없었어요."

오키쿠는 에도로 돌아와서 담당 수사관의 심문에 이렇게 답했다.

행수 세이지로는 훈방만으로 사면되었다.

고류는 자멸하여 벌을 면하였지만, 그 시체의 목은 고즈캇바라(에도 시대 형장이 있던 곳—옮긴이)에 효수되었다. 긴지 역시 같은 벌에 처해야 마땅하지만, 특별히 은혜를 베풀어 외딴섬으로 유배됨으로써 이 사건은 종결되었다.

"이게 제 첫 활약입니다."

한시치 노인이 말했다.

"그러고서 삼사 년쯤 지나 기치고로 대장은 병으로 세상을 떴지요. 임종 때 딸인 오센과 재산 일체를 제게 물려주며 부디 뒤를 이어 달라는 유언을 남겼어요. 다른 데사키들까지 부추기는 바람에 결국 뒤를 이어 대장이 되었습니다. 제가 제 몫을 하는 어엿한 오캇피키가 된 건 이때부터예요.

그때 어째서 고류를 의심했느냐고요? 그야 아까도 말했던 대로 석등롱의 발자국 때문이지요. 이끼에 남은 자국이 아무래도 여자 발 같았어요. 그렇지만 보통 여자가 높은 담을 손쉽게 오르락내리락하기란 불가능하지요. 웬만큼 몸이 가벼운 자겠구나 생각하다 문득 곡예사가 떠오른 겁니다. 여자 곡예사는 에도에도 그리 많지 않았어요. 그중에서도 료고쿠 가설 흥행장에 출연하는 하루카제 고류라는 자는 평소 평판이 좋지 않은 여자로, 자신보다 나이 어린 남자에게 돈을 쏟아 붓는다는 이야기를 들은 적이 있어 이 녀석이 아닐까 하고 하나하나 더듬어 가다 보니 뜻밖에 쉽게 결말이 났습니다. 긴지라는 놈은 이즈의 먼 섬으로 보내졌다가 그 후 사면되어 무사히 돌아왔다는 소문을 들었습니다.

기쿠무라는 행수 세이지로를 데릴사위로 삼고 계속 장사를 했는데, 아무리 유서 깊은 가게라도 한 번 나쁜 소문이 돌면 신용을 되찾기 어려운 법이에요. 생각대로 장사가 되지 않았는지 에도 말에 시

바로 옮겨 가서, 지금은 어찌 되었는지 알 길이 없습니다. 어떻게든 잘 살고 있겠지요.

고류가 오카와 강에 뛰어들게 내버려둔 것은 못내 아쉽습니다. 제가 방심했어요. 붙잡을 때까지는 정신을 바짝 차리고 있지만 붙잡고 나서는 누구라도 방심을 하게 마련이지요. 방심하는 바람에 다 잡은 범인을 놓치는 일이 때때로 있습니다.

또 재미있는 이야기가 없느냐고요? 제 공훈담이라면 얼마든지 있지요. 하하하하. 조만간 또 놀러 오십시오."

"꼭 이야기를 들으러 다시 찾아뵙겠습니다."

나는 한시치 노인과 약속하고 헤어졌다.

수상한 궁녀

奧女中

半七捕物帳

1

보름간의 피서를 마치고, 팔월의 아직 무더운 날 나는 도쿄로 돌아왔다. 자그마한 선물을 들고 한시치 노인을 방문하자 노인은 목욕탕에 갔다가 이제 돌아왔다며 툇마루 부들자리 위에 책상다리를 하고 앉아 부채를 파닥파닥 부치고 있었다. 좁은 정원에는 저녁 바람이 시원하게 불어오고 옆집 창문가에서 씨르래기 우는 소리가 들렸다.

"씨르래기야말로 가장 에도다운 벌레지요."

노인이 말했다.

"값도 싸고, 벌레 중에서도 가장 하등하다 할지라도 청귀뚜라미나 방울벌레보다 에도다운 느낌이 드는 녀석이에요. 길을 걷다가도 어느 집 창문이나 처마에서 씨르래기 우는 소리가 들리면 저절로 에도의 여름을 떠올립니다. 이런 소리를 하면 벌레장수에게 미움을 살지도 모르지만, 청귀뚜라미나 풀종다리는 값만 비싸지 에도답지 않아요. 요즘 세상 말로 하면 가장 평민적인, 그래서 에도다운 벌레는 뭐니 뭐니 해도 씨르래기지요."

노인은 열심히 곤충 강좌를 펼치며, 오늘날 아이의 장난감 정도로나 생각되는 한 마리 삼 전짜리 씨르래기를 크게 칭송했다. 그러고는 끝으로, 선생도 벌레를 기르려면 씨르래기로 하세요, 하고 말했다. 벌레 이야기가 끝나자 풍경 이야기를 했다. 그러고서 오늘이 양력 팔월 십오일 밤이라는 이야기가 나왔다.

"음력이 양력으로 바뀌니 팔월도 이처럼 덥군요. 음력 팔월이었다면 벌써 아침저녁으로 제법 쌀쌀해졌을 텐데요."

노인의 화제는 옛날 달구경 이야기로 다시 바뀌었다. 그러다가 이런 이야기가 나와서 내 수첩에 기사 한 줄이 늘었다.

분큐 이 년(1862년) 팔월 십사일 저녁이었다. 한시치가 평소보다 빨리 집에 돌아와 저녁을 먹고 근처에서 열리는 계모임에 잠깐 들를까 하고 있던 참에, 작게 쪽 찐 머리의 마흔쯤 먹어 뵈는 여자가 고민 있는 표정으로 얼굴을 내밀었다.

"대장님, 오래간만이에요. 그간 별고 없으셨지요?"

"오카메 씨 아닌가. 정말 오랜만이로군. 오초도 아가씨가 다 되었던걸. 그 아이도 부지런히 돈벌이를 하니 어머니로서 한시름 놓았겠어."

"실은 오초의 일로 오늘 밤 이렇게 찾아뵈었어요. 저 혼자서는 도저히 좋은 생각이 떠오르지 않아서."

마흔 먹은 여자 이마의 주름을 보고, 한시치는 대강의 사정을 알아챘다. 오카메는 올해 열일곱인 오초라는 딸과 함께 에이타이바시 다리 변에서 찻집을 한다. 오초는 세련되고 아름다운 아가씨로, 말이 없고 너무 얌전한 게 흠이지만 젊은 손님을 끌 만한 매력은 충분했다. 오카메도 아름다운 딸을 낳은 것을 자랑으로 삼았다. 그런 딸 때문에 걱정거리가 생겼다고 한다면, 한시치가 아니더라도 대부분 눈치를 채리라. 효녀로 소문난 오초가 어미보다 소중한 사람을 만나서 승강이가 났겠지. 직업이 직업인만큼 그런 일로 잔소리를 하는 건 너무하다고 한시치는 생각했다.

"알겠네, 알겠어. 오초한테 애인이 생겨서 어미 속을 썩이는 거로구먼. 웬만하면 너그러이 눈감아 주게나. 한창때인데 조금쯤 재미있는 일도 있어야 일할 맘이 생기지. 당신도 모르지는 않잖아. 너무 까다롭게 굴지 말라고."

한시치는 그렇게 말하며 웃었다.

오카메는 입꼬리도 올리지 않고, 한시치의 얼굴을 가만히 들여다보았다.

"대장님, 그런 게 아니에요. 절대로 아니에요……. 남자가 생겼다느니 하는 실없는 이야기라면, 대장님 말대로 저도 웬만해서 대충 눈감아 주겠지만, 아무래도 그게 참으로 곤란한 일이라……. 딸아이도 겁에 질려 울고만 있는 형편이고…….”

“그거 이상하군. 대체 어찌 된 일인가.”

“딸이 이따금 모습을 감춰요.”

한시치는 또 웃으며 이야기를 들었다. 찻집에서 일하는 젊은 처녀가 이따금 모습을 감춘다……. 그런 일쯤은 문제도 아니라는 표정을 짓자, 오카메가 안달을 냈다.

“아니요. 남자니 뭐니 하는 것과는 사정이 전혀 달라요. 제 이야기 좀 들어보세요. 마침 올 오월, 불꽃놀이가 있기 조금 전이었어요. 시종 하나를 동반한 번듯한 무사님이 저희 가게 앞을 지나다가 우연히 가게에 있는 딸을 보고는 어정어정 가게로 들어왔어요. 차를 마시고 한동안 쉬더니 찻값으로 금 한 주(당시 찻값은 20~30문 정도로, 금 한 주는 250문이다—옮긴이)를 내고 갔습니다. 참으로 고마운 손님이셨죠. 그로부터 사흘 정도 흘렀을까요. 그 무사님이 또 찾아오셨는데, 이번에는 서른대여섯 살쯤 되어 보이는 귀인 같은 기품 있는 여자분과 함께였어요. 아무래도 부부는 아닌 것 같았고요. 그 여자분이 오초의 이름이며 나이를 묻더니 역시 찻값으로 한 주를 두고 갔습니다. 그리고서 또 사흘쯤 지나서 오초가 사라졌습니다.”

“허허.”

한시치는 고개를 끄덕였다.

그들은 유괴범으로, 지체 높은 무사나 여자로 분해 얼굴이 예쁜 아가씨를 납치해 가는 것이리라고 한시치는 판단했다.

"그 후로 딸이 돌아오지 않았나?"

"아닙니다. 열흘이 지나 어둑어둑한 저녁 무렵에 창백한 얼굴을 하고 돌아왔어요. 저는 겨우 한숨 돌리고 어찌 된 일인지 물었지요. 딸이 처음에 모습을 감춘 것도 역시 저물녘 어스레한 때로, 제가 남아서 가게 뒷정리를 하고 딸은 한 발 먼저 집으로 돌아가고 있었는데, 하마초가시의 석재 창고 그늘에서 남자 두세 명이 나오더니 갑자기 오초를 붙잡아서 재갈을 물리고, 양손을 묶고, 눈가리개를 하고, 거기에 있던 가마 안에 억지로 밀어 넣고서는 어딘가로 데려갔대요. 정신없이 흔들리며 가서 대체 어디를 어떻게 갔는지 모르지만 으리으리한 저택 같은 곳으로 끌려갔다는데……. 가까운 곳인지 먼 곳인지조차 알 수 없었다고 해요."

오초는 안채 깊숙이 있는 다다미방으로 끌려갔다. 여자 서너 명이 오초의 눈가리개며 재갈, 양손을 구속했던 끈을 풀어주었다. 이윽고 요전번의 여자가 나와서, 크게 놀랐을 테지만 결코 염려할 것 없다, 무서워할 것도 없다, 그저 얌전히 우리가 시키는 대로만 하면 된다, 하고 부드럽게 다독여 주었다. 겁에 질려 떨기만 할 뿐 만족스러운 대답도 못하는 어린 오초를 어르고 달래며 일단 잠시 쉬라고 차와 과자를 내주었다. 그러고서는 목욕을 하라며 다른 여자에게 안내를 명했다. 오초는 여전히 넋이 나간 채 욕실로 갔다.

목욕을 마치자 또 다른 넓은 다다미방으로 안내되었다. 그곳에는 두툼하고 아름다운 방석이 깔려 있었다. 도코노마(다다미방의 한 면을 바닥보다 한 단 높이 만들어 족자를 걸거나 꽃 등을 장식하는 자리—옮긴이)의 꽃병에는 어여쁜 패랭이꽃이 꽂혀 있고, 벽에는 거문고 하나가 세워져 있었지만 눈앞이 캄캄해진 오초에게는 뭐가 뭔지 혼란스럽기만 했다.

요전번의 여자가 오초에게 머리를 정돈하라고 했다. 다른 여자들이 다가와 오초의 머리를 틀어 올리자, 이번에는 옷을 갈아입으라고 말했다. 여자들은 횃대에 걸려 있는 화려한 기모노를 꺼내 오초의 움츠러든 어깨에 걸쳤다. 그러고는 두터운 비단 오비를 허리에 둘렀다. 오초는 마치 다시 태어난 것 같은 자신의 모습에, 몸 둘 바를 모르고 우두커니 서 있었다. 여자들이 오초의 손을 끌어 방석 위에 앉혔다. 그리고 작은 책상을 가져와 오초 앞에 놓았다. 책상 위에는 두세 권의 훌륭한 책이 놓여 있었다. 책상 곁에 둔 향로에서 연보랏빛 연기가 흔들흔들 흐르자 몸에 스밀 듯한 향기에 오초는 취하고 말았다. 방에는 국화가 그려진 비단으로 만든 사방등이 어렴풋이 켜져 있었다. 그 꿈같은 등불 아래서 오초도 꿈같은 기분으로 잔뜩 굳어 있었다.

여자들은 책 한 권을 책상 위에 펼치더니 고개를 조금 숙여 읽고 있으라고 말했다. 벌써 넋이 반쯤 빠져나가 버린 오초는 무슨 말을 해도 거역할 기력이 없었다. 오초는 인형극의 꼭두각시처럼 타인의 뜻대로 움직일 수밖에 없었다. 얌전히 책을 보고 있으려니, 무척 덥지요, 하며 옆에서 여자 하나가 비단부채로 부드럽게 부쳐 주었다.

"말을 해서는 아니 됩니다."

요전번의 여자가 조용히 주의를 주었다. 오초는 부자연스럽게 앉아 있었다.

마침내 툇마루를 따라 가벼운 발소리가 조용히 들리고 서너 명이 이쪽으로 은밀히 다가오는 것 같았는데, 요전번의 여자가 고개를 들어서는 안 된다고 다시 귀띔했다. 얼마 안 있어 툇마루의 장지가 소리도 없이 살짝 열렸다.

"보시면 아니 됩니다."

어떤 무서운 것이 보고 있을지 상상만으로도 몸은 점점 더 움츠러들었다. 오로지 책상만  바라보고 있으니 이내 장지가 소리도 없이 닫히고, 툇마루의 발소리는 점차 멀어져 갔다. 안도의 한숨을 내쉬자 옆구리에 식은땀이 비 오듯 흘렀다.

"수고하셨습니

다.”

여자가 위로하듯 말했다.

“한동안 푹 쉬고 있어요.”

지금까지 어둑어둑했던 사방등 불빛을 돋우자 방 안이 갑자기 밝아졌다. 여자들이 저녁상을 차려 왔다. 끼니때가 지나 많이 배고팠지요, 하며 여자들이 정중히 식사 시중을 들었다. 아름다운 칠공예상 앞에 앉기는 했지만, 오초는 가슴이 꽉 막혀서 무엇도 목구멍으로 넘어갈 것 같지 않았다. 늘어놓은 갖가지 훌륭한 요리에도 제대로 젓가락을 대지 못했다. 어떻게든 식사를 마치자 또다시 잠시 쉬라며 요전번의 여자는 조용히 자리를 떴다. 다른 여자들도 그릇을 들고 어디인가로 사라졌다.

홀로 남아 비로소 제정신이 든 오초는 아무리 생각해도 꿈만 같아서 뭐가 뭔지 가늠할 수가 없었다. 혹시 여우에게 홀린 게 아닐까 싶기도 했다. 대체 여기 사람들은 무슨 속셈으로 자신을 끌고 와 이렇게 훌륭한 방에 데려다 놓고, 아름다운 옷을 입히고 맛있는 음식을 먹이는 등, 열심히 시중을 드는 걸까. 연극이나 조루리에서처럼 누군가 대신 자신의 목을 쳐서 적에게 넘겨줄 작정이 아닐까 하고 오초는 의심했다.

이런 기분 나쁜 곳에서 한시라도 빨리 도망치고 싶었지만 어떻게 빠져나가면 좋을지 도저히 방법이 떠오르지 않았다.

‘정원에 나가보면 도망칠 길을 찾을지도 몰라.’

오초는 평생의 용기를 짜내서 매끄러운 다다미 위를 살금살금 숨죽여 걸었다. 떨리는 손끝이 장지에 닿는 순간 한 여자가 들어왔다. 깜짝 놀라 멈추어 선 오초를 보고 여자는 측간이라면 안내하겠다며 앞장섰다. 툇마루로 나오니 넓은 정원이 보였다. 달도 없는 밤에 반딧불 그림자가 둘, 셋 캄캄한 나무들 사이를 누볐다. 먼 곳에서 부엉이 소리도 쓸쓸히 들렸다.

돌아왔을 때 방에는 어느 사이에 잠자리가 펴져 있고, 나는 기러기의 모습을 수놓은 시원해 보이는 새하얀 모기장이 매달려 있었다. 요전번의 여자가 또다시 어디에서인가 나타났다.

"이만 주무시지요. 미리 말씀드리지만 설령 밤중에 무슨 일이 있더라도 얼굴을 들어서는 아니 됩니다."

그녀는 오초의 손을 잡고 모기장 안으로 들여보냈다. 오초는 눈처럼 하얀 이불에 감싸였다. 어딘가에서 열 시를 알리는 종소리가 울려 퍼졌다. 유령 같은 여자들은 발소리도 내지 않고 스윽 사라졌다.

어둠이 오는 게 두려웠다.

2

오초는 신경이 곤두서 도저히 편히 잠들 것 같지 않았다. 태어나서 한 번도 누워 본 적 없는 이불이며 요의 부드러운 감촉이 되레 이상한 느낌으로 다가와 둥실둥실 공중에 떠 있는 듯한 불안감을 안겨 주었다. 게다가 그날 밤은 찌는 듯이 더웠기에 이마며 목덜미에는 끈적끈적하고 기분 나쁜 땀이 배었다. 오초는 긴 붉은색 술이 달린 베개 위에서 무거운 머리를 몇 번이나 뒤척였다.

그렇게 얼마나 흘렀을까. 제대로 기억하지는 못하나 그렇지 않아도 조용한 집 안이 괴괴하여 밤이 꽤 깊었구나 하고 생각했을 즈음, 곁방의 다다미 위를 미끄러지는 듯한 발소리가 희미하게 들렸다. 오초는 온몸의 피가 순식간에 얼어붙는 기분을 맛보며 서둘러 이불을 깊이 뒤집어쓰고 베개 위에 엎드렸다. 검은 테두리를 씌운 커다란 장지가 스르륵 열리더니 기모노의 긴 옷자락이 끌리는 소리가 베개에 희미하게 전해졌다. 오초는 숨을 삼켰다.

들어온 자는 어스름한 사방등 옆에 스윽 하고 서서 하얀 모기장 너머로 잠든 오초의 얼굴을 들여다보는 모양이었다. 생피를 빨러 온 걸까, 뼈를 핥으러 온 걸까. 오초는 벌써 반쯤 죽은 것 같은 기분이 들어 이불자락을 꽉 붙들었다. 어느 순간 옷 스치는 소리는 옆방으로 사라져 갔다. 무서운 꿈을 꾼 사람처럼 잠옷의 소매로 이마의 땀을 닦으면서 슬쩍 눈을 뜨고 살피자 장지는 원래대로 닫혀 있고, 모기장 바깥에는 모기가 웽웽대는 소리조차 들리지 않았다.

새벽녘 더위가 조금 가시자 초저녁부터 정신적인 피로에 시달린 오초는 꾸벅꾸벅 잠이 들었다. 눈을 뜨니 머리맡에는 어제저녁에 본 여자들이 단정하게 기다리고 있다가 오초의 옷을 갈아입혀 주고, 아름다운 무늬가 그려진 세숫대야를 가지고 와서 얼굴을 씻겨 주었다. 아침을 들고 난 후 요전번의 여자가 나타났다.

"많이 불편하겠지만 조금만 참으시면 됩니다. 따분하면 정원이라도 거닐어 보시겠어요? 저희가 안내하겠습니다."

오초는 여자들에게 좌우로 둘러싸여 정원용 나막신을 신고 넓은 정원에 내려섰다. 정원수 사이를 빠져나가자 어마어마하게 커다란 못이 나왔다. 초록빛 물풀이 연못 가득 떠 있고, 물가에는 푸른 억새며 갈대가 자라 있었다. 이 오래된 못 바닥에는 연못 지킴인 커다란 메기가 살고 있다고 한 여자가 귀띔해 주는 바람에 오초는 오싹했다.

"쉿."

예의 여자가 갑자기 주의를 준다.

"연못을 보고 계세요. 곁눈질을 해서는 아니 됩니다."

누군가가 어디인가에서 자신을 지켜보는 것 같은 기분이 들어 오초도 갑자기 몸이 얼어붙었다. 신령이 깃들어 있다는 무시무시한 못을 들여다본 채 한동안 우뚝 서 있자 이윽고 경계가 풀렸는지 여자들은 다시 긴장을 풀고 조용히 걷기 시작했다.

방으로 돌아간 오초에게 두 시간가량의 휴식이 주어졌다. 여자들은 삽화 소설 따위를 빌려주었다. 점심을 마치고 한 여자가 와서 거문고를 켰다. 유월 초의 무더운 날이었지만 툇마루 쪽 장지를 여는 것은 결코 허락되지 않았다. 당연히 장지도 빈틈없이 닫혀 있었다. 오초는 호화로운 감옥에 갇힌 꼴로 긴 하루를 보냈다. 저녁에 목욕하고 돌아오니 어제와는 다른 옷이 준비되어 있었다. 사방등에 불이 켜지고 다시 책상 앞에 앉았다. 오늘 밤은 누군가 은밀히 다가와 살피는 기척이 없었으나 여전히 마음을 놓을 수 없었다.

'오늘 밤도 무언가 나오려나.'

겁에 질린 채 그날 밤도 열 시부터 잠자리에 들었다. 초저녁부터 가느다란 빗줄기가 부슬부슬 내리기 시작했고, 못의 개구리가 끊임없이 울어댔다. 오초는 역시 잠들지 못했다. 밤도 점점 깊어 가는구나 하고 생각할 무렵이 되자 자연히 그리되었는지, 사람이 그리했는지, 머리맡의 사방등이 어두워지기에 눈을 살짝 뜨고 살피니 하얀 장지에서 빠져나온 듯한 흰 그림자가 하얀 모기장 바깥을 허깨비처럼 떠돌았다.

'유령……'

오초는 부랴부랴 이불을 뒤집어썼다. 예전부터 믿었던 관세음보살님이며 스이텐구(물의 수호신—옮긴이) 님을 입속으로 열심히 외웠다. 삼십 분쯤 지났을까, 오초가 조심조심 엿보니 흰 허깨비는 어느새 사라졌고, 어딘가에서 새벽닭이 우는 소리가 들렸다.

날이 밝고 모든 것이 어제의 반복이었다. 얼굴을 씻고 머리를 올리고 화장을 한 후에 아침 식사를 마치면 정원에 끌려갔다. 밤에는 책상 앞에 앉았다가 잠자리에 들었다. 그날 밤도 유령 같은 것이 머리맡을 헤매어 나타났다. 갑갑함과 공포에 밤낮으로 시달리는 날이 여드레쯤 이어지는 사이 오초는 유령처럼 수척해졌다.

'이렇게 괴로울 바에야 차라리 죽는 게 나아.'

이렇게 각오한 오초는 요전번의 여자에게 제발 한 번만 집에 돌려보내 달라고 울며 사정했다. 여자는 몹시 난처한 얼굴을 했으나 까딱하면 연못에 몸이라도 던질 듯한 오초의 결심에 마음이 움직였는지 열흘째 저녁에 드디어 일단 돌아가라는 허락을 내렸다.

"하지만 결코 다른 사람에게 이 일을 이야기해서는 아니 됩니다. 조만간 또 데리러 갈지도 모릅니다. 그때는 부디 따라와 주세요⋯⋯. 부탁드립니다."

그러지 않으면 돌려보낼 수 없다고 해서 오초도 하는 수 없이 고개를 끄덕이고, 반드시 다시 오겠다고 마음에도 없는 맹세를 했다. 여자는 여러 가지 심려를 끼쳐 미안했다며 비단 종이에 싼 돈 꾸러미를 주었다. 날이 저물고 주변이 어둑해질 무렵 오초에게는 다시 눈가리개가 씌워졌다. 입에는 재갈이 물려졌고, 올 때와 똑같은 가마에 태워졌다. 사람의 왕래가 적은 곳을 골라 하마초가시에 도착하자 석재 창고 앞에다 오초를 내려준 남자들은 빈 가마를 다시 메고 도망치듯 어디인가로 사라졌다.

오초는 썬 악령이 떨어진 사람처럼 멍하니 서 있었지만, 불현듯 또 무서워져서 집까지 한눈도 팔지 않고 뛰었다. 어머니의 얼굴을 보기 전까지 아직 반쯤 꿈이라도 꾸는 것 같은 심정이었다. 오카메는 여우에 홀린 거라고 했지만, 품속에 넣어 온 돈은 나뭇잎이 아니었다. 반짝반짝한 새 금화 열 냥이 틀림없이 들어 있었다.

"에구머니, 열 냥이나 있다, 아가야."

오카메는 눈을 휘둥그렇게 뜨고 놀랐다. 아무리 성실한 인간이라도 욕심이 없지는 않다. 그 시절 시세로는 첩살이를 해도 한 달에 한 냥 이상 받기 어려웠다. 그런데 딱히 하는 일도 없으면서 아름다운 기모노를 입고, 맛난 음식을 먹고 하루 한 냥의 삯을 받는다니…….

오카메는 이렇게 좋은 일자리는 없다고 기뻐했으나 오초는 몸서리를 치며 싫어했다. 한 냥은커녕 하루 열 냥을 준다 해도 그런 무서운 곳에는 두 번 다시 가고 싶지 않다며, 그 후로 보름 가까이 병자처럼 창백한 얼굴을 하고 지냈다. 금화를 보고 좋아했던 오카메도 곰곰이 생각해 보니 마음이 편치 않았다. 오초가 싫어하는 것도 무리가 없지 싶었다.

"네가 열 냥을 가져왔으니 장사가 좀 안 돼도 괜찮아. 그러니 가게에는 얼굴 내밀지 말고 당분간 집에 숨어 있어라."

언제 또 데리러 올지 모른다는 생각에 오카메는 딸을 가게에 내보내지 않기로 했다. 그런데 그달 말 저녁에 오카메가 가게를 닫고 돌아오자 집을 지키고 있을 터인 오초의 모습이 보이지 않았다. 이웃에 물어도 아무도 모른다고 했다. 분명히 지난번 그곳으로 끌려갔으리라 짐작했지만 그곳이 어디인지 애초에 알지 못했다. 걱정하면서 하루하루 보내다 보니 이번에도 열흘째에 오초가 멍한 표정으로 돌아왔다. 품속에는 역시 열 냥 꾸러미가 들어 있고, 모든 것이 지난번 이야기의 반복에 지나지 않았다.

"그것참, 좋은 일거리이기는 하지만 아주 이상한 이야기로군. 오초가 싫어하는 것도 당연해."

이 이상한 이야기를 듣고 한시치는 이마에 잔주름을 잡았다.

"딸이 지난달 말부터 또 사라졌어요. 늘 제가 집을 비울 때를 노려서 좋다 싫다도 묻지 않고 끌고 간대요……. 밖으로 나가면 가마가 기다리고 있고, 눈가리개를 한 채 태우고 가니까 어디로 끌려가는지 짐작도 가지 않는대요."

"이번에도 무사히 돌아왔나?"

"아니요. 돌아오지 않아요."

오카메의 표정이 어두워졌다.

"벌써 열흘 남짓 되었지만 아무 소식도 없어서 이래저래 걱정하고 있던 참에 오늘 아침 일찍 한 여자가 저희 집을 찾아와서……. 전에 찻집에 왔던 귀부인이었어요. 사정이 있으니 당분간 딸과는 연락하지 않겠다고 약속하고 그쪽에 딸을 맡겨달라고 하더군요. 대신 금이백 냥을 주겠다는데 저도 곤란해요. 아무리 그래도 사랑하는 딸을 팔 수는 없잖아요. 거기 가는 걸 그렇게 싫어하던 딸이 생각나서 한번은 거절했는데 상대방도 좀처럼 물러서지 않더군요. 어렵겠지만 허락해달라고, 높은 분이 엎드려서 빌지 뭡니까. 너무 당혹스러워서 바로 대답할 수 없으니 하루이틀 생각할 시간을 달라고 하고 겨우겨우 그 사람을 돌려보냈는데……. 대장님, 이걸 대체 어쩌면 좋겠습니까?"

오카메의 목소리가 떨렸다. 정말로 어쩔 줄 모르겠는 모양이었다.

3

"그거 걱정이 크겠군. 이야기로 봐서는 아무래도 신분 높은 하타모토나 다이묘인 것 같은데, 어째서 그런 짓을 하는 걸까. 찻집 아가씨라도 빼어난 미모로 다이묘의 총애를 얻지 못한다는 법은 없지만, 그런 거라면 그렇다고 털어놓고 이야기를 진행했을 텐데 어째 이해하기 어렵군."

한시치는 한동안 생각에 잠겼다.

"가장 중요한 당사자가 저쪽에 있으니 어쩌지도 못하고. 게다가 거기가 어디인지도 모르니 방법이 없겠어. 곤란하군."

한시치가 고민하는 모습을 보고 오카메는 점점 불안한 표정을 지었다.

"딸이 돌아오지 않으면 어쩌죠?"

오카메는 여러 번 빤 듯한 빛바랜 손수건으로 눈가를 훔쳤다.

"어차피 그 지체 높은 여자인지 뭔지가 하루나 이틀 뒤에 다시 올 테니까 일단 내가 가서 슬쩍 상황을 살피도록 하지. 그러다 보면 좋은 생각이 떠오를 거야."

한시치는 위로하듯 말했다.

"대장님께서 와주신다면 저도 든든하지요. 그러면 정말 죄송스럽지만 내일이라도 잠깐 들러 주시겠어요?"

오카메는 몇 번이나 다짐을 받고 돌아갔다. 다음 날은 십오야로, 쾌청한 하늘에는 가을바람이 높이 불었다. 아침 일찍부터 억새〔음력 팔월 십오일이 되면 달이 보이는 장소에 억새를 장식하고, 경단, 토란, 풋콩, 밤 등을 신주(神酒)와 함께 올리고서 달구경하는 풍습이 있었다—옮긴이〕를 파는 목소리가 들렸다. 한시치는 오전 중에 다른 용무를 마치고, 오후 두 시경 오카메의 집을 찾아갔다. 오카메의 집은 하마초가시 근처 골목 안쪽에 있는데, 입구의 채소 가게에도 억새며 풋콩이 잔뜩 쌓여 있었다. 가까이 있는 큰 저택 안에서는 가을 매미가 울었다.

"대장님. 참말 감사합니다."

오카메는 한달음에 달려나와 한시치를 맞이했다.

"실은 딸이 어젯밤에 돌아왔어요."

엊저녁 오카메가 집을 비우고 한시치를 찾아갔을 때, 오초는 언제나처럼 가마를 타고 하마초가시의 석재 창고로 돌려보내졌다. 예의 여자는 오초에게, "자세한 이야기는 어머니께 드렸으니 너도 일단 집에 돌아가 잘 상담하고 오너라" 하고 말하며 돌려보냈다고 한다.

이런 상황에서 본인을 바로 돌려보낸 것은 참으로 현명한 처신이었다. 상대방에게 악의가 없음은 명백했다. 한시치는 심신이 지쳐 안쪽 작은 방에서 잠든 오초를 깨워 다시 한 번 자세한 이야기를 들었지만 역시 확실히 가늠하기가 어려웠다. 오초의 이야기로 미루어

보면 아무래도 상당한 다이묘의 별저인 듯했으나, 장소는 물론 방향조차 모르므로 어느 저택인지 짐작이 가지 않았다.

"곧 누군가 올지도 모르니까 기다려 보지."

한시치도 자리를 잡고 앉아 그곳에서 기다리고 있기로 했다.

요즘 들어 해가 제법 짧아져 저녁 여섯 시를 알리는 종소리가 울려 퍼지는 사이 좁은 집 구석구석에 벌써 어둠이 깔렸다. 오카메는 신주며 경단, 억새 따위를 툇마루로 가지고 나왔다. 억새 잎을 통과한 저녁 바람이 몸속에 스며 홑옷 한 겹만 입은 한시치는 으슬으슬 추웠다. 벌써 저녁 시간이라 한시치는 오카메에게 부탁해 근처에서 장어 요리를 배달시켰다. 혼자 먹을 수도 없기에 오카메와 오초 모녀 것까지 주문했다.

식사를 마치고 이를 쑤시면서 툇마루에 나오니 좁은 골목의 포갠 차양 사이로 바다처럼 푸른 하늘이 불규칙적으로 나뉘어 보였다. 하늘 위에 달은 걸려 있지 않았으나 동쪽 구름 끝자락이 희미하지만 노랗게 빛나는 걸로 보아 오늘 밤은 밝고 커다란 보름달을 볼 수 있을 것 같았다. 어느 사이 이슬이 내렸던 듯 쓰레기처럼 정원 구석에 버려져 있는 두 그루 나팔꽃의 시든 잎이 부옇게 반짝반짝 빛났다.

"모두 나와 보게. 곧 달님이 뜨겠어."

한시치가 소리쳤다.

그 순간 하수구 위에 얹은 널을 밟는 발소리가 들리더니 남자 하나가 집 문살문 앞에 섰다. 오카메가 급하게 나갔다. 처음 본 무사는 오초 모녀가 집에 있음을 확인하고 곧 궁녀가 찾아뵐 거라고 전하고 갔다.

"나는 없는 셈치고 있어 주게."

한시치는 서둘러 신발을 집어들고 오초와 함께 안쪽 작은 방으로 숨었다. 장지 틈새로 슬쩍 들여다보니 이윽고 들어온 것은 서른 살 전후의 궁중에서 일할 법한 여자였다.

"처음 뵙겠습니다."

여자는 오카메에게 정중히 인사했다. 오카메도 쭈뼛쭈뼛하면서 깍듯하게 인사했다.

"이 댁 따님인 오초 님의 신상에 대해 어제도 다른 궁녀가 와서 자세히 말씀드렸을 터. 어머님께서 양해해주신다면, 오늘 밤에 바로 가실 수 있도록 제가 마중을 나왔습니다."

여자는 딱딱한 말투로 말했다. 오카메는 그 위세에 눌렸는지 우물쭈물할 뿐 똑바로 대꾸조차 하지 못했다.

"이제 와서 아니 된다 말씀하시면 저희의 면목도 서지 않습니다. 부디 허락해주시기를 다시 한 번 부탁드립니다."

"어제저녁 돌아온 딸이 기분이 좋지 않다고 해서요. 오늘도 종일 앓아누워 있느라 아직 제대로 이야기를 나눌 새가 없어서……."

오카메는 말꼬리를 흐리며 어떻게든 이 자리를 모면할 작정인 모양이었지만 상대는 좀처럼 굽히지 않았다. 여자는 여전히 위압적으로 말했다.

"그리는 아니 됩니다. 신중히 의논하실 수 있도록 일부러 어젯밤 돌려보내 드린 것인데 이제서 아무 상의도 하지 않았다니, 이쪽 뜻을 소홀히 여겼다는 증거. 그렇다면 저도 순순히 물러설 수는 없지요. 따님을 여기로 불러 셋이서 다시 의논을 해야겠군요. 지금 당장 오초 님을 불러주시지요."

잘 울리는 목소리로 나무라자 오카메는 안절부절못했다. 여자가 비단보에 싼 돈 꾸러미 두 개를 꺼내 어스름한 사방등 앞에 늘어놓았다.

"약조 드렸던 수당 이백 냥, 뜯지 않고 이 자리에서 드리겠습니다. 어서 따님을 부르세요."

"아, 예."

"끝까지 아니 된다 하신다면, 맡은 바 책무를 수행하지 못한 저는 이 자리에서 목숨을 끊을 수밖에 없습니다."

그녀는 오비 사이에서 주머니에 담긴 은장도를 꺼냈다. 노려보는 매서운 눈빛에 오카메는 파랗게 질려 벌벌 떨었다. 이미 의논이 아니라 일방적으로 몰아붙이는 형세였다.

"너, 저 여자를 알고 있느냐?"

한시치가 작은 목소리로 묻자, 오초는 말없이 고개를 가로저었다. 한시치는 잠시 고민하다가 작은 방에서 부엌으로 기어나가 부엌문을 통해 살며시 바깥으로 빠져나갔다.

길거리는 달빛으로 밝았다. 모퉁이를 돌아 네다섯 채 앞에 있는 전당포 토담 옆에 가마 한 채가 세워져 있고, 두 명의 가마꾼과 조금 전의 무사인 듯한 남자가 서 있었다. 한시치는 그것을 확인하고서 이번에는 현관의 문살문으로 들어왔다. 그리고 말없이 여자 앞에 앉았다. 들린 턱에 갸름한 얼굴, 화장은 옅었다. 눈매가 시원하고 코가 오똑한 것이 언뜻 봐도 여장부다운 용모로, 머리는 궁녀답게 둥글게 말아 올려 한쪽만 비녀를 꽂았다.

"안녕하십니까."

한시치가 태연히 인사하자 여자는 대꾸하지 않고 거만하게 고개만 끄덕였다.

"저는 오카메의 친척 되는 사람입니다. 듣자하니 이 집 딸을 데려가고 싶으시다고요. 귀하디귀한 외동딸이지만 그렇게 원하신다면 보내드리지 못할 것도 없지요."

오카메가 깜짝 놀라 한시치의 얼굴을 쳐다보았다. 한시치는 이어서 이렇게 말했다.

"당연히 그쪽에도 여러 가지 사정이 있겠습니다만, 아무리 서로 연락하지 않고 지낸다고 약조하더라도 하다못해 어디로 가는지, 주인의 존함은 들어두어야 하는 게 부모 마음입니다. 부디 그것만 알려주신다면……."

"마음은 알겠지만 주군의 존함은 여기서 말씀드릴 수 없습니다. 다만 주고쿠 지방에 있는 어느 다이묘라고만 알아주세요."

"귀하는 무슨 일을 하십니까……."

"오모테즈카이(물건 구입, 관리들의 대응 등 외교적인 일을 하는 궁녀—옮긴이)입니다."

"그렇습니까."

한시치는 미소 지었다.

"대단히 죄송하지만 이 건은 없었던 일로 하겠습니다."

여자의 눈이 희번덕 빛났다.

"어째서 거절하시는 겁니까?"

"실례지만 집안의 가풍이 마음에 들지 않는군요."

"이상한 말씀을……. 우리 가풍을 그대가 어찌 안단 말입니까?"

여자는 자세를 고쳐앉았다.

"안살림을 하는 궁녀의 오른쪽 새끼손가락에 못이 박혔다니 틀림없이 문란한 집안이겠지요."

여자의 얼굴색이 갑자기 변했다.

"실례합니다. 계신가요."

문살문 밖에서 사람을 부르는 여자 목소리가 들렸다.

4

"어서 안으로 들어오세요."

입구로 나온 오카메가 허둥지둥 새로운 손님을 맞아들이려 했으나 문밖의 여자는 조금 주저하고 있는 듯했다.

"손님이 계신 모양이군요."

"예."

"그럼 다음에 찾아뵙겠습니다."

돌아가려는 여자를 안에 있던 한시치가 불러 세웠다.

"죄송하지만 잠시 기다려 주십시오. 여기 당신의 가짜가 있으니 부디 입회하셔서 조사에 도움을 주셨으면 합니다……."

처음 왔던 여자의 안색이 점점 변하더니 어느새 각오를 다졌는지 갑자기 싱글싱글 웃었다.

"대장님. 몰라 뵈어 죄송합니다. 아까부터 아무래도 보통 사람이 아닌 것 같다 했는데, 미카와초의 대장님 아니신지요? 이거야 참, 두 손 들었습니다."

"내 그럴 줄 알았다."

한시치도 웃었다.

"내 바깥에 나가 보았다. 다이묘 저택에서 대여 가마로 마중을 오다니 이상하지. 궁녀의 손가락에는 샤미센을 키는 사람처럼 못이 있고. 아무래도 이거 연극이 아닌가 했다. 네 녀석은 대체 어디에서 둔갑해서 나왔느냐? 가짜 마중도 가짜 사자(使者)도 좋지만, 연기자가 훌륭한 것치고는 볼썽사나운 무대로구나."

"부끄럽습니다."

여자는 고개를 숙였다.

"이번 연극은 조금 어렵겠다 싶었지만 배짱으로 한번 해보자는 생각에 어떻게든 계획을 짜보았어요. 역시 대장님께는 못 당하겠네요. 이렇게 되었으니 전부 자백하겠어요. 저는 후카가와에서 태어났고, 어미는 샤미센 사범이었습니다."

그녀는 오슌이라고 이름을 댔다. 어머니는 자신의 뒤를 잇게 할 작정으로 어릴 적부터 열심히 샤미센을 가르쳤으나 오슌은 철이 들기 전부터 남자에게 미쳐 어미의 속을 수없이 썩인 끝에 집을 뛰쳐나가 조슈(上州. 현재의 군마 현—옮긴이)에서 신슈(현재의 나가노 현—옮긴이), 에치고(현재의 니가타 현—옮긴이)를 떠돌아다니며 기녀로 살았다. 이삼 년 전에 오랜만에 에도로 돌아오니 어머니는 벌써 죽었더란다. 이웃에 옛날 지인이 남아 있었던 덕에 여기서 샤미센 교실을 열어 제자도 조금 두었지만, 도락에 흠뻑 취해 있던 그녀는 도저히 가만히 있지 못했다. 별 볼 일 없는 남자에게 걸려 돈 때문에 꽃뱀도 했다. 목욕탕 탈의실 털이도 했다. 그러다가 근처 생선가게에서 오초의 이야기를 들었다.

생선가게는 오슌의 단골집으로 그곳 딸은 오카메와도 허물없는 사이였기에 오초가 때때로 수상한 사자에게 붙들려 간다는 소문이 자연스럽게 오슌의 귀에 전해졌다. 오초의 미모를 진작부터 알고 있던 오슌은 이 수상한 사자를 이용해 오초를 유괴하자는 나쁜 마음을 먹었다. 전부터 자신의 수족으로 부리던 야스조라는 녀석을 매수해 이삼일 전부터 오카메의 집 근처를 서성이며 상황을 살피는 사이 그

저택에서 오초를 평생 고용하고 싶다는 담판을 지으러 왔음을 알았다. 오초가 어제저녁 돌아온 것도 알았다. 오슌은 야스조를 호위 무사로 꾸미고, 자신은 궁녀로 둔갑해서 오초를 데려가려 한 것이었다. 오슌이 오초 앞에 늘어놓은 이백 냥은 물론 가짜 돈이었다.

"아무래도 갑자기 생긴 일거리다 보니까 말이죠. 꾸물거리다가 진짜가 올지도 몰라서 준비를 서두르다 보니 가마까지는 수배하지 못했어요. 덕분에 얼토당토아니한 웃음거리가 되고 말았네요."

오슌은 악당이어서인지 당당하게 잘 떠들었다.

"그랬군."

한시치는 고개를 끄덕였다.

"너도 이런 일로 옥살이를 하게 되어 기쁘지는 않겠지만 이 한시치가 본 이상 설마 하니 예, 그렇습니까, 하고 보낼 수는 없지. 안됐지만 같이 가주어야겠다."

"하는 수 없네요. 살살 다루어 주시어요."

이런 모습으로 끌려가는 건 각설이 같아서 싫으니 제발 집에서 유카타(여름철에 입는 홑 기모노—옮긴이)를 가져다 달라고 오슌은 말했다. 한시치도 그러겠다고 했으나, 여기서는 어떻게 할 수 없으니까 일단 자경소까지 가자며 오슌을 일으켜 세워 나가려고 하는데 아까부터 입구에 서 있던 여자가 들어왔다.

"이 일이 사건으로 번지면 가문의 명예에도 금이 갑니다. 다행히 일을 그르쳐 피해도 없는 모양이니, 이 여자의 죄는 저를 봐서 부디 용서해주시기를 부탁드립니다."

여자가 간절히 부탁하는 바람에 한시치는 딱 잘라 거절하지 못했다. 한시치는 여자의 딱한 사정을 헤아려 결국 오슌을 용서해주기로 했다.

"대장님, 고맙습니다. 조만간 감사 인사를 드리러 찾아뵐게요."

"감사 인사 따위 필요 없으니까 앞으로 너무 번거롭게 하지 마라."

"예, 그럼요."

오슌은 면목을 잃고 맥없이 돌아갔다. 이걸로 가짜의 정체는 드러났으나 진짜의 정체는 여전히 수수께끼였다. 일이 이 지경에 이르렀으니 괜스레 은폐해 봤자, 점점 상대의 의심을 깊게만 할 뿐 잘될 것도 되지 않을지도 모른다고 깨달은 듯 여자는 오카메와 한시치에게 자신의 비밀을 솔직히 털어놓았다.

그녀는 오슌 같은 가짜가 아니라 분명히 어느 다이묘의 에도 저택에서 일하는 궁녀였다. 주군은 에도에서 북쪽에 있는 영지로 돌아갔지만, 법령에 따라 부인은 에도 저택에 남아야 했다. 부인에게는 몹시 아끼는 공주님이 계셨는데, 미모도 성품도 훌륭한 아름다운 분이었다. 아름다운 공주님은 해가 바뀌어 열일곱이 된 올봄, 역신(疫神)에게 저주받아 단나사의 비석 아래로 보내지고 말았다. 너무나 큰 슬픔에 괴로워하던 어머니는 미치고 말았다. 기도나 치료도 효과가 없었다. 밤낮으로 공주의 이름을 부르며 제발 한 번만 만나게 해달라고 울부짖어서 저택 안의 자들도 손을 놓고 말았다. 그 딱하고 비참한 몰골을 보다 못해 요닌과 로조(쇼군이나 다이묘의 부인을 섬기던 궁녀의 우두머리—옮긴이)가 상담 끝에 공주님과 닮은 처녀를 다른 곳에서 빌려와 공주님으로 꾸며 보여 드리면 부인의 기분도 조금은 안정되리라고 결론지었다. 하지만 이런 일이 알려진다면 나라〔번(藩). 다이묘의 영지. 에도 시대에는 자신이 속한 영지를 나라로 인식했다. 일본국의 국민이란 개념은 메이지 유신 이후에 생겼다—옮긴이〕의 수치다. 어디까지나 비밀로 해내야만 하기에 두세 명이 나뉘어 짐작 가는 곳을 찾으며 돌아다녔다.

이 시대 사람은 성미가 느긋하다. 끈기 있게 찾던 중에 요닌 한 사람이 에이타이바시 다리 옆 찻집에서 뜻밖에 오초를 발견했다. 나이도 생김새도 딱 주문대로로 보여서 요닌은 궁녀 유키노를 데려와 감정을 부탁했다. 다행인지 불행인지 오초는 누가 보아도 합격이었다.

드디어 인물을 발견했지만, 저택 안에서는 이제 어떻게 데려오느냐에 대해 의견이 두 갈래로 나뉘었다. 처녀에게 양해를 구하지 않고 끌고 온다는 것은 유괴나 마찬가지이니 내밀히 사정을 밝히고 얌전히 데려오는 게 좋겠다는 온건한 의견도 있었다. 그러나 한편으로는, 아무리 그래도 상대는 찻집 여자다, 입막음을 해둔들 과연 비밀을 지킬지 적잖게 불안하다, 나중에 생떼를 부리면 귀찮아진다, 조금 찝찝하기는 하지만 차라리 불시에 끌고 오는 게 무난할 것이다, 가문의 체면은 무엇과도 바꿀 수 없다, 하고 말하는 자들도 있었다. 결국 후자가 세력을 얻어 그 역할을 맡은 무사들은 신분에 어울리지 않게 유괴나 마찬가지인 짓을 몇 번이나 해야 했다.

그렇게 고심한 보람이 있어, 계략은 훌륭하게 성공했다. 정신이 나간 부인은 가짜인 오초를 밤낮 가리지 않고 들여다보았다. 죽은 공주의 혼이 다시 이 세상에 돌아왔다고 생각했는지 그 후부터는 잊은 것처럼 얌전해졌다. 그러나 효과는 일시적이라 오초의 모습이 며칠 보이지 않으면 공주를 만나게 해달라며 또 미쳐 날뛰었다. 그렇다고 다른 사람의 자식을 한도 없이 구금해두지도 못하므로 저택 사람들 역시 난처했다.

때마침 또 한 가지 새로운 문제가 생겼다. 올해 칠월부터 모든 다이묘의 처자식은 마음대로 귀국해도 좋다는 허가가 떨어진 것이다. 모든 번(藩)들이 기뻐했다. 인질이 되어 오랜 시간 에도에서 지내야만 했던 모든 다이묘의 정실과 자식들은 앞다투어 도망치듯 본국으로 돌아갔다. 당연히 이 저택에서도 부인을 영지로 보내기로 했으나 미치광이나 다름없는 부인이 가는 길에 날뛰기라도 하면 어찌해야 하는가. 그것이 모두의 가슴에 가로놓인 고뇌라는 무거운 응어리였다. 다시 회의가 열렸다. 어떻게든 오초를 멀리 있는 본국까지 데려가야만 한다고 결론이 났다.

허나 이번에는 반영구적인 문제라 아무리 그래도 동의 없이 끌고 가지는 못한다. 결국 본인과 부모에게 상의하여 평생 고용을 약속하고 데려오기로 했다. 그 사자로서 궁녀 유키노가 어제도 부모를 찾아온 것이었다. 차라리 처음부터 분명히 사정을 밝혔다면 이쪽도 생각할 여지가 있었을지 모르지만 오로지 가문의 체면만을 염려했던 유키노가 모든 것을 비밀로 하고 상담을 매듭지으려고 조바심을 낸 탓에 이쪽의 불신은 점점 깊어졌다. 더불어 그 틈을 타 오슌 같은 가짜가 나타나는 바람에 사건은 더욱 복잡해지고 말았다.

사정을 듣고 보니 한시치도 가여운 기분이 들었다. 자식 때문에 미친 어머니의 마음과, 그 어머니를 진정시키기 위해 애쓴 가신들의 참담함. 거기에 대고 모진 말을 할 수는 없었다.

오초가 숨어 있던 작은 방에서 천천히 기어 나왔다. 오초는 젖은 눈가를 훔치며 말했다.

"이걸로 전부 알았습니다. 어머니, 저 같은 것이라도 도움이 된다니 부디 그 나라로 보내주세요."

"예? 정말로 받아들여 주시는 건가요?"

유키노는 오초의 손을 잡고 받들어 모실 것처럼 감사 인사를 했다.

보름달은 남쪽 하늘로 떠올라 정원에서 집 안까지 한가득 밝게 비추었다.

"오카메도 결국은 승낙하여, 딸을 보내기로 했어요."

한시치 노인이 말했다.

"그로부터 이야기가 더 진행되어 차라리 어머니도 함께 가면 어떻겠느냐는 말이 나왔지요. 에도에는 가까운 친척도 없고, 자신도 점점 나이를 먹어 가니 오카메도 딸 곁으로 가는 편이 좋겠다고 생

각해서 살림살이를 정리해 함께 먼 나라로 떠났습니다. 들리는 바로
는 성시 마을에 집 한 채를 받아 안락한 은거 생활을 보내다 세상을
떴다고 합니다. 메이지로 바뀌고 얼마 안 있어 부인도 죽고, 비로소
역할을 마친 오초는 그 집안에서 훌륭하게 준비해주어서 상당한 집
안으로 시집갔다고 하던데 아마 아직 살아 있겠지요. 오슌은 에도에
서 살 길이 막막해져 슨푸(현재의 시즈오카 현─옮긴이)로 흘러들어
가, 거기서 처형당했다고 들었습니다."

쓰노쿠니야 津の国屋

半七捕物帳

1

깊어 가는 가을밤, 어딘가에서 경을 읊으며 치는 북소리가 들렸
다. 흔해 빠진 소리라고 생각하면서도 지긋이 귀를 기울여 듣다 보
니 야릇한 쓸쓸함을 자아내었다.

"일곱 명의 괴짜들이 괴담 놀이를 한 것도 이런 밤이었겠죠."

내가 먼저 입을 열자 한시치 노인은 "그렇죠" 하며 웃었다.

"그 이야기는 지어낸 것이지만 옛날에는 정말로 괴담 놀이를 했
답니다. 누가 뭐래도 에도 시대에는 괴담이 어마하게 유행했으니까
요. 연극에도 삽화 소설에도 마구잡이로 귀신이 등장했지요."

"한시치 씨가 몸담았던 바닥에도 괴담이 꽤 있었지요?"

"제법 있었습니다만, 제가 접한 괴담은 아무래도 진짜가 적고 종국에는 비밀이 밝혀지고야 말았으니, 참 곤란했지요. 선생께 쓰노쿠니야 이야기를 해드렸던가요?"

"아니요, 듣지 못했습니다. 괴담인가요?"

"괴담이지요."

노인은 진지한 표정으로 고개를 끄덕였다.

"바로 여기, 아카사카에서 있었던 일입니다. 제가 직접 개입한 사건이 아니라 기리바다케의 쓰네키치라는 젊은 녀석이 해결한 일이에요. 그이의 아버지인 사와에몬에게 신세를 졌던 연으로 쓰노쿠니야 소동 때 뒤에서 젊은 쓰네키치를 거들어주었을 뿐이라, 어쩌면 제가 모르는 일도 다소 있을지 모르겠습니다. 어쨌거나 꽤 복잡한 사정이 얽힌 이야기입니다. 조금 수상쩍더라도 틀림없이 실화라는 점을 유의해서 들어주십시오. 옛날이라고 해도 겨우 삼사십 년 전, 하지만 그사이 세상은 참 많이 달라졌어요. 그때는 요즘 사람은 생각도 못할 일이 종종 있었습니다."

고카 사 년(1847년) 유월 중순께의 저녁 무렵, 아카사카 우라텐마초의 도키와즈 여사범 모지하루는 호리노우치에 있는 사찰의 조사(祖師)님을 참배하러 갔다가 지친 발을 끌고 요쓰야의 관문(關門)에 다다랐다. 호리노우치에서 아카사카까지는 지름길이 있지만, 여자 혼자 몸이라 될 수 있으면 사람이 많은 큰길을 택했다. 그런 데다 도

자기 가게에서 잠시 쉬며 한여름의 뙤약볕을 피했던 탓에 여자 걸음으로 겨우겨우 에도에 들어섰을 때는 이미 저녁 일곱 시가 지나 있었다. 아무리 날이 긴 여름이라 해도 해는 벌써 저물었다.

모지하루는 고슈 가도의 흙먼지를 뒤집어써서 끈적끈적한 목 언저리의 땀을 닦으며, 요쓰야 대로를 따라 곧장 발걸음을 재촉하다가 자신을 쫓아오는 이를 돌아보았다. 열예닐곱쯤 먹었음직한 처녀였다.

"아가씨는 어디까지 가나요?"

처녀는 아까부터 앞서거니 뒤서거니 하면서 그림자처럼 착 달라붙어 따라오는 것이었다. 날이 어둑어둑해 제대로 판별은 되지 않으나 길가 가게의 등불로 슬쩍 보니 창백한 피부에 마른 처녀로, 시마다마게(뒷머리를 크게 부풀린 미혼 여성의 전통적인 머리 모양―옮긴이)로 머리를 틀어 올리고 하얀 바탕에 패랭이꽃을 물들인 유카타를 입고 있었다.

단지 그뿐이라면 별문제도 없을 텐데, 문제는 이 처녀가 모지하루 곁에서 떨어지지 않고 동행이라도 되는 양 달라붙어 걷는 것이었다. 번거롭기는 했지만, 젊은 처자가 마음이 적적하여 사람 뒤를 쫓아오는 것이겠거니 생각하며 처음에는 특별히 신경 쓰지 않았다. 그러나 너무 끈질기게 따라붙자 기분이 좋지 않았다. 어쩐지 으스스한 느낌도 들었다.

하지만 상대는 연약한 처녀다. 설마하니 강도나 소매치기는 아닐 터. 모지하루는 올해 스물여섯으로 여자치고 몸집이 크다. 만일 이 처녀가 느닷없이 못된 짓을 하려 덤비더라도 속수무책으로 당하지는 않으리라고 대수롭지 않게 여기고 있었으므로, 그리 무섭거나 두렵지는 않았다. 그래도 자꾸만 자신의 뒤를 밟는 듯한 기분이 들었다. 그러자 점점 기분이 나빠져 강도니 소매치기니 하는 것이 아니라 혹시 요사한 마물이 아닐까 하는 의심마저 들기 시작했다. 저승사자나 도리마(만나는 사람에게 해악을 끼치는 마물─옮긴이), 여우나너구리 같은 요괴가 자신을 따라오는 게 아닐까 생각하니 별안간 몸이 부르르 떨렸다. 그녀는 더 버티지 못하고 염주를 든 손을 모아 입속으로 '나무아미타불'을 열심히 읊조리며 걸었다. 마침내 무사히관문을 지나 이제 에도에 들어섰다고 생각하자 마음이 조금 든든해졌다. 등불을 켜야 할 시간이라지만 한여름의 저녁나절은 활기가 넘쳤고, 길 양편에 가게들도 늘어서 있다. 모지하루는 여기까지 와서처음으로 큰맘 먹고 처녀에게 말을 걸었다. 처녀는 작고 조심스러운목소리로 대답했다.

"저기, 아카사카에 볼일이 있어서……."

"아카사카 어디요?"

"우라텐마초라는 곳이에요."

모지하루는 또다시 흠칫했다. 평소 같으면 길동무가 생겨 마침 잘됐다고 생각해야 할 상황이었지만 이때만큼은 도저히 그렇게 생각할 수 없었다. 어떻게 이 처녀가 자신의 행선지를 아는 걸까 싶어 이상하고 무서웠다. 모지하루는 좌우를 두리번거리며 다시 물었다.

"우라텐마초의 누구네를 찾아가나."

"쓰노쿠니야라는 술 도매상에……."

"아가씨는 어디에서 왔어요?"

"하치오지에서요."

"아, 그래요."

대답은 그렇게 했으나 이상한 일이었다. 아주 멀지는 않지만 하치오지에서 에도의 아카사카까지 오는 길이라면 여행이라 불러야 할 거리다. 척 보기에 처녀는 여행 준비를 하나도 갖추지 않았다. 삿갓도 없고 짐도 없고 짚신조차 신지 않았다. 그녀는 유카타의 옷자락도 걷지 않은 채 삼실로 만든 조리를 신은 모양이었다. 젊은 처자가 이런 차림으로 하치오지에서 에도까지 왔다……. 그 점이 아무래도 이해되지 않았다. 그러나 일단 말을 붙인 이상 먼저 피할 수도 없었고, 상대편도 딱 달라붙어 떨어질 것 같지 않을 기세여서, 모지하루는 하는 수 없이 이 수상한 길벗과 이야기를 나누며 걸었다.

"쓰노쿠니야에 누군가 아는 이라도 있어요?"

"네. 사람을 만나러 가요."

"누구?"

"오유키라는 아가씨인데……."

오유키는 쓰노쿠니야의 귀하디귀한 외동딸로 모지하루에게 도키와즈를 배우러 오곤 했다. 수상한 처녀가 자신의 제자를 만나러 간다……. 모지하루는 더욱 불안해졌다. 오유키는 올해 열일곱 살로 마을에서 예쁘다고 소문이 자자하다. 쓰노쿠니야는 상당한 부자인데다 부모가 예술을 좋아해, 사범으로서 놓칠 수 없는 제자이기도 했다. 모지하루는 자신의 소중한 제자의 신변이 위험에 빠질까 싶어 샅샅이 탐색하기 시작했다.

"오유키라는 아가씨랑은 전부터 알고 지냈나?"

"아니요."

처녀가 모깃소리로 대답했다.

"한 번도 만난 적이 없어요?"

"만난 적은 없어요. 언니하고는 만났지만……."

불길한 예감이 들었다. 오유키의 언니 오키요는 지금으로부터 십 년 전에 덜컥 병에 걸려 죽고 말았다. 그런데 눈앞의 처녀가 어떻게 오키요를 알고 있을까. 모지하루는 묻지 않고 배길 수 없었다.

"죽은 오키요 씨가 아가씨 친구인가요?"

처녀는 대답하지 않았다.

"아가씨 이름이 뭐예요?"

처녀는 고개를 숙인 채 여전히 아무 말도 없었다. 이러쿵저러쿵 대화하는 사이 주변은 벌써 밤으로 물들어 어느 가게 평상에서 와자지껄한 웃음소리가 들렸다. 모지하루는 어쩐지 찝찝한 것이 아무래도 이 수상한 처녀에 대한 의심이 풀리지 않았다. 말없이 걸으면서 곁눈으로 흘깃 보니 처녀의 시마다마게는 엉망으로 흐트러져 귀밑머리가 창백한 볼 위에 떨리고 있었다. 모지하루는 그림으로 본 유

령을 떠올리고 으스스해졌다. 아무리 번화한 거리라도 이런 여자와 함께 걷는 건 기분이 좋지 않았다.

요쓰야 대로가 끝나면 어둡고 인적 드문 수로 옆길을 반드시 지나야만 한다. 말할 수 없는 불안이 엄습하는 가운데 등불이 켜진 밝은 대로를 뒤로하고 수로 옆길을 오른쪽으로 꺾자 처녀도 고개를 숙이고 모지하루를 따라왔다. 마쓰다이라 사도노카미의 저택 앞을 지나쳐 아이노바바까지 왔을 때 처녀의 모습은 어둠 속에 스윽 사라지고 말았다. 놀라 좌우를 살펴보았지만 어디에도 보이지 않았다. 불러 보아도 대답조차 없었다. 모지하루는 오싹하여 온몸에 소름이 돋았다. 그녀는 더 이상 앞으로 나아갈 용기가 생기지 않아 왔던 길로 구르듯 돌아서서 대로의 밝은 곳까지 도망쳤다.

"아니, 사범. 무슨 일이오?"

누가 말을 걸어 자세히 보니 같은 마을에 사는 목수 가네키치였다.

"아, 도편수군요."

"왜 이러오. 이렇게 숨을 헐떡이다니, 누가 나쁜 짓이라도 했나."

"네? 아니 그런 건 아닌데……."

모지하루는 숨을 거칠게 몰아쉬며 말했다.

"가네키치 씨, 마을로 돌아가는 길이지요?"

"그렇지. 친구 놈 집에 가서 장기 한 판 두다보니 이리 늦었지 뭐야. 사범은 대체 어디에 가시오?"

"나도 집으로 돌아가는 길이에요. 부탁이니 같이 가요."

가네키치는 벌써 쉰은 되었지만 남자에 힘쓰는 일을 하는 사람이기도 하니 동행으로 삼기 안성맞춤이었다. 모지하루는 안심하고 함께 걷기 시작했다. 그래도 아이노바바 앞을 지나칠 때는 옷깃 안으로 찬물을 뒤집어쓴 것처럼 몸을 움츠렸다. 가네키치는 좀 전부터 모지하루의 상태가 영 이상해 보여 무슨 일이 있었나 싶은 마음에 어두운 수로 옆길을 걸으며 차근차근 물어보았다. 모지하루는 목소리를 낮추면서 자초지종을 털어놓았다.

"처음부터 어쩐지 기분이 나쁘더라고요. 딱히 뭐가 있었던 건 아니지만 그저 이유도 없이 느낌이 이상해서……. 그랬더니 결국 중간에 휙 사라져버렸어요. 앞뒤 생각하지 않고 요쓰야 방면으로 도망쳐서 이제 어쩌나 할 때, 마침 도편수를 만난 거예요. 덕분에 살았어요."

"그것참 이상한 일이군."

가네키치도 어두운 길가에서 목소리를 낮추었다.

"사범, 그 열예닐곱 먹은 아가씨가 시마다마게를 했다고?"

"그래요. 자세히 보지는 못했지만 살결이 뽀얀 것이 좋은 집안 아가씨 같았어요."

"왜 쓰노쿠니야에 가는 걸까."

"오유키 씨를 만나러 간다던데……. 오유키 씨와 만나는 건 처음이지만 죽은 언니랑 만난 적이 있다더군요."

"어허. 이거 큰일이로군."

가네키치가 한숨을 쉬었다.

"또 나왔나."

모지하루는 펄쩍 뛰며 가네키치의 손을 꼭 붙들었다. 그녀는 부들부들 입술을 떨면서 물었다.

"그럼 도편수는 그 처자를 알아요?"

"으음. 가엾게도 오유키 아가씨도 얼마 남지 않았구먼."

모지하루는 더 이상 말이 나오지 않았다. 그녀는 가네키치의 팔에 매달린 채 끌려가다시피 걸음을 옮겼다.

2

모지하루는 집 앞까지 무사히 도착해서야 비로소 정신이 돌아온 듯했다. 그녀는 바래다준 감사의 마음으로 가네키치에게 들어와 차라도 한잔하라고 권했다. 하녀와 단둘이 사는 모지하루는, 집에 들어가자마자 하녀를 근처 과자가게로 심부름 보냈다. 가네키치도 거절하기 뭣하여 집 안으로 들어서니 모지하루가 부채를 권하며 말했다.

"오늘 밤은 덕분에 한숨 놓았습니다. 열심히 드린 불공도 도움이 못 되는군요. 제 죄가 너무 깊어서일까요. 그나저나 신경이 쓰이네요. 그 처녀가 쓰노쿠니야를 찾아가는 까닭이 대체 무얼지……."

모지하루가 가네키치를 무리해서 집으로 부른 것도 실은 이 무시무시할 듯한 비밀을 듣기 위해서였다. 처음에는 대충 에둘러 말하던 가네키치도 조금 전 무심코 입 밖에 낸 말의 꼬리를 잡고 추궁하자 결국 털어놓고 말았다.

　"사범은 내 절반밖에 살지 않았으니 아무것도 모르겠지. 거래처의 뒷담을 하는 것 같아 꺼려지기는 한데……. 그 아가씨가 자기 이름을 밝히던가?"

　"아니요. 제가 물어도 입을 다물고 있더라고요. 수상쩍지요?"

　"으음. 이상하군. 그 아가씨는 오야스일 거야. 하치오지에서 죽었다던가."

　모지하루는 잔뜩 긴장한 표정으로 맞장구를 쳤다.

　"맞아요, 맞아. 하치오지에서 왔다고 했어요. 그럼 그 아가씨는 하치오지에서 죽은 건가요?"

　"듣기로는 우물에 몸을 던져 죽었다는데 먼 곳에서 일어난 일이니 자세히는 모르지. 몸을 던졌는지 목을 맸는지, 방법이야 어찌 되었든 변사라고."

　"어머나."

　모지하루의 얼굴이 창백해졌다.

　"대체 왜 죽었답니까?"

　"쓰노쿠니야에서도 숨기는 일이라 우리도 모른 척해주고 있지만, 사범은 오늘 밤 오야스의 길동무도 했겠다, 관계가 전혀 없는 것도 아니니……."

"어머나, 도편수, 왜 이러세요. 나는 아무 관계도 없어요."

"이제 와서 뭘 그리 빼나. 어쨌거나 그 아가씨와 함께 왔으니 인연이 아예 없는 것도 아니지. 그러니까 사범에게만 몰래 이야기하는 거야. 대신 다른 곳에서는 입도 뻥끗하면 안 돼. 이런 얘기를 떠들었다는 걸 쓰노쿠니야에서 알면, 나는 단골 하나를 잃게 될지도 몰라. 아시겠소?"

모지하루는 말없이 고개를 끄덕였다.

"너무 옛날 일이라 나도 잘은 모르지만 아버지에게 들은 바로는, 쓰노쿠니야의 3대 전 주인이 시골에서 상경해 시타야의 쓰노쿠니야라는 주점에서 고용살이를 했는데, 그자가 참으로 부지런한 사람이라 쓰노쿠니야의 이름을 받아 여기에 분점을 차리게 되었다는군. 그렇게 시작한 사업이 술술 풀려 눈덩이처럼 커졌어. 쓰노쿠니야 본점은 예전에 망했지만 이쪽은 갈수록 번창해 2대, 3대 이어져 왔지. 그런데 이번 대의 주인 부부에게 자식이 생기지를 않았어. 주인 나리는 벌써 서른이 넘었고 빨리 양자라도 들여야 할 처지라, 하치오지에 있는 먼 친척에게 오야스라는 딸을 데려와 금이야 옥이야 키웠지. 그런데 오야스가 열 살이 되었을 때, 지금까지 자식 복이 없다며 포기했던 부인의 배가 불러오더니 여자아이가 태어났어. 그게 오키요 아가씨야. 양녀인 오야스와 자매처럼 자랐지만, 자고로 사람 마음이란 것이 내 배 아파서 낳은 아이가 귀여울수록 양딸은 짐짝처럼 여기게 되어 있잖아. 하지만 사람들 눈도 있고 양딸의 친부모에 대한 의리도 지켜야 하니 이러지도 저러지도 못해. 말로는 장차 오키요에게 가게를 물려주고 오야스는 데릴사위를 얻어 분가시킨다고 했지만, 그러자니 이번에는 돈이 아까웠겠지. 분가를 시키려면 상당한 돈이 필요하니까. 이런 사정으로 양딸이 점점 마음에 차지 않기 시작했는데……. 그렇다고 세상 사람들이 수군거릴 만한 일은 할 수 없고. 겉으로나마 친자식처럼 대하며 같이 살다 보니, 둘째 딸이 태어났어. 오유키 아가씨 말일세. 이렇게 친자식이 둘이나 생겼으니 양딸은 거추장스럽기만 하지 않겠나."

"그렇겠지요." 모지하루도 한숨을 쉬었다. "데려온 자식이 사내애라면 서로 짝지어 줄 수도 있으련만 전부 계집애여서야 어쩌지도 못하겠죠."

"그러니까 곤란해진 거지. 차라리 이유를 설명하고 양딸을 고향인 하치오지로 돌려보냈으면 좋았을 텐데, 그렇게도 하지 못할 사정이 있었나 보지. 그러다가 오야스가 열일곱 살이 되던 해 기어코 내쫓았어. 물론 그냥 쫓아낸 건 아니고. 가게에 드나드는 지붕 수리공과 정분이 난 것을 트집 잡아 쫓아내버렸지."

"그게 거짓이었나요?"

"아무래도 거짓이었던 모양이야."

가네키치는 고개를 가로저었다.

"다케라는 이름의 수리공이었는데 나이도 젊고 얼굴도 그럭저럭 봐줄 만했지만 술꾼에 도박꾼에 아주 개망나니 같은 녀석이었어. 얌전한 아가씨가 고르고 골라 그런 녀석과 어찌 될 리가 없지. 그런데도 쓰노쿠니야에서는 그것을 핑계 삼아 오야스를 맨몸으로 쫓아내고 말았지. 사람들은 몰랐지만, 그전부터 남몰래 매몰차게 대하기도 했을 테고, 오야스도 꽤 영리한 아가씨니까 부모의 마음을 대강 알고 있었던 모양이야. 결국 내쳐지게 되었을 때 무척 억울해하며, 자신은 양녀이니 친자식이 생긴 이상 쫓겨나는 것은 하는 수 없지만 다른 일도 아니고 그런 방탕한 짓을 했다는 누명을 씌워 내쫓다니 너무하다, 고향으로 돌아가 부모 형제며 친척들을 볼 낯이 없다, 반드시 이 한을 풀고 말겠다는 이야기를 사이가 좋았던 할멈에게 울면서 했다더군.”

“가엾기도 하지.”

모지하루도 눈물을 글썽였다.

“그래서 어찌 되었답니까?”

“그렇게 하치오지로 돌아가 얼마 안 돼서 죽었다고 하던데, 사람들 말처럼 강에 몸을 던졌는지 목을 맸는지는 모르지만 아무튼 쓰노쿠니야를 원망하며 죽은 건 틀림없지. 아가씨는 그렇게 되었다 치고, 상대였던 지붕 수리공 다케 놈이 얌전히 암말 안 하는 게 이상하다 싶던 차, 오야스가 죽고 두 달쯤 지나서였나, 한여름 뙤약볕 아래 단골집의 높은 지붕에 올라가 일을 하다 어디를 헛디뎠는지 거꾸로 떨어져 머리가 쪼개져 죽어버렸지. 그러자 또 여러 소문이 퍼졌어.

그놈은 쓰노쿠니야에서 몇 푼 받고 입을 다문 게 틀림없다, 녀석이 죽은 건 아가씨의 원한이라고."

"아이고 무서워라. 그래서 나쁜 짓은 할 게 못 돼요."

모지하루는 새삼 한숨을 쉬었다.

"어찌 되었든 오야스라는 아가씨가 죽고 연이어 애인이었다는 다케도 죽어 일단락이 되었는데, 실은 또 하나 이상한 일이 있었어. 지금으로부터 십 년 전, 잊을 수도 없는 그해에⋯⋯. 사범도 알겠지만 쓰노쿠니야의 오키요 아가씨가 원인 모를 병으로 목숨을 잃었지. 나이가 많건 적건 그게 수명이라면 어쩔 수 없지만 죽은 그해 아가씨 나이가 딱 열일곱이었어. 먼저 간 오야스와 같은 나이지. 오야스도 열일곱에 죽었고 오키요 아가씨도 열일곱에 죽은 거야. 이거 좀 이상하지 않은가. 아무도 대놓고 말하지는 않지만 먼저 간 양딸을 아는 이는 뒤에서 이러저러 떠들었지. 게다가 오키요 아가씨가 죽기 전에 오늘 밤이랑 똑같은 일이 있었단 말일세."

"도편수!"

"아니, 겁주려는 게 아니야."

가네키치는 그렇게 말하며 짐짓 미소를 지었다.

"사실은 말이지, 쓰노쿠니야의 귀한 딸이 몸져눕기 이삼일 전 밤에 근처 사는 이가 바깥에 나왔다가 길모퉁이에서 처녀를 보았어. 처녀는 패랭이꽃 무늬 유카타를 입고⋯⋯."

"알겠으니 이제 그만하세요."

모지하루는 옴짝달싹도 못하게 되었는지 한쪽 손으로 다다미를 짚은 채 가네키치를 쳐다보았다.

"조금만 더 들어 봐. 그 아가씨가 쓰노쿠니야의 양딸 오야스와 너무 닮아서 무심코 말을 걸려 했더니 온데간데없이 사라졌다는 거야. 그런 소문을 여러 번 들었지만 헛소리라고 생각하며 마음에 담아두지 않았는데, 오늘 밤 사범의 이야기를 들어보니 과연 그것도 거짓말이 아니었던 모양이네. 오야스가 또 데리러 왔나 보구먼. 쓰노쿠니야의 오유키 아가씨도 올해 열일곱이 되었으니까."

부엌에서 덜컹하는 소리가 들려 모지하루는 또 한 번 깜짝 놀랐다. 과자를 사러 갔던 하녀가 지금 막 돌아온 것이었다.

3

모지하루는 그날 밤 마음 놓고 잠들 수 없었다. 패랭이꽃 무늬 유카타를 입은 젊은 여자가 모기장 밖에서 지켜보는 악몽에 시달려 잠이 들라치면 금세 눈이 뜨였다. 마침 찌는 듯 무더운 밤이라 베개에 씌운 종이가 흠뻑 젖어 있었다. 다음 날도 머리가 무겁고 가슴이 답답해 아침을 먹고 싶은 마음이 들지 않았다. 하녀에게는 어제 먼 길을 걸어 더위를 먹은 것 같다고 얼버무렸으나 머릿속은 말로 표현할 수 없는 공포로 가득 차 있었다. 모지하루는 불단에 향불을 올리고 멀리서나마 오야스라는 처녀의 명복을 빌었다.

동네 처자들이 언제나처럼 수업을 받으러 왔다. 쓰노쿠니야의 오유키도 왔다. 건강한 얼굴을 보고 모지하루는 일단 마음을 놓았지만, 그 등 뒤에 눈에 보이지 않는 오야스의 그림자가 들러붙어 있는 게 아닐까 생각하니 오유키와 마주하는 것조차 꺼려졌다. 수업이 끝나고 오유키가 이런 말을 꺼냈다.

"사범님, 어젯밤에 이상한 일이 있었어요."

모지하루는 가슴이 두근거렸다.

"밤 아홉 시 무렵이었을까요."

오유키는 그렇게 이야기를 시작했다.

"가게 앞 평상에 앉아 더위를 피하고 있는데, 하얀 유카타를 입은…… 제 또래쯤 되어 보이는 여자가 집 앞에 서서 무슨 사정이라도 있는 눈치로 줄곧 안을 쳐다보는 게 아니겠어요. 아무래도 수상한 사람인 것 같다 생각하고 있는데, 가게에서 일하는 조타로도 눈치를 채고 여자에게 무슨 용건이라도 있느냐고 물었어요. 그랬더니 여자가 대답도 않고 스윽 가버렸어요. 조금 지나자 처음 본 가마꾼이 와서 가마 삯을 달라더군요. 잘못 찾아온 것이 아니냐, 이 집에서 가마를 이용한 사람은 없다고 하자, 그럴 리가요, 요쓰야 파수대 근처에서 여자를 태우고 왔습니다, 그 여자가 저쪽 모퉁이에서 내리며 가마 삯은 쓰노쿠니야에 가서 받으라 하기에 이렇게 찾아왔습니다, 하고 절대로 물러서지 않는 거예요."

"그래서요……?"

"저희는 전혀 모르는 일인걸요."

오유키는 볼멘소리로 말했다.

"행수인 긴베도 계산대에서 나와, 대체 그 처녀가 누구냐고 물으니, 열일고여덟 정도 먹은 여자로 패랭이꽃 무늬 유카타를 입고 있었다더군요. 그렇다면 조금 전 가게를 엿보던 여자가 틀림없다, 거짓말로 가마 삯을 떼어먹고 도망친 거라고 얘기하는 중에 안에서 아버지가 나오셔서 설령 거짓말이라 해도 쓰노쿠니야라는 가게를 하는 자의 업보다, 가마꾼에게 피해를 입혀서야 쓰냐며 그이가 말하는 대로 가마 삯을 주자 가마꾼도 기뻐하며 돌아갔지요. 그리고 바로 아버지는 아무 말씀 없이 안채로 가버리시고, 나중에 가게 사람들끼리 수군거렸어요. 요즘 처녀는 참 무섭다, 그렇게 어린 나이에 가마 삯을 등치다니, 저게 버릇이 되면 나중에는 사기꾼이나 꽃뱀이 되기 십상이라고……."

"정말로 그렇군요."

태연히 맞장구를 쳤지만 모지하루는 더 이상 오유키의 얼굴을 똑바로 바라볼 수 없었다. 사기꾼이나 꽃뱀 따위 댈 것도 아니다. 그 처자의 정체는 그보다 훨씬 더 무서운 것임을 오유키는 물론 일꾼들도 모르는 것이다. 지로베 혼자만 아무 말 없이 가마 삯을 내준 까닭은 분명 가슴속에 찔리는 것이 있었기 때문이리라. 오야스의 혼은 수로 옆길에서 자신과 헤어지고서 가마를 타고 쓰노쿠니야까지 찾아왔다. 아무것도 모르고 이야기하는 오유키 뒤편에는 분명히 패랭이꽃 무늬 유카타의 그림자가 연기처럼 들러붙어 있으리라. 모지하루는 그렇게 생각하자 두렵기도 하고, 또 가엾기도 했다.

제 욕심 때문만이 아니라 제자와 스승의 정을 생각하더라도, 오래 알고 지낸 아름다운 제자가 끝내 사령에게 씌어 목숨을 잃을 것을 생각하니 가슴이 저렸다. 그렇다고 다른 일처럼 쉽게 주의를 줄 수도 없는 노릇이었다. 그게 부모 귀에 들어가, 대체 무슨 유언비어를 퍼뜨리는 거냐며 따지고 들면, 표면적으로는 변명할 거리가 없다. 게다가 오유키에게 무심코 주의를 주었다가 자신까지 사령의 원한을 살까 두려웠다. 모지하루는 이것저것 생각했지만, 묵묵히 오유키를 죽게 내버려 두는 수밖에 없었다.

어제 제대로 눈도 붙이지 못한 데다 불길한 이야기를 잇달아 들은 피로감에 기분이 나빠져 오후부터 수업을 쉬었다. 모지하루는 불단에 등명(燈明)이 꺼지지 않도록 주의하며 어제저녁 함께 길을 걸은 오야스의 성불을 기도하는 김에 평소 믿는 조사님께 오유키와 자신이 아무 피해 없이 무사하기를 빌었다. 그날 밤도 편히 잠들 수 없었다.

다음 날 역시 아침부터 무더웠다. 오유키가 변함없이 수업을 받으러 왔기 때문에 모지하루는 일단 안심했다. 그렇게 이틀, 사흘 무사한 날이 이어지자 공포심도 서서히 엷어져 비로소 밤에도 푹 잘 수 있었다. 그러나 패랭이꽃 무늬 유카타를 입은 오야스의 망령이 틀림없이 자신과 함께 이곳으로 왔던 것을 생각하면 아직 마음을 놓을 수 없었다. 그로부터 닷새 후, 오유키가 찾아와 또 이런 이야기를 했다.

"어제저녁 어머니가 크게 다치셨어요."

"어쩐 일로요?"

모지하루는 등줄기가 서늘해졌다.

"저녁 여섯 시가 지나서였지요. 이 층에서 무언가를 꺼내려고 하시다가 사다리 위쪽 두 번째 칸에서 발을 헛디뎌 거꾸로 굴러 떨어지셨지 뭐예요. 다행히 머리는 다치지 않았지만 왼쪽 다리를 조금 접질리셔서 바로 의사 선생님께 진찰을 받고 어제부터 자리보전하고 계세요."

"다리를 다치셨나요?"

"의사 선생님은 크게 접질린 건 아니라고 하셨지만 뼈가 욱신거린다며 오늘 아침에도 여전히 자리에 누워 계셨어요. 평소에는 여급을 시키셨는데 어제는 무슨 일인지 직접 이 층에 올라갔다가 그런 실수를 하신 거지요."

"정말 큰일 날 뻔했군요. 조만간 문병을 가야겠네요."

오야스의 저주가 점점 현실로 나타나는 것만 같아 모지하루는 두려움으로 몸이 얼어붙을 듯했다. 기분 탓인지 오유키의 낯빛이 파리하고, 돌아가는 뒷모습도 생기가 없어 보였다. 어쨌거나 다쳤다는 사실을 들은 이상 모른 척할 수 없어, 그날 오후에 근처에서 산 모나카 과자 상자를 들고 떨어지지 않는 발길로 쓰노쿠니야를 찾아갔다. 쓰노쿠니야의 안주인 오후지는 여전히 누워 있었으나 아침에 비해 다리 상태가 많이 좋아졌다고 했다.

"수업으로 바쁘실 텐데 일부러 발걸음을 해주셔서 감사합니다. 생각지도 못한 부상을 당하고 말았어요."

오후지는 눈살을 찌푸리며 말했다.

"이 층의 장대에서 빨래를 걷으러 올라갔다가……. 원래 여급이 하는 일이지만, 그 여급이 다쳐서 말이지요. 우물가에서 물을 긷다 두레박을 던져놓은 채 미끄러져 무릎이 까졌다며 다리를 절뚝거리고 있기에, 제가 대신 이 층에 올라갔는데 또 일을 당한 겁니다. 여자가 둘이나 다리를 절고 있으니 큰일이에요."

만사가 사령의 저주같이 여겨져 모지하루는 지레 겁을 먹었다. 이런 곳에 도저히 오래 있을 수 없어서 허둥지둥 인사를 하고 도망쳐 왔다. 밝은 대로로 나와 비로소 한숨을 돌리며 돌아보니 쓰노쿠니야의 안채 지붕에 커다란 까마귀 한 마리가 지긋이 앉아 있었다. 그 모습이 너무 의미심장해서 모지하루는 발걸음을 재촉해 집으로 돌아왔다. 까마귀는 모지하루의 뒷모습을 지켜보며 까악 하고 큰 소리로 울었다.

쓰노쿠니야의 안주인은 그 후 열흘이나 드러누워 있었으나 아직 자유로이 걷지 못했다. 그사이 모지하루는 이런 소문을 들었다. 쓰노쿠니야에서 일하는 젊은이가 근처 무사님이 사는 저택에 주문을 받으러 갔다가, 갑자기 위에서 지붕 기왓장 하나가 오른쪽 눈 위로 떨어지는 바람에 한쪽 눈이 퉁퉁 부어올랐다. 조타로라는 그 젊은이가 요전 날 밤, 쓰노쿠니야 앞에서 패랭이꽃 무늬 유카타를 입은 처녀에게 말을 건 남자라는 사실을 모지하루는 오유키의 이야기로 알고 있었다. 무시무시한 저주는 점점 널리 손을 뻗어 쓰노쿠니야 일가권속에게 재앙을 내리고 있는 게 아닐까. 쓰노쿠니야만이 아니라 종국에는 자신에게까지 해가 끼치는 게 아닐까 하는 두려움에 살아도 사는 것 같지가 않았다.

모지하루는 가까운 절로 날마다 참배를 하러 다니기 시작했다.

4

쓰노쿠니야의 안주인 오후지의 상처는 영 나을 기미가 보이지 않았다. 아무래도 다리 부상이다 보니 괜히 병을 더 키워 타박상처럼 되면 큰일이라고 생각하던 참에, 아사쿠사 우마미치에 접골로 유명한 의사가 있다고 하여 매일 아카사카에서 우마미치까지 가마를 타고 의원을 찾아갔다.

음력 칠월 초순이면 이미 가을이라 할 수 있지만 늦더위가 기승을 부려 의원에는 사람이 북적였다. 조금만 늦게 가도 끝도 없이 기다려야 하기 때문에 오후지는 되도록 해 뜨기 전에 집을 나서기로 했다. 오늘 아침도 여섯 시가 조금 지나 쓰노쿠니야를 나선 오후지는 대기해 둔 가마에 올라타려다가 문득 시선을 돌렸다. 한 스님이 자신의 집을 향해 무언가를 열심히 외고 있었기 때문이었다. 요전부터 여러 재앙이 겹친 참이라 신경이 쓰여서 그대로 못 본 체 지나치지 못하고, 멈추어 서서 스님의 모습을 지켜보았다. 그녀를 배웅하러 나왔던 사환 유키치 역시 말없이 신기하게 바라보았다.

마흔 전후쯤 되어 보이는 평범한 탁발승이었다. 탁발승이 가게 앞에 서 있는 모습이야 딱히 별날 것도 없지만, 근처에서 한 번도 본 적 없는 스님이기도 하고, 기분 탓인지 그의 모습이 다른 탁발승과 달리 보여서 가마에 기대 한참을 쳐다보고 있었다. 마침내 탁발승이 가게 앞에서 발걸음을 떼 오후지의 가마 곁을 지나칠 때 입속으로 중얼거리는 소리가 들렸다.

"집에 액이 끼었어. 나무아미타불, 나무아미타불."

"저기요."

오후지는 저도 모르게 탁발승을 불러 세웠다.

"스님께 좀 여쭙겠습니다. 이 집에 나쁜 일이라도 있나요?"

"사령의 저주가 걸려 있소. 안됐지만 이 집은 대가 끊길지도 모르겠구려."

탁발승은 그런 말만 남기고 훌쩍 돌아서 가버렸다. 오후지는 새파랗게 질려 허겁지겁 발을 끌며 안으로 들어갔다. 남편 지로베에게 호소하자 그도 처음에는 미간에 주름을 모았으나 이내 생각을 고쳐먹은 듯 웃음을 터뜨렸다.

"중이란 것들은 뭐가 어찌 되어도 그렇게 말하고 싶어 하는 족속이야. 이 집에 연이어 부상자가 나왔다는 얘기를 어디선가 듣고 찾아와, 그럴싸한 말로 겁을 준 다음 기도금이라도 뜯어내려는 거야. 요즘 세상에 그런 낡은 수법에 당할까 보냐. 기다려보게. 내일 또 찾아와서 같은 말을 할 테니까."

"그럴까요."

남편의 말도 일리가 있어 오후지는 반신반의하며 그대로 가마에 탔다. 탁발승의 모습이 눈앞에 어른거려서 아사쿠사에 가는 길에도 거듭 진위를 따져 보았지만, 갈 때도 올 때도 딱히 이렇다 할 일은 생기지 않았다. 다음 날 아침 탁발승은 쓰노쿠니야 앞에 모습을 나타내지 않았다. 그러자 오후지의 마음에 불안이 싹텄다. 정말 겁을 줘서 기도금 몇 푼을 뜯어내려는 속셈이라면 겁만 주고 자취를 감출 리가 없다. 다시 가게 앞에 나타나지 않는 것은 역시 진짜 예언이기 때문일까. 그는 남편이 마구 헐뜯은 것처럼 돈에 미친 천한 땡추중이 아닌 듯했다. 일꾼들에게 매일 주의 깊게 가게 앞을 살펴보게 했으나 탁발승은 그 후로 한 번도 모습을 나타내지 않았다.

물론 일꾼들의 입도 단단히 단속해 두었지만 사환 미노스케가 마을 목욕탕에서 무심코 떠들고 만 탓에 소문은 금세 근처로 퍼졌다. 당연히 모지하루도 듣게 되었다. 그렇지 않아도 요전부터 겁에 질려 있던 그녀는 소문을 듣고 소름이 끼쳤다. 모지하루는 길거리에서 목수 가네키치를 만났을 때 이렇게 속삭였다.

"있잖아요, 도편수. 무슨 수가 없을까요? 오야스의 저주로 쓰노쿠니야가 당장에 망할지도 몰라요."

"이것 참 난처해졌어."

가네키치는, 단골집의 재앙을 그저 바라만 보는 것은 참으로 야박하지만 문제가 문제인 만큼 당장 어떻게 할 수도 없다고 얼굴을 찌푸리며 말했다. 차라리 사범이 쓰노쿠니야에 가서 오야스의 유령을 만났던 일을 솔직히 말하면 어떻겠느냐고 권했으나 모지하루는 몸을 부르르 떨며 고개를 저었다. 모지하루는 그런 소리를 섣불리 했다가 자신이 어떤 저주를 받을 줄 아느냐며 겁에 질려 있었다.

그런 까닭으로 모지하루는 쓰노쿠니야의 운명을 딱하게 여기는 한편으로 자신의 신변까지 걱정해야 했다. 매일 수업을 받으러 오는 오유키를 보는 것조차 꺼림칙했고, 언제나 그 뒤에 오야스의 망령이 그림자처럼 붙어 있을 것 같아 두려웠다. 얼마 안 있어 또 이런 소문이 마을 여탕에서 나왔다.

쓰노쿠니야의 오마쓰라는 스물쯤 먹은 여급이 목욕을 하고 돌아오는 길이었다. 밤 열 시가 조금 못 된 시각이었는데, 어둑어둑한 골목에서 허깨비 같은 젊은 여자가 스윽 나타나더니 오마쓰를 스쳐 지나가며 이렇게 말했다.

"빨리 가게를 그만두세요. 쓰노쿠니야는 곧 망합니다."

깜짝 놀라 돌아보자 여자의 모습은 온데간데없었다. 오마쓰는 덜컥 겁이 나 헐레벌떡 도망쳤다. 주인 나리에게 그런 얘기를 털어놓을 수도 없어, 동료인 오요네에게 살짝 말했는데, 오요네가 그것을 다른 일꾼에게도 흘렸다. 가게에서뿐만 아니라 목욕탕에 가서도 주변 사람들에게 이야기했다. 그것이 동네방네 소문의 씨앗이 되었다.

어느 시대건 모든 소문은 살이 붙어 전파되는 게 세상의 이치이다. 하물며 미신을 좋아하던 이 시대의 사람들은 이러한 불길한 소문이 때때로 이어지는 것을 결코 흘려듣지 않았다. 소문은 이 끝에서 저 끝으로 퍼지며 목욕탕이나 이발소에서뿐만 아니라 건실한 상인의 상점 앞에서도 진지하게 "쓰노쿠니야에는 사령의 저주가 내렸다"며 쑥덕거리게 되었다.

백중(伯仲)을 하루 앞두고, 오유키는 언제나처럼 수업을 받으러 모지하루의 집에 왔다. 마침 다른 제자가 없는 것을 보고 그녀는 작은 목소리로 사범에게 말했다.

"사범님도 들으셨죠? 저희 집에 사령의 저주가 내렸다는 이야기……."

모지하루는 뭐라고 대답하면 좋을지 몰라 망설였지만, 솔직히 말을 꺼내기가 꺼려져 일부러 시치미를 뗐다.

"세상에, 누가 그런 소리를 한답니까? 정말 너무하군요. 대체 왜

들 그러는지."

"여기저기서 수군거려서 부모님도 벌써 알고 계세요. 어머니는 얼굴을 찌푸리고, 자신의 다리는 이제 낫지 않을지도 모른다고 말씀하셨어요."

"왜 그러실까요."

모지하루는 벌렁거리는 가슴을 진정시키며 물었다.

"왜인지는 모르지만……."

오유키는 그렇게 말하며 표정도 어두워졌다.

"부모님도 그 소문을 몹시 신경 쓰면서, 때마침 백중날 전에 그런 소문이 돌다니 불안하다고 말씀하고 계세요. 누가 지어낸 이야기인지는 모르지만 정말 신경 쓰여요. 쓰노쿠니야 앞에 매일 밤 여자의 유령이 서 있다니, 너무 어이가 없어서 거짓말인 줄 알아도 기분이 나빠요."

모지하루는 오유키가 참으로 딱했다. 오유키는 분명 아무것도 모르리라. 모르니까 이리도 아무렇지 않게 그런 이야기를 하는 것이겠지. 차라리 솔직하게 모두 털어놓고 제발 조심하라고 주의를 해주고도 싶었지만 과감히 이야기를 꺼낼 용기가 없었다. 모지하루는 대충 대답을 얼버무리고 말았다.

백중 연휴가 끝나고 오유키는 사범을 찾아와 또 이런 이야기를 하였다.

"사범님, 아버지가 은퇴하고 절로 들어가시겠다는 걸 어머니랑

행수가 말려서 겨우 마음을 접으셨어요."

"절?"

모지하루도 놀랐다.

"주인 어르신이 스님이 되시겠다니 대체 무슨 일이에요?"

십이일 아침, 단나사 주지가 쓰노쿠니야에 왔다. 주지는 불단 앞에서 경을 외우고 나서 근자에 가까운 사람에게 좋지 못한 일이 없었으냐고 물었다. 이런 시기에 갑자기 그런 것을 물어서 쓰노쿠니야의 주인 부부도 움찔했다. 하지만 짚이는 게 없다고 대답하자 주지는 고개를 갸웃거리며 입을 다물었다. 그 모습이 어쩐지 사정이 있어 보여 부부가 캐물으니 최근 사흘 밤 연달아 쓰노쿠니야 집안 묘소 앞에 연기처럼 서 있는 젊은 여자를 주지가 똑똑히 보았다는 것이다. 기모노의 색과 모양을 정확히 본 것은 아니지만, 하얀 천에 패랭이꽃 무늬를 염색해 놓은 것 같았다고 덧붙였다.

부부는 여전히 짐작 가는 바가 없다고 딱 잡아떼고서 상당한 사례금을 줘 돌려보냈으나, 그날 저녁부터 오후지의 다리가 또다시 심하게 아프기 시작했다. 지로베도 기분이 안 좋다며 저물녘부터 자리에 눕고 말았다. 밤중에 부부가 돌아가며 끙끙대는 통에 집안사람들이 놀라 일어났다. 다행히 오후지의 통증은 다음 날 가라앉았지만, 지로베는 계속 기분이 안 좋다며 제대로 식사도 하지 않고 한나절은 누웠다 일어났다 하다가 오후에 사찰 순례를 갔다. 그러나 그날 밤마중불(죽은 조상을 집으로 맞이하기 위해 피우는 불—옮긴이)을 지필

때는 문전에 얼굴을 내밀지 않았다.

십오일 배웅불(집으로 돌아왔던 조상의 영혼을 되돌려 보내기 위해 피우는 불—옮긴이)을 지피고 나서 지로베는 부인과 행수를 안채로 불러 자신은 이제 은퇴하겠다고 갑자기 선언했다. 부인이야 당연히 놀랐고, 행수 긴베 역시 깜짝 놀라 어떻게 된 일이냐고 따져 물었지만 지로베는 자세히 이야기해 주지 않았다. 아무래도 십삼일 오후에 사찰 순례를 가서 주지와 상담한 끝에 내린 결론인 듯했다. 지로베의 갑작스러운 은퇴를 긴베는 끝까지 반대했다. 부인 오후지는 남편을 말리며, 설령 은퇴하더라도 딸이 적당한 짝을 만나 첫 손자 얼굴이라도 본 다음에 하라고 주장했다. 그렇게 입씨름을 하던 중에 지로베가 단순히 은퇴한다는 것이 아니라 은퇴와 동시에 출가하려고 마음먹었음을 알고 오후지와 긴베는 또 한 번 놀랐다. 두 사람이 눈물을 흘리며 두 시간 넘게 설득해 겨우겨우 지로베의 결심을 흔들었다.

"아버지가 저리 말씀하시는 것도 무리가 아니지만, 갑자기 은퇴를 하시면 쓰노쿠니야도 앞으로 어찌 될지 모르겠구나."

오후지는 다음 날 아침 딸인 오유키에게 슬쩍 이야기했다.

그 이야기를 들은 모지하루는 속으로 끄덕였다. 지로베가 은퇴하고 머리를 깎으려는 사정도 대충 이해가 갔다. 아마도 단나사의 주지에게 업보를 털어놓고, 오야스의 원한을 풀기 위해 다소의 발심으로 출가를 결심했겠지. 오후지나 긴베가 그것에 반대한 것도 무리는 아니나, 눈 빠히 뜨고 사령에게 썬 채 쓰노쿠니야를 기울게 하기보다 오유키에게 마땅한 짝을 맺어주고 자신은 은퇴하는 편이 오히려 안전하지 않을까 하고 생각했을 것이다. 그러나 함부로 그런 말을 놀릴 수도 없어서 모지하루는 조용히 오유키의 이야기를 들었다.

5

그 후로 오륙일이 지나 쓰노쿠니야에서 일하는 오요네가 무서운 일을 당했다. 오마쓰가 수상한 여자를 만난 것과 같은 시각으로, 이번에도 목욕탕에서 돌아오는 길이었다. 그날 밤은 비가 추적추적 내려서 오요네는 우산을 비스듬히 들고 발걸음을 서두르고 있었는데, 도중에 발을 잘못 디뎌 신발이 뒤집히는 바람에 나막신 끈이 뚝 끊어져버렸다. 어두운 길에서 손 쓸 방도가 없어 하는 수 없이 끈이 끊어진 나막신을 손에 들고 한쪽 발은 맨발인 채 다시 걷기 시작했다. 그때 갑자기 우산 그림자에서 젊은 여자가 하얀 얼굴을 내밀더니 작은 목소리로 말했다.

"쓰노쿠니야는 곧 망할 거야."

오마쓰의 이야기를 들었기에 오요네는 덜컥 겁이 났다. 오요네는 저도 모르게 꺄 하고 비명을 지르며 들고 있던 나막신을 내던지고, 다른 쪽 나막신도 벗어버린 채 맨발로 가게까지 도망쳤다. 나이 어린 그녀는 가게로 뛰어든 동시에 털썩 쓰러져 정신을 잃었다. 물을 가져와라, 아니 약을 가져와라 한참 소란을 피운 끝에 겨우 정신을 차렸지만, 오요네는 그날 밤 내내 고열에 시달리며 밑도 끝도 없는 헛소리를 했다.

때때로 "쓰노쿠니야는 곧 망할 거야"라고도 했다. 주인 부부는 물론 일하는 이들까지 기분 나빠한 탓에 쓰노쿠니야에서는 병든 오요네를 집으로 돌려보내기로 했다. 나가는 가마를 보고 근처 주민들이 입방아를 찧었다. 이런 일이 오래가면 가게 매출에도 영향을 끼치기 때문에 행수 긴베도 크게 걱정했다. 불행 중 다행으로 오후지의 다리는 점점 좋아져 최근에는 우마미치의 의원까지 다니지 않아도 될 정도였다. 지로베는 장사 따위 아무래도 좋다는 듯이 매일 밤낮으로 불단 앞에 앉아 염불을 외고 있었다.

그러한 이야기는 오유키의 입을 통해 전부 모지하루의 귀에 들어왔다. 모지하루는 점점 마음이 무거워졌다. 쓰노쿠니야는 늦든 빠르든 분명히 망하고 말 것이다.

팔월이 된 뒤로는 한동안 이상한 일이 없었으나 십이일 밤에 안채 불단에서 불이 나 대대로 내려온 위패와 과거장이 하나 남김없이 불타고 말았다. 초저녁에 벌어진 일이라 바로 불을 꺼서 다행히 큰일은 없었지만 하필이면 불단에서 불이 났다는 점이 집안사람들을 불안에 떨게 했다.

행수 긴베는, 등명이 바람에 흔들려 불이 났다고 말했다.

이 시기에 이런 일까지 세상에 알려져서 좋을 리가 없으므로, 긴베는 애써 그것을 감추려고 했으나 누가 입을 놀렸는지 금세 주변에 알려지고 말았다. 여급 오마쓰도 더 이상 참지 못하고 그달 말에 부모가 편찮다는 구실로 무리하게 일을 그만두었다. 지난달에는 오요네가 집으로 돌아가고, 이달은 오마쓰가 떠나고, 새로 종업원을 뽑을 시기도 아닌데 여급이 한 사람도 남지 않게 되자 부엌일에 지장이 생겼다. 근처 소개소도 나쁜 소문을 알고 있어서 쉽게 대신할 일꾼을 보내주지 않았다.

"요즘에는 어머니와 제가 부엌일을 해요."

오유키는 모지하루에게 이야기했다.

"사실 어머니는 아직 다리가 좋지 않으셔서 가능한 한 제가 하려고 해요. 아직은 괜찮지만 점점 추워질 텐데 걱정이에요."

그런 이유로 당분간 수업도 빠져야 한다며 오유키는 풀이 죽었다. 수업은 둘째 치고 지금까지 부잣집에서 금이야 옥이야 자란 오유키가 매일 물일을 하며 얼마나 힘들까 싶어 모지하루도 눈물이 어렸다. 안타까운 심정으로 불행한 젊은 처녀의 얼굴을 바라보고 있는데, 오유키가 또 말했다.

"아버지는 은퇴도, 스님이 되겠다는 마음도 일단 접으셨지만, 최근에 다시 도저히 집 안에 있을 수 없다며 일단 고도쿠지 앞에 있는 절에 당분간 가 있기로 하셨어요. 이번에도 어머니와 행수가 열심히 말렸지만 무슨 말을 해도 돌아서지 않으시니 하는 수 없지요."

"스님이 되시려는 건 아니지요?"

"스님이 되는 건 아니지만 아무튼 당분간 절에서 신세를 지며 다른 스님들이 한가할 때 경전을 배우겠다세요. 아무리 설득해도 듣지 않으셔서 어머니도 이제 포기하신 모양이에요."

"당분간 절에 가셨다가 마음이 평온해지신다면 오히려 좋지 않을까요?"

모지하루는 다독이며 말했다.

"그편이 집안을 위해서 나을지도 몰라요. 그러면 이제 어머님과 행수님이 장사를 꾸려 나가셔야겠네요. 그래도 행수님이 계산대에 앉아 계시면 든든하지요."

"긴베가 없었다면 정말 막막했을 거예요. 나머지는 젊은 일꾼뿐이라서요."

행수 긴베는 열한 살 때 고용살이를 하러 쓰노쿠니야에 와서 이십오 년간 탈 없이 근무했다. 올해 서른다섯이지만 아직 독신으로 성실하게 장부를 관리하고 있었다. 그 밖에 겐조, 조타로, 주시로라는 젊은 일꾼과 유키치, 미노스케, 리시치라는 사환이 있었다. 거기에 주인 부부와 오유키까지 전부 열 명의 대식구 살림을 지금까지 여급 두 사람에서 다소 무리를 해왔는데, 여급이 모두 떠나버렸으니, 이 인원의 세끼를 차리는 것만으로도 쉽지 않으리라. 그 고생을 생각하면 오유키가 너무 가여웠지만 모지하루도 도우러 갈 처지가 못 되었다. 이제부터 점점 추워질 텐데, 오유키의 하얗고 보드라운 손끝이 아리게 트는 모습을 그저 바라보는 수밖에 없었다.

"그래도 사환들이 조금은 도와주지요?"

"예. 유키치만은 열심히 일해 줍니다."

오유키가 그렇게 대답했다.

"다른 사환은 아무 쓸모도 없어요. 틈만 나면 바깥에 나가 동네 개를 놀리거나 빈둥거릴 생각뿐이죠……."

"그렇군요. 유키치 씨는 열심히 일하고 있군요."

유키치는 긴베의 친척으로 역시 열한 살 때부터 고용살이를 시작해 아직 육 년밖에 되지 않았지만 나이에 비해 체격도 크고 싹싹하여 가게 일 틈틈이 집안일도 돕는다고 한다. 젊은 일꾼 중에는 조타로가 일을 잘하는데, 올해 열아홉인 조타로는 지난번 기왓장이 떨어져 다쳤을 때도 머리와 얼굴을 붕대로 감은 채 다친 그날부터 평소처럼 일했다는 것을 모지하루도 알고 있었다.

이틀 후에 쓰노쿠니야의 주인은 시타야 고도쿠지 절 앞에 있는 단나사로 거처를 옮겼다. 쓰노쿠니야에서는 사람들에게, 주인 나리는 절의 방 한 칸을 빌려 당분간 그곳에 칩거한다고 이야기했으나, 근처에서는 여러 소문이 떠돌았다. 사람들은 쓰노쿠니야의 주인이 결국 스님이 되었다는 둥 제정신이 아니라는 둥 제각기 떠들어댔다.

구월도 열흘이 지나 아침저녁으로 쌀쌀해졌다. 모지하루가 오전 수업을 마치고 오후에는 신메이 축제를 보러 가려고 기모노를 갈아입는데, 뒷문에서 사람을 부르는 목소리가 들렸다. 여급이 나가 보니 쉰 가까이 된 여자가 허리를 숙여 인사했다.

"저, 사범님은 안에 계신가요."

좁은 집이라 그 목소리가 모지하루에게까지 들렸다. 모지하루는 서둘러 오비를 묶고서 바깥으로 나갔다.

"사범님이세요?"

여자는 다시 인사를 했다.

"느닷없이 이런 부탁을 해서 죄송스럽지만, 사범님은 쓰노쿠니야와 허물없이 지내신다지요?"

"예에. 쓰노쿠니야와는 친하게 지내고 있습니다."

"듣기로 그 가게에 찬모가 없어 곤란하다고 하던데……. 저는 아오야마에서 왔어요. 일할 곳을 찾던 참에 이야기를 들었습니다. 저 같은 것이라도 괜찮다면 쓰노쿠니야에서 일할 수 없을까 해서요 ……. 소개소 신세를 지는 것은 내키지 않고, 쓰노쿠니야에 불쑥 찾아가는 것도 법도가 아니고. 참으로 실례인 줄 알지만 어떻게 사범님께서 말씀드려 주실 수 없을까요? 부탁드려요."

"어머, 그래요?"

모지하루도 조금 생각했다. 날은 점점 추워지는데 쓰노쿠니야에서는 일손이 달려 애를 먹고 있었다. 몸도 튼실하지 않고 나이도 조금 먹었지만 이 여자가 들어가 살며 집안일을 봐주면 어느 정도 도움이 될지 모른다. 오유키가 물일을 하지 않아도 될지 모른다. 때마침 잘되었다 싶었지만, 아무리 그래도 신원도 성품도 전혀 모르는 자를 함부로 소개할 수 없어 잠시 답변을 주저하자, 여자도 이유를 깨달았는지 미안해하며 말했다.

"느닷없이 찾아와서 이런 부탁을 드리니 수상하게 여기실지도 모르겠습니다만, 고용이 결정되면 저에 대해 자세히 말씀드리겠어요. 절대로 사범님께 해를 끼치지는 않겠습니다."

"그럼 여기서 조금만 기다리세요. 쓰노쿠니야에 가서 한번 물어보고 올 테니까요."

나가려던 참이라 기모노도 갈아입었겠다, 모지하루는 얼른 쓰노쿠니야로 달려갔다. 안주인을 만나 이야기를 하자 마침 일손을 찾던 중이라며 지금 바로 일할 사람을 데려와 달라고 말했다.

"사범님 덕분에 살았습니다."

오유키도 몇 번이나 고마워했다.

모지하루는 모두가 고마워하자 좋은 일을 했다고 기뻐하며 집으로 돌아와 다시 그 여자를 데리고 쓰노쿠니야로 향했다. 여자의 이름은 오카쿠, 나이가 나이인 만큼 접대 방법이며 예의범절도 웬만큼 숙지하고 있는 모양이라 별문제 없이 고용이 결정되었다.

6

사흘간의 시험 기간도 무사히 끝나고 오카쿠는 드디어 쓰노쿠니야에서 정식으로 일하게 되었다. 그리고 오유키가 과자 상자를 들고 모지하루의 집에 감사 인사를 하러 찾아왔다. 온 지 얼마 되지 않았으나 안주인이 오카쿠를 몹시 마음에 들어 한다는 이야기를 듣고, 모지하루도 한숨 놓았다.

오카쿠도 인사를 왔다. 그것이 연이 되어 오카쿠는 심부름을 하고 돌아가는 길에 종종 모지하루의 집에 얼굴을 내비쳤다. 그렇게 한 달쯤 탈 없이 지났을 무렵, 오카쿠는 평소처럼 찾아와 이야기하던 중에 이런 말을 속삭였다.

"사범님께 신세도 많이 지었으니 쓰노쿠니야에서 오래 일할 수 있으면 좋으련만……."

"마님께서 오카쿠 씨를 무척 마음에 들어 하신다고 들었는데요."

모지하루는 의아해하며 물었다.

"말씀대로 마님께서 저를 잘 보살펴 주시고, 오유키 아가씨도 참 좋은 분이시라 아무 불만도 없어요. 그렇지만……."

오카쿠는 말을 하다 말고 입을 다물었다. 몰아붙여 캐묻자 쓰노쿠니야의 안주인 오후지가 행수 긴베와 사통한다는 얘기를 털어놓았다. 긴베는 한창때의 독신이지만 오후지는 벌써 쉰이 넘었다. 모지하루는 설마 그런 망측한 일이 있겠느냐며 쉽게 믿지 않았지만 오카쿠는 수상한 흔적을 종종 목격했다고 한다. 창고 안이나 이 층 방에서 내연 관계의 두 사람이 사람들 눈을 피해 함께 있는 모습을 똑똑히 보았다고, 그녀는 말했다.

"그런 일을 사람들이 언제까지나 눈치채지 못할 리가 없어요."

오카쿠는 한숨을 쉬었다.

"만약 사태가 커졌을 때 제가 다리 역을 했다고 오해라도 받는다면 큰일이에요."

주인의 처와 아랫사람의 밀통을 도운 자는 법도에 따라 사형에 처해진다. 오카쿠가 쓰노쿠니야에서 계속 일하기를 겁낼 만하다. 오카쿠는 일을 그만두면 그만이지만, 쓰노쿠니야에는 안주인과 행수의 문제가 남는다. 만일 그게 진짜라면 쓰노쿠니야가 망할 만한 엄청난 소동이 일어날 것이 틀림없다. 모지하루는 사령의 저주보다, 이쪽 저주가 무서워 얼굴이 새파랗게 질렸다.

그래도 아직 이야기를 곧이곧대로 믿을 수 없었다. 모지하루는 그런 소리를 함부로 해서는 안 된다고 몇 번이나 오카쿠를 타일러 돌려보냈다.

그러면서도 몇 가지 의구심이 고개를 내밀었다. 오유키는 아버지가 스스로 나서서 단나사에 간 것처럼 이야기했지만, 혹시 안주인과 행수가 공모하여 잘 구슬려 쫓아낸 게 아닐까. 평소에 올곧아 보이던 쉰이 넘은 안주인에게 그런 무서운 마가 낀 것 역시 사령의 저주가 아닐까.

오야스의 집념은 갖가지 저주를 내려 결국 쓰노쿠니야도 망하는 게 아닐까. 그러나 이것만은 누구에게도 이야기할 수 없었다. 오유키에게 베거리를 쳐서 캐물을 수도 없었다.

"아무리 애원해도 놓아주지를 않으시니 어쩌면 좋을지 모르겠어요."

그 후에도 오카쿠는 모지하루를 찾아와 이야기했다. 얼마 전부터 일을 그만두고 싶다고 청했으나 안주인이 절대로 들어주지 않는다고 한다. 급료가 부족하다면 바라는 대로 주겠다, 연말에는 입을 옷도 새로 지어주겠다, 충분히 편의를 봐줄 테니 하다못해 내년 봄까지만이라도 참아달라고 하니, 매몰차게 나갈 수도 없어 곤란하다고 오카쿠는 거듭 푸념을 늘어놓았다. 오카쿠가 그만두겠다고 한 것은 사실인 모양으로, 오유키도 모지하루를 찾아와 비슷한 이야기를 했다. 오유키는 비밀을 전혀 모르는지 "어머니께서 오카쿠는 좋은 일꾼이라 무슨 짓을 해서라도 붙잡아 두고 싶다고 말씀하셨어요" 하고 말했다.

자신이 소개한 일꾼이 평판이 좋은 것은 다행이지만 만약 쓰노쿠니야 내부에 그런 비밀이 숨어 있다면 일꾼을 주선한 자신까지 연루되지 말라는 법이 없다. 이로써, 모지하루는 하지 않아도 될 고민이 또 하나 늘었다. 그러나 우려와는 달리 별일 없이 시간이 지나 올해도 벌써 한 달밖에 남지 않았다. 뼛속까지 추운 날이 며칠 이어져 큰 우박이 내리곤 했다.

"이보게, 사범. 기침하셨는가."

십이월 사일 오전 여덟 시가 지났을 즈음 목수 가네키치가 모지하루의 집 문을 열고 들어왔다.

"도편수도 참……. 너무하시네요. 보시는 것처럼 벌써 일어나서, 아침 수업도 두 사람이나 마쳤는걸요. 바쁜 연말이잖아요."

"그렇게 일찍 일어났으면 쓰노쿠니야 사건에 대해 이미 들었겠 군."

"쓰노쿠니야요? 왜요? 무슨 일이 있었답니까?"

모지하루는 화로 위에서 고개를 내밀었다.

"엄청난 일이 터졌어. 나는 참말 깜짝 놀랐네."

가네키치도 화로 앞에 앉아 담배 한 대를 피웠다.

"마님과 행수가 창고에서 목을 맸어."

"어머……."

"정말 어이가 없어서. 이게 대체 뭔 일이람. 기가 막혀 말도 안 나 오더군."

가네키치가 비난하듯 말하면서 난롯가에 담뱃대를 툭툭 두드렸 다. 모지하루의 낯빛은 재처럼 변했다.

"대체 무슨 일일까요, 정사(情死)일까요?"

그녀는 작은 목소리로 물었다.

"응. 그런 모양이야. 유서는 따로 발견되지 않았지만 남자랑 여자 가 함께 죽었다면 뻔하지."

"하지만 나이 차가 너무 나잖아요."

"세상에는 생각지도 못한 일이 있는 법이야. 단골집 험담은 하고 싶지 않지만, 그 댁 마님도 참 나쁘지. 일전에 이야기한 오야스라는 양딸을 무자비하게 내쫓은 것도 마님이 주인 나리를 꼬드겼기 때문이 틀림없어. 그래서 결국 분노를 샀는지도 모르지. 여하튼 쓰노쿠니야는 난리가 났어. 한 번에 두 사람이나 죽었으니까 조용히 처리하기도 글렀지. 시타야에 계신 주인 나리를 불러오랴, 검시를 받으랴, 집 전체가 발칵 뒤집혔어. 자주 드나들던 집이라 나도 오늘 아침부터 도우러 갔는데, 따님과 일꾼뿐이라 어쩌지도 못하고 난처하게 되었어."

"그렇겠네요."

오카쿠의 이야기가 이제야 수긍이 가서 모지하루는 깊은 한숨을 쉬었다.

"검시는 다 끝났나요?"

"아니, 검시관이 지금 온 참이야. 그런 곳에 어슬렁거리면 방해만 되니까 잠시 빠져나와 검시관이 돌아갈 즈음해서 다시 가보려고."

"그럼 나도 조금 이따 가 봐야겠네요. 사정이 이러하니 조의를 표하는 것도 이상하지만 그렇다고 모른 척할 수도 없으니까요."

"그야 그렇지. 하물며 사범은 그 집까지 유령을 안내했으니 말이야."

"그러지 마세요."

모지하루는 울음 섞인 목소리로 애원했다.

"부탁이니 제발 그런 이야기는 말아주세요. 무슨 업보로 내가 이렇게 엮이게 되었을까요."

한 시간 남짓 지나 가네키치가 돌아갔다. 모지하루가 조심조심 문
간에 나와 보니 이웃 사람들도 모두 문밖에 나와 끊임없이 이러저러
쑥덕거렸다. 쓰노쿠니야 앞에도 많은 인파가 모여서 안을 들여다보
고 있었다. 오늘도 아침부터 잔뜩 찌푸린 날씨로, 재를 얼린 듯한 어
두운 하늘이 마을 위를 낮게 가렸다.

"이봐, 사범. 주변이 좀 시끄럽군."

목소리가 들려 뒤돌아보니, 이 일대를 담당하는 오캇피키 쓰네키
치였다. 아버지 사와에몬은 요즘 은퇴한 거나 마찬가지라 아들인 쓰
네키치가 나서서 범인을 쫓고 있었다. 그는 아직 스물대여섯의 청년
으로, 하는 일과 어울리지 않게 인형 같은 생김새에 피부가 하얘서
'인형 쓰네'라는 별명이 붙었다.

사람들이 곱게 보지 않는 일을 하는 이라고는 하지만, 남자는 남
자, 게다가 인형처럼 잘생긴 쓰네키치가 말을 걸자 모지하루는 절로
얼굴이 달아올랐다. 모지하루는 소맷부리로 입을 가리며 수줍게 인
사했다.

"쓰네키치 씨, 날이 춥지요?"

"응, 춥군. 추운 것도 하는 수 없지만 또 귀찮은 일이 생겼어."

"그러네요. 검시는 다 끝났나요?"

"나리들은 지금 막 철수했네. 그 일로 사범에게 살짝 묻고 싶은
게 있는데, 나중에 들르지."

"예, 알겠어요. 기다리겠습니다."

쓰네키치는 그대로 쓰노쿠니야 쪽으로 가버렸다. 모지하루는 서둘러 안으로 들어가 새 기모노로 갈아입었다. 오비도 다시 맸다. 그런 후 화로에 숯을 잔뜩 넣었다. 모지하루는 쓰노쿠니야 사건에 얽이는 게 무서우면서도 쓰네키치가 오는 것을 번거롭다고 생각지 않았다.

7

"사범, 안에 있나?"

그로부터 두 시간쯤 지나서 쓰네키치가 모지하루의 집 문살문을 열고 들어왔다. 모지하루는 애타게 기다린 사람처럼 화로 앞에서 벌떡 일어나 나갔다.

"좀 전에는 실례했어요. 누추하지만 어서 들어오세요……."

"그럼 잠깐 들어가지."

젊은 오캇피키가 신발을 벗고 안으로 들어서자 모지하루는 하녀에게 귀엣말로 근처 맞춤 요릿집에 다녀오라고 심부름을 보냈다.

"사범, 툭 까놓고 묻고 싶은 게 있어. 쓰노쿠니야의 딸이 사범의 제자라고 하던데, 그럼 쓰노쿠니야에 종종 드나드는 일이 있겠지?"

"예. 가끔……."

모지하루는 고개를 끄덕였다.

"오늘도 이따가 잠깐 들러 보려고요."

"바보 같은 질문이기는 하지만, 이번 사건에 대해 뭐라도 짚이는 건 없나? 나는 안주인과 행수가 동반 자살했다는 게 아무래도 석연 치 않아. 숨은 사정이 있지 않을까 싶은데……. 긴베라는 행수는 전 부터 알아왔지만, 충직하고 열심히 일하는 자로 그런 막돼먹은 짓을 하는 인간이 못 돼. 게다가 안주인은 어머니뻘이지 않은가. 설령 함 께 죽었다고 해도 정사는 아니라고. 분명 다른 사정이 있을 거야. 지 금 그 댁에는 어린 딸과 고용살이 일꾼뿐이라 무얼 물어도 통 반응 이 없어 난감해. 사범에게는 절대로 폐를 끼치지 않을 테니 뭐라도 생각나는 게 있으면 알려주지 않겠어?"

"글쎄요. 쓰네키치 씨도 아시겠죠? 쓰노쿠니야에 안 좋은 소문이 있는 건……."

"안 좋은 소문……."

쓰네키치도 고개를 끄덕였다.

"가게가 곧 망할 거라는 둥 하는 소리 말인가?"

"예, 그거예요. 저도 자세히는 모르지만 오야스라는 처녀의 사령 이 쓰노쿠니야에 저주를 내리고 있다지 뭐예요……."

"처녀의 사령……. 그건 나도 처음 듣는데. 대체 그 처녀가 어쨌 다는 건가?"

상대가 관심을 보이며 귀를 기울여서 모지하루도 자연스럽게 이 야기에 흥이 났다. 거기에 쓰네키치가 공을 세웠으면 하는 속마음까지 가세해 그녀는 일전에 가네키치에게 들은 오야스 이야기를 자세히 털어놓았다. 조사님을 참배하고 돌아오는 길에 오야스의 유령인 듯한 젊은 처녀와 길동무가 되었던 일까지 조심조심 속삭이자 쓰네키치는 열심히 경청했다. 특히 모지하루가 유령인 듯한 처녀를 만났다는 사실이 그의 흥미를 끈 모양이었다. 쓰네키치는 처녀의 나이며 인상착의를 낱낱이 묻고서 자신의 가슴에 새겨두었다.

"참 귀한 이야기를 들었군. 사범, 다시 한 번 고맙네. 이런 일이 있는 줄은 전혀 몰랐어."

그때 맞춤 요릿집에서 주문한 요리가 왔기에, 모지하루는 서둘러 술을 준비했다.

"이거 미안하군. 이렇게까지 신세를 지면 안 되는데."

쓰네키치는 진심으로 미안해하며 말했다.

"아니요. 차린 것은 없지만 날도 추운데 한 점 들고 가세요."

"그럼 모처럼 한잔할까."

두 사람은 마주 앉아 마시기 시작했다. 그사이 모지하루는 쓰노쿠니야 사건에 대해 자신이 아는 것을 남김없이 떠들었다. 자신이 다리를 놓아 오카쿠를 찬모로 들여보낸 사실도 얘기했다. 이것도 쓰네키치의 주의를 끈 듯 그는 때때로 술잔을 놓고 생각에 잠겼다. 그러고서 보내기 아쉬운지 더 있다 가라는 사범의 말을 거절하고 한 시간 정도 후에 자리를 떴다.

"아직 할 일이 많이 남았으니, 기분 좋게 취해 있을 수만은 없어.

또 오지."

쓰네키치는 됐다고 하는 모지하루에게 돈 몇 푼을 억지로 쥐여 주고 갔다. 아직 때때로 싸락눈이 후드득 내렸다. 쓰네키치는 그 길로 다시 쓰노쿠니야로 돌아가 도우러 와 있던 목수 가네키치를 바깥으로 불러내 오야스의 이야기를 재차 확인했다. 그다음 찬모 오카쿠를 불러내 안주인과 행수의 관계에 대해서 캐물으니 오카쿠는 모지하루에게 말했던 대로 분명히 두 사람이 밀회하는 모습을 보았다고 했다. 그러나 자신은 들어온 지 얼마 되지 않았고, 이 일과는 아무 관계가 없다며 몇 번이나 변명했다. 쓰네키치가 그것으로 조사를 마치고 핫초보리에 가보니, 도신들의 의견도 정사로 일치해 더 이상의 수사는 필요치 않다는 분위기였다. 그래도 주인과 일꾼의 밀통은 중대 사건이므로, 새로운 정보가 있다면 신중히 조사를 더 하라는 것이었다. 쓰네키치는 오야스의 유령에 대한 이야기를 도신들 앞에서는 아직 하지 않았다. 다만 아직 납득이 가지 않는 부분이 있어 다시 한 번 깊이 파고들어 조사해보고 싶다고 양해를 구하고 돌아갔다. 쓰네키치는 그 뒤 곧장 간다 미카와초의 한시치를 찾아가 한참 동안 이야기를 나누고 헤어졌다.

다음 날 오후 늦게 쓰노쿠니야에서는 안주인 오후지의 장사를 치렀다. 행수와 동반 자살한 이상 떳떳하게 장사를 치를 수는 없었기 때문에 해가 지기를 기다려 몰래 관을 들고 나갔다. 이웃들은 일부러 처지를 헤아려, 대부분 마중을 나가지 않았다. 모지하루도 문상은 갔지만 장례식에는 참석하지 않았다. 목수 가네키치와 가게의 젊은 일꾼 두 사람, 친척 대표가 한 사람, 이렇게 네 사람만이 조용히 관 뒤를 좇았다. 부유하기로 소문난 쓰노쿠니야의 안주인 장례식이 저리 초라하다니, 이웃들은 자업자득이라 생각하면서도 너무 가엾다고 수군거렸다. 세상 사람 볼 면목이 없는 탓도 있겠지만, 주인 지로베는 안에 틀어박혀 사람과 거의 만나지 않았다. 소문으로는 칠일재가 끝나면 다시 절로 돌아간다고 했다.

안주인과 행수가 동시에 세상을 뜨고 남은 것은 나이 어린 딸, 오유키뿐이었다. 주인 지로베가 절로 돌아가 버리면 누가 가게를 꾸려갈까, 하고 근처에서는 온통 그런 소문뿐이었다. 모지하루도 좌불안석이었다. 사령의 저주로 쓰노쿠니야는 드디어 망하나 보다 생각하니 온몸이 떨렸다.

그렇게 칠일재가 끝났다. 지로베는 쓰노쿠니야를 떠나지 않았다. 너무 뜻밖의 일에 놀라 장례식을 치른 다음 날부터 병이 나 자리에 드러눕고 말았다고 했다. 가게는 휴업이나 마찬가지고, 친척 두세 명이 와서 집안일을 돕는 모양이었다.

쓰노쿠니야의 칠일재로부터 사흘이 지난 밤이었다. 시바에 사는 동업자의 집에 불행한 일이 있어 모지하루가 문상을 갔다 돌아오는 길이었다. 저녁 여덟 시가 지나 저수지 길로 접어들었다. 쓰노쿠니야에 이어 오늘 밤 일까지, 나쁜 일이 계속되자 모지하루도 기분이 어두워졌다. 빨리 돌아올 생각이었는데 뜻밖에 시간이 지체되어, 어둡고 한적한 저수지 옆길을 지나야 하는 게 꺼림했다. 요즘과 달리 산노 산의 기슭을 둘러싼 커다란 저수지에는 수달(일본에서는 여우뿐만 아니라 너구리와 수달도 사람으로 둔갑하는 동물이라고 여겼음―옮긴이)이 산다는 소문도 있었다. 유령 처녀와 함께 길을 걸었던 일을 떠올리고 모지하루는 부르르 떨었다. 달도 뜨지 않은, 서리가 내린 탓인지 잔뜩 찌푸린 하늘이었다. 못의 마른 갈대 속에서 기러기 우는 소리가 써늘하게 들렸다. 양 소매를 꼭 여미고 자신의 나막신 소리에도 벌벌 떨며 걸음을 서두르고 있는데, 어둠 속에서 달려오는 자가 있었다.

피할 새도 없이 맞부딪혔다. 모지하루가 흠칫하며 멈추어 서자 상대는 경황없이 외쳤다.

"빨리 와주세요. 큰일 났어요."

젊은 여자, 그것도 쓰노쿠니야의 오유키 목소리 같아서 모지하루는 또 한 번 놀랐다.

"어머, 오유키 씨 아니에요?"

"사범님! 마침 잘되었어요. 빨리 이쪽으로……."

"대체 무슨 일이죠?"

모지하루는 깜짝 놀라 물었다.

"조타로와 유키치가……."

"조타로 씨와 유키치 씨가……. 무슨 일이 있었나요?"

"부엌칼로……."

"네? 싸움이라도 났나요?"

어두워 잘 보이지 않았지만 오유키는 떨면서 숨을 헐떡이고 있는지, 제대로 대답도 못 하고 모지하루의 발치에 털썩 주저앉고 말았다.

"정신 차리세요."

모지하루는 그녀를 안아 일으키면서 말했다.

"두 사람은 어디에 있습니까?"

"저쪽에……."

주변이 너무 어두워 그 말만으로는 짐작도 되지 않았다. 수면에 반사되는 빛으로 비추어 보았지만 근처에서는 사람 둘이 다투는 모습조차 보이지 않았다. 하는 수 없이 그녀는 소리 높여 불렀다.

"조타로 씨, 유키치 씨……. 거기 계세요? 조타로 씨……, 유키치 씨……."

대답하는 목소리는 어디에도 들리지 않았다. 짙은 어둠 속에서 점점 커지는 불안을 안고 모지하루는 오유키의 손을 끈 채 밝은 등불이 보이는 방향으로 죽자 사자 달렸다.

8

정신없이 달려 집 앞에 다다라서야 비로소 안심하고 숨을 내쉬었다. 모지하루는 새파랗게 질려 당장에라도 다시 쓰러질 것 같은 오유키를 우선 집 안으로 데려가 상비해 둔 약이며 물을 마시게 했다. 그리고 안정을 찾길 기다렸다가 무슨 일이 있었느냐고 물었다. 상상 이상의 사태였다.

저녁 무렵, 오유키가 가게로 나오자 젊은 일꾼 조타로가 할 이야 기가 있으니 잠깐 밖으로 가자고 했다. 별생각 없이 따라 나섰는데 조타로가 갑자기 단도를 뽑아 오유키의 눈앞에 들이댔다. 조타로는 저기까지 입 다물고 따라오라며 협박했다. 상대가 들고 있는 날카로 운 날붙이에 겁이 나 오유키는 소리도 내지 못했다. 길 양쪽으로 인 가가 있었지만, 소리를 지르면 목숨은 없다고 협박했기 때문에 그녀 는 몸을 움츠린 채 저수지 물가까지 끌려갔다.

조타로는 주변에 오가는 사람이 없는지를 확인한 다음, 오유키에 게 자신의 아내가 되어달라고 강요했다. 놀라서 대답을 머뭇거리자 점점 다그치며, 만약 내가 한 말을 따르지 않으면 너를 죽여서 연못 에 던지고 나도 뒤따라 몸을 던지겠다, 그럼 사람들은 정사라 믿을 것이라고 말했다. 오유키는 너무 겁이 나 몇 번이고 용서해 달라고 빌었으나 조타로는 뭐라 해도 듣지 않았다. 오유키가 궁지에 몰렸을 때, 갑자기 사환 유키치가 뒤에서 달려와 부엌칼을 쳐들고 다짜고짜 조타로에게 덤벼들었다. 두 사람은 단도와 부엌칼로 싸웠다. 오유키 는 어찌할 바를 모르고 다른 사람에게 도움을 청하려고 정신없이 달 렸지만 이미 제정신이 아니었기 때문에 반대 방향으로 발길을 향했 던 듯, 때마침 집으로 돌아오는 모지하루와 마주친 것이었다.

사정을 알고 나니 그냥 모른 체할 수가 없어서 모지하루는 곧장 쓰노쿠니야에 알리러 갔다. 가게에서도 그 얘기를 듣고 놀라, 젊은 일꾼 둘과 사환 둘이 서둘러 초롱을 들고 저수지로 달려가니 정말로 조타로와 유키치가 피투성이가 되어 마른 갈대 안에 쓰러져 있었다. 양쪽 다 두세 군데 경상을 입은 후 날붙이를 버리고 격투를 벌인 듯, 뒤얽힌 채 저수지 속으로 굴러 떨어져 있었다. 창상은 전부 가벼워서 목숨에 지장이 없었지만, 저수지로 굴러 떨어졌을 때 조타로는 운 나쁘게 진흙탕에 얼굴이 처박혀 그대로 숨이 끊어지고 말았다. 유키치는 죽을지 살지 장담할 수 없는 상태였으나 치료를 받고서 정신을 차렸다.

쓰노쿠니야에서는 오유키를 무사히 데려다 준 모지하루에게 깊은 감사를 전했다. 그러나 모지하루는 달리 감사 인사를 받고 싶은 이가 있었기에, 그 길로 기리바다케의 쓰네키치 집까지 사건을 알리러 찾아갔다.

"어차피 한 사람 죽었으니 당연히 알게 되겠지만, 가능한 빨리 알리는 편이 좋을 것 같아서……."

"그것참 감사한 일이군."

마침 집에 있던 쓰네키치가 나왔다.

"알려 주어 고맙네. 바로 나가 보도록 하지. 이걸로 사건의 윤곽이 대강 잡혔어. 사범, 조만간 사례를 하지."

기대대로 감사 인사를 받고, 모지하루는 만족하며 돌아갔다. 모지하루는 이미 사령의 무서움 따위 잊어버렸다. 조금쯤 원한을 사더라도 직접 이 사건을 위해 움직여 보고 싶었다.

쓰네키치가 쓰노쿠니야에 가보니 유키치는 오른손에 두 군데, 왼쪽 어깨에 한 군데 상처를 입었지만 중상은 아니었다. 그래도 많이 힘들어하는 유키치를 달래며 마을의 자경소로 데려갔다.

"이봐, 유키치. 훌륭한 일을 했군. 목숨을 걸고 주인의 딸을 위기에서 구했어. 위에서 포상이 내릴지도 몰라. 그런데 왜 날붙이를 들고 조타로의 뒤를 쫓았지? 녀석이 아가씨를 끌고 가는 걸 보았나?"

쇠약해져 있기는 했지만 유키치는 뜻밖에 또박또박 대답했다.

"네, 보았습니다. 조타로가 날붙이로 오유키 아가씨를 협박해 억지로 어딘가에 끌고 가는 모습을 보았기 때문에 맨손으로는 안 되겠다 싶어서 바로 부엌에서 칼을 집어 들고 갔습니다. 그렇게 저수지 부근에서 따라잡았습니다."

"그래, 좋아. 하지만 의문이 하나 더 있는데. 너는 그것을 보고 어째서 다른 사람에게 알리지 않았지? 혼자 칼을 들고 갔다는 게 이상하지 않은가?"

유키치는 입을 다물었다.

"여기가 중요한 부분이야."

쓰네키치가 타이르듯 말했다.

"네가 포상을 받을지, 살인자가 될지의 갈림길이다. 똑바로 침착하게 대답해."

162

유키치는 여전히 말이 없었다.

"그럼 내가 말해보지. 너는 조타로를 원망하고 있었어. 아가씨를 구하려는 마음도 있었지만 이 기회에 차라리 조타로를 해치우자는 속셈이 있지 않았나? 똑바로 말해."

"송구스럽습니다."

유키치는 솔직히 사죄했다.

"허허, 그래."

쓰네키치는 고개를 끄덕였다.

"솔직하게 털어놓으니 고맙군. 무엇 때문에 조타로를 해치우려고 했지? 원한이라도 있었나?"

"아무래도 녀석이 원수인 것 같아서⋯⋯."

"원수라⋯⋯. 듣자 하니, 너는 쓰노쿠니야 행수의 친척이라지?"

"네. 긴베 아저씨 덕에 쓰노쿠니야에서 일하게 되었습니다."

"긴베의 원수⋯⋯. 조타로가 긴베를 죽였나?"

쓰네키치가 다시 확인했다.

"그렇게밖에 생각할 수 없었습니다."

유키치는 눈물을 훔쳤다.

무슨 증거라도 있느냐며 되물으니 유키치는 딱히 확실한 증거는 없다고 대답했다. 그러나 아무리 생각해도 그런 것 같았다. 자신의 친척이라서가 아니라, 긴베는 결코 주인과 사통할 사람이 아니다. 긴베의 시체가 창고 안에서 발견되었을 때부터 스스로 목을 맨 것이 아니라 누군가가 그를 목 졸라 죽인 후 시체를 창고 안으로 옮겨 온 게 틀림없다고 판단했지만, 확증이 없어 부득이하게 지금까지 입을 다물고 있었다고 유키치는 실토했다. 그렇다면 많은 일꾼 중에 어째서 조타로를 하수인으로 의심했느냐고 쓰네키치가 거듭 따져 물었다. 그러자 그 전날 낮에 조타로가 주인집 아가씨에게 농을 걸었다, 그게 너무 끈질기고 음탕하여 계산대에 있던 긴베가 듣다못해 큰 소리로 조타로를 나무랐다, 혼이 난 조타로는 풀이 죽어 자리를 뜨면서 무서운 눈으로 긴베를 힐끗 노려보았다, 유키치는 긴베의 매서운 눈초리가 지금도 생생하다고 말했다.

하지만 그것만으로는 떳떳한 증거가 되지 못하기에 분한 심정을 삭이고 있었는데, 뜻밖에 오늘 밤 사건이 터졌다. 눈엣가시인 조타로가 주인의 딸을 협박해 어딘가로 끌고 가려 한 것이다. 올해 열여섯인 유키치는 더 참을 수 없어 불현듯 차라리 그를 죽이고 오유키를 구하자고 결심했다.

"그렇군. 잘 말해주었네."

쓰네키치는 만족한 표정으로 고개를 끄덕였다.

"상처를 치료하며 뒷날 내릴 상벌을 기다리고 있어. 결코 성급히 굴어서는 안 돼. 아직 긴베의 원수들이 여럿 있어. 그자들은 내가 모두 벌을 내려줄 테니 얌전히 기다리라고."

"감사합니다."

유키치는 또 눈물을 훔쳤다.

쓰네키치는 유키치를 다독이며 자경단원에게 유키치를 바래다주
라고 말해두고, 자신은 한 발 먼저 쓰노쿠니야로 돌아가기 위해 자
경소를 나섰다. 모지하루의 집 앞을 지나치는데 집 안에서 심상치
않은 여자의 비명이 들려 저도 모르게 멈추어 섰을 때 뒷문을 쓰러
뜨리는 듯한 소리가 나더니 여자 하나가 골목 안에서 구르듯 뛰쳐나
왔다. 이어서 또 다른 여자가 날붙이를 쳐들고 쫓아오는 것 같았다.
쓰네키치가 달려가 뒤쫓는 여자 앞을 막아서자 여자는 악귀 같은 얼
굴로 그에게 덤벼들었다. 공격을 두세 번 받아넘기고 날붙이를 쳐
떨어뜨리고서 이렇게 외쳤다.

"오카쿠, 얌전히 오라를 받아라."

자신을 체포하려는 소리를 듣자 여자는 있는 힘껏
붙들린 팔을 뗴치고 원래 왔던 골목 안쪽으로 되
돌아 달려갔다. 쓰네키치가 뒤따라 쫓아가자 막
다른 곳에 몰려서인지, 처음부터 그렇게
각오했던 것인지, 여자는 우물에 손을 짚
더니 몸을 돌려 훌쩍 뛰어내렸다.

쓰네키치가 공동 주택 사람들의 도
움을 받아 서둘러 우물 속에서 여자를
끌어올렸을 때는 이미 숨이 끊어져
있었다. 그자가 모지하루의 소개로 쓰
노쿠니야에서 일했던 오카쿠임은 처

음부터 알고 있었다. 모지하루의 이야기에 따르면, 조금 전 뒷문을 두드리며 자신을 만나고 싶다는 사람이 찾아왔다고 한다. 이런 야심한 시각에 누굴까 생각하며 잠옷을 입은 채 나와보니 다름 아닌 오카쿠였다. 오카쿠가 "네년이 쓸데없는 소리를 지껄여서 전부 들통나고 말았다"고 하면서 감추고 있던 면도칼로 갑자기 덤벼드는 바람에 모지하루는 놀라 바깥으로 도망쳤다.

"내 그런 것일 줄 알았지. 어쨌든 다치지 않아 다행이야."

쓰네키치는 그렇게 말했다.

안주인과 행수 두 사람이 죽어 나간 쓰노쿠니야에서, 열흘도 지나지 않아 또다시 조타로와 오카쿠가 죽었다. 이것으로 모든 일의 아귀가 딱 맞아떨어지게 된 사실은 나중에 밝혀졌다.

9

쓰노쿠니야의 오후지를 교살한 것은 찬모인 오카쿠였다. 긴베를 교살한 것은 유키치의 예상대로 젊은 조타로였다. 그들은 부인과 행수가 깊이 잠든 사이 목을 졸라 죽이고, 시체 두 구를 아무도 모르게 창고 안으로 옮겨 마치 두 사람이 스스로 목을 매 죽은 것처럼 꾸몄다.

쓰노쿠니야의 친척으로 시타야에 가게를 가진 이케다야 도에이몬, 아사쿠사에 가게를 가진 오오마쓰야 야헤이지, 무적자(無籍者)인 건달 구마키치와 겐스케, 활터에서 몸을 팔던 오카네, 이상 다섯 명은 한시치와 쓰네키치에게 체포되었다. 쓰노쿠니야의 단나사 주지와 떠돌이 탁발승은 사원부교에서 체포했다. 이것으로 사건 하나가 종결되었다.

여기까지 쓰면 더 이상 자세히 덧붙일 필요는 없으리라. 이케다야 도에이몬과 오오마쓰야 야헤이지와 단나사의 주지, 세 사람이 공모하여 진작부터 한재산한다고 들은 쓰노쿠니야의 가산을 횡령하려고 했다. 쓰노쿠니야의 지로베는 양딸 오야스를 매정하게 내쫓아 죽게 한 것을 남몰래 후회하고 있었다. 게다가 아끼던 오키요가 하필이면 오야스와 같은 나이에 죽는 바람에 마음의 병은 점점 깊어졌다. 단나사의 주지에게 때때로 참회하며 이야기했던 것이 세 사람이 나쁜 계략을 짜게 된 근원이었다. 주지가 가담해서인지, 일당은 오야스의 사령을 이용해 쓰노쿠니야를 공갈할 계책을 세웠다.

오늘날 생각하면 불필요하게 시간을 잡아먹는 계획이기는 하지만, 그 시대 사람치고 어지간히 머리를 굴려 짜낸 교묘한 수법이라 하겠다. 일당은 먼저 사령의 저주라는 말을 퍼뜨려 쓰노쿠니야 일가에게 공포를 심어주고, 단나사의 주지가 지로베를 협박해 자연스럽게 은퇴하게 만든 다음 절로 불러들일 작정이었다. 그렇게 하면 딸인 오유키에게 싫어도 짝을 맺어 줄 수밖에 없다. 데릴사위로는 이케다야 도에이몬의 차남을 떠넘긴다는 순서로 계획을 점점 진행해

갔다. 그러나 상인과 승려만으로는 만사에 불편한 점이 많아 아사쿠사 시타야를 어슬렁거리는 떠돌이 건달 구마키치와 겐스케를 끌어들였다.

오야스의 유령으로 분했던 아사쿠사의 오카네는 활터에서 화살도 줍고 손님도 상대하는 여자인데, 얼핏 열일고여덟의 순진한 처녀처럼 보이지만 실은 벌써 스물하고도 둘을 더 먹은 닳아빠진 여자로, 구마키치의 소개로 사건에 가담하게 되었다. 구마키치와 겐스케는 쓰노쿠니야 근처를 배회하며 끊임없이 상태를 엿보던 중 오유키의 사범 모지하루가 호리노우치에 참배하러 간다는 사실을 알았다. 돌아오는 길에 분명 날이 저물리라 계산한 일당은 패랭이꽃 무늬 유카타를 입은 오카네를 도중에 대기시켜 괴담 같은 연극을 벌였다. 그러나 모지하루가 그 이야기를 쉽게 다른 사람에게 퍼뜨리지 않아 뜻하는 바를 이루지 못했다. 그러자 이번에는 수법을 바꾸어 수상한 탁발승을 쓰노쿠니야 앞에 세웠다. 오카네는 목욕을 하고 돌아오는 여급들을 노렸다.

그렇게 겨우겨우 지로베를 인질로 잡았지만 안주인과 행수가 뜻밖에 건실하여 일당의 목적도 쉽게 이루어지지 않았다. 초조해진 일당은 더욱 잔혹한 방법에 손을 대었다. 오카네는 숙모인 오카쿠를 쓰노쿠니야에 들어가 살게 한 다음 틈을 보아 안주인과 행수를 처리하려고 했으나 아무래도 오카쿠 혼자서 하기는 벅찬 일이라, 가게의 젊은 일꾼 조타로를 한편으로 끌어들이기로 했다. 조타로는 이전부터 주인집 딸인 오유키를 마음에 품고 있었기에, 일이 잘되면 반드시 오유키와 맺어 주겠다는 조건을 던지자 결국 일당과 손을 잡고 말았다. 오카쿠가 사전에 안주인과 행수가 사통하는 것 같다는 이야기를 퍼뜨려 두고, 시기를 봐서 두 사람의 악당이 계획대로 안주인과 행수를 살해했다. 게다가 그것을 교묘하게 정사로 꾸며 세상 사람들을 속이고, 검시관의 눈을 기만했다.

그때까지는 대체로 일당의 뜻대로 진행되었으나, 기리바다케의 쓰네키치가 비밀에 대해 냄새를 맡았다는 사실이 일당에게 엄청난 불안을 안겨 주었다. 쓰네키치는 모지하루에게 소상한 이야기를 듣고 한시치와 상담 끝에 먼저 유령의 신변 조사에 들어갔다. 한시치가 문득 떠올린 것이 바로 오카네였다. 오카네는 순진해 보이는 외모를 무기로 지금까지 소녀로 분장해 도적질이며 사기를 쳐 왔던 악당이다. 한시치는 혹시 오카네가 아닐까 하고 의심하고는, 수하에게 지시해 몰래 그녀의 요즘 동태를 살피게 했다. 그렇게 오카네가 얼마 전 아사쿠사의 요릿집에서 이케다야 도에이몬을 만난 사실을 알아냈다. 이케다야는 쓰노쿠니야의 친척이다. 그러는 한편, 예의 구마키치가 오오마쓰야에서 은밀히 노름 밑천을 꾸곤 한다는 사실을 그의 동료가 불었다. 오오마쓰야도 쓰노쿠니야의 친척이다. 의심은 점점 깊어져 한시치는 더 생각할 것도 없이 구마키치를 체포했다. 그러나 그도 참으로 완강한 인물이라 쉽게 비밀을 불지 않았다.

설령 자백하지 않더라도 일당 중 한 사람이 붙잡혔다는 소식을 듣고 일당은 조금씩 허둥거리기 시작했다. 겐스케는 서둘러 어딘가로 모습을 감추었다. 그 사실이 쓰노쿠니야에도 들려왔기 때문에 오카쿠와 조타로도 움찔했다. 오카쿠는 모지하루네 하녀를 꼬여 사범이 쓰네키치에게 이 말 저 말 했다는 사실을 알았지만, 대담한 그녀는 일부러 태연을 가장했다. 그러나 아직 혈기 왕성한 조타로는 좀처럼 평정을 찾지 못했다. 그는 자포자기로 간이 커져, 차라리 오유키를 협박해 어딘가로 유괴하자고 작정을 했으나 유키치의 방해로 저수지의 흙탕물을 마시고 죽었다.

일이 이렇게 되자 제아무리 오카쿠라도 태연히 있을 수 없었다. 그대로 모습을 감추었더라면 좀 더 오래 살 수 있었을지도 모르지만, 이런 여자의 습성대로 오카쿠는 모지하루를 증오했다. 무슨 말을 지껄였는지는 모르나 잘생긴 오캇피키를 끌어들여 술을 마시고 시시덕거리면서 자신들의 비밀을 까발렸다고 생각하니 모지하루가 참을 수 없이 미워졌다. 내친김에 죽일 셈이었는지, 아니면 얼굴에 상처라도 입힐 셈이었는지, 어쨌거나 모지하루의 집에 들이닥친 것이 불행의 씨앗이 되어, 오카쿠는 결국 우물에 자신의 몸을 던지고 말았다. 물론 죽은 자는 말이 없으니, 오카쿠가 사실 어떤 속셈이었는지는 알 수 없다. 다만 일의 돌아가는 추세로 이렇게 상상해 볼 따름이다.

일당은 모두 죄상을 자백했다. 모습을 감추었던 겐스케는 센쥬의 친구 집에 들렀다가 붙잡혔다. 주범인 이케다야와 오오마쓰야는 사형, 단나사의 주지와 오카네는 외딴섬으로 유배를 보내고, 그 외의 자들은 에도에서 멀리 추방하라는 판결이 떨어졌다.

이것으로 이 괴담은 끝이지만 덧붙여 말해두고 싶은 것이 있다. 그 이듬해 기리바다케와 쓰노쿠니야에서 두 쌍의 혼담이 성사되었다. 하나는 쓰네키치와 모지하루, 또 하나는 유키치와 오유키였다. 쓰네키치는 스물여섯, 모지하루는 스물일곱이었다. 유키치는 열일곱, 오유키는 열여덟이었다. 유키치와 오유키는 약속만 하고 진짜 혼례식은 일 년 연기했지만, 두 쌍 다 한 살 많은 부인을 맞이한 데에 무슨 인과 관계가 있을지도 모른다고, 목수 가네키치는 의미심장하게 이야기했다.

"어떻습니까. 꽤 복잡한 이야기지요?"

한시치 노인은 웃으면서 말했다.

"벌써 여러 차례 말했듯이 참으로 많은 시간을 들인 범죄이지요. 요즘 사람들이 보자면 어처구니가 없겠지만, 누가 뭐래도 옛날 사람은 성미가 느긋했던 데다 돈벌이라는 것이 상당히 어려웠던 시절이었습니다. 쓰노쿠니야는 듣기로 부동산까지 합쳐 가산이 이삼천 냥 가량이었다고 합니다. 그 시절의 이삼천 냥이면 요즘의 십만 엔(현재 화폐 가치로 약 삼억 엔—옮긴이) 정도인데, 그만큼의 돈을 사취하기란 예사로 어려운 게 아니었습니다. 많은 사람이 지혜를 모아 시간을 들여도 이삼천 냥의 가산을 빼앗기는 그 자체로 아마 큰일이었겠지요. 오늘날처럼 유령 회사를 차린 다음 신문에 커다란 광고를 실어 식은 죽 먹기처럼 몇십만 엔을 긁어모으는 요령 좋은 재주가 옛날 사람에게는 없었으니까 말입니다. 십만 엔을 벌기 위해 이렇게 수고스러운 연극을 벌인 것이죠. 어쩌면 옛날 악당이 요즘 선량한 사람보다 고지식했는지도 모르겠군요. 아하하하."

이 이야기 역시 진짜 괴담은 아니었다. 나는 한 방 먹은 듯한 기분으로 노인의 웃는 얼굴을 멍하니 바라보았다.

미카와 만자이

三河万歳

半七捕物帳

예복 차림을 한 다유와 장구를 든 사이조가 짝을 이루어 단골집을 돌며 신년 축하 인사를 하고 노래와 춤을 보여주는 거리 공연을 미카와 만자이라 한다. 다유가 미카와 지방에서 에도로 찾아온다 하여 '미카와 만자이' 라고 불렸으며, 다유 자체를 만자이라 부르기도 했다.

1

어느 해 정월, 아직 가도마쓰(새해에 문 앞에 장식으로 세우는 소나무—옮긴이)가 장식되어 있는 시기에 아카사카를 찾아가니, 한시치 노인이 현관 앞에 우두커니 서서 정월 거리를 지나는 사람들을 바라보고 있었다.

"이거, 어서 오십시오. 새해 복 많이 받으세요."

늘 신세 지는 다다미방에 들어가 관례대로 새해 인사를 마치자, 낯익은 할멈이 도소주(연초에 마시는 술로, 나쁜 기운을 물리치는 도소가 첨가되어 있다—옮긴이) 상을 내왔다. 내가 이 집에서 설 축배를 드는 게 이때가 두 번째였다고 기억한다. 지금과 달리 그 시절에는 새해 인사를 엽서 한 장으로 끝내는 사람이 아직 적어서 바깥에는 날이 저물 때까지 오가는 사람이 끊이지 않았다. 사자춤의 시끌벅적한 소리며 만자이의 장구 소리도 새해를 실감 나게 했다.

"고지마치 부근보다 이쪽이 더 떠들썩하네요."

내가 말했다.

"그렇지요."

노인은 고개를 끄덕였다.

"예전에는 아카사카보다 고지마치가 번창했는데, 지금은 뒤바뀐 모양이에요. 고지마치나 아카사카도 옛날에는 야마노테에 속했던 땅이라 시타마치에 비하면 설 기분이 훨씬 덜했지요. 센류(형식에 얽매이지 않는 시조─옮긴이)에도 '술 못 마시는 이의 인사, 아카사카 요쓰야 고지마치' 같은 게 있어요. 술 좋아하는 사람은 시타마치에서 마시다 곯아떨어져 버리지만, 못 마시는 사람은 취하지 않으니까 정직하게 아카사카, 요쓰야, 고지마치까지 세배를 드리러 다녀요. 그러니까 새해 벽두부터 고지마치나 아카사카에 새해 인사를 하고 다니는 사람은 촌스러운 녀석 취급을 받았지요. 하지만 만자이만은 야마노테 쪽이 좋았습니다. 무가 저택이 많아서 이른바 '저택 만자이'가 많이 찾아왔으니까요. 메이지 이후 단골 저택이 사라져버린 탓에 만자이도 매년 줄어들고만 있으니 얼마 안 있어 그림으로만 보게 될지도 모르겠군요."

"모든 저택에 단골 만자이가 있었나요?"

내가 물었다.

"그렇지요. 저택 만자이는 저마다 단골 저택이 정해져 있어서 다른 저택이나 상가에는 절대로 드나들지 않았어요. 며칠쯤 에도에 머물면서 자신의 단골 저택만을 한 바퀴 돌고서 그대로 돌아가버렸지요. 상가를 집집이 도는 거리 만자이는 걸식 만자이라고 나쁘게 말했답니다. 그런 까닭으로 만자이만은 야마노테 쪽이 훌륭했습니다. 그러고 보니 만자이와 관련된 이야기가 생각나는군요."

"어떤 이야기인가요?"

"아니, 그렇게 정색을 하고 들을 만큼 큰 사건도 아니에요……. 그게 몇 년이었더라, 분큐 삼 년(1863년)인가 겐지 원년(1864년)쯤이었지요. 십이월 이십칠일 추운 아침, 간다바시 다리의 궁문 밖, 지금의 가마쿠라 나루터 부근에 한 남자가 쓰러져 있었습니다. 스물대여섯 살쯤 먹은 촌스러운 차림의 남자는 품속에 여자아기를 안고 있었어요. 그것이 이 이야기의 발단입니다."

남자는 숨이 끊어져 있었다. 십이월 매서운 바람이 부는 하룻밤을 시체의 품속에 안겨 있던 아이는 너무 울어서 목이 다 쉬었지만 다행히 아직 살아 있었다. 엎드러지면 코 닿을 곳에서 일어난 사건이라 한시치는 검시관이 오기 전에 서둘러 그곳으로 달려갔다. 죽은 남자의 몸에는 수상한 상처 따위 전혀 없었다. 안고 있는 아이에게도 이상이 없었다. 한시치가 놀란 것은 아이가 예리한 두 송곳니를 가지

고 있어서였다. 태어난 지 두 달이나 석 달밖에 되지 않은 갓난애였으나 위턱의 좌우에 송곳니가 한 개씩 나 있었다. 흔히 말하는 '도깨비 아이'다. 도깨비 아이를 안고 길 위에 쓰러져 있는 남자……. 여기에는 무슨 사정이 있는 것처럼 보였다. 근처 사람들을 하나하나 추궁해 보니, 전날 밤늦게 남자와 똑 닮은 사람이 지나가는 포장마차를 불러 세워 데운 술을 마시는 모습을 보았다고 한다. 이야기를 종합해 보고, 추위를 견디기 위해 데운 술을 거나하게 마시고 앞뒤 구별도 못 하게 취해 쓰러져서 결국 얼어 죽은 게 아닐까 하고 한시치는 판단했다. 남자는 면 지갑에 푼돈 얼마를 지니고 있을 뿐, 신분을 나타낼 만한 물건은 가지고 있지 않았다. 한시치는 오른손 바닥에 박힌 굳은살을 자세히 살피고서, 죽은 남자는 필시 사이조이리라고 감정했다. 설령 만자이든 사이조든 제멋대로 취해서 얼어 죽었을 뿐이라면 까다롭게 수사할 것도 없다. 그대로 자경단원에게 넘겨주면 그만이다. 그러나 남자가 품속에 안고 있던 갓난아이가 누구인지 도저히 알 수 없었다. 먼 지방서 온 사이조가 추운 한밤중에 갓난아이를 안고 에도 한복판을 헤맨 이유가 이해되지 않았다. 수상한 두 개의 송곳니를 가진 아이라 의심은 점점 깊어졌다.

마침내 행정부교소에서 담당 조사관이 도착하여 의사의 입회하에 검시를 마쳤으나, 죽은 자의 몸에는 특이사항이 없고 역시 앞뒤 분간 못 하게 만취한 상태로 길섶에 쓰러져 동사했다는 것으로 결론지었다. 그러나 그가 안고 있던 도깨비 아이의 정체는 관리들도 알지 못했다. 한시치는 핫초보리 도신(행정부교 소속 도신. 핫초보리에 행정부교 소속 관리의 사택이 있었음—옮긴이) 스가야 야헤의 저택으로 불려 갔다.

"한시치, 오늘 아침 길에 쓰러져 죽은 이는 어떤 이인 것 같나? 저런 업인(業人)을 안고 있는 것으로 보아 구경거리로 돈을 버는 노점상일까?"

야헤가 물었다.

"글쎄요, 손바닥의 딱딱한 굳은살이 아무래도 사이조가 아닐까 싶습니다만……."

"음. 나도 그리 생각하기도 했으나, 노점상이라면 말이 되지만 둥둥 장구 치는 사이조라니 앞뒤가 맞지 않잖은가?"

"지당하신 말씀입니다."

한시치도 그렇다고 생각했다.

"허나 그렇게 앞뒤가 맞지 않는 부분에 묘미가 감추어져 있지 않겠습니까. 한번 샅샅이 뒤를 캐 보겠습니다."

"연말에 안됐군. 그다지 좋은 연말 선물은 아닌 것 같지만, 연어 머리라도 줍는 기분으로 해주게."

"알겠습니다."

한시치는 사건을 받아들이고 핫초보리를 나왔으나 어디서부터 손을 대야 할지 엄두가 나지 않았다. 넓은 에도의 연말 거리에서 만자이나 사이조를 하나하나 찾아 돌아다니기에는 그 수가 너무 많아 감당이 안 된다. 어떻게든 손쉽게 찾아낼 방도가 없을까 생각하며 선달의 분주한 거리를 어슬렁어슬렁 걷고 있는데 다리 기슭에서 스물네댓 살의 남자를 만났다.

"대장님, 안녕하세요."

가메키치라는 한시치의 수하였다. 본디 두부가게 아들인데 놀며 지내다 결국 한시치 밑으로 굴러들어 왔기에, 동료 사이에서는 두부장수 가메라고 불렸다.

"이봐, 두부장수. 마침 잘 만났다. 도와주었으면 하는 일이 있는데……. 가마쿠라 나루터에서 쓰러져 죽어 있던 남자 이야기 알고 있나?"

"압니다. 지금 대장님 댁에 가서 누님께 자세히 들었습니다. 시체가 도깨비 아이를 안고 있었다니 참 이상하네요."

"그걸 조사해 보려고 해. 사이조가 도깨비 아이를 안은 채 길에 쓰러져 있었어. 아무리 생각해도 이상하잖은가."

"이상하고말고요……. 내버려두면 다른 곳에서 선수 칠 거예요."

"그럴 가능성도 있지."

두 사람은 서서 상의를 마쳤다. 역시 한시치의 수하 젠하치와 나누어서 가메키치가 업인을 구경거리로 내놓는 노점상을 조사하고, 젠하치는 만자이 무리를 뒤진다. 이렇게 양쪽에서 캐 나가다 보면 거기에서 하나쯤 단서를 발견해 내리라는 것이었다.

"그럼 부탁하지."

한시치는 가메키치에게 맡기고 집으로 돌아왔다. 가메키치는 그 날 저녁 여덟 시가 넘어서야 추워 보이는 얼굴을 미카와초에 내밀었다. 아무래도 혼자서는 손이 모자라서 다른 데사키들의 힘을 빌려 에도 전체의 노점상을 하나 빠짐없이 조사했으나, 최근에 도깨비 아이를 다루었던 이는 없었다. 도깨비 아이를 빼앗긴 자도 없었다. 가메키치는 노점상 쪽으로는 수사거리가 떨어졌다고 낙담하며 이야기했다.

"그러면 장사와는 아무 관계없는 보통 아기인가."

한시치는 생각을 굴리며 말했다.

"아마 그렇겠지요. 노점상 중에 새끼고양이를 잃어버렸다며 낙담한 놈이 있다는데, 새끼고양이 운운할 때가 아니니까요."

"당연하지, 분명히 인간 아이였어. 고양이 새끼가 아니야."

한시치는 말하다 말고 다시 생각에 잠겼다. 길에 쓰러져 죽은 사이조가 품속에 안고 있던 것은 결코 고양이 새끼가 아니었다. 아무리 도깨비 아이라도 분명히 인간 아이인 이상, 그것을 축생의 새끼와 동일시할 리는 없었다. 그러나 자신들은 보통 함께 두고 생각하지 않는 것을 연결해서 생각해야만 한다고 한시치는 믿었다. 인간아이와 고양이 새끼 사이에 어떤 신비한 인연이 엮여 있을지 한시치는 머리를 이리저리 굴렸다.

"그런데 잃어버렸다는 새끼고양이는 어떤 것이냐. 눈동자가 금이냐 은이냐, 아니면 꼬리가 두세 개 달렸기라도 한 거냐?"

"거기까지는 묻지 않았습니다. 새끼고양이는 별 상관없다 싶어서요."

가메키치는 겸연쩍어하며 머리를 긁었다.

"도깨비 아이와 새끼고양이가 무슨 관계가 있을까요?"

"그건 아직 모르지. 하지만 신경이 쓰이는군. 수고스럽겠지만 다시 한 번 가서 새끼고양이를 어째서 잃어버렸는지, 어떤 고양이였는지 자세히 물어봐."

"알겠습니다. 젠하치는 무슨 말 없었습니까?"

"녀석에게는 연락이 없어. 하지만 녀석이 맡은 건 다소 번거로운 일이니 금방은 힘들겠지. 어쨌든 부탁한다."

가메키치는 고개를 끄덕이고 돌아갔다.

2

다음 날인 이십팔일 아침은 강바람(비는 내리지 않고 심하게 부는 겨울 북풍—옮긴이)이 불었다. 한시치가 대문 밖에 서서 야겐보리의 섣달 대목장은 춥겠다는 이야기를 하며 마을의 토목업자가 가도마쓰를 세우는 모습을 지켜보고 있을 때, 가메키치가 서른대여섯 살 먹은 남자를 데려왔다.

"대장님. 그 사람을 데려왔습니다요. 저 혼자 물었다가 또 착오가 있으면 안 되니까 당사자를 끌고 왔어요."

"그래? 이거, 바쁠 텐데 미안하군. 어서 안으로 들어가지."

"실례하겠습니다."

남자는 주저주저하며 들어왔다. 불그레한 얼굴에 통통하게 살진 남자로 왼쪽 눈썹 옆에 천연두 자국 두 개가 크게 남아 있는 게 눈에 띄었다. 남자는 시타야의 이나리초에 사는 도미조라고 이름을 댔다.

"가메 씨 말로는 제게 무슨 용건이 있으시다고……."

"용건이라 할 만큼 복잡한 게 아닐세. 가메키치가 무슨 소리를 해서 겁을 주었는지 모르지만 정말로 사소한 문제라 일부러 발걸음을 할 필요까지 없었는데 말이지……. 다른 게 아니라 자네, 최근에 새끼고양이를 어떻게 했는가?"

"예?"

도미조는 뜻밖이라는 표정을 지었다.

"그게 무슨 사건에 관련이 있나요?"

"심문이 아니니 긴장할 필요 없어. 그저 내가 궁금해서 물어두려는 걸세."

"예에."

도미조는 아직 이해가 가지 않는 듯이 한시치의 얼굴을 바라보고 있었다.

"그런 일 없었나?"

"무슨 착오가 있었던 것 같은데……. 저는 하나도 모릅니다."

자신이 들은 이야기와 전혀 다른 대답에 가메키치도 잠자코 있을 수 없었다.

"이봐, 무슨 소리야. 네가 소중한 고양이를 놓쳤다고 실컷 푸념을 늘어놓았다는 이야기는 네 동료에게 들어서 알고 있어. 숨길 생각 말라고. 그렇지 않으면 내가 대장님께 거짓말한 게 되잖아. 앞뒤 판단 잘하고 대답해."

"하지만 저는 정말로 아무것도 모르는걸요."

도미조는 쉰 목소리로 끝까지 모른다고 고집을 피웠다. 폭발한 가메키치가 시비조로 끈질기게 다그쳤지만 도미조는 절대로 입을 열지 않았다. 자신은 상품으로 내놓을 새끼고양이를 잃어버린 기억이 없다고 완고하게 딱 잘라 말했다. 가메키치도 끝내 두 손 들고 대장의 안색을 살폈다. 한시치는 조용히 고개를 끄덕였다.

"잘 알았네. 무슨 착오가 있었나 보군. 아침 일찍부터 결례를 범했네 그려. 너그러이 이해하고 그만 돌아가시게."

"그럼 이제 돌아가도 됩니까?"

도미조는 한숨 돌리며 말했다.

"정말로 미안했네. 나중에 반드시 벌충하지."

"아니요, 무슨 말씀을. 그럼 저는 돌아가겠습니다."

부랴부랴 나가는 도미조의 뒷모습을 지켜보면서 가메키치는 분해하며 혀를 찼다.

"저런 뻔뻔한 놈. 오늘은 무사히 돌려보냈어도 곧 증거를 잡아 다시 한 번 끌고 올 테니 목 씻고 기다려라."

"너무 흥분하지 마라."

한시치는 웃으면서 말했다.

"저 녀석, 고양이를 잃어버린 게 틀림없어. 좀 전의 모습으로 대충 알았다. 왜 그걸 저렇게 숨기려 드는지 모르겠군. 여기서 언제까지 입씨름만 벌여도 결론이 나지 않을 것 같으니까 일단 얌전히 돌려보 내고, 차라리 녀석 집 근처에 가서 살짝 물어보는 게 낫겠어. 지난 사건이 끝나서 나도 오늘은 한가하니 점심이라도 들고 나서 함께 천 천히 나가보지."

"대장님이 함께 가시면 든든하지요. 저 자식, 내 얼굴에 먹칠을 했 겠다. 반드시 증거를 잡아서 목을 비틀어 주겠어요."

가메키치는 서슬이 퍼레서 시간이 가기를 기다렸다.

점심을 먹고 둘이 나가려는 때 젠하치가 멍한 표정으로 들어왔다.

"재미있는 물건은 없어요. 아시겠지만 고지마치 미카와야는 저택 을 도는 만자이들의 단골 숙소예요. 혹시나 해서 미카와야에 가보았 더니 역시 다섯 명쯤 있더군요. 그중에서 이치마루 다유의 사이조가 아직 도착하지 않아 아침부터 걱정하며 찾으러 나갔다고 합니다."

이전에는 니혼바시의 욧카이치에 사이조 시장이라는 것이 열렸 다. 미카와에서 올라온 만자이들은 모두 그 시장에 모여 제각기 사 이조를 골랐으나, 덴포(1830년대―옮긴이) 이후부터 그런 풍습도 점 점 자취를 감추더니, 만자이와 사이조는 매해 내년을 기약하고 헤어지게 되었다. 그해 말에 만자이가 다시 에도로 오면, 주로 아와, 가즈사, 시모우사에서 오는 사이조는 약속대로 만자이의 단골 숙소를 찾아와 함께 에도의 신년을 축하하며 돌아다닌다. 그것이 근래의 관습이 되었기에 만자이는 사이조를 고를 필요가 없었다.

멀리 사는 이들끼리의 약속이라 몹시 불안할 것 같지만 의리 있는 사이조는 만약 병이 들거나 다른 사정이 생기면 반드시 편지를 들려 대리인을 보냈으므로 대부분 별 문제없이 끝났다. 사이조가 약속을 지키지 않고 대리인 또한 보내지 않았으니, 만자이 이치마루 다유가 당황하는 것도 무리가 아니었다. 아무리 훌륭한 단골 저택을 많이 가지고 있더라도 사이조를 동반하지 않은 만자이가 무가 저택의 가도마쓰를 들어설 수는 없었다.

"그 사이조의 이름은 뭐고, 어디 사는 녀석이라더냐?"

한시치가 물었다.

"시모우사의 고가에서 온 놈으로 이름이 마쓰와카(松若)랍니다."

"마쓰와카……. 이름 한번 멋지군."

가메키치는 웃었다.

"그러면 대장님. 마쓰와카가 죽은 녀석이군요."

"이치마루 다유라는 녀석은 만나지 못했다고?"

한시치는 재차 확인했다.

"못 만났습니다."

젠하치가 대답했다.

"여관 여급 말로는 쉰두세 살 먹은 덩치 큰 남자로, 술을 마시면 공연히 밝아져서 소란을 피운다고 하더군요. 평소에는 성실한 얼굴을 하고 있지만 꽤 놀기 좋아하는 남자인 듯, 취하면 샤미센 따위를 퉁퉁 튕긴답니다."

"그래. 그럼 다시 한 번 미카와야에 가서 이치마루 다유가 돌아오기를 기다렸다 사이조라는 게 어떤 녀석인지, 도깨비 아이에게 짐작가는 바가 있는지, 조사해봐."

젠하치를 보내고서 두 사람은 시타야의 이나리초로 향했다. 아침부터 강바람이 불어 하얀 흙먼지가 휘몰아치는 고토쿠지 앞을 서성이다 겨우겨우 노점상 도미조 집을 찾아냈다. 모퉁이를 돈 골목 안쪽이었다. 옆의 공터에는 이나리 사당이 세워져 있었다. 근처에 물어보려고 주변을 둘러보니 서른 줄의 아낙이 새빨간 손으로 우물가에서 커다란 나물 꾸러미를 씻고 있었다. 그 곁에는 일고여덟 살 먹은 남자아이가 서 있었다.

"이보시오, 부인."

한시치가 다가가 친근하게 말을 걸었다.

"도미조 씨는 집에 안 계신가?"

"도미 씨는 없어요."

아낙은 쌀쌀맞게 대답했다.

"오늘은 야겐보리에라도 갔겠죠."

도미조는 홀몸으로, 흥행 노점상이라고는 해도 직접 공연을 펼치는 게 아니다. 어딘가의 가설 흥행장에서 문지기로 일하는 것 같다는 이야기를 가메키치의 보고로 알았다. 한시치는 작은 목소리로 다시 물었다.

"도미 씨네 고양이가 있지?"

"고양이요? 그 고양이는……."

아낙은 말하다 말고 입을 다물어버렸다.

"고양이가 어떻게 되었나?"

아낙은 뒤를 살짝 돌아보고서 역시 입을 다물었다. 한시치는 순순히 말할 것 같지 않다고 생각하며 품속에 손을 넣었다.

"여기 있는 꼬마가 부인네 아이인가. 얌전한 아이로군. 아저씨가 상으로 종이연을 사주마. 이리 오렴."

품속에서 은화 한 닢을 꺼내서 주자 가난한 집의 남자아이는 놀란 듯이 한시치의 얼굴을 올려다보았다. 아낙은 젖은 손을 앞치마에 닦으며 감사 인사를 했다.

"아유, 감사해요. 이런 걸 다 주시고……. 얘야, 인사해야지."

"아니, 인사는 무슨. 그런데 부인, 귀찮게 해서 미안하지만 고양이가 어쨌다고? 혹시 도망쳤나?"

"도망쳤으면 차라리 좋았을 텐데……."

아낙은 작은 목소리로 말했다.

"죽였어요."

"죽였다니, 누가?"

"그게 좀 이상한 이야기예요. 도미 씨가 집을 비운 사이에 요물 고양이인 줄 착각하고 죽이고 말았는데, 무리도 아니지요. 그 고양이는 춤을 추는걸요."

"그럼 구경거리로 내놓을 상품이로군."

"예. 이제부터 하나하나 재주를 가르치려고 했는데 요물 고양이로 착각해서 죽여버린 거예요. 도미 씨도 엄청나게 화를 냈어요."

돈의 위력으로 아낙은 그날 있었던 일을 좋알좋알 떠들었다.

3

도미조의 옆집에는 오쓰가라는 스물대여섯 먹은 멋쟁이 여자가 산다. 몹시 칠칠치 못한 여자로, 첩살이를 한다는데 서방을 정해둔 것이 아니라 여러 남자와 관계하며 매춘부나 다름없는 난잡한 생활을 한다는 소문이 자자하다. 그런 오쓰가에게 이따금 찾아오는 쉰살 정도의 남자가 있다. 오쓰가는 남자가 자신의 숙부이고, 일 년에 한 번씩 장사 때문에 조슈에서 상경한다고 말하고 있으나 아무래도 조슈 사람이 아닌 듯하고, 진짜 숙부도 아닌 듯하다. 공동 주택 사람들은 이 남자도 서방 중 하나이겠거니 하고 여겼다.

사오일 전 저녁 오랜만에 숙부라는 사람이 찾아왔는데 공교롭게도 오쓰가는 부재중이었다. 오쓰가는 홀몸으로 외출할 때 바깥문을 단단히 걸어 잠가 두므로 숙부는 안으로 들어갈 수 없었다. 어둑한 문간에 우두커니 서 있는 남자가 애처로워 보여 우물가에서 말을 건 사람이 바로 이 아낙이었다. 가만히 있었으면 좋았으련만, 오쓰가가 돌아올 때까지 옆집에 들어가 기다리라고 가르쳐주고 말았다. 옆집에 사는 도미조는 문을 열어젖혀 두고 목욕탕에 간 터였다. 훔쳐갈 만한 물건이 있는 집도 아니고, 남자의 얼굴도 잘 알고 있었기 때문에 안심하고 일러준 것이었다. 살짝 취한 듯한 남자는 고맙다고 인사하고 옆집으로 들어가 마루 끝에 걸터앉았나 했더니, 이윽고 샤미센을 퉁퉁 켜는 소리가 들렸다. 남자는 오쓰가의 집에 와서도 샤미센을 켜곤 했기에 아낙은 딱히 이상하게 여기지 않고 쌀을 씻고서 집으로 돌아갔다.

"그 후에 소동이 일어났어요."

아낙은 얼굴을 찡그리고 이야기했다.

"도미 씨의 집에서 우당탕하는 소리가 들려서 무슨 일인가 싶어 달려나와 보니, 막 목욕을 마쳐 머리에서 모락모락 김이 나는 도미 씨가 숙부라는 사람의 멱살을 잡고 서슬 퍼렇게 다그치고 있었어요. 들어보니 그 사람이 도미 씨의 고양이를 쳐 죽였다는 거예요."

"왜 죽였을까. 갑자기 춤이라도 추었나?"

한시치가 물었다.

"맞아요. 춤을 췄어요."

아낙의 설명으로는, 도미조는 자신이 기르는 새끼고양이에게 춤을 가르쳤다고 한다. 화로 숯불을 활활 피워서 그 위에 구리판을 얹는다. 빈대떡을 부쳐 먹을 때와 같은 방식이다. 동판이 뜨거워졌을 즈음 고양이의 몸을 밧줄로 묶어 천장에 매달아서 네 다리가 딱 구리판에 닿도록 하면, 고양이는 뜨겁게 달구어진 판의 열기에 놀라 저도 모르게 앞뒤 다리를 번갈아 가며 깡충깡충 든다. 이때를 맞춰 도미조가 손가락으로 샤미센을 퉁퉁 켠다. 초반에는 사람이 고양이의 발 움직임을 보고 교묘하게 가락을 맞추어야 하지만 점점 익숙해지면 고양이가 음률에 맞춰 앞뒤 다리를 깡충깡충 들게 된다. 더욱 길이 들면 평범한 판이나 다다미 위에서도 샤미센 소리에 이끌려 자연히 다리를 들게 된다. 가설 흥행장에서 흥을 돋우는 고양이 춤은 전부 이렇게 훈련시키는 것으로, 도미조도 두 달쯤 걸려 고양이를 길들였다.

끈기 있게 길들이고 가르쳐서, 그럭저럭 상품 가치가 생긴 참에 남자가 때려죽인 것이다. 물론 죽인 쪽에도 그럴 만한 이유가 있었다. 마루 끝에 앉아 멍하니 기다리던 남자는 우연히 벽에 걸린 샤미센을 발견했다. 조금 취해 있던 그는 무료함을 달랠 겸 샤미센을 내려다가 퉁퉁 켜기 시작했는데, 화롯가에 둥그렇게 몸을 말고 있던 고양이가 음률에 맞춰 갑자기 춤을 추었다. 남자는 화들짝 놀랐다. 어스름한 저물녘, 요물들이 깨어난다는 시간에 고양이가 비슬비슬 일어나 춤을 추기 시작하는 바람에 격렬한 공포에 휩싸인 그는 이미 무엇을 생각할 여유도 없었다. 들고 있던 샤미센을 고쳐 쥐고 고양이 정수리를 있는 힘껏 후려갈기자 고양이는 그대로 털썩 쓰러져 죽었다. 그때 고양이 주인 도미조가 돌아왔다.

　누가 뭐라 해도 주인 없는 집에 함부로 들어오는 법은 없다며 도미조는 성을 냈다. 게다가 소중한 상품을 쳐 죽이다니 어떻게 보상할 거냐며 눈을 희번덕거리면서 호통을 쳤다. 사정을 알고 나자 남자도 몹시 미안해하며 줄곧 사죄했으나 도미조는 듣지 않았다. 예의 아낙 역시 책임이 있으므로 말을 거들어 주었지만 도미조는 계속 고집을 피우며, 죽인 고양이를 되살려내든가 아니면 보상금으로 열 냥을 내놓으라고 윽박질렀다. 손이 발이 되도록 빌어서 간신히 절반인 닷 냥으로 깎아주었으나 남자는 당장 닷 냥을 가지고 있지 않았다. 제발 섣달 그믐날까지 기다려달라고 부탁하는 것을 도미조는 억지로 밀어붙여 완력으로 지갑을 빼앗았다. 지갑에는 서 푼밖에 들어 있지 않았다. 도미조가 참지 못하고 지금 당장 자신과 함께 나가서 돈을 마련하라고 다그치는데 때마침 오쓰가가 돌아와서 반드시 자신이 받아줄 터이니 오늘은 용서해 달라며 열심히 도미조를 달래, 무사히 그 남자를 자신의 집으로 끌고 갔다.

　이것이 도미조가 고양이를 잃은 사연이다. 한시치에게 끝까지 모른다고 잡아뗀 것은 정당한 사유가 있었다고는 해도, 강도나 마찬가지로 상대를 윽박질러 지갑을 무리하게 빼앗았다는 사실이 켕겼기 때문이리라.

"그래서 어찌 되었지. 그 남자는 나머지 돈을 가지고 왔나?"

한시치가 다시 물었다.

"그날 밤은 무사히 넘어갔지요. 그 후로 오쓰가 씨 집에서 두 시간 가까이 이야기하고 돌아간 모양인데, 다음 날 밤 다시 와서 오쓰가 씨와 다투기 시작했어요. 둘 다 취한 것 같았는데 오쓰가 씨는 그 사람을 붙잡고 바깥으로 쫓아내버렸어요."

"지독한 여자로군."

가메키치는 눈을 휘둥그레 떴다.

"그야 만만치 않은 여자니까요."

아낙은 비아냥거리듯이 웃었다.

"너 같은 무골충은 이렇다든가 저렇다든가 하면서 아주 서슬이 시퍼래서는……. 숙부라던 사람을 호되게 들볶고서 쫓아냈어요. 그래도 그 사람은 아무 말 않고 얌전히 풀이 죽어서 나갔어요. 애초에 오쓰가 씨에게 걸리면 웬만한 남자는 당해내질 못해요."

"오쓰가 씨는 집에 있나?"

한시치는 뒤를 돌아보면서 물었다.

공동 주택 안에서도 오쓰가는 집을 깔끔하게 꾸미고 사는 편인 듯했다. 처마에는 가메이도의 벼락을 피하게 해준다는 부적이 붙어 있다. 바깥문에는 잊지 않고 자물쇠를 채워 놓아서 안은 살피지 못했다.

"엊저녁부터 돌아오지 않은 모양이에요."

아낙은 다시 웃었다.

"옆집 도미조와 사이가 수상하다는 얘기는 없는가?"

"그거야 모르죠. 다른 사람도 아니라 오쓰가 씨인데."

"그렇겠지."

한시치도 웃었다.

"이거 해도 짧은데 시간을 빼앗아서 미안했네. 가메, 이제 가자."

아낙에게 인사를 하고 두 사람은 골목 밖으로 나왔다.

"대장님, 이상한 일도 다 있네요."

"음, 넓은 세상에는 갖가지 일이 있지."

한시치는 고개를 끄덕였다.

"그래도 여기까지 발걸음을 한 보람은 있었어. 이걸로 대강 방향
이 잡혔다. 이제 도깨비 아이의 출처를 밝힐 차례로군. 아니, 이것도
금세 알게 될 거야. 그럼 새해에 보지. 나는 다른 곳에 들를 터이니
여기서 헤어지자고."

"도미조 놈은 어쩔까요."

"글쎄다. 지금으로서는 어쩔 도리가 없으니 일단 내버려둬."

"예."

가메키치는 마지못해 뒤돌아 갔다.

그다지 깊이 추적할 만한 사건도 아니라고 생각했지만 어떻게든
끝까지 밝혀내야만 직성이 풀리는 성격인 한시치는 그 길로 야마노

테까지 올라갔다. 겨울 해는 벌써 뉘엿뉘엿 저물어 추워 보이는 까마귀 그림자가 해자의 소나무 위를 헤매었다. 고지마치 5가의 미카와야를 찾아가자 대각선 맞은편 담뱃가게 앞에 젠하치가 걸터앉아 있었다.

"대장님, 안 되겠어요. 이치마루는 아직 돌아오지 않은 모양입니다."

젠하치는 기다리다 지쳐서 말했다.

"수고가 많다. 이치마루에게 요즘 여자가 찾아왔다는 얘기는 없느냐?"

"있습니다. 여급에게 물으니 한껏 멋을 부린 스물대여섯 살 먹은 여자가 두세 번 찾아왔답니다. 대장님, 잘도 알고 계시는군요."

"음, 잘 알지."

한시치가 웃었다.

"이제 대강 알았으니 오늘은 이 정도로 해두지. 세밑이 다 되었는데 너도 여기서만 줄곧 시간을 때울 수 없지. 집에 돌아가 마누라가 찰떡 써는 거나 도와줘."

"그럼 이제 가도 될까요?"

"그래."

두 사람은 함께 간다로 돌아왔다. 매서운 바람이 밤새도록 불어서 화재가 잦은 에도에 사는 사람들은 그날 밤 제대로 잠들지 못했다. 특히나 치안을 책임지는 몸인 한시치는 졸음이 완전히 가셔 뜬눈으로 지새웠다. 다음 날 새벽 네 시경에 잠자리를 빠져나와 사방등 불로 담배를 피우고 있자니 누군가가 바깥문을 부서질 듯이 두드렸다.

"게 누구냐?"

"접니다. 가메요."

조급한 목소리였다.

"두부장수인가? 이렇게 일찍 무슨 일이냐?"

집사람은 아직 자고 있어서 한시치가 직접 문을 열자 가메키치는 숨을 거칠게 몰아쉬며 굴러 들어왔다.

"대장님. 도미조가 당했어요."

4

고양이를 잃은 줄 뻔히 아는데 고집스럽게 모른다고 잡아떼 잠시나마 대장 앞에서 창피를 준 도미조가 가메키치는 진심으로 미웠다. 어제 한시치와 헤어지고 놀러 간 요시와라(에도의 유곽—옮긴이)에서 그다지 좋은 대접을 받지 못하고 부글부글 화가 치민 상태로 폐점 전에 요시와라를 뛰쳐나와, 아베카와초에 사는 친구를 두들겨 깨워서 하룻밤 신세를 졌다. 가메키치 역시 강한 바람에 뒤척이느라 마음 놓고 눈을 붙이지 못하고 있는데 귓가에 사람들이 술렁이는 소리가 희미하게 들렸다. 불인가 하고 벌떡 일어나 소란스러운 방향으로 달려가 보니, 화재는 화재이나 이나리초 공동 주택 한 채를 태우고 수 그러든 작은 불이었다.

화재는 일단락되었지만, 사건은 끝나지 않았다. 불난 집에서 남자의 시신이 나온 것이다. 죽은 남자는 다름 아닌 도미조였다. 같은 공동 주택에 사는 오쓰가의 시체도 우물에서 발견되었다.

"일이 이렇게 되었으니 저 혼자서는 안 됩니다. 대장님도 빨리 와주세요."

"알았다, 바로 가지. 일이 엉뚱하게 커졌군."

한시치는 채비하고 바로 가메키치와 함께 나갔다. 섣달그믐 전날, 새벽바람이 커다란 양날 검으로 후려치듯 매섭게 불었다. 두 사람은 눈과 입을 막고 구르듯이 걸었다. 이나리초에 도착해 보니 도미조의 집은 반쯤 탄 채 허물어져 내렸고, 숨이 막힐 것 같은 하얀 연기가 좁은 골목 안에 가득하게 소용돌이쳤다. 마을 사람들과 공동 주택 사람들도 그 연기 속에 무리지어 와글와글 떠들었다.

"큰일 날 뻔했군."

어제의 아낙을 발견하고 한시치가 말을 걸었다. 경황없이 눈을 굴리던 아낙도 어제 은화를 준 사람을 잊지 않고 있었다.

"안녕하세요……. 그래도 이런 바람이 부는데 이 정도로 끝난 게 다행이에요."

"크게 번지지 않은 건 다행이지만 변사체가 있었다던데. 타 죽은 건가?"

한시치가 자연스럽게 물었다.

"잘 모르겠어요. 도미 씨가 불에 타 죽고…… 오쓰가 씨도……."

"그랬군."

한시치는 곧장 화재가 발생한 곳으로 갔다. 이렇게 된 이상 더는 가면을 쓰고 있을 수 없으므로 자신의 신분을 밝히고 공동 주택 관리인을 동반한 채 불탄 자리를 검분했다. 이웃 사람들이 빨리 달려와 바로 집을 부수었기 때문에 반소라고는 해도 칠 할은 무너진 채 불길을 모면했다. 한시치는 집 주변을 둘러보다가 문득 바로 옆의 이나리 사당에 시선이 멈추었다.

"이나리 님은 무사했어."

"공동 주택 사람들은 불이 커지지 않은 것도 이나리 님 덕분이라고 기뻐하고 있어요."

관리인이 말했다.

"기뻐할 일이 아니네."

한시치는 코웃음 쳤다.

"이나리 님의 보살핌이 있었다면 처음부터 이런 소동이 일어날 리가 있나. 집을 태우고 사람을 죽이고 은혜는 무슨. 차라리 이 김에 사당까지 태워버리는 게 어떤가?"

관리인은 무작스러운 말이라고 생각한 모양이지만 상대가 상대라 언짢은 표정으로 입을 다물었다. 한시치는 발치에 아직 훌훌 타는 나뭇조각을 주워 횃불처럼 치켜들었다.

"사당에 불을 붙이겠네. 알겠나?"

"대장님, 무슨 짓을……."

한시치는 관리인이 부랴부랴 팔을 붙잡는 것도 개의치 않고 다시 소리 질렀다.

"에잇, 상관할까보냐 이딴 사당……. 불을 붙이겠어. 이런 콩알만 한 작은 사당 따위 눈 깜짝할 새에 재가 되어버리겠지. 숨어 있는 여우는 빨리 나오너라."

이나리 님도 여기에는 놀랐을지 모른다. 그 목소리에 대답하듯 정면의 문이 스윽 열렸다. 기어 나온 것은 여우가 아니었다. 머리에 재를 뒤집어쓴 쉰 전후의 남자였다.

"네놈은 이치마루 다유렷다. 똑바로 말해."

한시치는 남자의 팔을 붙잡았다.

"사당 안에서 부스럭부스럭하는 소리가 난다 했더니, 아니나 다를까 이런 여우가 기어들어 가 있었군. 어서 자경소로 따라와."

마을의 자경소로 끌고 간 남자는 정말로 이치마루 다유였다. 품속에 주머니칼을 숨기고 있었으나 혈흔은 묻어 있지 않았다.

"네가 도미조를 죽이고 불을 질렀나?"

"죄송합니다."

이치마루 다유는 자백했다.

"도미조를 죽이려고 했습니다. 하지만 죽이기 전에 불이 나서 타죽고 말았어요."

200

"어째서 도미조를 죽이려 했나?"

"돈 몇 푼으로 문제가 생겼습니다."

이치마루 다유는 실수로 도미조의 고양이를 죽인 경위를 숨김없이 털어놓았다. 공동 주택 주민의 추측대로 이치마루는 재작년 연초에 오쓰가와 눈이 맞아, 매년 에도에 올 때마다 그녀의 집으로 찾아와 정초에 벌어 모은 돈 대부분을 뜯겼다. 올해도 일 년 만에 찾아와 보니 마침 오쓰가가 집을 비워, 뜻하지 않게 옆집 고양이를 죽이는 실수를 저지르고 말았다.

"오쓰가의 중재로 그 자리만은 모면했지만 남은 돈 넉 냥 한 푼을 좀처럼 마련할 수 없었어요. 동료들도 새해가 되기 전에는 목돈을 빌려줄 처지가 아니라서 저도 방도가 없었습니다. 당장 오쓰가의 기모노라도 전당잡고 어떻게든 융통하자 싶어서 다음 날 밤 다시 가 의논했는데, 단박에 거절당했습니다. 두세 마디 주고받는 사이 성격이 드센 오쓰가는 저를 붙잡고서 바깥으로 쫓아내버렸어요. 나이를 먹을 만큼 먹고서 젊은 여자에게 걸려 이런 이야기를 하자니 정말 부끄럽습니다. 맥없이 돌아갔는데 다음 날 오쓰가가 제가 머무는 숙소에 쳐들어와서, 나머지 돈을 빨리 어떻게 해주지 않으면 이웃에게 면목이 없다고 졸랐어요. 그날은 어떻게든 달래서 돌려보냈지만 다음 날 또다시 쳐들어와서 잔소리했어요. 여관 사람들과 동료들의 눈도 있는데 오쓰가 같은 여자가 매일 쳐들어오니 저도 어쩌면 좋을지……. 땅으로 꺼지고 싶었습니다……."

젊은 여자에게 들볶인 노인의 참회가 우습기도 하고 가엾기도 했다. 이치마루 다유는 쭈뼛쭈뼛 이야기를 이어갔다.

"어쩌면 좋을지 갈피를 못 잡던 중에 여관의 여급에게 우연히 작년 여름쯤에 여기서 일하던 오키타라는 젊은 여급이 누구의 씨인지 모를 아이를 배, 점점 움직이기 힘들어졌기에 올 칠월에 일을 그만두고 신주쿠의 합숙소로 돌아가 시월 초에 여자아이를 무사히 낳았다는 이야기를 들었습니다. 그런데 그 아이는 무슨 업보인지 태어날 때부터 위턱에 두 개의 긴 송곳니가 나 있는 도깨비여서 본인은 물론 형제들도 사람들 보기 부끄럽다며 몹시 곤란해 하고 있다더군요. 이야기를 듣자마자 오키타의 집을 찾아갔어요. 오키타와는 안면이 있는 사이라서 직접 아기를 볼 수 있었는데, 듣던 대로 진짜 도깨비 아이였습니다. 솔직히 말해서 저는 도저히 넉 냥 한 푼을 마련한 길이 없었어요. 그래서 도깨비 아이를 데려가서 도미조에게 고양이 대신 주자고 생각했습니다. 아이를 다른 집에 보낼 마음은 없느냐고 물으니 사실 어찌해야 할지 곤란한 상황이라, 정상적인 아이가 아닌 걸 알면서도 받아줄 친절한 사람이 있다면 어디에라도 보내고 싶다고 하더군요. 그럼 한번 상담해보고 오겠다고 약속하고 그 길로 오쓰가를 찾아가서 의논했어요. 아쉽게 도미조는 집에 없었지만, 이야기를 들은 오쓰가는 그게 정말 장사가 될 만하다면 도미 씨도 이해해줄지 모르니까 일단 도깨비 아이를 데려와 보라고 했습니다."

"그래서 결국 아이를 빼앗아 왔나? 무자비한 남자로군."

한시치는 몹시 불쾌해하며 말했다.

"정말로 죄송합니다. 무자비한 건 백번 압니다만, 눈앞에 닥친 일을 해결하려면 무언가를 희생해야만 해서…… 오키타에게는 좋은 조건이라고 말하고 일단 도깨비 아이를 받아오는 길에 마침 사이조 마쓰와카를 만났습니다. 마쓰와카는 제가 묵는 숙소로 가는 길이었어요. 이거 다행이다 싶어 대강의 사정을 이야기하고 아이를 오쓰가 집에 전해달라고 부탁했습니다. 마쓰와카도 저와 함께 간 적이 있어서 오쓰가의 집은 잘 알고 있었어요. 그것이 이십육일 저녁 여덟 시가 조금 못 되어서인데, 마쓰와카는 그 후로 돌아오지 않았어요. 어떻게 된 건지 걱정하고 있는데 다음 날 오후에 오쓰가가 다시 쳐들어와서 도깨비 아이는 어쨌냐고 재촉합니다. 어제저녁 마쓰와카에게 들려 보냈다고 해도 좀처럼 듣지 않고, 이것저것 성가신 이야기로 저를 궁지에 몰았어요. 그뿐만이 아니라 그 모습을 차근차근 살펴보니 아무래도 오쓰가와 도미조가 정분이 난 게 아닌가 의심 가는 부분도 있는지라 부아가 치밀어…… 이제 와 생각하면 참으로 무서운 일입니다. 차라리 도미조와 오쓰가를 죽여버리면 아무도 저를 괴롭히지 않으리라는 생각에 야시장에서 산 주머니칼을 품에 넣고 어제 밤늦게 이나리초에 몰래 찾아갔어요. 아니나 다를까 오쓰가는 옆집에서 도미조와 마주 앉아 정답게 술을 마시고 있었습니다. 울컥해서 바로 뛰어들까 했지만 상대가 두 사람이다 보니 주눅이 들어 한동안 상황을 살폈어요. 점점 취기가 돌기 시작한 두 사람은 시시한 일로 싸움을 시작했는데, 오쓰가도 고집 센 여자라서 급기야 일어서서 드잡이하려던 찰나 실수로 곁에 있던 사방등을 쓰러뜨렸습니다. 도미조는 이미 잔뜩 취해서 자유롭게 움직이지도 못했습니다. 오쓰가가 당황해서 불을 끄려고 했지만 역시 취해 있어서 생각대로 움직이지를 못했어요. 그저 허둥대며 우물쭈물하는 사이 불은 점점 퍼져서 오쓰가의 옷자락이며 소매에 옮겨 붙었습니다. 저는 어안이 벙벙해져 멍청히 바라만 보는데, 오쓰가의 몸 전체가 불구덩이로 변하더니⋯⋯."

그 당시의 처참한 광경을 떠올리는 것조차 소름 끼치는지 이치마루 다유는 몸서리를 쳤다.

"묶어 올린 지 얼마 안 되는 쪽진 머리를 흐트러뜨린 채 하얀 얼굴을 일그러뜨리고 이를 악물고 불덩이로 변해 집 안을 뛰어다니며 괴로움에 몸부림치는 여자의 모습은⋯⋯. 저 같은 겁쟁이는 도저히 두 번 볼 수 없는 광경이라 절로 눈을 감아버렸습니다. 오쓰가도 더 이상 참을 수 없었겠지요. 마루에서 봉당으로 굴러 떨어진 듯한 소리가 들렸어요. 퍼뜩 다시 눈을 뜨니 불타오르는 오쓰가가 우물 쪽으로⋯⋯. 몸에 붙은 불을 끌 셈인지 아니면 차라리 단숨에 죽어버리자고 생각했는지, 저도 잘 모르지만 어쨌거나 우물 위에서 불티가 번쩍하고 부서지더니 오쓰가의 모습은 더 이상 보이지 않았습니다. 도미조는⋯⋯어떻게 되었는지 모릅니다. 이미 그때는 집 안 가득 불길이 치솟아 있었어요. 소란을 들은 이웃 주민들이 우르르 달려와서 저도 당황했어요. 여기에 멍하니 있다가 괜히 범인으로 몰리면 안 되겠다 싶어 앞뒤 생각도 않고 이나리 사당에 숨었지만, 만약 불이 커져서 불길이 여기까지 미치면 어쩌지 하고 애간장을 태웠습니다. 다행히 불은 도미조의 집만 태우고 진화되었으나 많은 사람이 불 난 곳을 둘러싸고 와자지껄 떠들고 있어서 줄곧 나가지도 못하고. 어찌 할 바를 모르고 안절부절못하던 참에 결국 대장님께 들키고 말았습니다. 사방등을 쓰러뜨렸을 때 저도 빨리 달려가 함께 힘을 모아 불을 껐다면 좋았을 텐데, 너무 놀라서 그만……."

놀라서만은 아닐 것이다. 거기에 담겨 있는 잔혹한 복수의 의미를 한시치는 떠올렸다.

"직접 손을 쓰지 않고 오쓰가와 도미조를 한 번에 정리하다니, 이런 행운이 또 있을까."

한시치는 비꼬듯이 말했다.

"하지만 너도 참으로 죄가 깊은 인간이다. 사이조 마쓰와카는 네 심부름을 하다가 얼어 죽었어."

"마쓰와카가 죽었습니까?"

이치마루 다유의 얼굴이 더욱 새파래졌다.

"도깨비 아이를 안고 가는 길에 술을 너무 마신 탓이겠지. 만취한 채 가마쿠라 나루터에 쓰러져서 가엾게도 얼어 죽고 말았어. 도깨비 아이는 무사해. 부모의 신원이 파악되면 우리가 건네주지. 너에게 함부로 넘겼다가 또 무슨 장사에 이용당하면 안 되니까."

이치마루 다유는 더 이상 한마디도 하지 않았다. 주름투성이 일그러진 얼굴이 잿빛이 되었다. 그는 죽은 사람처럼 웅크렸다.

긴 송곳니를 가진 도깨비 아이는 낳아준 어미에게 건네졌다. 이치마루 다유는 표면적으로 죄를 물을 만한 부분이 없었기에 훈방조치로 풀려났으나, 그 길로 숙소에서 나와 고향으로 돌아갔다. 그 후 정월을 맞은 에도에서 이치마루 다유의 만자이는 더 이상 볼 수 없었다.

창
찌르기

槍突き

半七捕物帳

1

　메이지 이십오 년(1892년) 봄, 신문을 본 적이 있는 사람이라면 기억하리라. 고지마치 반초를 비롯해 혼고, 고이시카와, 우시고메 등 야마노테 부근에서 밤중에 지나가는 여자의 얼굴 베기가 유행했다. 젊은 부인의 코를 도리거나 볼을 베어내는 것이다. 다행히 두세 달로 그쳤지만 끝내 범인이 잡히지 않고 사건은 종결되었다.

　당시의 일이다. 한시치 노인도 신문 기사로 그 잔인한 범죄를 알고 있었다.

　"범인은 아직 모른답니까?"

　노인은 얼굴을 찌푸리며 물었다.

"경찰에서도 애쓰는 모양이지만 단서가 전혀 없는 모양이에요."

내가 대답했다.

"일종의 색정광이 아닐까 하는 설도 있는데, 어쨌든 제정신을 가진 사람은 아니겠지요."

"그렇겠군요. 옛날부터 머리 베기, 얼굴 베기, 오비 베기……, 그런 것들은 여럿 있었습니다. 그중에서도 유명한 게 창 찌르기였어요."

"창 찌르기……. 창으로 사람을 찌르는 건가요?"

"그렇습니다. 이유도 없이 찔러 죽인 사건인데, 들어본 적이 있나요?"

"없습니다."

"제가 직접 손을 댄 사건은 아닙니다. 다른 이에게 들은 이야기니까 틀린 부분이 있을지도 모르지만, 대충 이런 이야기예요."

노인은 조용히 이야기를 시작했다

"분카 삼 년(1806년) 일월 말경, 에도에서는 창 찌르기라는 범죄가 기승을 부렸어요. 어둠 속에서 창을 든 남자가 갑자기 튀어나와 길 가던 사람을 마구잡이로 찌르지요. 찔린 사람은 그야말로 마른하늘에 날벼락. 즉사한 이도 꽤 있었어요. 범인이 누구인지 밝혀지지 않은 채 흐지부지 사건이 종결되고 말았습니다마는 분세이 팔 년(1825년) 여름부터 가을에 걸쳐 또다시 그런 일이 일어났지요. 초대 기요모토 엔주다유(조루리 일파인 기요모토부시의 당주—옮긴이)도 호리에초의 와쿠니바시 다리 기슭을 지나가다 가마 안에서 찔려 죽었어요. 당대에 번성했던 도미모토부시(조루리 일파—옮긴이)를 제치고 일파를 세운 인물이라 누군가 시기해서 죽였겠거니 하는 소문도 있었지만, 실제로 아무것도 나오지 않았으니 역시 창 찌르기에 당했다고 보아야겠지요. 야마노테에는 무가 저택이 많은 탓인지 그 같은 소문이 별로 들리지 않았고, 주로 시타마치를 휩쓸고 다녔는데, 아무래도 세상이 뒤숭숭하다 보니 사람들은 어둑한 밤에 밖을 돌아다니기를 꺼렸어요. 언제 갑자기 배에 구멍이 날지 모르니까 말이죠. 병인년(1806년) 낙수(落首. 낙서로 쓴 익명의 시나 노래—옮긴이)에는 '봄밤 어둠 속 창처럼 위태롭게 쭉 뻗은 매화꽃, 옆눈 없는 사람은 찔리고 마네'라든가, '달이 좋다 하여도 달 찌르지 못하고, 그치라 하여도 그치지 않는 창 소동' 따위가 있을 정도였습니다. 이번에는 까딱하다가는 낙명(落命)하게 생겼으니 더 이상 낙수 운운할 때가 아니었지요. 예전에 덴 상처로 모두 움츠러들어 버렸어요. 사태가 이러하니까 위에서도 당연히 그냥 둘 수 없었습니다. 철저하게 범인 색출 작업에 나섰음에도 쉬이 잡히지 않은 채 여름부터 가을까지 이어져 애가 탔겠지요. 핫초보리의 도신 오부치 기치주로는, 만약 올해 안에 창 찌르기를 체포하지 못하면 할복하겠다, 하며 분해했답니다. 위에서 그런 각오이니 오캇피키들도 모두 혈안이 되어 있었지요. 다른 사건을 내팽개치더라도 꼭 창 찌르기를 잡고야 말겠다며 쥐 잡듯 수색했어요. 그중에 후키야초의 시치베, 훗날 쓰지우라의

시치베라고 불린 오캇피키가 있었습니다. 그때 이미 쉰여덟이었다
는데, 몸이 튼튼하고 눈썰미가 좋은 남자였다고 합니다. 이제부터
말씀드릴 이야기는 바로 그 시치베의 활약상으로……."

무더위가 한창일 무렵 잠시 멈춘 듯했던 창 찌르기가 서늘한 바람
이 불기 시작할 즈음부터 다시 슬슬 기승을 부리며 구월 말경에는
사흘에 한 명꼴로 피해자가 속출했다. 시타마치 사람들은 다시 두려
움에 떨어야 했다. 어쩔 수 없이 외출해야 할 때도 세 명이나 다섯
명이 어깨를 맞대고 걷지, 혼자 걷는 사람은 눈을 씻고 보아도 없었
다. 매번 찌르고 도망칠 뿐, 피해자의 소지품을 훔쳐갔다는 이야기
가 없는 것으로 보아 일종의 쓰지기리(검의 성능이나 자신의 무예 실력
을 가늠해보기 위해 무차별적으로 행인을 베던 행위, 또는 그런 행위를 하
는 사람—옮긴이)라고 할 수 있다. 섣불리 사람 물건을 탐내지 않는
만큼 단서를 발견하기 어려워서 결국 현행범으로 붙잡는 것밖에 범
인을 찾아낼 방법이 없었다.

이전과 지금이 같은 자의 소행인지는 알 수 없었다. 한 명인지, 대
여섯 명의 패거리인지, 소문을 듣고 재미 삼아 흉내 내는 자가 여럿
생겼는지조차 일절 알지 못했다. 대체 무얼 위해 그런 잔혹한 짓을
하는지도 확실하게 판단이 서지 않았다. 쓰지기리뿐만 아니라 다른
사람들도 소유한 창의 날이 잘 드는지, 자신의 실력이 어느 정도인
지 시험해보기 위해서가 아닐까, 하고 생각했기 때문에 에도 내 모

든 검술 사범과 그 문하생들이 가장 먼저 용의 선상에 올랐다. 그러나 그들에게서는 이렇다 할 실마리가 나오지 않았다. 그렇다고 평범한 강도가 아님은 익히 알고 있으므로 범행 이유를 찾는 데 어려움을 겪었다. 간절한 소망을 이루기 위해 천 명의 인간을 찔러야 한다는 설도 있었다. 개띠인 사람만 노린다는 설도 있었지만 엔주다유는 개띠가 아니라 닭띠다. 어찌 되었건 자유자재로 창을 쓰는 이상 상인이나 농민은 아니니 무관이나 떠돌이 무사 들이 주목을 받았다. 시치베 역시 그렇게 보는 한 사람이었다.

시월 육일 아침, 하늘이 잔뜩 찌푸렸다. 부인과 사별한 시치베는 일해주는 할멈인 오카네에게 말했다.

"할멈, 날씨가 심상치 않아."

"어쩐지 한 차례 쏟아질 것 같네요."

오카네는 툇마루를 닦으면서 어스레한 초겨울 하늘을 올려다보았다.

"오늘 밤부터 십야(정토종에서 음력 10월 5일 밤부터 15일 아침까지 열흘 밤낮으로 행하는 특별 염불—옮긴이)로군요."

"그래, 십야야. 짓테(쇠막대기로 된 체포도구 중 하나. 수사관이라는 신분을 나타내는 데도 사용했음—옮긴이)와 오라를 다루는 일을 하는 나도 나이를 먹으니 내세 걱정하는 마음이 이는군. 종파는 다르지만 오늘 밤은 아사쿠사에라도 참배하러 갈까."

"그게 좋겠어요. 법회와 설법이 있다고 하니까요."

"할멈과 이야기가 통하다니 나도 이제 한물갔어. 하하하."

기운차게 웃는 그때 수하 한 명이 거실로 얼굴을 내밀었다.

"대장님, 대머리 이와가 왔어요. 이리로 오라고 할까요?"

"음? 무슨 일이지. 어서 들어오라고 해."

옆머리가 벗겨진 이와조라는 수하가 코끝이 벌게져서 들어왔다.

"안녕하세요. 갑자기 겨울 같아졌습니다요."

"벌써 십야야. 겨울다울 만하지. 늦잠꾸러기가 아침 댓바람부터
어쩐 일이냐."

"그게 말입니다, 창
찌르기가……. 그 일로
이상한 이야기를 들었는데, 일단
대장님께 보고해야겠다 싶어서요."

이와조는 화로 앞에 불편하게 정좌하
고 앉았다.

"엊저녁 여덟 시 조금 지나 구라마에
에서 또 당했습니다."

"허허."

시치베도 얼굴을 찌푸렸다.

"정말 못해먹겠군. 당한 게 남자
냐, 여자냐?"

"그게 좀 이상합니다, 대장님. 아사쿠사의 간지와 도미마쓰라는 가마꾼이 빈 가마를 들고 야나기와라 제방을 지날 때 강가의 버드나무 그림자에서 열일고여덟 먹은 예쁘장한 처녀가 나와 가마나리몬까지 태워달라고 했답니다. 빈 가마로 돌아가는 길이어서 바로 가마삯을 흥정하고, 처녀를 태운 채 구라마에로 서둘러 가고 있었는데……. 온마야 나루터 방향에서 어떤 사람이 후다닥하고 빠르게 달려오더니 어둠 속에서 갑자기 가마에 드리워 놓은 발을 찔렀어요. 가마꾼 두 사람은 깜짝 놀라 가마를 버린 채 으아악 하고 소리를 지르며 도망쳤습니다. 허나 그대로 내버려둘 수도 없는 노릇이라 반정도 도망쳤다가 멈추고 다시 원래 있던 곳으로 조심조심 돌아왔지요. 가마가 여전히 길가 한복판에 놓여 있기에 시험 삼아 슬쩍 말을 걸어 보았지만 안에서는 아무 대답도 없더랍니다. 결국 당했구나 하고 조심조심 가마의 발을 들추었더니 사람이 없어요. 이상하다 싶어서 초롱불로 잘 살펴보니까 커다란 검은 고양이가 한 마리……. 배 한복판을 찔린 채 죽어 있었다고……."

"검은 고양이가……. 창에 찔렸나?"

"그렇습니다."

이와조도 얼굴을 찌푸리며 고개를 끄덕였다.

"어떻게 된 일인지 도통 모르겠어요. 처녀는 어디론가 사라지고 커다란 검은 고양이가 대신 죽어 있었다니. 아무리 생각해도 이상하지 않습니까?"

"좀 수상쩍군. 어떻게 고양이와 처녀가 뒤바뀌었을까?"

"거기가 수사할 만한 부분이죠. 가마꾼은 아무래도 처녀가 인간이 아닌 것 같다, 고양이가 변신한 게 아닐까 하더군요. 요즘 같은 때 거리에서 손님을 끄는 창부도 아닌데 젊은 처녀가 여덟 시 넘어 야나기와라 제방을 어슬렁거리고 있었다는 게 이상하기는 해요. 요물 고양이가 처녀의 모습을 하고 가마꾼을 골려주려다가 불시에 창 찌르기에 당해서 정체를 드러내고 만 게 아닐까요?"

"그럴 수도 있지."

시치베는 쓴웃음을 지었다.

"그렇게라도 말하지 않으면 앞뒤가 맞지 않으니까. 그래도 참 묘한 이야기야. 처녀가 예쁘장했다고? 얼굴을 드러내 놓고 있었나?"

"아니요, 두건을 쓰고 있었답니다."

"그래. 처녀는 가마를 익숙하게 탔다고 하더냐?"

"글쎄요, 거기까지는 묻지 않았어요. 진짜 인간이 아닌 모양이니 그런 부분은 잘 속였겠지요."

"다시 한 번 묻는데, 처녀가 열일고여덟 살쯤이라고 했겠다?"

"예. 그랬다고 합니다."

"수고했다. 나도 고민해보마."

이와조는 대장 앞을 물러나 다른 데사키들이 모여 있는 방으로 갔다. 찻집 아가씨 소문인지 뭔지를 크게 떠드는 소리를 들으면서, 시치베는 화로 앞에 앉아 가만히 생각하다가 이윽고 피우던 담뱃대를 탁 하고 털고 혼잣말했다.

"나쁜 장난질을 치는군."

시치베는 날이 저문 다음 집을 나와 아사쿠사에서 열리는 십야 모임에 나갔다. 가는 길에 만약을 위해 야나기와라의 제방을 한 바퀴 돌았다. 창 찌르기 소문으로 겁에 질린 탓인지 긴 제방에는 초저녁부터 사람 발길이 끊겨 초롱불 하나 보이지 않았다. 낮부터 흐리던 너른 하늘은 키 큰 은행나무 우듬지에 새카맣게 걸렸고, 잠든 것처럼 옅은 노란색으로 빛나는 이나리 신사의 등불마저 쓸쓸해 보였다. 시치베는 한 손에 염주를 차고 하오리 아래에 접등을 감춘 채 간다가와 강가 둑 옆을 더듬어 갔다. 그때 마른 버드나무의 가냘픈 그림자에서 한 여자가 유령처럼 홀연히 나타났다.

시치베가 어둠 속에서 가만히 바라보자 여자도 이쪽을 살피는 것 같았다. 얼마 안 있어 시치베를 지나쳐 료고쿠 쪽으로 가려는 여자를 뒤에서 불렀다.

"이보시오, 누님."

여자는 말없이 멈추어 섰다가 다시 그대로 지나치려고 했다. 시치베는 잰걸음으로 뒤를 쫓았다.

"이봐요. 요즘 밤길은 위험해. 내가 집까지 바래다주지."

시치베가 이렇게 말하면서 숨기고 있던 초롱을 눈앞에 들이대려 하자 여자는 순식간에 초롱을 때려 떨어뜨렸다. 이미 속으로 각오했던 일이다. 역으로 여자의 손목을 잡으려는 순간 양손이 저릴 정도

로 강하게 가격당해, 염주 끈이 끊겨 날아가버렸다. 제아무리 용감
무쌍한 시치베라도 흠칫 놀랐다. 머뭇거리는 틈에 여자는 재빨리 어
둠 속으로 숨어들어, 그의 눈이 닿는 곳 어디에도 더 이상 모습을 찾
을 수 없었다.

2

"저게 요물 고양이인가."

도저히 따라잡을 수 없다 싶기도 했고, 집요하게 쫓을 필요도 없
을 것 같아서 발치에 떨어뜨린 초롱을 주우려고 몸을 구부려 어두운
지면을 찾고 있을 때, 어디에서 나타났는지 검은 그림자 하나가 성
큼성큼 달려와 말도 없이 구부린 그의 왼쪽 옆구리를 찌르려 했다.
일찍부터 발소리를 눈치챘던 시치베가 무릎을 튕겨 간신히 피한 탓
에 창끝은 푹 하고 땅에 꽂혔다. 창 자루를 붙잡고 다시 일어서려는
데 상대는 순식간에 창을 뽑아 번개 같은 속도로 두 번째 공격을 해
왔다. 이것도 아슬아슬하게 풀쩍 피하고서 가까스로 똑바로 일어서
자마자, 상대가 연이어 배와 가랑이 부근을 찔렀지만 다행히 모두
시치베의 몸을 피해 허공을 갈랐다.

"오라를 받아라."

더 참지 못하고 외치자 상대는 바로 창을 거두고 어둠 속을 날래

게 도망쳐버렸다. 고양이 눈을 가지지 못한 시치베는 남자의 얼굴을 확인하지 못한 것을 아쉬워했으나 부상당하지 않은 것을 그나마 다행으로 여기고, 떨어진 초롱을 겨우 찾았다. 직업상 밤에는 항상 몸에 지니고 다니는 부싯돌 주머니에서 부싯돌을 꺼내 꺾인 촛불에 불을 붙여 주변을 비추어 보았지만 단서가 될 만한 물건은 찾을 수 없었다.

시치베는 조금 전의 수상한 여자와 지금의 창 주인을 연결해 생각하면서 곧장 아사쿠사로 갔다. 흉흉한 소문이 극락왕생을 비는 사람들마저 두려움에 빠뜨렸는지 십야 참배도 예년만큼 북적이지 않았다. 끊어진 염주를 소매에 넣은 시치베도 오늘 밤은 진정되지 않는 기분으로 설법을 듣고 돌아갔다. 돌아가는 길에는 아무 일도 없었다.

겁쟁이 가마꾼 입에서 흘러나갔으리라. 며칠 사이 시내에 요물 고양이가 나타났다는 소문이 퍼졌다. 창 찌르기가 잠잠해지지 않았는데 요물 고양이 얘기까지 더해졌으니 여자와 아이 들은 더욱 두려움에 떨었다. 소문이 핫초보리 도신의 귀에도 들어가고, 나아가 행정 부교소에까지 전해져 기괴한 풍문을 단속하도록 주의가 내려졌으나, 이야기는 살이 붙어 이 동네 저 동네로 점점 퍼져 갔다. 더는 내버려둘 수 없었기에 시치베가 직접 아사쿠사까지 가서 우마미치의 공동 주택에 사는 가마꾼 간지를 방문했다.

"이 주변에 간지라는 가마꾼이 사나요?"

시치베가 골목 어귀의 잡화점에 물었다.

"간지 씨는 이 뒤 세 번째 집에 살아요."

가게에서 풀을 쑤던 할머니가 가르쳐주었다.

"그 사람은 매일 장사를 나갑니까?"

"왜인지 모르지만 요 열흘 정도 일을 나가지 않아서 부인이랑 날마다 싸워요."

"그럼 오늘도 집에 있겠네요?"

"있을 거예요. 아까부터 큰 소리가 들렸으니까."

할머니는 불쾌해하며 대답했다.

"감사합니다."

하수구를 덮은 썩어가는 널빤지를 건너 골목 안으로 들어가니 새된 여자 목소리가 들렸다.

"흥, 무골충 주제에 뻐기기는. 창 찌르기 따위가 무서워서 밤일을 어떻게 하려고그래. 당신은 봉창이나 두드리는 작자니까 상대가 창 찌르기라면 딱 맞는구먼. 창 찌르기가 나오면 마침 잘됐지 뭐야. 도미 씨랑 둘이서 그 녀석을 붙잡아다 포상금이라도 받아와. 마누라 상대로 집에서만 떵떵거리는 게 능사가 아니라고. 정신 차려."

지난밤, 창 찌르기를 만난 후로 가마꾼 간지는 겁이 나서 일을 쉬는 모양이었다. 시치베는 부인의 바가지가 끊기기를 기다렸다가 살짝 말을 걸었다.

"실례하네."

"누구세요?"

부인은 괜히 성을 내며 앙칼진 목소리로 대답했다.

"간지 씨 있나?"

한쪽에 빈 가마를 치워 놓은 봉당에 서자 화로 앞에 책상다리를 한 간지가 목을 뺐다. 간지는 서른네댓 살의 키가 작고 통통하게 살집이 있는 남자로 직업에 어울리지 않게 사람 좋아 보이는 얼굴이었다.

"간지 있습니다요. 들어오세요."

"아침 일찍부터 미안하군."

시치베는 마루 끝에 걸터앉았다.

"자네가 간지인가. 본론부터 말하지. 나는 후키야초의 시치베라고, 짓테를 다루는 사람일세. 자네에게 묻고 싶은 게 있는데."

간지는 부인과 얼굴을 마주 보았다.

"아이고, 대장님. 누추하지만 안으로 들어오세요."

"대장님. 어서 안으로 들어오시어요……."

부인이 갑자기 부루퉁한 얼굴을 누그러뜨리고 열심히 안으로 들이려는 것을 시치베는 손을 저어 거절했다.

"괜찮으니 신경 쓰지 마시게. 손님으로 온 게 아니야. 자네 얼마 전에 구라마에 거리에서 창 찌르기와 맞닥뜨렸다더군. 뜻밖의 재앙이니 어쩔 수 없는 일이네만, 그때 자네, 이상한 손님을 태웠다던데. 사실인가?"

"예."

간지는 불안해하며 고개를 끄덕였다.

"그 문제가 좀 복잡해져서 말이야. 안됐지만 내가 자네를 끌고 가야겠네."

시치베는 먼저 이렇게 위협했다. 요물 고양이 소문은 너와 동료인 도미마쓰 입에서 나온 게 틀림없다, 기괴한 풍문을 단단히 단속하라는 행정부교소의 명령이 떨어졌다, 소문을 낸 장본인이 가마꾼 간지와 도미마쓰라는 사실을 안 이상, 두 사람을 끌고 가 심문해야만 하니 그렇게 알아라, 하고 말했다. 함부로 기괴한 풍문을 유포했다고 하면 어떤 벌을 받을지 모르므로 간지와 부인은 하얗게 질렸다.

"대장님, 너무하십니다."

간지는 떨면서 말했다.

"나도 알아. 자네에게 폐를 끼치게 되어 안타깝게 생각하네. 그래서 말인데, 사건을 복잡하게 만들지 않는 대신 일 하나 해주게. 오늘 저녁 여덟 시 시보가 울리고서 도미마쓰와 함께 가마를 메고 우리 집까지 와준다면 그때 일을 의논해 보지. 알았나? 부탁하네."

불문곡직하고 승낙을 받은 시치베는 간지에게 작별 인사를 하고 돌아왔다. 마침 집에 와 있었던 이와조를 화로 앞으로 불러 우마미치의 간지를 찾아갔던 일을 이야기했다.

"이러니저러니 떠들면 시끄러울 것 같아 살짝 위협해 주었으니 반드시 동료와 함께 오늘 밤 올 거야. 두 사람이 빈 가마를 멘 채 돌아다니고 내가 그 뒤를 따라다니려고 하네. 요물 고양이가 낚싯밥을 잘 물어야 할 텐데……."

"그런 일이라면 다른 가마꾼을 미끼로 삼는 게 나을 텐데요."

이와조가 말했다.

"놈들은 둘 다 겁쟁이라서 아무 쓸모도 없다고요."

"하지만 지난 밤 여자를 태운 건 녀석들이니까, 다른 사람은 얼굴을 봐도 구별할 수 없잖아. 됐다, 됐어. 어떻게든 되겠지."

시치베는 웃었다.

"그런데 다미지로는 어디 있지. 녀석에게 부탁해 둔 일이 있는데……."

"아까 왔습니다. 대장님이 안 계시다는 얘길 듣고는 이발소에 갔다 오겠다며 나갔으니 다시 돌아오겠죠."

호랑이도 제 말 하면 온다더니 다미지로라는 스물네댓 먹은 수하가 지금 막 민 이마를 빛내며 돌아왔다.

"대장님, 안녕하세요. 일전에 맡기신 일 말인데요. 저한테는 짐이 너무 무겁습니다. 도라시치와 나눠서 매일 밤 여기저기를 둘러보고 돌아다녔지만 에도가 좀 넓어야지요. 도저히 결말이 날 것 같지 않아요."

"끈기가 필요한 일이지만 참고 해다오. 조만간 딱 마주칠지도 모르지 않느냐."

시치베는 여전히 웃고 있었다.

"어차피 다들 애먹고 있는 일이니 그리 간단히는 되지 않겠지. 누긋하게 기다리는 수밖에 없어."

다미지로는 도라시치라는 데사키와 함께 에도 안에 대숲이 있는 부근을 매일 밤 돌았다. 요즘과는 달리 그 시절 에도에는 대숲이 많이 있었다. 그것을 끈기 있게 둘러보며 걷기란 이만저만한 일이 아니므로 젊은 그가 불평하는 것도 무리는 아니었다.

3

날이 저물자 간지는 동료 도미마쓰를 데리고 약속대로 찾아왔다. 그들에게 빈 가마를 짊어지게 하고 시치베가 은밀히 뒤를 밟으며 인적이 드물 것 같은 곳을 돌아다녔지만, 요물 고양이로 보이는 처녀는 만나지 못했다. 밤 열 시가 넘어서도 별다른 이상이 없었기에 시치베는 두 사람에게 수고비 몇 푼을 쥐여 주고 헤어졌다.

"오늘은 안 되겠군. 내일 밤도 와 주게나."

다음 날 저녁에도 두 명의 가마꾼은 우직하게 찾아왔다. 시치베는 그들을 앞세워 어제저녁처럼 한적한 곳을 골라 걸었으나 오늘 밤도 그럴싸한 모습을 발견하지 못했다.

"또 허탕인가. 하는 수 없지. 내일도 부탁하네."

수고비를 주고 가마꾼과 헤어져 추운 바람을 맞으면서 하마초 나루터 길을 어슬렁어슬렁 걸어 돌아가고 있는데 가마꾼 한 명이 숨을 헐떡이며 뒤에서 쫓아왔다. 희미한 달빛으로 보니 간지였다.

"대장님, 큰일 났습니다. 여자가 또 당했어요."

"어디냐?"

"바로 저 앞입니다."

일 정 정도 강가를 따라 달려가자 정말로 한 여자가 쓰러져 있었다. 스물세네 살쯤 먹은 멋쟁이로, 왼쪽 가슴 부근을 찔린 듯했다. 시치베는 여자를 안아 일으키고 옷깃을 풀어 먼저 상처를 살폈다. 몸에는 아직 온기가 남아 있었다. 방금 당했다면 비명이 들렸을 것이다. 혹시 해서 여자의 입을 벌려보니 입안에서 따끈따끈한 새끼손가락이 나왔다. 소리를 내지 못하도록 한 손으로 입을 막았는데 여자가 괴로운 나머지 새끼손가락을 물어뜯은 것이리라. 시치베는 손가락을 종이에 감싸 품속에 넣었다.

"미안하지만 시체를 가마에 실어주게."

시체를 옮겨 형식대로 검시하고 나자, 시체가 료고쿠의 찻집에서 일하는 오아키임이 밝혀졌다. 가슴의 상처는 역시 창으로 찔린 것이었다.

"또 창 찌르기인가."

검시관이 말했다. 다들 그리 판단하고 오아키의 시체를 그대로 보호자에게 건넸다. 시치베는 납득이 가지 않았다. 지금까지 수법이나 자신의 경험으로 비추어 보아도, 창 찌르기는 자루가 긴 창으로 멀리서 찔렀지, 여자를 끌어안은 채 입을 틀어막고 가슴을 찔렀던 적은 한 번도 없다. 창 찌르기가 나도는 것을 이용해 창 촉으로 여자를 찔러 죽이고 창 찌르기의 소행인 것처럼 세상 사람의 눈을 기만한 범죄가 틀림없었다.

여자가 입에 물고 있던 쪽빛으로 물든 새끼손가락을 증거로 시치베는 수하들에게 명령해 염색집 직공을 뒤지게 했다. 금세 무코료고쿠의 염색집에서 일하는 열아홉 살 먹은 직공 조자부로가 체포되었다. 조자부로는 찻집에서 일하는 오아키에게 빠져 여름 무렵부터 매일 밤 드나들었으나, 자신보다 어린 데다 갓 직공이 된 햇병아리를 오아키가 상대도 해주지 않자 크게 실망했다. 젊은 조자부로는 오아키에게 하마초 부근에 사는 애인이 있음을 알고서 질투로 불타올라, 끝내 오아키를 죽이려고 마음먹었다. 그래도 자신의 목숨은 아까웠는지 남몰래 여자를 죽일 방법을 모색했다. 시치베의 예상대로 조자부로는 창 촉을 사서 품속에 숨기고 있다 외출하는 오아키를 노렸다. 그날 밤 그녀가 하마초의 애인을 만나러 갔음을 알고 돌아오기를 기다렸다가 뒤에서 갑자기 부둥켜안고 가슴을 찌른 것이다. 이렇게 하면 자신의 죄를 창 찌르기에 덮어씌울 수 있다고 생각했지만, 여자에게 물어뜯긴 새끼손가락이 증거로 남았다. 결국 왼쪽 새끼손가락을 천으로 감고 있던 조자부로는 한마디 변명도 못하고 오라를 받았다.

'엉뚱한 덤이로군.'

시치베는 그렇게 생각했다. 그러나 덤의 입에서 한 가지 실마리를 찾아냈다. 조자부로의 집 근처 푸줏간에 때때로 원숭이며 이리를 팔러 오는 고슈 근방의 사냥꾼이 최근 에도로 나와 하나마치 근처 여인숙에 묵고 있다고 한다. 도박을 좋아하는 남자로, 찻집에 드나들 밑천을 벌던 조자부로가 되레 몇 번인가 잃은 적이 있었다.

"사냥꾼 이름은 뭐고, 어떻게 알았지?"

"평소에는 사쿠 씨라고 부릅니다. 본명은 아마 사쿠베일 거예요."

조자부로가 대답했다.

"제가 사쿠 씨와 친해진 계기는, 이달 초에 십장 심부름으로 몰래 고기 몇 근을 사러 갔을 때 가게에 앉아 있던 사쿠 씨와 두세 마디 인사를 주고받은 거였어요. 그러고서 이삼일 지나 초저녁에 요코아미 나루터를 지나는데 저쪽 대숲 안으로 들어가는 사쿠 씨를 보았지요. 방금 여우 한 마리를 발견해 쫓으려는 참이라고 하더군요."

"여우는 잡았나?"

시치베가 물었다.

"저랑 이야기하는 중에 벌써 멀리 도망쳐버려서 안 되겠다며 그만뒀어요."

"사냥꾼에게 도박으로 얼마나 뜯겼지?"

"저희가 하는 건 작은 판이라 끽해야 사백이나 오백으로 한 관(천문. 금 한 푼에 해당하며 현재 화폐 가치로 약 이삼만 엔—옮긴이)에 이른 적은 없어요. 다른 사람에게도 몇 푼씩 땄으니까 사쿠 씨 품속은 두둑했을지도 모르겠네요. 신기할 정도로 잘했거든요."

"밤마다 도박을 했나?"

"저희는 매일은 아니고요. 하지만 사쿠 씨는 거의 매일 어딘가 나가는 모양이에요. 야마노테에도 작은 도박장이 많다니까 아마 거기에 가는 거겠죠."

"잘 알았다. 여러 가지 좋은 정보를 알려주었구나. 대신 형벌이 가벼워지기를 빌어주마."

"고맙습니다."

조자부로는 바로 감옥이 있는 덴마초로 보내졌다. 시치베는 이번 사건과 관계있는 이와조, 다미지로, 도라시치 세 사람을 불러 혼조의 여인숙에 묵고 있는 고슈의 사냥꾼을 체포하라고 명령했다.

"그런데 대장님. 사냥꾼이 왜 그런 짓을 하는 겁니까?"

이와조는 이해가 가지 않는다는 듯이 눈살을 찌푸렸다.

"그거야 나도 모르지."

시치베도 고개를 저었다.

"허나 창 찌르기는 그 사냥꾼이 틀림없어. 내가 지난 밤, 야나기와라의 제방에서 찔릴 뻔했을 때 녀석의 창 자루를 살짝 잡았는데 감촉이 진짜 떡갈나무가 아니었어. 대나무 같았지. 창 찌르기는 진짜 창이 아니라 죽창을 가지고 다닌다는 소리야. 10막의 히데미쓰(《에혼 다이코키(絵本太功記)》의 한 장면. 어머니 사쓰키의 집에 묵고 있는 행각승이 실은 적임을 알고 그를 죽이려고 뒤뜰 대숲에서 나온 히데미쓰가 잘못하여 어머니를 찔러 죽이는 대목—옮긴이)도 아니고, 무사가 죽창을 가지고 다닐 리가 없지. 분명히 상인이나 농부, 아마도 농부의 소행이겠구나 하고 짐작했으나 매일 밤 같은 죽창을 들고 돌아다니는 것 같지는 않았어. 우선 낮에 창을 둘 곳이 마땅치 않을 테니 창은 한 번 쓰고 버리고, 찌르러 나갈 때마다 새로운 대나무를 베어 사용했겠지. 그래서 다미지로와 도라시치에게 근처 대숲을 지키게 한 게다. 아니나 다를까 녀석이 요코아미 나루터의 대숲에 들어가려는 것을 염색집의 조자부로가 보았다지 않는가. 여우를 사냥한다는 말 따위 새빨간 거짓말이야. 게다가 야나기와라에서 나를 공격한 실력은 농부가 멧돼지를 잡는 솜씨가 아니었어. 창촉이 힘 없이 흐르지 않고 똑바로, 아래로 아래로 찌르는 모양새가 농사일하는 사람치고는 너무 능숙해서 실은 나도 이상하다 싶었지. 사냥꾼인 줄은 미처 생각지 못했지만. 그 녀석, 곰이며 늑대를 찌르듯이 인간을 푹푹 찔러 해치우다니 아주 고약하군. 이렇게 다 밝혀졌는데 뭘 망설이나. 얼른 가서 붙잡아 와."

"예, 알겠습니다."

세 사람은 기세 좋게 일어났다.

4

금방 떨어지는 해 생각 않고, 날 저물면 퇴근하려는 생각 없는 사람 고용하지 말라는 옛말에도 나오는 시월 중순의 짧은 해가 분주히 저물어, 시치베가 오카네 할멈이 차려준 저녁을 다 먹었을 때 이미 바깥은 완전히 캄캄했다. 혼조에 간 세 사람은 아직 돌아오지 않았다. 상대가 집을 비워 잠복하고 있으리라 생각했지만, 너무 늦기에 시치베도 조금 불안해졌다. 어쩌고 있는지 상황을 살피러 가볼까 싶어 채비하고 문을 나서는데, 가마꾼 간지가 빈손으로 찾아왔다.

"대장님. 죄송합니다. 도미마쓰가 지병인 산증으로 오늘 밤 도저히 못 움직이겠답니다……."

"그래서 자네 혼자 왔는가. 착실한 남자로군. 실은 일이 있어 지금 혼조에 가야 해. 오늘 밤은 자네가 할 일이 없네만, 그 앞까지 함께 가세. 가는 길에 또 어떤 진귀한 걸 발견할지 아나?"

"예, 함께하겠습니다."

부인에게 꽉 잡혀 사는 남자인 만큼 패기는 없으나 정직하고 솔직한 간지가 시치베는 귀여웠다. 두 사람은 대화를 나누며 료고쿠 방면으로 걸었다. 긴 다리 한복판에 다다랐을 때, 머리 위를 기러기가 울며 지나갔다.

"점점 추워지네요."

"음, 조만간 북풍이 불면 이 다리는 못 건너겠지."

시치베는 어스레한 물 위를 바라보며 말했다.

"이제 곧 하류에서 뱅어잡이 불빛이 보일 시기야. 올해도 얼마 남지 않았어."

이렇게 말하는 시치베의 소맷자락을 간지가 살짝 잡아당겼다. 간지가 가리키는 방향으로 눈을 돌리자 한 여자가 고개를 숙인 채 걸고 있었다.

"구라마에의 요물 고양이인가?"

시치베가 작은 목소리로 물었다.

"맞습니다. 아무래도 맞는 것 같아요."

간지도 속삭였다.

"저는 직업상 한번 탔던 손님은 웬만해서 안 잊거든요. 지난 밤에 고양이로 변한 여자예요."

"내 보기에도 그런 것 같다. 잠시 기다려주게. 내가 가서 말을 걸 테니까."

시치베는 뒤돌아서 여자의 뒤를 쫓았다. 히로코지 쪽 다리 관리소 앞까지 갔을 때, 여자를 추월해 그 앞에 섰다. 시치베는 관리소의 불빛으로 두건 안을 들여다보았다.

"작은 선생님, 지난 밤은 실례했습니다."

잠시 멈추어 섰다가 그대로 말없이 지나치려는 여자를 시치베는 바싹 뒤쫓으며 다시 불렀다.

"우치다의 작은 선생님. 선생님도 창 찌르기 수사 중이십니까? 터무니없는 장난을 치신 덕에 요즘 다들 요물 고양이 얘기로 겁에 질려 있어요."

"호호호."

여자는 웃으면서 두건을 벗고 아직 앞머리가 있는 하얀 얼굴을 드러냈다. 몸집이 크기는 했지만 이제 열대여섯 살이나 먹었을까. 눈매가 시원하고 입가가 야무진, 척 보기에 온화하면서 동시에 당차 보이는 미소년(남자는 성인식을 치르면 앞머리를 밀고 상투를 튼다—옮긴이)이었다.

"너는 누구냐. 어째서 나를 알고 있지?"

"금세기의 요시쓰네(가마쿠라 막부를 세운 요리토모의 동생으로, 막부 건립에 큰 공을 세웠으나 반역죄로 내몰려 자살했다. 후에 비극적인 영웅으로 전설화되었으며, 특히 충신 벤케이와 교토 고조 다리에서 만난 일화가 유명하다—옮긴이)라는 작은 선생님께서 료고쿠바시 다리를 건고 계시다니 고조 다리로 착각한 것은 아니신지요."

시치베는 웃었다.

"시타야의 우치다 선생님 자제분 중에 슌노스케 님이라는 분이 계신 것은 장님이라도 알지요. 지난 밤, 야나기와라에서 잠시 마주쳤을 때 솜씨는 잘 보았습니다. 초롱불로 흘끗 본 몸의 자세며 손끝의 움직임, 아무래도 예사 분이 아니라 생각했어요. 무예를 닦는 분들이 창 찌르기를 탐색하는 건 좋은 일이지만, 솜씨 좋게 가마를 빠져나와 대신 고양이를 두고 가거나 하시는 바람에 소란이 점점 커져 난처하던 참입니다. 앞으로 부디 나쁜 장난은 말아주세요. 겁쟁이들이 잔뜩 겁을 먹어 큰일이거든요."

"하나부터 열까지 잘도 알고 있군."

소년은 웃음을 터뜨렸다.

"대체 너는 누구냐?"

"오캇피키 시치베입니다."

"하하, 그럼 아는 게 당연하군. 아버지께도 두세 번 찾아왔지?"

"예. 창 찌르기 사건으로 아버님도 몇 번 찾아뵌 적이 있습니다."

여장 소년은 시치베가 간파한 대로 당시 시타야에 커다란 도장을 열었던 검술 사범 우치다 덴주로의 아들이었다. 올여름 이후 창 찌르기로 세상이 뒤숭숭해지자 몇몇 성격 급한 젊은 제자는 세상을 위해, 수행을 위해 창 찌르기를 붙잡으려고 밤마다 주변을 몰래 돌아다녔다. 슌노스케는 그게 부러웠다. 금세기의 요시쓰네라 불리는 그는 아버지의 허락을 얻어 지난달 말부터 순찰을 나갔다. 이제까지 다른 제자들이 한 번도 적과 마주하지 못한 이유는 쓸데없이 어깨에 힘을 주고 큰길 한복판을 위협적으로 걷기 때문이었다. 슌노스케는 아직 앞머리를 자르지 않은 소년인 것을 무기로 여자로 분해 적을 낚자고 결심하고, 누나 옷을 빌리고 두건으로 얼굴을 가렸다. 그렇게 밤을 틈타 조용히 걷는데 고토쿠지 앞에서 느닷없이 습격을 받았다. 몸을 돌려 피하고 반격하려 했으나 상대의 발이 빨라서 놓치고 말았다.

나이 어린 슌노스케는 너무 분한 나머지 앙갚음으로 상대를 한번 골려주자고 작정하고, 집을 나올 때 목 졸라 죽인 검은 길고양이 시체를 품속에 숨겼다. 계획이 제대로 들어맞아 창 촉이 가마를 뚫는 순간 날쌘 슌노스케는 재빨리 바깥으로 빠져나오고 대신 고양이를 남긴 것이다.

"괜한 장난을 쳐서 미안했네. 용서해주게."

슌노스케는 전부 털어놓고 웃었다.

"그 후로도 매일 밤 잠행하셨습니까?"

시치베가 물었다.

"집에 돌아가 자랑스럽게 이야기했다가 아버지께 크게 혼이 났어. 왜 그런 장난을 치느냐, 장난칠 마음만 가득하니 정작 범인은 놓칠 수밖에 없지, 진심으로 범인을 찾아라, 하고 엄하게 말씀하셔서, 그 후로도 매일 밤 부지런히 돌아다니고 있는데 달이 밝은 날이 이어진 탓인지 요즘은 통 보이지를 않네."

"수고가 많으십니다. 하지만 이제 걱정하실 것 없습니다. 범인이 누구인지 대충 알았거든요."

"오오, 알았나?"

그 순간 발소리를 죽여 다가오는 인기척을 느끼고, 빈틈없는 두 사람이 서둘러 뒤돌자 덩치 큰 한 남자가 짧고 예리한 날붙이를 번뜩이며 느닷없이 찔러 왔다. 남자는 시치베를 노린 듯하나 시치베가 잽싸게 몸을 피함과 동시에 그의 오른팔은 이미 슌노스케에게 붙잡혀 있었다. 그는 공중에 붕 떴다 땅에 곤두박질쳤다. 기어서 일어나려 하는 그 팔을 이번에는 시치베가 단단히 붙들었다.

"불속에 뛰어드는 하루살이란 바로 이런 것으로, 정말 어리석은 놈이지요."

한시치 노인이 말했다.

"아무리 방심하고 있었다 한들 검객과 오캇피키가 마주 보고 있는 곳에 스스로 처들어오는 놈은 다시없을 겁니다. 둘의 이야기를 엿듣고 이거 내 목숨이 위험하겠구나 싶었던 걸까요. 참으로 무모한 녀석이에요. 놈은 역시 사냥꾼 사쿠베였어요. 창 찌르기는 틀림없이 이 녀석의 소행이었습니다. 나이는 서른일고여덟 살, 젊은 시절 고슈 산속에서 곰과 싸워 물어뜯기는 바람에 왼쪽 눈이 없었답니다. 볼에 큰 흉터가 있고, 입 주변도 일그러졌고, 수염이 덥수룩한 인상이 좋지 않은 추남이었지요."

"사냥꾼이 어째서 그런 짓을 했을까요. 제정신이 아니었던 걸까요?"

내가 물었다.

"뭐, 일종의 미치광이라고도 할 수 있겠지요. 하지만 심문할 때 또랑또랑 대답하는 모습이 여느 사람과 다르지 않았다고 합니다. 본인의 말로는 스무 해 전 창 찌르기는 형 사쿠에몬이었다더군요. 운 좋게 잡히지 않았던 사쿠에몬은 그때 이미 죽은 후였다니 정말로 행운 아지요. 조상 대대로 사냥꾼이었다는 사쿠에몬 형제는 고슈 단바야마 산인가 하는 곳에서 더 들어간 두메산골에 살고 있어, 고후조차도 본 적 없는 인간이었다고 해요. 분카 이 년(1805년) 말, 형 사쿠에몬은 산짐승을 팔 겸 겸사겸사 처음으로 에도에 올라오게 되었는데, 이듬해 봄까지 머무는 사이 문득 이상한 기분이 들었다고 합니다.

에도라는 번화한 넓은 땅에서 누구나 예쁘게 차려입은 모습을 난생처음 보았을 때는 그저 놀라서 어리둥절하다가 시간이 흐름에 따라 점점 샘이 나기 시작해……. 부러워만 했다면 됐을 텐데 그 기분이 점점 격렬해져, 어쩐지 울컥울컥 샘이 나는 듯한, 울화가 치미는 듯한 짜증으로 변하더니 누구 할 것 없이 에도 인간이 미워진 겁니다. 누구라도 상관없으니까 죽여버리고 싶은 기분이 들었어요. 본업이 사냥꾼이니까 총을 쏘는 법이나 창을 다루는 법도 숙지하고 있지요. 주변 대숲에서 창 자루를 만들 대나무를 꺾어다가 어둠을 틈타 무차별적으로 행인을 찌르고 돌아다녔답니다. 정말로 멧돼지나 원숭이를 찌르듯이 상대를 가리지 않고 마구 찔러댔다니까 무시무시하지요. 생각만 해도 소름이 쫙 끼칩니다. 웬만큼 에도 전체를 쑤시고 돌아다니고 나자 고향이 그리워져서 그해 가을쯤 고향으로 도망쳐 와 천연덕스럽게 살았습니다. 당연히 다른 사람에게 그런 얘기를 함부로 떠들 수 없지만, 술에 취해서 동생과 화롯가에 마주 앉아 이야기한 적이 있었기 때문에 사쿠베가 그 사실을 알고 있었던 거예요.

그로부터 이십 년이 흐르고, 형 사쿠에몬은 어느 해 겨울 눈에 미끄러져 깊은 계곡으로 굴러 떨어지는 바람에 시체도 찾지 못했다고 합니다. 동생 사쿠베 홀로 남아, 부인도 얻지 않은 채 살다가 역시 무슨 장사 때문에 처음으로 에도에 오게 되었습니다. 그게 분세이 팔 년(1825년) 오월경으로, 젊은 시절부터 형의 무시무시한 이야기를 들었기에 자신은 얌전히 돌아갈 작정이었는데, 일단 에도에 나와 보니 번화한 땅과 눈에 보이는 모든 아름다운 것들에 취해 마찬가지로 울컥울컥 분노가 치밀어 결국 형의 뒤를 잇고 말았지요. 오월과 유월 두 달간 죽창을 들고 돌아다니다가 나쁜 짓임을 깨닫고 허겁지겁 고향으로 도망쳤습니다. 그대로 얌전하게 있었다면 형처럼 무사했을 텐데, 산으로 돌아가 멧돼지나 원숭이를 찌를 때마다 에도가 그리워져서 끝내 참지 못하고 그해 구월에 다시 홀쩍 상경했어요. 에도 사람들에게는 엄청난 재난이었지요. 그래도 마침내 운이 다해 시치베에게 체포되고 말았습니다. 지금까지는 모두 무관이나 떠돌이 무사만 눈여겨보았는데, 처음으로 죽창임을 눈치챈 게 시치베의 공적이었지요. 도중에 검은 고양이라는 덤이 붙어서 일이 다소 복잡해졌지만, 옛날의 검객이라면 하고도 남을 장난입니다. 하하하. 사쿠베는 물론 조리를 돌리고서 책형에 처했습니다."

"형제 둘 다 사냥꾼이었지요?"

내가 다시 물었다.

"에도에 있는 동안 어떻게 먹고살았나요?"

"이게 또 신기합니다."

노인이 설명했다.

"형도 동생도 도박에 소질이 있었습니다. 고슈의 산속에서 온 촌뜨기라고 우습게 여기고 덤볐다가 다들 되레 돈을 뜯기고 말았어요. 물론 작은 도박판이라 얼마 되지는 않았지만, 둘 다 아주 알뜰해서 싸구려 여인숙에 뒹굴면서 세끼 밥만 지장 없이 먹을 수 있으면 족하다는 식이었으니까, 에도에 살아도 몇 푼 들지 않았던 거지요. 그렇게 지내며 어두운 밤마다 죽창을 들고 돌아다녔어요. 참말로 난폭한 녀석들입니다. 그 시절 사람들은 형제가 둘 다 그런 인간이 된 것은 살생의 업보라고 수군댔다고 합니다만, 진실은 알 수 없습니다. 미치광이의 핏줄을 이어받았는지, 아니면 평소 곰이며 이리를 상대하다 보니 자연스레 그런 살벌한 인간이 되었는지, 한적한 산속에서 갑자기 화려한 에도 한복판에 내동댕이쳐져 정신이 조금 이상해졌는지. 요즘 세상이었으면 여러 학자님이 잘 설명해 주었겠지만, 그 시대의 일이니 뭇사람들은 살생의 업보니 인과니 하는 말로 쉽게 결론짓고 만 모양이에요."

여우와 승려 狐と僧

半七捕物帳

1

"또 여우 이야깁니다. 이번에는 제 손으로 해결한 사건이에요."

한시치 노인은 그렇게 말하며 웃었다.

가에이 이 년(1849년) 가을. 에도 야나카의 지코지라는 오래된 절에 이상한 소문이 퍼졌다. 주지인 에이젠이 어느 틈엔가 여우로 변했다는 것이다. 실로 밑도 끝도 없는 기괴한 이야기였으나 절에서 직접 보고가 올라온 이상 사원부교에서도 말이 안 되는 소리 말라고 무시할 수만은 없었다.

지코지는 규모는 크지 않지만 유서 깊은 절로, 사격(寺格) 또한 낮지 않다. 칠 년 전 선대 주지의 뒤를 이은 에이젠은 올해 마흔한 살로 지금까지 묘한 소문 하나 난 적이 없었다. 에이젠 외에 젠료라는 스물한 살의 작은 스님과 에이슌이라는 열세 살의 동자승, 반스케라는 쉰다섯 살의 불목하니까지 지코지에는 모두 네 사람이 거주했다. 반스케는 귀가 어두운 남자였지만 성실하여 주지가 아꼈다.

이렇게 무탈하게 지내오다가 뜻밖의 사건이 일어나는 바람에 신도들은 물론, 세상 사람들까지 발칵 뒤집혔다. 사건이 일어나기 전날 밤, 주지 에이젠은 네기시의 이가야라는 골동품상의 법사를 위해 동자승 에이슌을 데리고 나갔는데, 오후 열 시가 조금 못되어 에이슌 혼자 돌아왔다. 에이젠이 들를 곳이 있으니 먼저 가라고 하여, 동자승은 그 길로 주지와 헤어져 절로 돌아온 것이었다.

밤이 깊어도 주지가 돌아오지 않자 절 사람들도 걱정하기 시작했다. 반스케는 초롱을 들고 몇 번이나 도중까지 마중을 갔지만 에이젠의 모습은 보이지 않았다. 그렇게 불안한 하룻밤을 지새우고, 다음 날 아침 지코지에서 이 정 정도 떨어진 무소지라는 절 앞 커다란 하수구 안에서 에이젠과 똑 닮은 옷차림을 한 무언가가 도랑에 빠져 죽어 있는 것이 발견되었다. 언제나 일찍 일어나는 무소지의 불목하니가 발견했는데, 그것은 인간이 아니라 법의며 가사를 걸친 죽은 여우였다. 불목하니가 깜짝 놀라 사람들에게 떠벌린 탓에 눈 깜짝할 새 온 동네에 난리가 났다.

가사와 법의를 걸친 것의 정체는 틀림없이 나이 먹은 여우였다.

사체 옆에는 염주도 떨어져 있었다. 작은 접책으로 된 관음경도 떨어져 있었다. 신발은 어디에도 보이지 않았으나 가사와 법의, 염주와 경전 등의 물품이 모두 지코지 주지의 소지품과 맞아떨어지는 데다가 경전에 분명히 지코지라고 씌어 있었기 때문에 누구도 그것을 의심하지 않았다. 더군다나 당사자인 에이젠이 어젯밤부터 돌아오지 않은 상태라 뭇사람들은 이 기괴한 사건을 믿을 수밖에 없었다. 다만 문제는 에이젠이 어제저녁 여우에게 홀려 옷이며 소지품을 빼앗긴 것인지, 아니면 그 이전부터 본인은 모습을 감추었고 대신 여우가 주지 행세를 했는지였다. 의문은 쉬이 해결되지 않았다.

　무소지의 불목하니 말로는 밤중에 문 앞에서 개가 오래도록 짖는 소리를 들었다고 한다. 그는 에이젠으로 둔갑한 여우가 개떼에 몰려 도랑에 빠져 죽은 거라고 말했다. 다른 사람들도 그런 것이리라 생각했다.

　"그러고 보니 요즘 주지 스님께서 개를 몹시 싫어하셨어요."

　지코지의 작은 스님도 말했다.

　에이젠이 한두 달 전부터 예전과 달리 개를 끔찍이 싫어했음은 작은 스님 젠료와 불목하니 반스케가 인정했다. 모든 사실을 종합해서 생각하면 인간 에이젠은 올여름 끝 무렵에 사라졌고, 여우 에이젠이 주지 행세를 한 듯하다. 사람들은 하쿠조스의 여우(사냥꾼의 살생을 막기 위해 나이 많은 여우가 사냥꾼의 백부인 중으로 둔갑해 나왔다는 기담—옮긴이)나 모린지의 너구리(너구리가 노승으로 변해 모린지 절에 살았다는 전설—옮긴이) 같은 옛날이야기와 견주어 몹시 기이한 기분을 느끼면서도, 한 절의 주지에게 이런 큰일이 생겼다는 사실을 그저 신기하게만 여길 수 없었다. 지코지에서 사건을 있는 그대로 상소하여 사원부교가 조사에 착수했다.

지코지의 작은 스님, 동자승, 불목하니까지 모두 철저하게 심문했다. 기괴한 사체를 처음 발견한 무소지의 불목하니 역시 조사했다. 그러나 그들의 입에서 실마리가 될 만한 이야기는 듣지 못했다. 지코지의 세 사람은 주지가 최근에 개를 싫어하게 되었다는 것 외에는 짐작 가는 바가 없다고 고했다. 혹시 주지의 시체가 나오지 않을까 하여 마루 밑이며 곳간, 정원의 거목 뿌리까지 파헤쳐 보았지만 시체는커녕 그럴싸한 뼛조각 하나 발견되지 않았다. 유력한 신도들과 당일 밤 지코지 주지를 부른 네기시의 이가야 가에몬도 심문했지만, 그날 주지의 거동에 별다른 이상한 점은 없었다고 대답했다.

사원부교에서도 이 이상 조사할 여지가 없었다. 지코지 주지는 행방불명되었고, 여우가 둔갑해 그 행세를 했다고밖에 달리 판단을 내릴 방도가 없었기 때문에, 탐문은 우선 이것으로 종결되었다.

2

구월 말에는 흐린 날이 이어졌다. 간다의 한시치는 이웃집 장례식이 열리는 야나카의 어느 절에 갔다가, 오후 네 시쯤 다른 사람보다 한 발 먼저 절을 나와 어슬렁어슬렁 돌아오는 길이었다. 가을 하늘이 차츰 어둑어둑해졌다. 절이 많은 야나카의 한적한 길 위로 나뭇잎이 비처럼 떨어진다. 아직 해도 다 저물지 않았는데 어느 숲 속에서 여우 소리가 들렸다. 한시치는 문득 근래 세상을 떠들썩하게 한 지코지 사건을 떠올렸다. 그는 행정부교 소속으로 사원부교와는 직접적인 관계가 없었지만, 그래도 직업상 이 기괴한 사건에 상당한 주의를 기울이고 있었다.

'무소지가 이 근처던가.'

그렇게 생각하면서 걷고 있는데 어느 절 토담을 따라 흐르는 큰 도랑가에 엎드려 있는 한 소년이 보였다. 열서너 살쯤 먹은 동자승은 땅바닥에 납작 엎드려 도랑 안에 있는 물건을 주우려고 하는 것 같았다. 그대로 지나치려다 무심코 절 문을 올려다보니 현판에 무소지라고 씌어 있지 않은가. 한시치는 서둘러 발을 멈추었다. 지코지 주지로 둔갑한 여우의 사체는 이 근처의 큰 도랑에서 발견되었다고 한다. 그 도랑가에서 동자승이 땅에 배를 붙이고 무언가를 찾는 모습을 그냥 지나칠 수 없었다. 한시치는 가까이 다가가 말을 걸었다.

"꼬마 스님, 뭐라도 떨어졌나?"

한시치의 말이 귀에 들리지 않았는지 동자승은 고개도 들지 않고 열심히 무언가를 주우려고 했다. 아직 어린 소년의 팔은 도랑 바닥까지 닿지 않았다. 동자승은 과감히 나막신을 벗고, 돌담을 짚고 내려갈 결심을 한 모양이었다. 한시치가 다시 말을 걸었다.

"이봐, 꼬마 스님. 무얼 주우려고 하느냐? 떨어뜨린 게 있으면 내가 주워줄까?"

비로소 돌아본 동자승은 대답도 없이 입을 다물었다. 한시치가 허리를 굽히고 도랑을 들여다보니 바닥은 그다지 깊지 않았다. 이끼 낀 돌담 사이에 억새며 가을의 들꽃 몇 포기가 물 위에 늘어져 있고, 도랑가 근처에는 축축한 진흙이 드러나 있었다. 그것들을 둘러보던 한시치의 눈에 어떤 물건이 띄었다.

"저걸 주우려는 거로구나."

한시치가 도랑 안을 가리키며 물었다.

동자승은 말없이 고개를 끄덕였다. 이런 일에 익숙한 한시치는 한 발로 돌담 중간께를 디디고, 한 손으로 억새 줄기를 붙잡으면서 몸을 떨어뜨리듯이 굽혀 도랑가 진흙 속에 다른 손을 찔러넣었다. 얼마 안 있어 작은 불상을 꺼냈다. 두 치(약 육 센티미터―옮긴이)도 채 되지 않는 부처님으로 거무스름한 철물로 만든 듯, 작은 주제에 무게가 제법 나갔다.

"이 부처님, 네가 아는 물건이냐?"

한시치가 진흙이 덕지덕지 묻은 불상을 눈앞에 내밀자 동자승은 그것을 공손하게 받아들어 자신의 법의 소매 위에 얹었다.

"너, 어느 절에 있지?"

한시치가 다시 물었다.

"지코지예요."

"허허, 지코지라……."

한시치는 새삼 동자승의 얼굴을 쳐다보았다. 살결이 희고, 눈이 큰 것이 영리해 보이는 소년이었다.

"요전번 스님 사건이 있었던 절이로군. 그런데 그 부처님은 네가 떨어뜨린 거니?"

"지금 여기서 발견했어요."

"그럼 네 게 아니란 말이군."

동자승은 대답을 망설이는 듯하다가 결국, 자신의 절에 있던 불상인 것 같다고 했다.

"절의 물건이 어째서 도랑 안에 떨어져 있지?"

한시치가 동자승의 안색을 살피며 물었다. 동자승은 여전히 머뭇거리며 입술을 악다문 채 고개를 떨어뜨렸다.

한시치는 작은 불상에 무슨 비밀이 있으리라 짐작하며 틈을 주지 않고 연거푸 물었다.

"주지 스님은 이 도랑 안에서 돌아가셨다고 하던데."

"네."

"이곳에 떨어져 있는 불상이 절의 물건이라면 주지 스님이 굴러 떨어졌을 때 같이 떨어진 건가?"

"그럴지도 모릅니다."

"숨기면 안 되지. 똑바로 대답해."

한시치는 말투를 고쳤다.

"나는 행정부교의 포리다. 관할이 다르지만 이런 곳에서 마주친 이상, 조사할 수 있는 건 조사해야만 해. 그날 밤 주지 스님이 불상을 들고 나가셨느냐?"

상대의 신분을 들은 것과 동시에 동자승의 태도가 급변했다. 동자승은 지금까지와는 정반대로 한시치의 물음에 무엇이든 또랑또랑 대답했다.

그는 지코지의 에이슌이었다. 스승인 에이젠이 행방불명된 밤, 스승과 같이 네기시의 이가야에 갔다. 독경을 마치고 함께 돌아가던 중에 들를 곳이 있다며 헤어진 스승은 두 번 다시 돌아오지 않았다. 다음 날 아침 스승의 가사, 법의를 걸친 여우 사체가 도랑 안에서 발견되었다. 에이슌은 아무래도 이해가 가지 않아 줄곧 골똘히 생각에 잠겨 있었는데, 오늘 도랑가를 지나가다 뜻밖에 진흙 속에서 거무스름하게 빛나는 무언가를 발견한 것이었다. 스승이 소매나 품속에 넣어두었다가 도랑에 굴렀을 때 물속으로 떨어진 불상을 아무도 찾아내지 못한 것이리라. 최근에 날만 흐리고 비는 한 방울도 내리지 않은 탓에 도랑의 물이 점점 말라서 진흙에 묻혀 있던 불상이 자연히 그 모습을 드러낸 것이다. 확실치는 않지만 절의 비불(秘佛)로서 소중히 보관해 온 물건인 듯하다. 듣건대 먼 옛날 이국에서 건너온 부처님으로, 뱃속에 더욱 작은 금불상을 품고 있다고 한다. 에이슌은 아홉 살에 절에 들어와 햇수로 오 년째인데 그동안 세 번밖에 본 적이 없으나, 아무래도 그 불상이 맞는 것 같다고 설명했다.

그 정도로 소중한 비불을 어째서 주지가 함부로 들고 나갔는지 한시치는 이해할 수 없었다. 에이슌도 알지 못했다.

"허나 이것을 보면 여우가 주지 스님으로 둔갑했다는 이야기가 전부 거짓말이란 걸 알 수 있어요."

에이슌이 말했다.

"처음부터 의심스러웠어요. 만약 여우라면 이런 것을 가지고 갈 리가 없습니다. 여우나 너구리라면 존귀한 부처님을 두려워할 테니까요."

지극히 불제자다운 해석이었다. 한시치는 그것과는 다른 해석으로 지코지 주지의 정체가 여우가 아님을 확인했다.

"주지 스님은…… 스승님은……."

에이슌은 갑자기 울음을 터뜨렸다.

"이봐, 왜 그래?"

한시치는 그의 어깨를 잡았다.

에이슌은 어깨를 들썩이며 계속 울었다. 에이슌의 눈물은 법의의 소매로 뚝뚝 떨어져 소중히 들고 있던 이국 불상의 존안에도 흘렀다.

"울지 마라. 내가 원수를 갚아주마."

한시치가 말했다.

"그 대신 네가 아는 건 전부 이야기해 주어야 해. 그렇다고 계속 여기 서서 이야기할 수도 없으니, 내일 아침 우리 집으로 오너라. 간다 미카와초에서 한시치를 찾으면 금방 알 게다."

3

다음 날 아침, 에이슌은 약속대로 한시치를 찾아왔다. 그리고 스승인 에이젠에 대해 자신이 아는 전부를 상세하게 이야기하고 돌아갔다. 돌아갈 때 한시치는 에이슌에게 한 가지 귀띔을 해주었다. 에이슌이 돌아가자마자 한시치도 몸단장을 하고 사원부교소로 향했다.

사원부교의 허가를 얻은 한시치는 어떤 활동을 착수하고자 부교소에서 돌아와 수하 마쓰키치와 가메하치를 불러들였다.

"어쩌면 먼 길을 떠날지도 몰라. 그런 줄 알고 채비해두어라."

정오가 지나 에이슌이 다시 찾아왔다.

"대장님, 아조지 절의 세 사람은 어제 아침 가마 한 채를 들고 돌아갔다고 합니다."

"가마가 하나라."

한시치는 잠시 생각에 잠겼다.

"그중 가장 큰스님은 어쩌고 있지?"

"쇼텐이라는 자는 아직 남아 있는 모양이에요."

"그렇군. 그럼 얼른 길을 떠나야지. 하루 차이라면 어떻게든 따라 잡을 수 있을 거야. 하루만 더 빨리 알았다면 좋았겠지만, 어쩔 수 없지."

한시치는 두 명의 수하를 데리고 서둘러 고슈 가도(에도 시대 주요 간선 도로 중 하나―옮긴이) 방면으로 먼 길을 떠나게 되었다. 찾는 사람의 얼굴을 판별해줄 에이슌도 데려가야 했는데, 아직 열세 살의 소년이 발 빠른 그들과 함께 걷기란 불가능했고, 그들도 갈 길을 서두르는 까닭에 가마 네 채를 불러 간다에서 출발했다. 그날 오후 두 시를 지날 무렵이었다.

앞을 다투는 네 사람은 미리 범인 체포를 위한 여행길이라는 사실을 알리며 가마꾼을 마구 재촉했다. 신주쿠에서 가마를 바꾸어 그날 밤중으로 후추에 도착했다. 다음 날 새벽 네 시경에 숙소를 나서 히노, 하치오지, 고마키노, 고보토케, 고하라, 요세, 요시노, 세키노, 우에노하라, 쓰루카와, 노다지리, 이누메, 시모토리사와, 도리사와, 모두 십육 리(일 리는 약 사 킬로미터―옮긴이) 남짓한 길을 가마를 타고 서둘렀다. 자신들은 둘째 치고 여행에 익숙하지 않은 데다 나이 어린 에이슌이 만약 도중에 병이라도 나면 안 되므로 역참에 도착할 때마다 한시치는 에이슌에게 피로회복제를 먹이며 보살폈다. 에이슌은 조금도 지친 기색이 없었다. 그는 한시라도 빨리 스승님을 구해달라는 말만 반복했다.

"꼬마 스님이 대단하구나."

수하들도 격려하듯 말했다.

도리사와에 도착한 것은 여덟 시경으로 저녁 무렵부터 가느다란 비가 부슬부슬 내리기 시작했다. 오늘 밤 중으로 다음 역참인 사루하시까지 강행할 생각이었지만, 공교롭게도 비가 내리는 데다 가마꾼도 탈진 직전이라 한시치는 이쯤에서 오늘의 여장을 풀기로 하고, 가마 안에서 말했다.

"이보게, 젊은이. 이 역참에서 어디 좋은 집으로 안내해주게."

"예, 그렇습죠."

빗발은 점점 거세졌고, 숙박 시간이 이미 지난 탓에 어두운 역참에는 문을 걸어 잠근 여관도 있었다. 가마 네 채가 역참 안쪽으로 들어왔을 때 왼편의 작은 여관 앞에 멈추어 선 가마 한 채가 눈에 띄기에 한시치는 타고 있는 가마의 발을 들추어 그 사이로 들여다보았다. 가마는 지금 막 여관 앞에 도착했는지 그 곁에 남자 둘이 서 있었다. 한 명이 안에 들어가 가게의 행수와 흥정을 하는 모양이었다. 세 명이 모두 행각승임을 확인하자마자 한시치는 자신의 가마를 멈추었다. 그 신호를 듣고 수하 마쓰키치와 가메하치도 이어서 가마에서 나왔다. 에이슌도 나왔다. 네 사람은 빗발을 뚫고 여관 쪽으로 미끄러지듯 우르르 달려갔다.

가마 옆에 서 있던 행각승 중 한 명이 에이슌의 얼굴을 보고 깜짝 놀라 허둥지둥 다른 승려를 돌아보는 새에 마쓰키치와 가메하치가 벌써 그 뒤를 에워싸듯 다가와 있었다.

"실례지만 이 가마에는 어느 분이 타고 계신지요?"

한시치가 정중히 물었다.

두 명은 묵묵부답이었다.

"그럼 실례를 무릅쓰고 잠시 안을 좀 보겠습니다."

한시치가 다시 정중하게 양해를 구하며 동유지를 바른 가마의 발을 살짝 들어 올리자 안에는 하얀 옷을 입은 승려가 타고 있었다. 에이슌은 울먹이며 그 앞에 엎드렸다.

"스승님."

승려는 눈동자만 움직일 뿐 입을 열지 않았다. 그는 줄곧 말이 없었다. 에이슌은 그의 소맷자락을 붙들고 다시 불렀다.

"스승님."

말 없는 승려는 지코지의 주지 에이젠이었다. 그가 말이 없었던 까닭은 목소리를 내지 못하게 하는 약을 마셨기 때문이었다.

"여기까지 이야기하면 나머지는 자세히 말할 필요도 없겠지요."

한시치 노인이 말했다.

"그런데 어째서 이런 일이 일어났는가 하면, 이 종파의 본산에서 번거로운 사건이 일어나, 요즘 말로 하자면 본산 옹호파와 본산 반대파로 나뉘어 암투를 시작했기 때문이었습니다. 파벌 싸움이 점점 격렬해지자 본산에서 몇 명의 승려를 보내, 에도의 말사를 설득하려

했지요. 말사들은 제각기 도당하여 소란을 피웠습니다. 그중에서도 지코지의 주지는 유력한 반대파 중 하나로 자칫하면 사원부교에라도 제소하여 시비를 가릴 기세였어요. 난감해진 본산파에서 어떻게든 주지를 처치하자, 그렇게 생각한 것입니다. 출가한 몸이니 함부로 목숨을 빼앗을 수도 없기에 주지를 본산으로 끌고 가서 당분간 가두어두려고 했지요. 주지가 며칠 밤에 네기시로 독경을 드리러 간다는 사실을 알고, 돌아오는 길에 잠복했다가 완력으로 붙잡아서 시타야 사카모토의 아조지라는 본산파 절로 끌고 갔답니다. 그리고 입을 놀리지 못하도록 독약을 먹였다고 하더군요."

"그렇다면 예의 여우는 주지의 대역이었군요."

"암요, 그렇지요."

노인은 고개를 끄덕였다.

"한 절의 주지가 말없이 사라지게 되면 수사를 피하지 못하리라는 염려 때문에 주지의 가사와 법의를 벗겨 여우에게 입혀서……. 하하, 지금 생각하면 애들 장난 같지만 그래도 열심히 짜낸 지혜였답니다."

"그나저나 소중한 불상은 어찌 된 겁니까? 역시 주지가 들고 간 건가요?"

"어느 시대건 어떤 문제로 소동을 일으키려면 상당한 운동자금이 필요합니다. 지코지는 본디 작은 절인데 주지가 본산 반대운동으로 뛰어다니느라 살림살이는 상당히 어려웠지요. 하물며 사원부교에 제소하려면 엄청난 비용이 듭니다. 주지는 운동비를 조달하기 위해 슬쩍한 비불을 이가야에 전당 잡아 얼마쯤 빌려볼 셈으로 불사가 있던 밤에 불상을 상자에 고이 담아 가져갔다가 사람들 이목이 있어 말을 꺼낼 기회를 잡지 못하고 일단 돌아왔습니다. 그러나 돈이 절실했던 터라 도중에 동자승을 돌려보내고 혼자 이가야로 다시 돌아가다가 운 나쁘게 본산파의 덫에 걸렸지요. 가지고 있던 상자는 물론 빼앗겼지만 재빨리 소맷자락에 숨긴 불상을 상대편이 눈치채지 못한 거예요."

"그래서 결말은 어찌 되었습니까?"

"이렇게 되자 문제가 커졌지요."

노인은 눈살을 찌푸리며 말했다.

"당연히 사원부교의 재판을 받게 되었어요. 본산에서 에도로 온 승려는 총 열한 명이었지만, 다른 절에 묵고 있던 일곱 명은 이 사건에 관계가 없다고 사면되었습니다. 아조지에 묵었던 네 명, 그중 셋은 주지의 가마를 따라가고 한 사람은 에도에 남았는데, 전원 체포되어 하옥되었지요. 둘은 옥사하고, 둘은 외딴섬으로 유배되었습니다. 지코지의 작은 스님 젠료도 본산파와 내통했다는 의심을 받고 절에서 쫓겨났다고 합니다. 이 사건도 더 파고들면 제법 커질 테지만, 본산에는 일절 손을 대지 않고 에도에서 정리해버렸기 때문에 앞에서 말한 네 명 말고 다른 죄인은 나오지 않았습니다. 그 후 지코지의 주지는 치료를 받고 목소리가 조금이나마 나오게 되어 다시 원래의 절로 돌아가 주지 노릇을 하다가, 우에노 전쟁 때 패배하고 도망치던 쇼기타이 군사(에도 말 신정부군과 구막부군의 전투 중 하나. 구막부군이었던 쇼기타이는 이 전쟁의 패배로 와해되었다—옮긴이)를 숨겨준 것 때문에 절에 있을 수 없게 되어 교토로 갔다고 합니다. 에이슌은 영리한 소년으로, 그때 스승과 함께 길을 떠나 지금은 교토에 있는 큰 절의 주지가 되었다고 들었습니다. 누가 뭐래도 이 사건에서는 에이슌이 가장 큰 공로자였어요. 에이슌의 입에서 본산파와 반대파의 분쟁 이야기를 들은 덕에 저도 비로소 어떻게 수사할 지 방향을 잡을 수 있었으니까 말입니다. 요즘도 때때로 문제가 있는 모양이지만, 옛날에도 절마다 분쟁이 있곤 해서, 사원부교가 골머리를 앓았어요."

그러나 여전히 한 가지 의문이 남는다. 사건이 일어나기 전, 지코지의 주지는 어째서 갑자기 개를 싫어하게 되었을까. 내가 그것을 물으니 노인은 웃으면서 대답했다.

"그건 아무 상관도 없는 일이었습니다. 주지가 개를 싫어하게 된 이유가 여우이기 때문이라는 의심을 샀습니다만, 이것저것 조사해 보니 사정이 있었습니다. 주지는 출가한 몸으로 평소 동물을 예뻐했는데, 본산 반대운동을 일으키고부터 안절부절못한 상태에 빠졌습니다. 요즘 말로는 신경 쇠약이라고 하나요. 그래서 여태껏 귀여워하던 개에게 눈길도 주지 않고, 개가 꼬리를 흔들고 다가와도 험악한 얼굴로 내쫓아버리게 되었어요. 때마침 사건이 터져서, 마치 개를 싫어한 게 무슨 심오한 까닭이 있는 거처럼 이야기된 것입니다. 애당초 이 사건뿐 아니라 저희 일은 곧잘 사소한 것 때문에 갖가지 오해를 하거나 예상이 엇나가곤 합니다. 평소라면 아무것도 아닌 일이 대단한 곡절이 있는 것처럼 여겨지기 십상이니 큰 주의를 기울여야 하지요. 수사할 때는 머리카락 한 올도 놓쳐서는 안 되지만, 반드시 일의 큰 줄기를 들여다본 다음 세부적인 곳으로 발을 들여놓지 않으면 크게 착각하여 엉뚱한 길로 빠져버리는 일이 있답니다."

한겨울의 금붕어

冬の金魚

半七捕物帳

1

오월 초 아카사카를 찾아갔을 때, 한시치 노인은 현관에 서서 분재장수의 물건을 구경하고 있었다. 내 얼굴을 보고는 웃으며 인사하고, 분재 하나를 들고 안으로 들어와 일하는 할멈에게 돈 몇 푼을 치르게 이른 다음 앞장서서 나를 방으로 안내했다.

"갑자기 여름 같아졌네요."

노인은 푸릇푸릇한 작은 분재를 툇마루에 놓으며 말했다.

"요즘은 모든 게 빨라졌어요. 오월 초에 벌써 분재를 팔러 오고 모종장수 소리가 사월 말부터 들리니 놀랄 노 자예요. 엊저녁도 히토쓰기의 참배 날이라 갔더니 금붕어장수가 나와 있었습니다. 사람들 성질이 급해지니까 다 같이 경쟁하듯 빨리 빨리를 외치며 조바심을 내지요. 저희 같은 옛날 사람 눈으로 보면, 이래 봬도 옛날에는 저도 다혈질인 편이었는데, 쓸데없이 숨 가쁘게 변해서 주마등의 추격전을 보는 것 같습니다. 이러다가 조만간 일월에도 도코노마에 어항을 장식해 두겠어요. 아니, 요즘 사람 뭐라 할 게 아니군요. 옛날에도 한겨울에 금붕어를 바라보며 즐기던 사람이 있었으니 말입니다."

"빗물 통에 넣고 기른 건가요?"

내가 물었다.

"아닙니다, 빗물 통의 금붕어는 신기하지도 않지요. 커다란 빗물 통이라면 깊은 수면 아래에서 추위도 견딜 수 있을 테니까요. 요즘에는 두꺼운 유리 용기에 넣어 볕이 잘 드는 곳에 두면 겨울에도 죽지 않지요. 옛날 사람들은 그런 걸 잘 몰랐으니까, 유리 용기에 금붕어를 키우는 사치를 부리는 사람도 적었던 것 같고요. 가끔 있다 해도, 역시 여름에만 키웠어요. 하지만 세상에는 갖가지 생각을 해내는 사람이 있어서 추울 때에도 파는 금붕어가 있었지요. 따뜻한 물속에서 사는 금붕어라니 신기한 일입니다. 분카, 분세이 시절(1804년~1830년)에 유행했다 수그러들었는데 그게 또 에도 말에 잠시 인기가 있었답니다. 어차피 보기 드문 것에 대한 반짝 인기라 길게 이어지지는 않지만, 그래도 유행할 때는 어마어마하게 비싼 가격으로 팔 수가 있지요. 얼마 전에 유행했던 만년청이나 토끼랑 마찬가지로 무슨 이유가 있는 것도 아닙니다. 아, 그렇지. 금붕어와 관련해서 이런 이야기가 있어요."

　오타마가이케 늪의 전설(억울한 죄를 쓴 오타마라는 여자가 몸을 던진 늪이라 하여 오타마가이케라는 이름이 붙음—옮긴이)은 예부터 유명하지만 그 장소는 분명치 않다. 흔히 간다 마쓰에초 부근을 싸잡아 오타마가이케라 불렀다. 지명이 사람들의 관심을 불러일으키는 데다, 오쿠보 시부쓰나 야나가와 세이간 같은 유명 시인이며 구와가타 게이사이나 야마다 호슈 같은 화가, 오타마가이케 선생이라 불리던 검술가 지바 슈사쿠의 도장도 그곳에 있었다. 그들의 이름에 의해 오타마가이케의 명성은 에도 시대에 널리 퍼져나갔다.
　그런 사람들과 어깨를 나란히 할 정도는 아니었지만, 하이카이 사범으로 제법 알려진 쇼카안 기게쓰 역시 오타마가이케에 살았다. 그 주변에는 옛날에 커다란 늪을 메운 흔적으로 보이는 작은 못이 곳곳에 많이 있었다. 기게쓰의 집 뜰에도 개구리가 살 수 있는 작은 못이 있어, 본인은 그것이 오타마가이케의 흔적이라고 했으나 믿을 만하지 않다는 의견이 많았다. 기게쓰는 연못가에 작은 소나무를 심어 쇼카안(松下庵)이라고 이름 지었다. 시구의 평가며 첨삭을 부탁하러 오는 자도 꽤 있어 하이카이 사범으로서는 남들만큼 지냈다.
　고카 삼 년(1846년) 십일월 중순. 초겨울의 비라는 주제로 한 구 지으면 딱 맞을 듯한 흐린 날 오후에 서른네댓 살 먹은 마른 남자가 기게쓰의 책상 앞에 시커먼 얼굴을 들이밀었다.

"사범님께 부탁드리고 싶은 게 있는데요."

골동품상 소하치는 여러 해 족자며 시키시(시를 적거나 그림을 그리는 사각형의 두꺼운 종이―옮긴이), 단사쿠(시를 적기 위한 가늘고 긴 종이―옮긴이)를 다루다 보니 이 집 문턱을 일삼아 드나들었다. 기게쓰는 책상에 높게 쌓여 있는 하이카이 책자를 치우면서 미소 지었다.

"소하치 씨의 부탁이라……. 또 무슨 물건을 팔러 왔구먼. 요즘 소하치 씨가 가져오는 물건은 질이 나쁘다며 어디든 평판이 좋지 않던데."

"이번 건 괜찮습니다. 정말로 하자 없는, 감정서 딸린 물건이에요. 그러지 말고 한번 봐 주십시오."

보자기를 풀고 조심스레 꺼낸 것은 바쇼(마쓰오 바쇼. 에도 전기의 하이카이 명인―옮긴이)의 '마른 가지에 새 머무르는 느지막한 가을'이 적힌 단사쿠였다. 진품이 아님은 기게쓰도 한눈에 알았다. 또 다른 하나는 기카쿠(바쇼의 제자―옮긴이)의 필체로 '열다섯부터 마시기 시작한 술 오늘에 이르네'가 적힌 단사쿠인데, 긴가민가했지만 역시 의심스러운 점이 많았다. 기게쓰가 말없이 두 장의 단사쿠를 소하치 앞으로 되밀자, 표정으로 대충 헤아린 듯 소하치는 실망하며 말했다.

"안 되겠습니까?"

"하하. 십중팔구 이런 것일 줄 알았지. 알면서 바가지를 씌우려고 하다니 사람 참 나쁘군."

기게쓰는 상대하지 않겠다는 것처럼 웃었다.

"팔 곳을 알선해주실 수는 없을까요?"

기게쓰는 말없이 고개를 저었다.

"곤란한데."

소하치는 머리를 긁적였다.

"기카쿠도 안 될까요?"

"아무래도 어렵겠어."

"이거야, 참."

소하치는 실망하며 주섬주섬 다시 보자기를 싸기 시작했다.

"실은 한 가지 더 의논드릴 게 있어요."

이번 물건은 한겨울에도 따뜻한 물속에서 사는 붉은 금붕어 한 쌍이었다. 그것을 어디 팔 만한 곳이 없는지, 판매자는 두 마리에 여덟 냥 두 푼을 부르고 있지만 두 푼은 깎을 수 있다, 여덟 냥에 팔아준다면 사범에게 사례로 두 냥을 떼어주겠다고 소하치가 말했다. 기게쓰는 다시 웃었다.

"그대도 참 욕심이 깊구먼. 장사 외에도 여러 가지 돈벌이로 안달을 내는군."

"세상이 뒤숭숭해서 본업만으로는 입에 풀칠하기 힘들어요."

소하치도 웃었다.

"어떻습니까?"

이 물건에는 기게쓰도 짚이는 데가 있었다. 금붕어가 진짜라면 팔

곳을 소개해줄 수도 있다고 대답하자 소하치의 안색이 활짝 폈다.

"고맙습니다. 아무쪼록 부탁드립니다. 판매자도 소중히 다루고 있으니 팔 곳이 결정되는 대로 가져와서 보여 드리겠습니다. 요즘 시세로 암수 한 쌍에 여덟 냥이면 정말 헐값이에요. 열 냥부터 열네 댓 냥이라는 터무니없는 가격도 있으니까요. 유행이란 참 신기하지요."

"정말 신기하군."

소하치가 이야기를 마치고 돌아가려고 문을 나서자마자 열일고여덟 살 된 예쁘장한 여자가 돌아왔다. 여급인 오요였다. 기게쓰는 올해 마흔여섯 살로 오 년 전에 상처하고부터 여급과 둘이 살았다. 오요는 센주 출신으로 남의집살이하는 여자치고 얼굴이며 자태가 예사롭지 않은 데다, 기게쓰가 독신인 탓에 이웃 중에 이러쿵저러쿵 쑥덕거리는 사람도 있었다. 소하치 역시 오요를 놀리곤 했기에 오늘도 나막신을 신으면서 말했다.

"어이쿠, 안방마님 돌아오시는가."

"젊은 애를 놀리면 쓰나."

기게쓰가 뒤에서 진지하게 말했다.

소하치는 목을 움츠리고 허둥지둥 문을 나섰다. 바깥에는 이미 비가 내리기 시작했으나 오요는 우산을 들고 가라고 말하지 않았다. 소하치가 골목 모퉁이를 돌 때쯤 겨울비는 소리를 내며 떨어졌다.

2

그로부터 보름 남짓 지난 십이월 초순에 오타마가이케에서 일어난 어떤 사건으로 이웃 사람들은 경악했다. 쇼카안 기게쓰의 집에서 기게쓰는 누군가에게 살해당하고 여급인 오요는 정원 연못에 빠져 죽은 것이다. 이전부터 보통 사이가 아니라는 말이 있던 터라, 주변에는 갖가지 소문이 난무했다. 검시관이 출동했다. 자신의 구역에서 벌어진 사건이라 한시치도 바로 달려갔다.

시를 짓는 사람의 집인 만큼 집 안은 제법 아취가 풍겼지만 넓지는 않았다. 문 안쪽에는 스무 평 정도의 정원이 있고, 그 절반이 푸른 물이끼가 낀 연못이다. 현관이 없는 집으로 여급 방이 다다미 석 장, 책상이 있는 주인 방이 다다미 넉 장 반, 거실이 다다미 여섯 장, 방은 그게 전부다. 이웃에서는 이런 불행한 사건이 일어난 줄 꿈에도 몰랐다. 이른 아침 찾아온 골동품상 소하치가 아무것도 모른 채 평소처럼 열려 있던 사립문을 밀고 안으로 들어왔는데, 소나무 밑동에 여자의 오비 끝자락이 보였다. 이상하다 여기며 들여다보니 오비는 붉은 꼬리를 끌듯이 연못의 살얼음 안에 잠겨 있었다. 오비 끝자락을 붙잡고 당겨보자 사람 몸에 감겨 있는 감촉이 나서 소하치는 화들짝 놀랐다.

앞에서 말했듯이 현관이 없는 집이라 바로 다다미 넉 장 반짜리 방으로 들어가게 되어 있다. 부랴부랴 빈지문을 두드리려고 보니 그럴 것도 없이 끝에 있는 빈지문 하나가 반쯤 열려 있었기에, 소하치는 그 사이로 안을 살폈다. 작은 책상은 옆으로 쓰러졌고, 붓이며 필통, 벼루 따위가 어지러이 흐트러진 속에 기게쓰가 비스듬하게 앞을 보고 쓰러져 있었다. 기게쓰의 상반신은 피로 얼룩져 있었다. 주변에 흩어진 하이카이 책자까지 거무스름한 붉은색으로 물든 것을 보고 소하치는 놀라 주저앉았다. 기듯이 집 밖으로 도망쳐 나와 이웃 사람들을 불렀다. 소하치는 첫 번째 발견자라는 이유로 마을의 자경소에 붙들려 갖가지 심문을 받았지만 그것 말고는 아무것도 모른다고 이야기했다.

주인과 여급 방에 이부자리가 깔려 있지 않은 것으로 보아 참극이 일어난 시각은 한밤중이 아니다. 책상 앞에 앉아서 주필을 들고 하이카이에 첨삭하고 있는 기게쓰의 뒤로 누군가 살금살금 다가와 칼로 목을 그었다. 기게쓰가 놀라 돌아보자 다시 한 번 목덜미를 벤 모양이다. 기게쓰가 어떻게 죽었는지는 대강 알았으나 오요는 어떻게 죽었는지 짐작 가지 않았다. 스스로 몸을 던졌는지, 누군가가 빠뜨렸는지조차 알 수 없었다. 못에서 끌어올린 그녀의 시체에서는 상처 자국도 발견되지 않았다.

분실물이 없으니 강도의 짓이 아닌 것도 거의 확실했다. 주인 기게쓰가 아직 자리보전만 하고 있을 만큼 나이를 먹지 않았으니 홀아비 주인과 젊은 여급 사이에 이웃 주민들이 수군거리는 것 같은 관계가 있었다면, 어떤 사정 때문에 오요가 주인을 살해하고 자신도 몸을 던져 죽은 것으로 생각할 수도 있다. 그러나 오요에게 다른 남자가 생겨 기게쓰를 죽였다면 스스로 목숨을 끊을 리가 없으리라. 아니면 누군가가 기게쓰를 죽이는 김에 오요를 연못에 빠뜨렸는지도 모른다. 범인이 직접 손을 쓰지 않았더라도 오요가 놀라서 도망치다가 발이 미끄러져 빠졌는지도 모른다. 바깥문도 열려 있고, 이부자리가 깔려 있지 않은 것으로 보아 초저녁에 벌어진 일인 듯함에도 옆집에서 이렇게 큰 소동을 몰랐다는 게 다소 의아했으나, 큰 사건이 사람들 모르는 사이 뜻밖에 쉽게 이루어지는 예가 지금까지도 종종 있었으므로 그 점은 검시관들도 크게 의심을 두지 않았다. 기게쓰를 죽인 게 오요의 소행인지, 아니면 둘 다 제삼자의 손에 당했는지, 사건의 의문은 오직 거기에 달렸다. 물에 젖은 오요의 시체를 꼼꼼하게 검시했지만 별다른 실마리가 될 만한 것은 발견하지 못했다. 시체가 물을 마신 것으로 보아 숨이 붙어 있을 때 물에 빠졌다는 것만은 확실했다.

"연못의 물을 다 퍼내고 안을 조사해보면 어떨까요?"

한시치가 제안했다.

연못 바닥에 어떤 비밀이 감추어져 있을지 알 수 없는 노릇이기에 관리들도 그 자리에서 동의했다. 인부를 불러 모아 십이월의 추운 날에 못의 물을 퍼내기 시작했다. 수심은 일 척이 넘는데 못 바닥에는 펄떡이는 크고 작은 잉어며 비단잉어 외에 이렇다 할 게 없었다. 오요가 머리에 꽂았던 듯한 장식용 빗 하나가 발견되었을 뿐이었다.

반나절을 들여서 얻은 게 고작 이뿐이라니, 관리들도 실망을 금치 못했다. 집 안 역시 샅샅이 뒤져 보았지만 전부 깨끗하게 정리된 상태로, 특별히 어지른 듯한 흔적은 발견되지 않았다. 당장은 그 이상 탐색할 것도 없으므로 나머지 수사는 한시치에게 맡기고 관리들은 돌아갔다.

한시치는 뒤에 남아서 기게쓰의 신변 조사에 착수했다. 기게쓰의 친척, 제자, 자주 드나드는 이들의 이름과 주소를 하나하나 조사했다. 수하 마쓰키치를 센주로 보내 오요의 신변도 조사했다. 검시가 끝나도 뒤처리할 사람이 오지 않으면 두 구의 시체를 어떻게 하지 못하므로, 자경단원과 이웃 주민 네댓 명이 와서 일단 시체를 지키기로 했다. 한시치도 옆에 앉았다. 짧은 겨울 해가 벌써 뉘엿뉘엿 지려고 할 무렵 기게쓰의 제자들이 하나둘씩 찾아왔다. 그들은 생각지도 못한 일에 경악할 뿐, 누구의 입에서도 실마리가 될 만한 새로운 단서가 나오지 않았다. 등불을 켤 때쯤 그곳을 나와 마을의 자경소로 가보니, 불행하게 연루된 골동품상 소하치가 아직 구금된 채 난롯가에 추운 것처럼 몸을 웅크리고 있었다.

"이보게, 골동품상. 딱하구먼. 이렇게 바쁜 연말에 계속 잡아두면 안 되지. 이제 슬슬 돌아가는 게 어떠한가."

"돌아가도 됩니까?"

소하치는 죽다 살아난 것 같은 표정으로 되물었다.

"어차피 바로 해결이 나지는 않을 것 같고, 필요하면 다시 부를 터이니 오늘 밤은 일단 돌아가게."

"감사합니다. 부르시면 바로 달려오겠습니다."

소하치는 부랴부랴 돌아갈 채비를 했다.

"아, 잠깐. 기다려 봐."

한시치가 불러 세웠다.

"하나 묻고 싶은 게 있는데. 나도 따로 조사해 보고는 있지만, 오요라는 여급은 평범한 고용인이 아니었지? 기게쓰와 깊은 관계였나?"

"아무래도 그런 모양이라고들 합니다. 저도 잘은 모르지만……."

소하치가 애매하게 대답했다.

"오래 일했나?"

"재작년쯤에 왔을 겁니다. 아마도 올해 열여덟쯤이었죠. 그런 일은 기초라는 제자가 잘 압니다."

기초의 본명은 조지로다. 오와리야라는 가게의 장남이나, 하이카이에 심취한 나머지 가게 일은 거들떠도 보지 않았다. 그리하여 작년에 아버지가 죽고 나자 어머니와 친척들이 상의 끝에 여동생 오하나에게 데릴사위를 들이고 기초는 독립시키기로 정했다. 기초도 거기에 만족하며 젊어서 은거하는 사람처럼 유유자적한 처지는 아니더라도, 야나기와라 근처에 작은 집을 빌리고 가게에서 달에 얼마씩 용돈을 받아 생활하고 있었다. 하지만 그것만으로는 살림을 꾸리기충분하지 않아서 내년 봄에는 스승 기게쓰의 후원을 받아 하이카이 피로회를 열고, 어엿한 하이카이 사범으로서 독립해 살아가기로 되어 있었다. 올해 스물여섯 살, 부인도 없고, 하녀도 두지 않은 채 다다미 여섯 장짜리와 넉 장 반짜리 방이 있는 집에서 이른바 독신자의 무사태평한 생활을 영위하고 있었다.

"기초와 오요 사이가 수상쩍다거나 하지는 않겠지?"

한시치는 웃으면서 물었다.

"글쎄요."

소하치도 잠시 갸웃거렸다.

"그런 건 몰라요. 기초는 사범 집에 자주 드나들었지만, 설마 그런 일이 있었으리라고는……. 기초는 풍류 외길을 걷는 괴짜니까요."

"기게쓰의 형편은 어떠했나?"

"이름도 제법 팔렸고, 첨삭을 부탁하러 오는 사람도 꽤 있는 모양이니까 먹고 살기 곤란한 일도 없었겠지요. 훌륭한 제자며 좋은 단골 덕에 부수입도 꽤 짭짤했던 것 같아요."

"부수입? 족자나 단사쿠 판매 말인가?"

"뭐, 그렇죠."

소하치는 고개를 끄덕였다.

"저도 종종 물건을 들고 왔는데, 질이 좋기만 하면 대부분 어딘가로 중개해 주었습니다."

"자네, 최근에 뭔가 가져왔나?"

"예에……."

소하치는 어째서인지 말을 얼버무렸다.

"숨기면 안 되지. 솔직히 말하게. 정말로 무언가 가지고 왔었나?"

"바쇼와 기카쿠의 단사쿠를 들고 왔습니다."

"그뿐인가? 그래서 어찌 되었지?"

"아무래도 진품이 아닌 것 같다면서 상대해주지 않았습니다."

소하치는 쓴웃음을 지었다.

한시치는 문 앞의 어둑한 사방등 불빛으로 그 얼굴을 지그시 노려보다가 표정을 조금 바꾸었다.

"이봐, 소하치. 자네 왜 숨기나. 단사쿠며 시키시 외에 사범에게 무언가 보여주었지? 숨기지 말고 말해보게."

"예에."

"예에가 아니지. 똑똑히 말해. 어설프게 꿀 먹은 벙어리 흉내 내다가는 집에 돌아가지 못하네."

나쁜 짓깨나 하는 소하치도 한시치가 노려보자 안절부절못했다. 워낙 상대가 상대인지라 섣불리 숨기면 신상에 이롭지 않겠다고 금세 체념한 듯 솔직하게 털어놓았다.

"사실은 저도 그 일 때문에 골머리를 앓고 있어서……. 오늘 아침에도 그 때문에 사범을 찾아갔더니 저 지경이 나서……. 아이고, 정말 심장이 멎는 줄 알았어요."

그 일이란 예의 금붕어 이야기였다. 바쇼와 기카쿠의 단사쿠는 관심 없으나 금붕어라면 짚이는 데가 있다고 해서, 너댓새 지나 다시 상황을 살피러 가니 팔 만한 데가 있다고 했다. 소하치는 기뻐하며 돌아가 판매자 모토키치를 데리고 다시 기게쓰를 찾았다. 모토키치는 금붕어 한 쌍을 옻칠한 작은 통에 담아 소중하게 들고 갔다. 겉모습은 평범한 금붕어와 다를 바 없었으므로 먼저 눈앞에서 시험해보아야 한다기에, 기게쓰의 집에 있는 금속 대야에 뜨거운 물을 담아 가지고 갔다. 더운물에서 산다고 하더라도 팔팔 끓는 물에서는 견디지 못하므로 모토키치가 적당한 온도를 맞추어 금붕어를 풀어놓자, 두 마리 다 다홍색 꼬리를 흔들며 기운차게 헤엄쳤다. 기게쓰는 고개를 끄덕였다. 소하치도 새삼 감탄했다. 드디어 기게쓰의 손을 거쳐 어딘가에 팔기로 결정되었으나 기게쓰는 판매처를 밝히지 않았다. 자신에게 맡겨두면 반드시 좋은 가격으로 팔아주겠다고 했다. 기게쓰가 판매처를 밝히지 않는 이유는 이쪽이 부른 가격보다 비싸게 팔아 그 사이에서 이익을 취할 생각이기 때문임을 알았지만, 소하치와 모토키치는 더 이상 캐묻지 않았다. 기게쓰는 중개로 돈을 벌고, 판매자에게도 약속한 사례금을 받아 이중의 이익을 보는 셈인데, 드문 일은 아니었기 때문에 소하치도 의심하지 않았다. 두 사람이 잘 부탁한다고 말하고서 금붕어를 맡기고 돌아간 지 오륙일 뒤에 오요가 찾아와 언제라도 와도 된다는 말을 전하기에, 소하치는 그 길로 만나러 갔다. 기게쓰는 금붕어 대금 여덟 냥 두 푼을 문제없이 건네주었다. 소하치는 처음 약속대로 그중에서 두 냥을 사례금으로 놓고 돌아갔다.

이걸로 다 끝났다고 생각하고 있는데 사흘쯤 지나서 또다시 오요가 마중을 왔기에 별생각 없이 가보니, 기게쓰가 몹시 언짢은 얼굴로 기다리고 있었다. 그리고, 오랫동안 내 집을 드나들어 놓고 참으로 괘씸한 남자다, 저딴 가짜를 들고 와서 사기를 치다니 무슨 짓이냐, 하고 된통 혼을 냈다. 소하치가 쩔쩔매며 이유를 묻자, 예의 금붕어는 따뜻한 물에서 살지 못하는 평범한 놈이라는 것이었다. 분명히 여기서 시험했을 때 무사했고, 그 댁에 들고 가서 시험했을 때도 무사했으나 금붕어는 두 마리 다 다음 날 죽고 말았다. 짐작건대 평범한 금붕어 표면에 어떤 약을 발라 일시적으로 속인 게 틀림없다, 약이 점점 벗겨짐에 따라 약해진 금붕어가 죽은 것이리라, 그런 사기를 쳐놓고 그냥 넘어갈 줄 알았느냐, 나는 물건을 산 사람에게 체면을 잃고 말았다, 이 일을 어떻게 해줄 것이냐, 하고 이마에 핏대를 세우며 호되게 나무랐다.

"대장님께 드릴 말씀은 아니지만, 그때는 정말 난처했어요."

소하치는 새삼 한숨을 쉬었다.

3

"금붕어가 금방 죽어서 기게쓰는 상대편에게 면목이 없어졌다는 거로군."

한시치는 잠시 생각했다.

"애초에 살아 있는 것이지 않은가? 꼭 기르는 법이 틀려서 죽었다고도 할 수 없고, 날씨 때문에 잘못되었다고도 못 하지. 금붕어 역시 병에 걸리기도 하고. 그런데 일방적으로 이쪽 탓이라고만 하면 안 되지."

"제 말이 그 말이에요."

소하치는 호소했다.

"하지만 사범은 무슨 말로도 꿈쩍 안 했어요. 가짜를 판 게 분명하다, 평소 소행을 보면 네가 하는 말은 믿을 수 없다며……."

"평소에 어지간히 사기를 쳤나 보구먼."

"농담도, 참……."

소하치는 허둥지둥 부정했다.

"정말 그 사람은 옹고집이라 한 번 이렇다고 말하면 끝까지 굽히지 않아서……."

"그래서 어쨌나?"

"어쩌고 자시고도 없습니다. 그렇다고 그 집 출입이 금지되면 앞으로의 장사에도 지장이 있기에 마지못해 고분고분 물러났어요. 일단 모토키치에게 이야기했더니 대장님께서 말씀하셨던 것 같은 주장을 하며 순순히 들어주지 않았지요. 저도 양쪽에 끼어 이러지도 저러지도 못하고……. 오늘 아침에도 그 일로 사범 집에 들른 것인데 저런……. 정말로 깜짝 놀랐습니다."

"대체 모토키치는 어떤 자인가."

"혼조의 금붕어 가게 조카로 센주에 살고 있습니다."

소하치가 설명했다.

"거기도 자신의 숙모 집이에요. 그 집 이 층에서 신세를 지는 이렇다 할 직업도 없는 남자인데, 금붕어 가게를 하는 숙부가 구해준 거라서 이번 금붕어도 틀림없다고 생각하고 있어요. 모토키치는 절대로 가짜가 아니라고 주장하지만, 저도 그 방면에는 조예가 없어 실제로 어느 쪽인지 확실히 모르니까 참 난감합니다."

"모토키치는 몇 살인가?"

"스물셋일 겁니다."

"그래. 음, 오늘은 이 정도면 되겠지. 다시 부르면 바로 와주게."

"알겠습니다."

새장에서 풀려난 새처럼 소하치는 총총히 나갔다. 한시치가 그 뒷모습을 바라보며 난롯가에서 담배를 두세 대 연달아 피우고 있는데 어스레한 바깥에서 키 큰 남자가 보였다. 수하 마쓰키치였다.

"대장님, 돌아왔습니다."

"수고했다. 추웠겠구나. 어서 불 곁으로 오너라."

"정말 으스스하네요. 바람은 없지만 한기가 몸에 스밉니다. 조만간 눈이 내릴지도 모르겠어요."

마쓰키치는 자경소로 들어와 난로 앞에 앉았다.

"이 추운 날씨에 금붕어를 판다느니 산다느니, 같잖은 도락을 하니까 이런저런 소동이 이는 거야."

한시치는 쓴웃음을 지었다.

"그래서, 일은 어땠지? 조금은 걸려들었나?"

"음. 별것은 아닙니다만."

마쓰키치가 고개를 빼고 속삭이는 이야기는 이러했다. 기게쓰 집의 여급 오요는 센주의 잡화점 딸로, 집에는 어머니 오만과 올해 열세 살인 남동생 겐키치가 있다. 오요는 재작년 봄 근처 미토야라는 담뱃가게의 여급으로 들어가 처음으로 남의집살이를 했다. 미토야는 오래된 가게로 장사 외에 논밭 등을 가지고 있어 그 지방에서 상당한 위세를 떨치고 있으나, 주인이 사오 년 전에 죽고 지금은 안주인 오무쓰가 살림을 꾸리고 있다. 오요는 그곳에서 일 년가량 일하다가 그해 말에 그만두고 이듬해 삼월부터 오타마가이케의 기게쓰 집에서 두 번째 남의집살이를 시작했다. 오요가 미토야를 떠난 것은 스스로 그만둔 게 아니라 주인의 조카와 지나치게 사이가 좋은 모습이 눈에 띄어서 계약 기간이 끝나기 전에 해고당했다는 사람도 있다. 오타마가이케로 온 뒤로는 작년 백중 휴가에 센주의 친가에 한 번 돌아갔을 뿐 올해는 정월에도 백중에도 얼굴을 보이지 않았다. 주인댁에 사람이 없어서 좀처럼 집을 비울 수가 없다는 것이었다.

마쓰키치가 가기 전에 오타마가이케의 이웃 사람이 알리러 와서 오요의 집에서는 이미 딸의 변사를 알았지만, 안타깝게도 어머니 오만은 감기에 걸려 사오일 전부터 몸져누웠고 남동생 겐키치는 아직 어린애로 어떻게 할 방법이 없었기에 날이 저물면 이웃 사람들이 시체를 받으러 가기로 했다. 마쓰키치는 병자의 머리맡으로 다가가 이것저것 물었으나, 앞서 말했듯이 오요는 요즘 들어 좀체 집에 오지 않았다. 어머니가 두 번쯤 오타마가이케에 찾아갔지만 주인 기게쓰는 언제나 집을 비웠기에 대체 어떤 사람인지 얼굴조차 몰랐다. 그러니 주인집 사정 따위는 터럭만큼도 알지 못하며, 당연히 주인과 딸이 어떤 관계인지 알 턱이 없다고 오만은 대답했다. 오만은 정직한 시골 여자로, 거짓말을 할 것처럼 보이지 않았으므로 마쓰키치는 일단 그 정도로 해두고 돌아왔다.

"담뱃가게 조카란 것이 혼조의 금붕어 가게 친척인 모토키치라는 녀석 아닌가?"

한시치가 물었다.

"예, 맞습니다. 모토키치예요. 대장님 벌써 들으셨습니까?"

"골동품상 소하치에게 들었어. 모토키치가 소하치에게 부탁하고, 소하치가 기게쓰에게 부탁해 모처에 금붕어를 팔아넘긴 적이 있다고 하더군."

겨울 금붕어 이야기를 들은 마쓰키치는 몇 번이나 고개를 끄덕였다.

"알았습니다. 그러면 모토키치가 사범을 죽인 거군요."

"너도 그리 생각하느냐?"

"그야 대장님……."

마쓰키치는 목소리를 낮추었다.

"녀석이 판 금붕어는 가짜가 분명합니다. 그걸로 한 방 먹이려고 했건만 잘못해서 진상이 드러나는 바람에 기게쓰가 까다롭게 걸고 넘어졌어요. 결국 판 돈을 돌려주어야 하는 처지가 되었는데, 벌써 다 써버리고 한 푼도 없었던 거예요. 궁지에 몰리자 악의가 일어서……. 그렇게 된 거겠죠. 오요라는 여자는 모토키치와 예전부터 배가 맞아 남자의 사주로 주인을 죽인 겁니다."

"음."

한시치는 생각에 잠겼다.

"그러면 오요는 어째서 죽었지? 모토키치가 죽였나?"

"그렇죠. 오요를 부추겨서 사범을 죽인 것까지는 좋지만 그대로 살려두면 이 여자 때문에 꼬리를 밟힐 수도 있겠다 싶어서, 방심한 틈을 타 불시에 연못으로 밀어버린 거예요. 그렇지 않겠습니까?"

"호오, 앞뒤는 잘 맞는군. 그럼 너는 그 선에서 모토키치를 조사해 봐."

"바로 잡아 올릴까요?"

"어리석은 말 마."

한시치는 웃었다.

"혼자 장기를 두듯이 네 생각만으로 결정하고 덤벼들어서는 안 돼. 뚜렷한 증거도 없이 무턱대고 그런 짓을 했다가는 윗분들께 혼난다. 침착하게 행동하라고. 쇼타는 어디 있지? 녀석이랑 같이 가."

"예. 알겠습니다."

열에 아홉은 따놓은 당상이라는 얼굴로 마쓰키치는 위풍당당 나갔다. 다시 한 번 기게쓰의 집에 가서 그 뒤의 상황을 보고 오자는 생각에 한시치도 뒤이어 바깥으로 나왔다. 바람 없는 밤이지만 얼어붙을 듯한 추위가 몸에 스몄다. 그래도 십이월의 밤답게 초롱 그림자가 분주하게 오가는 길거리를 한시치는 생각을 굴리며 조용히 걸어갔다.

'역시 꺽다리 마쓰의 생각이 맞는 걸까.'

기게쓰의 집에는 많은 사람이 모여 있었다. 한시치가 나가고 나서 문하생이며 지인 등이 하나둘 모인 듯, 다다미 여섯 장짜리 거실과 다다미 석 장짜리 여급 방에 서로 밀치며 앉아 있었다. 전부 남자뿐이었다. 이웃 주민인 것 같은 여자 두세 명은 좁은 부엌에서 분주히 일하고 있었다. 다다미 넉 장 반짜리 방에는 주인과 여급의 시체가 뉘어 있고, 오요의 집에서는 아직 아무도 시신을 수습하러 오지 않았다고 한다. 빈지문이 전부 꽉 닫혀 있어서 향 연기는 온 집 안에 소용돌이치며 흘렀다.

도저히 비집고 들어가 앉을 만한 자리가 아닌지라 한시치는 부엌으로 돌아가 개수대가 있는 마루 끝에 걸터앉았다. 어느 부인이 작은 화로를 가져다주었다.

"많이 춥지요. 보시다시피 집이 좁아서."

부인은 안됐다는 듯이 말했다.

"신경 쓰지 마세요. 그런데 이 집 제자인 기초 씨는 오지 않았습니까?"

"왔어요. 불러올까요?"

"그러지 않으셔도 됩니다. 어디에 있는지만 알려주세요."

"저기 저쪽에……."

가르쳐준 방향을 발돋움해서 엿보니 좁은 집이라 바로 지척으로 보였다. 기초는 두 구의 시체 가장 가까이에 점잖게 앉아 말없이 고개를 숙이고 있었다. 무릎이 맞닿을 듯이 앉은 사람들 사이로 여러 개의 사방등과 촛대를 두어서 기초의 해쓱한 옆얼굴이 훤히 보였다. 기게쓰의 시체 곁에는 책상이 있고, 누가 올렸는지 모르지만 전별의 시구로 보이는 단사쿠가 예닐곱 장 놓여 있었다.

더 자세히 살피니 기초는 오른손 새끼손가락을 종이로 감싼 것 같았다. 한시치는 불현듯 떠올렸다. 오요의 왼쪽 새끼손가락에도 작은 고약이 붙어 있었다. 검시 때에는 아무도 신경 쓰지 않았으나, 기초의 다친 오른손 새끼손가락을 보자 두 사람 사이에 무슨 관계가 있을지 모르겠다는 생각이 들었다. 다시 한 번 오요의 시체를 검분해보고 싶었지만 시체에 손을 대려면 자신의 신분을 밝혀야 하므로 잠시 머뭇했다. 언제까지 노려만 보고 있어도 끝이 없다. 한시치는 몸을 더 빼고 말을 걸었다.

"기초 씨."

이름을 불러도 기초는 고개를 숙인 채 대답하지 않았다.

"기초 씨. 이분이 부르잖아요."

아까의 부인이 다시 부르자 기초는 비로소 얼굴을 들었다. 그는 사람들을 헤치고 부엌으로 나왔다.

"어디서 오셨지요? 어서 안으로 들어오세요."

기초는 어둑한 곳을 불로 비추며 정중하게 말했다.

"잠시 기초 씨에게 부탁드리고 싶은 게 있습니다. 저는 간다의 한시치라는 자로, 사건 수사 때문에 시체를 검분하러 왔습니다."

"그렇습니까?"

기초는 조금 당황하며 대답했다.

"걱정 마세요, 잠시만 보면 됩니다."

일단 양해를 구해두면 다른 충돌은 생기지 않으므로, 한시치는 성큼성큼 안으로 들어갔다. 사람들이 빤히 바라보는 시선을 지나 방 안의 시체 곁에 다가섰다. 기게쓰는 더 조사할 필요가 없다. 한시치는 오요의 시체 왼손을 들고 새끼손가락을 자세히 살폈다. 작은 고약이 젖은 채 붙어 있었다. 살짝 벗겨보니 칼에 베인 것 같은 상처 자국이 희미하게 남아 있었는데, 벌써 오륙일 이상 지난 듯 거의 아물어 있었다. 이 상처가 어제저녁 일어난 사건과 관계가 없음을 충분히 확인하고 한시치는 실망했다.

더 나아가 기초의 손가락 상처도 조사해보고 싶었지만 사람들이 가득한 곳에서는 아무래도 껄끄러워, 기초를 눈짓으로 불러내고서 부엌 밖으로 나갔다. 좁은 공터에는 우물이 있었다.

"사범이 큰 변을 당했는데, 짐작 가는 바가 없습니까?"

한시치는 두레우물 기둥에 기대어 먼저 물었다.

"전혀 모르겠어요."

기초는 작은 한숨을 쉬었다.

"이 집의 일은 당신이 가장 잘 안다는데, 사범이 다른 사람에게 원한을 살 만한 일이라도 있었나요?"

"그런 일은 없습니다."

"근래에 어딘가에 금붕어를 판 적이 있습니까?"

"그런 이야기는 들었지만 어디로 팔았는지는 잘 모릅니다."

기초가 대답했다.

"골동품상 소하치가 가짜를 가져왔다든가 하면서 몹시 성을 내셨어요."

"오요는 사범의 여자였나요?"

"글쎄요."

기초는 잠시 말하기를 주저했다.

"주변에서 그런 소리를 하는 사람도 있지만……."

"당신은 센주의 모토키치라는 남자를 압니까?"

"모르는데요."

"모토키치가 사범을 죽였다는 소문이 있던데……. 전혀 모릅니까?"

"모릅니다."

"당신, 손가락을 다친 모양이더군요."

한시치가 느닷없이 말했다.

기초는 입을 다물었다. 한시치는 불쑥 다가가 손목을 세게 붙잡았다.

"어째서 상처를 입었는지, 잠깐 보여주시죠."

한시치가 잡아끌자 기초는 반항하지 않고 부엌 입구까지 끌려갔다. 부엌에 있는 촛대의 불빛을 빌려 비추며 기초의 오른쪽 새끼손가락을 몇 겹이나 감은 종이를 푸니 상처에 댔던 하얀 면에 피가 배어 있었다. 한시치는 손목을 붙잡은 채 말없이 기초의 얼굴을 노려보았다. 기초도 아무 말 않고 눈을 내리깔았다.

"더는 발뺌 못 하겠지?"

한시치가 비웃었다.

"자경소까지 가자."

기초는 이미 각오를 다진 모양인지 순순히 바깥으로 끌려 나갔다.

4

"이걸로 자랑할 만한 공을 세웠다 했더니만 예상이 살짝 빗나갔어요."

한시치 노인은 이마를 쓰다듬으며 웃음을 터뜨렸다.

"이제 천천히 이야기하지요."

한숨 돌리며 차를 마시는 모습에 답답함을 느낀 나는 추궁하듯이 물었다.

"기초가 죽인 게 아닌가요?"

"아닙니다."

"그럼 모토키치라는 남자였습니까?"

"역시 아닙니다."

노인은 다시 웃었다.

어쩐지 일부러 애를 태우는 것 같아서 조바심이 났다. 나와 반대로 노인은 점점 느긋해졌다. 이런 사람을 애태우는 듯한 표정이 오늘은 조금 얄미웠다. 노인은 찻종지를 내려놓고 조용히 다시 이야기를 이었다.

"기게쓰를 죽인 건 오요였어요."

"오요……. 여급이 어째서 죽였답니까?"

너무 뜻밖이라 되묻고 말았다.

"들어보세요. 오요라는 여자는 계집애일 때부터 조숙했답니다. 열여섯 살 봄 센주의 담뱃가게에서 일하다가 그 집 조카인 모토키치와 배가 맞은 사실이 들통 나는 바람에 그해 말에 쫓겨나, 이듬해부터 오타마가이케의 기게쓰 집에 일하러 가게 되었다는 이야기는 이미 했지요. 주인은 홀몸, 들어와 살며 일하는 여급은 조숙하니 얼마 안 있어 둘은 관계하게 되었어요. 그래서 이웃들이 아무래도 단순한

286

여급이 아닌 것 같다고 숙덕였던 겁니다. 그런 여자라서 옛날 남자
인 모토키치에게 미련도 없고, 모토키치 역시 뒤를 쫓아다니지 않았
지요. 서로 깨끗하게 잊은 사이라 그쪽으로는 아무 문제도 없었습니
다. 그런데 문제는 지금 주인 기게쓰였어요. 그는 몹
시 투기가 심한 남자였지요. 그도 그럴 것이 자
신은 내일모레면 쉰을 바라보는데, 여자는
아직 열여덟. 이렇게 부모자식 만큼
나이 차가 나는 데다 하이카이 지도가 직
업이다 보니 젊은 제자들도 매일
드나듭니다. 엉덩이 가벼운
오요가 아무에게나 추파를
던지니 아무래도 원만할 리가
없지요. 오요가 그만두고
떠나는 일 없이 첩 같은 형태로
만 이 년이나 자리 잡고 일하는 사
이, 기게쓰의 질투는 점점 격렬해
져 때로는 아주 가혹한
체벌을 가하기도
했습니다. 심할
때는 여자를 발가
벗겨 밧줄로 팔다

리를 묶어서 여급 방에 한나절이나 방치해두기도 했답니다. 하지만 이웃의 눈 때문에 체벌은 아주 조용히 했어요. 여자 역시 어떤 짓을 당해도 절대로 소리 내는 법 없이 신기하게 이를 악물고 참았다고 합니다. 그래서 주인도 쫓아내는 일 없이, 여자 또한 도망치는 일 없이 평소에는 제법 정답게 살았지요. 이런 사정은 제자들도 대부분 어렴풋이 알고 있었지만, 그중에서 기초는 가장 가까이 드나들었던 만큼 뜻밖에 체벌 장면을 맞닥뜨리고, 말리기 위해 끼어든 적도 있다고 합니다."

"그렇게 자주 맞았다면 오요의 몸에 상처가 남았을 것 같은데요……."

검시 때 어째서 그 부분을 눈여겨보지 않았는지, 나는 한시치 노인의 부주의를 비웃어주고 싶었다.

"지당한 말씀입니다."

노인은 진지하게 고개를 끄덕였다.

"저희의 부주의라고 하셔도 정말 변명의 여지가 없습니다. 그러나 기게쓰의 체벌은 흔히 있는 학대처럼 때리거나 발로 차거나 꼬집거나 하는 게 아니었어요. 입에 담기에도 민망한 잔혹하고 음란한 형벌을 가해서, 시체의 몸을 한차례 살펴본 정도로는 알 수 없었습니다. 그 부분은 이해해주시기 바랍니다. 기초가 늘 중재역을 맡는 사이 천성이 바람둥이인 오요는 그런 체벌에도 질리지 않고 기초에게 꼬리를 치기 시작했어요. 기게쓰가 잔인하게 굴면 굴수록 여자는

고집을 세우고 점점 애태웠지요. 요즘 말로 하면 둘 다 잔혹한 것을 즐기는 사람들이었다고 해야 할까요. 그런데 기초라는 남자가 또 괴짜였어요. 하이카이와 풍류에 심하게 몰두하다 보니 오요가 아무리 에둘러 떠봐도 일절 상대하지 않았어요. 결국 여자도 애가 닳아 서툰 글씨로 연문 따위를 보내게 되었어요. 이리되자 제아무리 괴짜라도 모른 체할 수 없지요. 그렇다고 솔직하게 사범에게 이르면 또 무슨 사달이 날지 모르므로 기초는 처치 곤란에 빠졌습니다. 오요의 열기는 점점 뜨거워져 심부름을 갔다 오다가 일부러 길을 돌아 기초의 집에 쳐들어오게 되었기에, 괴짜도 드디어 궁지에 몰렸어요. 이런 여자를 사범 집에 두는 건 좋지 않다, 앞으로 어떤 일을 일으킬지 모르니까 어떻게든 쫓아냈으면 하고 생각했지만 사범에게 대놓고 말하기 어려웠겠지요. 대신 하이카이 지도를 부탁하러 갈 때마다 반드시 두세 구 중 하나씩은 낙엽(落葉)이나 단풍(紅葉) 같은 주제로, 낙엽은 쓸어내 버려야 한다든가 단풍을 뜯어 버려야 한다는 식의 시구를 넣었다고 합니다. 오요(お葉)라는 여자의 이름에서 딴 암시예요. 정말 풍류객다운 꾀지요. 번번이 같은 시를 지어서 기게쓰도 조금 이상하게 생각하고 있는데, 맨 마지막에 가지고 간 것이 '낙엽이 지면 달빛 더 찬란하리' 인가 하는 시였다고 합니다. 낙엽은 예의 오요이고, 달(月)은 기게쓰(其月)의 이름에서 집어넣은 것이겠지요. 오요를 쫓아내면 기게쓰의 빛도 더하리라는 의미. 그것을 읽고서야 기게쓰도 비로소 깨달았습니다만, 여느 때처럼 질투심으로 이상하게 비뚤어 생각했어요."

"기초와 오요가 정분이 났다고 믿었나요?"

"바로 그겁니다. 필시 두 사람이 모르는 사이에 정이 통한 것이다, 여자가 사범 집에 있으니 마음대로 밀회도 못하고 그렇다고 그만두고 싶다고 하면 눈치챌지도 모르니까 어떻게든 이쪽에서 여자를 자르게 해서 자유롭게 즐기려는 속셈이겠거니 하고 비뚤어지게 받아들이고 말았어요. 그 방면으로는 반미치광이 같은 사람이다 보니 오로지 나쁜 방향으로만 골몰하기 시작해 늘 그래 왔듯이 오요를 괴롭히기 시작했지요. 게다가 이번에는 기초의 시라는 증거까지 있으니 감당하기 어려웠어요. 오요는 더 견디지 못하고 기초 앞으로 장문의 편지를 썼습니다. 주인에게 이렇게 심한 학대를 받으면서 이 이상 살 수 없다, 차라리 주인을 죽이고 당신 곁으로 가겠다고 쓰고 자신의 새끼손가락에서 낸 피를 묻힌 편지를 살그머니 기초에게 보냈어요. 편지를 받은 기초는 놀랐지만, 설마 진짜 그런 짓을 할 리가 없다, 위협하기 위해 써서 보냈으리라 생각하고 사오일 그대로 방치한 게 실수였습니다. 오요의 왼쪽 새끼손가락 상처는 그때 생긴 것이겠지요. 그로부터 사오일 후에 기초가 오타마가이케로 찾아간 게 마침 그 사건이 있었던 밤이에요. 저녁 여덟 시경이었다고 하더군요. 평소처럼 문을 열고 들어가니 사범의 방은 온통 피투성이고, 사범은 책상 앞에 쓰러져 있어 앗 하고 꼼짝 못하고 서 있는데, 여급 방에서, 기초 씨, 기초 씨, 하고 부르는 소리가 들리더랍니다. 그게 오요인 줄 알면서도 기초는 넋이 나간 것처럼 그저 우두커니 서 있었대요.
이윽고 오요가 방에서 나와, 주인어른은 제가 죽여버렸어요, 하고
아무렇지도 않게 말하더랍니다. 그 말을 듣고 기초는 정말 깜짝 놀
랐습니다. 오요는 정말로 주인을 죽일 작정으로 기게쓰가 하이카이
를 첨삭하는 틈을 타 뒤에서 불시에 면도칼로 찔렀다고 해요. 더 놀
라운 점은 그렇게 주인을 죽여 놓고서 피 묻은 손을 부엌에서 깨끗
이 씻고 손톱까지 다듬고, 새 옷으로 갈아입고 피가 튄 옷은 잘 개서
고리짝 바닥에 집어넣고서 머리를 정리하고 나갈
채비를 하고 있던 참이었다는 거지요. 어
리석다고 해야 할지, 대담하다고 해야
할지, 너무 배짱이 좋아서 기초도
어안이 벙벙해졌다고 합니다."

"그렇겠지요."

나 역시 절로 한숨이 나왔다.

"그런데 그때부터가 더 큰 일
이에요."

노인은 얼굴을 찌푸렸다.

"기가 막혀 멍하니 있는 기초를
붙잡고 오요는 당장 당신 집으로
데려가 달라고 했어요. 기초는
이제 어이가 없기보다 공포가

치밀어서 제대로 대꾸도 않고 가만히 서 있는데 오요가 갑자기 눈빛을 바꾸고, 이런 모습을 보인 이상 그냥 둘 수 없다, 순순히 나를 데려가지 않으면 여기서 너도 죽이고 나도 죽겠다, 하며 기게쓰를 살해한 면도칼을 들이밀어서, 기초도 절체절명. 그래도 남자인지라 강제로 여자에게서 칼을 빼앗고서 반쯤 넋이 나가 정원으로 도망치자 오요도 따라서 뛰어내려 와요. 그 순간 풀린 자신의 오비에 다리가 걸려 오요는 비틀거리다가 못 속으로 빠져버렸지요. 기초는 너무 무서워서 뒤가 어떻게 되었는지 돌아보지도 않고 구르듯이 바깥으로 도망쳐 나와 죽자사자 자신의 집까지 달려가 대문을 걸어 잠그고 숨죽이며 밤이 밝기를 기다렸다고 합니다. 오른손 새끼손가락의 상처는 오요의 손에서 면도칼을 빼앗을 때 찔려서 베인 것으로, 당시에는 정신이 없어서 몰랐지만 시간이 흐르자 점점 아파져 그제야 상처가 난 줄 알았답니다."

"기초는 어째서 좀 더 빨리 알리지 않았을까요."

"저도 처음에는 그것을 의심했지만, 기초의 자백이 거짓이 아님은 오요의 피 묻은 편지를 보고 알았습니다. 그때까지 받은 연문은 모두 찢어버렸지만, 마지막 편지만은 그대로 책상 서랍에 넣어두어서 기초에게 아주 유리한 증거물이 되었습니다. 바로 신고하지 않은 까닭은 이 일을 표면화하면 모든 비밀을 전부 밝혀야 하기 때문이었어요. 첫째로 사범의 수치, 둘째로 자신도 연루되어 벌을 받을지도 모른다는 점을 염려하여 입을 다물었던 겁니다. 사범을 죽인 범인을 알지 못한다면 몰라도, 오요는 이미 자멸했으니까 시치미를 떼고 흐지부지 묻으려고 했던 모양입니다. 알면서 모르는 척하는 것은 나쁜 짓이지만 사정을 헤아려보니 측은한 부분도 있었기에, 훈방 조치로 용서해주었습니다."

"그러면 금붕어 사건은 아무 관계가 없었던 거군요."

"확실히 알 수는 없어요."

노인이 말했다.

"장본인인 기게쓰가 죽어버려서 어디로 팔았는지 모르기도 하고요. 하나하나 수색하다 보니 아무래도 아사쿠사의 후다사시(하타모토나 고케닌 대신 녹미를 수취 및 판매하고 수수료를 받거나, 그 쌀을 담보로 돈을 빌려주던 사람—옮긴이)의 집인 듯하다는 사실을 알아냈는데, 일이 이렇게 되자 그쪽에서도 번거로운 사건에 연루될까 하여 아무것도 모른다고 시치미를 떼, 더 조사할 도리가 없었습니다. 모토키치와 소하치가 살인 사건과 관련이 없다는 것만은 명백했지만, 금붕어가 진짜인지 가짜인지는 끝내 밝혀지지 않았습니다. 이런 괴이한 것은 사는 쪽도 나쁘다고들 생각했으니, 설령 가짜를 팔았다는 사실이 밝혀져도 중죄를 묻지는 않았겠지요. 겨울 금붕어도 괴이하지만, 사범과 여급도 괴이한 인간에 속한다 하겠습니다. 요즘 의사에게 보여주면 뭐라 뭐라 병명을 붙일지도 모르겠군요."

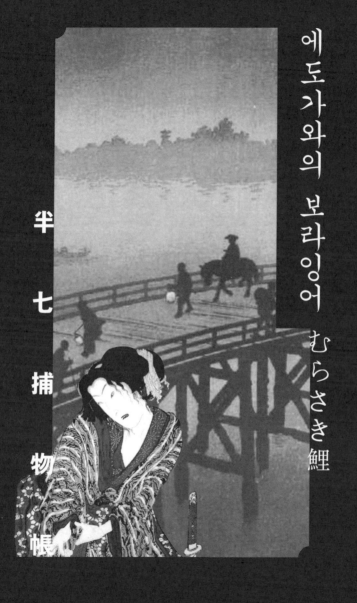

에도가와의 보라잉어 むらさき鯉

半七捕物帳

1

"옛날 사람 이야기는 서론이 길어서 요즘 젊은 분께는 감질나겠지만, 이야기하는 사람으로서 역시 자세히 설명해두지 않으면 안심이 안 되니, 이것도 인과라고 생각하시고 참고 들어주세요."

한시치 노인은 평소와 다름없는 말투로 웃으면서 이야기를 시작했다. 메이지 삼십일 년(1898년) 시월 낮부터 추적추적 내린 가을비 때문인지 이전에 노인이 들려준 〈쓰노쿠니야〉 괴담이 떠오르는 저녁이었다. 내가, "오늘 같은 밤에는 괴담을 들려주지 않겠습니까?" 하고 언제나처럼 무람없이 조르기 시작하자 노인은 잠시 고개를 갸웃거리며 생각하더니, "재미있을지 없을지 모르겠지만 그럼 이런

이야기는 어떻습니까" 하고 천천히 입을 열었다.

노인의 첫마디가 맨 위의 문장이다.

"감질나다니 무슨 말씀을요. 가능한 한 자세히 설명을 덧붙여주세요."

내가 대답했다.

"그렇지 않으면 저희는 전혀 알아듣지 못하니까요."

"겉치레라도 그리 말씀해주시니 저도 이야기하기가 편해집니다. 옛날이랑 지금은 하나부터 열까지 달라서 그런 사정들을 먼저 알아두시지 않으면 이야기할 수가 없어요."

노인이 말했다.

"이야기의 무대는 에도가와 강입니다. 멀리 있는 가쓰시카의 에도가와 강이 아니라 에도의 고이시카와와 우시고메 사이를 흐르는 에도가와 강으로……. 요즘에는 제방에 벚나무를 심고, 사방등이며 초롱을 달아 신(新)고가네이(고가네이는 도쿄 중부의 유명한 벚꽃 명소─옮긴이)라고 불리는 명소가 되어 있지요. 저도 올봄 처음으로 밤 벚꽃 구경을 갔는데, 강에는 배가 뜨고 강가에는 많은 사람이 밀치락달치락 걷고 있더군요. 참으로 변화하여 놀랐습니다. 에도 시대에는 그 일대가 전부 무사님들의 저택이라, 밤 벚꽃은커녕 날이 저물면 여자 혼자서는 지나지 못할 정도로 한적한 곳이었지요. 게다가 수심도 지금보다 훨씬 깊었어요. 그도 그럴 것이 후나카와라바시 다리 아래에서 물을 막아두었거든요. 어째서 막았느냐 하면 옛날에는 금어교(禁漁橋)로 지정되어 여기서는 살생 금지, 망을 치는 것도 낚시질도 할 수 없어서 잉어 따위가 아주 많이 살았는데 그 어류를 보호하기 위해 충분한 양의 물이 필요했기 때문입니다. 완전히 막아버리면 위에서 떨어지는 물이 양쪽 강가에 흘러넘치니까 보를 낮게 만들어서 물이 그곳을 넘어 간다가와 강으로 떨어지게 되어 있었어요. 그렇게 긴 강이 여기서 한 번 멈췄다가 떨어지니까 물소리가 밤이건 낮이건 세차서 그 일대를 흔히 쿵쿵이라고 불렀습니다. 물소리가 쿵쿵하고 울려서 쿵쿵이라고 했는데 후나카와라바시 다리라고 쓰지 않고 쿵쿵 다리라고 씌어 있는 에도 도감이 있을 정도예요. 지금도 그렇지만 옛날에는 더욱 물살이 세서 쿵쿵 주변을 가야가후치라고도 했습니다. 언제인지 모르지만 어느 집 새댁이 봇둑을 내려가 모기장(가야—옮긴이)을 빨다가 급류에 모기장이 휩쓸려가는 순간 함께 굴러 떨어져 빠져 죽고 만 탓에 그 일대를 가야가후치라고 부르며 무서워했던 겁니다."

"가야가후치 얘기는 알지 못했지만 제가 어릴 때도 아직 그 주변을 쿵쿵이라고 부르며, 야마노테에 사는 사람들은 곧잘 낚시를 하러 갔었죠. 하지만 잉어는 좀처럼 잡히지 않았어요."

"그야 선생이 솜씨가 없어서죠."

노인은 또 웃었다.

"얼마 전까지 제법 큰 잉어가 낚였다고요. 하물며 살생 금지의 금어 구역이었던 에도 시대에는 커다란 물고기가 잔뜩 있었어요. 특히 이 강에 사는 잉어는 보라잉어라고 해서 머리부터 꼬리지느러미까지 짙은 보라색을 띠고 있기로 유명했습니다. 저도 지나가다 보라잉어가 헤엄치는 모습을 두세 번 본 적이 있는데, 보통 잉어처럼 검지 않았습니다. 그런 잉어가 잔뜩 헤엄치는 모습을 보면서도 아무도 손대지 못해요. 하지만 어느 시대에도 교활한 사람은 사라지지 않는 법이라 금기를 알면서 때때로 자신이 아코기의 헤이지(아코기 포구는 어류 포획이 금지되어 있었으나 헤이지라는 자가 어머니의 병을 치료하기 위해 매일 밤 묘약이라 불리는 아코기 포구의 홍대치를 잡다 처벌받은 사건—옮긴이)인 줄 아는 놈이 있어요. 이 이야기도 그래서 일어났습니다."

분큐 삼 년(1863년) 오월 중순. 매일 내리는 장맛비도 오늘은 드물게 저녁부터 잠시 멎었으나 별 하나 보이지 않는 어두운 밤이었다. 우시고메 무료지(無量寺) 문전 마을의 작은 짚신가게 문을 두드리는 자가 있었다. 무료지 문전 마을이란 오늘날의 쓰쿠도하치만초이다. 요즘 들어 비가 그칠 줄을 몰라 짚신가게는 휴업이나 다름없는 데다 주인인 남편 도키치는 초저녁부터 나가서 부인 오토쿠가 일찍 가게를 닫고 안쪽 화로 앞에서 유카타를 수선하고 있을 때, 바깥 문을 살며시 두드리는 소리가 들렸다. 오토쿠는 바느질을 멈추고 얼굴을 들었다. 벌써 밤 열 시가 다 되었다. 이렇게 늦은 시각에 물건을 사러 온 것도 아니리라. 길을 묻는 사람인가 보다 하고 생각하며 오토쿠는 앉은 채 말했다.

"예, 무슨 일이세요?"

바깥에서 또다시 문을 두드렸다.

"누구세요? 물건 사시게요?"

오토쿠가 다시 물었다.

"실례합니다."

낮은 목소리가 들렸다.

뭐가 뭔지 알 수 없어서 오토쿠도 하는 수 없이 일어났다. 좁은 가게 앞으로 나가 재차 무슨 용건이냐고 묻자 바깥에 서 있던 여자가 가느다란 목소리로 주인을 만나 뵙고 싶다고 했다. 바깥양반은 지금 집에 없다고 대답하니, 그럼 안주인을 만나게 해달라고 하기에 오토쿠가 일단 바깥문을 열었다. 밤눈으로도 하얘 보이는 얼굴을 숙이고, 근심이 있는 것처럼 풀이 죽어 오도카니 서 있는 가냘픈 여자가 어둑한 사방등 불빛에 어렴풋이 비쳤다.

"무슨 일이신지?"

"실례지만 가게 안으로 들어가도 될까요?"

여자는 조심조심 말했다.

처음 본 여자가 한밤중에 다른 사람 가게에 들어오려 하다니 참으로 미심쩍었지만, 오토쿠는 벌써 서른을 넘겼다. 상대는 연약해 보이는 여자 한 명, 무서워할 것도 없으리라고 대수롭지 않게 여기고 가게 안으로 들였다. 여자는 뒤를 돌아보면서 살며시 바깥문을 닫고 들어왔다. '대체 무슨 이야기를 하려는 걸까' 하고 생각하며 고개 숙인 상대의 얼굴을 들여다보고 있자니 이윽고 여자가 중얼거리는 목소리로 말을 꺼냈다.

"밤늦게 찾아와서 갑자기 이런 말씀을 드리면 이상하게 여기시겠지만, 저는 근방에 사는 자로 간밤에 이상한 꿈을 꾸었어요."

"아, 그래요."

오토쿠는 신기하게 상대를 쳐다보았다. 생각지도 못한 소리에 어리둥절한 기분이었다.

"한 남자가……. 보라색 기모노를 입고 갓을 쓴 기품 있는 사람이었어요. 그이가 제 머리맡에 찾아와서, 자신의 목숨이 오늘내일한다, 부디 당신의 힘으로 도와주기를 바란다, 하고 말하지 않겠어요. '대체 당신은 어디의 누구십니까' 하고 물으니, 나는 무료지 문전 마을에서 짚신가게를 하는 도키치라는 사람 집에 있다, 거기에 가면 자연히 알게 된다고 했어요. 그 말을 들은 순간 꿈에서 깨어났어요. 어차피 꿈이겠거니 하고 신경 쓰지 않으려고 했지만, 밤이 되어 생각해보니 어쩐지 마음에 걸려서 결국 결심하고 이런 시각에 찾아뵙게 되었어요……."

점점 종잡을 수 없는 이야기에 오토쿠는 그저 묵묵히 듣고만 있었다. 여자는 한숨을 쉬고서 이야기를 이었다.

"단순한 꿈이었다면 저도 이렇게까지 마음이 쓰이지 않았을 텐데, 사실은 아침에 일어나 보니 머리맡에 물고기 비늘 같은 것이 한

장 떨어져 있어서……. 보랏빛이 감도는 금색으로 빛나고 있었어
요."

오토쿠의 얼굴색이 급변하며 무심코 부엌을 돌아보았을 때 부엌
에서 커다란 물고기가 펄떡이는 듯한 소리가 들렸다. 여자 손님도
귀를 기울였다.

"안에서 무언가가 뛰어오른 것 같은……."

오토쿠는 역시 아무 말도 하지 않았다.

"지금 말씀드린 이야기로 마음에 걸리는 일이 없으세요?"

여자는 조용히 말했다.

"글쎄요, 딱히……."

오토쿠는 말을 흐리며 대답했지만 그 목소리는 조금 떨렸다.

"전혀 짐작이 가지 않으시나요?"

부엌에서는 또 물고기가 펄떡이는 소리가 들렸다. 여자는 소리가
나는 쪽으로 몸을 빼 들여다보면서 다시 말했다. 그녀의 목소리도
조금 떨렸다.

"부탁드려요. 짐작 가는 게 있으시다면 제발 가르쳐주셔요……."

그렇게 호소하는 목소리에 원망하는 마음이 담겨 있는 것처럼 들
렸기에 오토쿠는 또다시 부르르 몸이 떨렸다. 조금 전 이야기를 듣
고 오토쿠도 내심 짐작 가는 바가 있었다. 얼마 전부터 남편 도키치
는 에도가와 강 쿵쿵 다리 주변에서 살생이 금지된 보라잉어 밤낚시
를 시작했다. 실제로 어제저녁에도 커다란 잉어 한 마리를 낚아왔

다. 거기에 맛을 들여 오늘도 초저녁부터 낚시 도구를 챙겨 나갔다. 어제저녁 잡은 잉어는 대야에 담은 채로 부엌 바닥 아래 저장고에 숨겨두었다. 그 사실을 아는 듯한 이 여자는 대체 누구일까. 오토쿠는 불안했다.

여자 이야기가 진짜라면 잉어가 꿈속에 나와 도움을 청했다는 소리다. 만약 거짓이라면 남편이 살생이 금지된 곳에서 잉어를 잡은 것을 알고 은밀히 상황을 살피러 온 건지도 모른다. 어느 쪽이든 기분 나쁜 여자 손님을 오토쿠는 어떻게 다루어야 좋을지 몰랐다. 여자가 들어오자마자 지금까지 얌전했던 부엌의 잉어가 갑자기 몇 번이나 펄떡이는 것도 신기한 데다, 얼굴에 수심을 띤 여자의 원한을 담은 목소리가 오토쿠를 공포에 밀어 넣었다. 어쩌면 꿈 이야기는 지어낸 것으로 이 여자는 보라잉어와 무슨 인연이 있는 게 아닐까 하는 의심도 솟구쳤다. 오토쿠가 어두운 사방등 불빛으로 잘 살펴보니 여자의 머리는 물에서 나온 것처럼 젖어 있었다. 지금은 비도 그쳤는데 어째서 젖었을까 하고 의심은 한층 강해졌다. 물에서 나온 걸까 하는 생각이 들자 기가 센 오토쿠도 겁이 났다.

"저기, 안쪽에서 뛰어오르는 소리가 들렸는데 무엇이지요?"

여자가 물었다.

"무슨 소리가 들렸나요?"

오토쿠는 시치미를 떼고 대답했다.

"낙숫물 소리인가."

궁색한 변명을 부정
하듯이 부엌의 잉어는
또 뛰어올랐다.

"아주머니, 부디 숨기지
말아주세요."

여자는 원망스럽게 말했다.

"조금 전에 말씀드렸듯이 제 머리맡에 보라
색 비늘이 떨어져 있었어요. 지금 안에서 펄떡인 것은
물고기가 분명합니다. 물고기가 뛰어오르는 소리예요. 제
평생소원입니다. 부디 그 물고기를 한번 볼 수 있게 해주세
요. 그 물고기는 분명히 보라색일 거예요."

오토쿠도 더 이상 대꾸할 말을 찾지 못하고 그저 오들오들 떨
고만 있었다. 여자의 태도는 점점 위압적으로 변했다.

"죄송합니다. 잠시 안에 들어가서 보고 오겠어요."

일어나서 안으로 들어가는 여자를 저지할 힘도 없었다. 여자가 일
어난 자리를 보니 다다미 위가 어두워진 것처럼 젖어 있었다. 오토
쿠는 흠칫 소름이 끼쳤다.

2

수상한 여자는 부엌 바닥의 저장고 아래에서 보라잉어를 꺼냈다. 그녀의 양팔에 안겨 얌전히 옮겨지는 잉어를 오토쿠는 멍하니 바라보았다. 여자는 돌아가면서 오토쿠에게 말했다.

"고맙습니다. 지금은 달리 사례할 것이 없습니다만, 앞으로 뒤에서나마 아주머님 부부의 신변을 지켜 드리겠습니다."

여자는 발소리도 내지 않고 바깥으로 나갔다. 그 모습은 오월의 어둠 속으로 사라져버렸다. 오토쿠는 여자가 떠나는 모습을 눈으로 좇으며 휴 하고 한숨을 쉬었다. 꿈을 꾼 게 아닐까도 싶었지만 점점 진정이 되어 생각해 보니 수상한 여자는 아무래도 에도가와 강 밑바닥에서 나온 듯이 여겨졌다. 평범한 인간이라면 아무리 꿈의 계시가 있었다고 한들 다른 사람 집 생선을 그냥 가져가는 법은 없다. 그에 걸맞은 상당한 보상을 해야만 하는데, 그녀는 지금은 달리 사례할 것이 없다고 말했다. 그 대신 뒤에서나마 당신들 부부의 신변을 지키겠다고도 했다. 평범한 인간이 할 수 있는 말이 아니다. 여자는 분명히 영험한 무언가일 거라고 오토쿠는 생각했다. 그리고 여자가 다시 돌아올까 두려워 바깥문에 빗장을 걸었다.

'그래도 순순히 잉어를 건네줘서 다행이야. 괜스레 거역했다면 어떤 저주를 받았을지 모르잖아.'

금단의 물고기를 잡았다는 것이 이미 피할 수 없는 죄다. 불안감에 끊임없이 시달리고 있던 참에 이런 수상한 여자까지 찾아와서 오토쿠의 마음은 불안감에 휩싸였다. 남편이 돌아오면 당장 이야기하고 오늘로 밤낚시를 못 하게 해야겠다고 생각하면서 다시 화로 앞에 앉았을 때 처마의 낙숫물 소리가 들렸다. 또 내리기 시작했나 하고 귀를 기울이자 빗소리는 점점 강해졌다. 그 소리가 오늘 밤 오토쿠에게 유난히 쓸쓸히 들려 빛바랜 홑옷의 옷깃이 춥게 느껴졌다. 감기라도 걸렸나 하고 어깨를 움츠려 몸을 떨었을 때 바깥문을 가볍게 두드리는 소리가 들렸다. 남편이 돌아왔나 보다고 생각하면서도 조금 전 여자 손님 때문에 겁에 질린 오토쿠는 바로 일어나기를 망설였다. 바깥에서 애가 타는 듯한 작은 목소리가 들렸다.

"이봐. 벌써 자나?"

남편 목소리임을 확인하고 오토쿠는 안심했다.

"당신이에요?"

"그래, 나야. 빨리 열어."

작고 빠른 말투다.

오토쿠가 서둘러 바깥문을 열자 대오리로 만든 삿갓을 쓴 도키치가 흠뻑 젖어서 들어왔다. 손에 아무것도 들고 있지 않았다.

"낚시 도구는요……?"

오토쿠가 물었다.

"그런 걸 챙길 때가 아니야. 큰일 났어."

손발에 묻은 진흙을 씻고 젖은 기모노를 갈아입은 도키치는 무척 지친 듯 화로 앞에 털썩 앉았다. 도키치는 좋아하는 담배도 피우지 않은 채 먼저 화로의 서랍에서 커다란 그릇을 꺼내 다 식은 주전자의 물을 단숨에 세 잔 정도 들이켰다. 원래 창백한 남편의 얼굴이 한 층 더 파리해진 것을 보고 오토쿠의 심장은 또다시 쿵쾅거렸다.

"당신, 무슨 일 있었어요?"

걱정하며 들여다보는 부인의 눈빛을 피하듯이 도키치는 고개를 숙이고 한숨을 쉬었다.

"나쁜 짓은 할 게 못 돼. 정말 큰일이 났어."

"그러니까 그 큰일이란 게 뭐냐고요. 답답해 죽겠네. 뜸 들이지 말고 빨리 말해봐요."

"사실은……. 다메가 강으로 끌려갔어."

다메는 마을의 에치젠야라는 작은 종이가게 주인으로 짚신가게와는 전혀 상관없는 장사지만, 도키치와 함께 서당을 다닌 친구이고 둘 다 취미 삼아 낚시를 즐겨서 평소 가까이 왕래하며 같이 배낚시며 바다낚시를 하러 가는 일도 드물지 않았다. 그런 취미가 결국 두 사람을 금지된 낚시터로 이끌었다. 오토쿠는 자기 남편의 죄는 생각도 않고 함께 다니는 다메를 나쁜 친구라며 남몰래 원망했다. 그런 다메가 강에 빠졌다는 이야기를 듣고 놀랄 수밖에 없었다.

"다메 씨가 끌려갔다니……. 갓파(강에 사는 요괴—옮긴이)에게요?"

"갓파나 수달이 아니야. 물고기에게 당했어. 나도 놀랐다고."

도키치는 얼굴을 찡그리며 속닥였다.

"평소처럼 둑을 내려가서 둘이 나란히 낚시를 하는데, 다메가 작은 목소리로 물었다고 하더군. 하지만 좀처럼 끌어당기지 못하더라고. 엄청나게 큰 녀석인 것 같아서 내가 옆에서 놓치지 않게 조심하라고 말했어. 좌우간 온통 캄캄해서 뭐가 뭔지 보여야지. 그래도 겨우겨우 잘 조절해서 웬만큼 가까이 끌려왔는지 다메가 뜰채를 가지고 건져 올리려고 했어. 그 순간 지금까지 어두웠던 물 위가 갑자기 밝아져서 뭐 저런 금처럼 번쩍번쩍 빛나는 게 다 있나 하는데, 커다란 물고기가 뛰어오르는 소리가 나더니 다메가 악 소리를 지를 새도 없이 미끄러졌어. 깜짝 놀라서 잡으려고 했지만 이미 늦었어. 앞뒤 분간도 못하게 어두운데 요즘 계속 비가 내려서 물도 많아졌고. 어차피 손을 쓸 수 없는 지경이라 우왕좌왕하다가 그래도 하류로 흘러가는 사이에 물가까지 헤엄쳐 왔을지도 모른다는 생각에 어두운 둑 아래를 탐색하며 쿵쿵 보의 물이 떨어지는 곳까지 가 봤지만 새카만 어둠 속에서 물소리만 쿵쿵 하고 들리고 다메가 올라올 기미는 없었어. 다메도 수영깨나 하지만 물살이 엄청나게 빨라서 어쩌지 못한 모양이야."

"이름이라도 불러 보지 그랬어요……."

오토쿠가 말참견했다.

"그럴 수가 있어야지."

도키치는 고개를 가로저었다.

"다른 곳이었다면 이름만 불렀겠어? 큰 소리로 근처 사람들을 불러서 어떻게든 살릴 방도를 찾았겠지. 그렇지만 장소가 장소라 괜히 큰 소리를 냈다가는 나까지 위험해진다고. 이렇게 되어버렸으니 하는 수 없다, 다메가 운이 나빴다고 포기하고 그냥 돌아온 거야. 아무래도 마음이 편치가 않아. 아휴, 소름끼쳐."

"정말 무섭네요."

오토쿠도 한숨을 쉬었다.

"그러니까 내가 그렇게 하지 말라고 했는데 당신들이 듣지 않고 나가니까. 다메 씨만이 아니라 우리 집에도 무서운 일이 있었어요."

"무슨 일이 있었는데?"

도키치가 불안한지 당황하며 물었다.

"설마 다메가 찾아온 건 아니겠지."

"다메 씨가 오겠어요? 수상한 여자가 찾아왔어요."

수상한 여자에게 잉어를 빼앗긴 이야기를 부인에게 듣고서 도키치의 안색이 점점 변했다.

"그것참 이상하구먼. 그 여자는 대체 누구지?"

"저기, 혹시 강에서 나온 게 아닐까요?"

오토쿠는 바싹 다가가 속삭였다.

"으음, 내 생각에도 어쩐지 그런 것 같아. 어제 잡은 게 수컷 잉어고, 그 부인이 되찾으러 온 게 아닐까."

"돌려줬으니 망정이지, 무서워 죽겠어요."

"참 이상하네."

도키치는 그렇게 말하며 새삼 바깥을 돌아보았다.

"바깥에서는 다메가 일을 당하고, 안에서는 그런 여자가 쳐들어 오다니. 아무리 생각해도 보라잉어가 우리에게 벌을 주려는 모양이 야. 정말 나쁜 짓은 할 게 못 돼. 이제 난 낚시에서 손 떼겠어."

"그건 그렇고 에치젠야는 어쩔 거예요? 모른 척하고 있을 수도 없 잖아요."

"나도 지금 생각 중이야. 나와 함께 간 건 그 집 안주인도 알고 있 을 테니까."

"그러니까 모른 척하고 있을 수 없다는 거예요. 당신, 지금 당장 가서 알리고 오세요."

"지금 말이야?"

도키치는 다시 얼굴을 찡그렸다.

"내버려둘 수도 없잖아요. 밤이 깊었어도 바로 요 앞이니까 빨리 갔다 오세요."

쫓아내듯이 볶아쳐서 도키치는 마지못해 집을 나섰다.

3

"그이는 대체 무얼 하는 거지."

그로부터 이 각 남짓 지나도록 남편 도키치가 돌아오지 않는다.

오토쿠는 새로운 불안이 일었다. 이 각이라면 지금의 네 시간이다. 도키치가 나간 게 밤 열 시가 조금 지났을 무렵이고, 이치가야 하치만의 종이 새벽 두 시를 알리고서 벌써 한 시간은 지난 것 같은데 도키치는 아직 돌아오지 않았다. 혹시 에치젠야의 안주인 부탁으로 다메 씨의 시신을 찾으러 간 걸까. 온갖 기괴한 사건이 이어지는 가운데 잔뜩 겁을 먹은 오토쿠는 도무지 진정하고 있을 수 없어, 밤이 깊어질수록 점점 굵어지는 빗발을 헤치고 에치젠야를 찾아갔다.

에치젠야는 반 정밖에 떨어져 있지 않아서 금방 도착했다. 바깥문을 닫은 종이가게는 쥐죽은 듯 고요했다. 평소라면 그게 당연하지만 오늘 밤 이렇게 잠잠한 것을 오토쿠는 조금 이상하게 여기며 살짝 문을 두드렸다. 안에서는 좀처럼 대답이 없었다. 조바심이 나서 수차례 세게 두드리자 사환 도라지가 잠이 덜 깬 눈을 비비며 나왔다.

"저기, 우리 바깥양반 와 있지요?"

오토쿠는 애가 타서 물었다.

"아니요."

"안 왔어요?"

"이런 시각에 도키치 씨가 와 있을 리 없잖아요."

도라지는 짜증을 내며 말했다.

"안주인은……."

오토쿠는 다시 물었다.

"안에서 주무십니다."

"주인양반은……."

"주인어른도 주무시죠."

오토쿠는 깜짝 놀랐다. 잉어를 낚다가 강에 떠내려갔을 터인 다메씨가 아무 탈 없이 자고 있다는 건 뜻밖이었다. 정말로 자고 있느냐고 으름장을 놓자 도라지는 분명히 자고 있다고 했다. 어제저녁 어디에 갔다 몇 시에 돌아왔느냐고 따져 묻자, 주인어른은 오후 여덟 시경에 나갔다가 열 시가 조금 지나 돌아온 것 같다, 나는 열 시 땡하자마자 가게를 닫고 자서 정확히는 모른다, 하고 대답했다. 그래도 오토쿠의 의심은 풀리지 않았기에 주인이나 안주인을 깨워달라고 부탁하자 도라지는 투덜거리며 안으로 들어갔다가 얼마 안 되어 안주인 오신을 데리고 나왔다.

"어머, 오토쿠 씨. 이런 시간에 웬일이에요. 도키치 씨가 쓰러지기라도 했어요?"

오신이 의아해하며 물었다.

"이 댁에 간다고 네 시간이나 전에 나갔는데 아직 돌아오지 않아서 뭘 하고 있나 살피러 왔어요."

오토쿠는 숨김없이 대답했다.

"도키치 씨가……."

오신은 눈살을 찌푸렸다.

"오늘은 한 번도 뵙지 못했는데요."

"네? 그래요?"

314

오토쿠는 어안이 벙벙해져 멍하니 서 있었다. 어젯밤부터의 일을 생각하면 역시 꿈이라도 꾸고 있든지, 아니면 하치만 숲의 여우에라도 홀린 것 같았다.

"다메 씨는 안에 있지요?"

다시 캐물으니 오신은 안에 있다고 똑똑히 대답했다. 오토쿠는 마음이 풀리지 않았지만 더 이상 따질 것도 없기에 빈손으로 되돌아갈 수밖에 없었다.

"도키치 씨는 바람둥이니까 우리 집에 온다 하고 딴 데서 놀고 있는 거 아니에요?"

오신이 웃었다.

나이 어린 여자의 놀림에 오토쿠도 욱했지만 지금은 그런 말다툼하고 있을 때가 아니라서, 오신의 말을 못 들은 체하고 황급히 돌아갔다. 대체 남편은 어디에 간 걸까, 혹시 집을 비운 사이에 돌아왔을지도 모른다고 생각하며 부랴부랴 집으로 향했다. 그러나 집 안의 사방등은 불이 꺼져 있고, 도키치는 아직 돌아오지 않은 채였다.

죽었을 터인 다메 씨가 살아 있고 살아 있을 터인 남편이 행방을 감춘 것이다. 다메 씨는 무사히 헤엄쳐서 살아났는지도 모르지만, 남편의 행방이 묘연한 것은 어째서인지 알 수 없었다. 아니면 오신의 말대로 거짓말을 하고 몰래 딴 여자한테 가서 노닥거리고 있는 건가 하고 오토쿠는 반신반의하며 밤을 새웠다.

비는 새벽녘에 한차례 멎었다. 장마라지만 여름밤은 빨리 밝았다.

잠도 제대로 자지 못한 오토쿠는 아침 일찍부터 가게 문을 열고 남편의 귀가를 기다렸으나 도키치는 역시 모습을 나타내지 않았다. 다시 한 번 에치젠야에 가서 주인 다메 씨를 만나 자세히 물어보고 오자고 생각하던 참에 들려온 터무니없는 소문에 오토쿠는 놀라고 말았다. 도키치의 시체가 에도가와 강 쿵쿵 다리 아래에 떠올랐다는 것이다. 자신이 쫓아내듯이 에치젠야로 보냈던 남편 도키치가 어째서 에도가와 강으로 가서 몸을 던졌단 말인가. 어젯밤 죽은 것은 다메 씨가 아니라 도키치였단 말인가. 어젯밤 돌아온 게 유령이었나. 오토쿠는 뭐가 뭔지 조금도 이해할 수 없었다.

어쨌거나 그대로 둘 수 없기에 오토쿠가 진위를 가리기 위해 나갈 채비를 하는데, 소문을 듣고 공동 주택 관리인이 찾아왔다. 관리인과 옆집 사람들 부축을 받으며 마음에도 없이 에도가와 강의 둑으로 달려갔을 때는 벌써 시신을 끌어올린 뒤였다. 거적을 쓰고 강가 버드나무 아래에 누워 있는 물에 빠져 죽은 시체는 틀림없이 도키치였기에 같이 간 사람들도 새삼 놀랐다. 오토쿠는 소리 높여 울부짖었다.

시체는 검시를 마치고 오토쿠에게 건네졌지만, 장소가 금어교였던 터라 엄중한 수사가 이루어졌다. 도키치의 시체에는 상처가 조금도 없었으므로 아마도 스스로 투신한 것이리라 짐작되었다. 설령 자살이라도 일단 내막을 조사해야만 했기에 부인 오토쿠는 강도 있는 조사를 받았다. 처음에는 애매하게 대답하던 오토쿠도 끝내 숨기지 못하고 지난밤 일을 모조리 자백했다. 짚신가게 도키치가 에치젠야

주인과 금어교로 밤낚시를 갔던 일이며, 도키치가 집을 비운 사이 수상한 여자가 찾아왔던 일, 도키치가 집에 돌아왔다가 다시 에치젠야에 간다며 나갔던 일까지 모두 담당 조사관의 귀에 들어갔다.

에치젠야의 주인은 바로 체포되어 심문을 받았다. 그의 이름은 다메지로, 당년 서른다섯 살이다. 부인 오신은 스물일곱 살, 사환 도라지는 열다섯 살로, 일가는 부부와 사환 이렇게 세 사람뿐이고 가게는 작지만 부모가 물려준 셋집 세 채를 가지고 있어 살림은 어렵지 않다. 이웃과도 그럭저럭 잘 지내고, 평판도 나쁘지 않다. 다메지로는 조사관들의 심문에, 자신은 이제까지 짚신가게의 도키치와 함께 배낚시며 바다낚시를 간 적은 있지만 금어 구역인 에도가와 강으로 밤낚시를 간 적은 한 번도 없다고 진술했다. 오토쿠의 말과 상반되는 진술에 조사관들은 여러모로 심문을 했으나 다메지로는 정말로 없다고 주장했다. 어젯밤은 간다의 조슈야라는 같은 업계 사람 집이 상을 당해 조문을 갔다가 열 시 넘어 돌아왔다고 한다. 확인 차 간다의 조슈야를 조사해 보니 정말로 다메지로는 초저녁에 조문을 와서 열 시 조금 전에 돌아갔다는 사실이 확인되었다.

이렇게 되자 조사관들도 뭐가 뭔지 알 수 없게 되고 말았다. 오토쿠는 자신의 남편 말을 곧이곧대로 믿고 다메지로가 밤낚시 동료라고 주장하고 있으나 실제로 두 사람이 함께 나서는 모습을 본 적은 한 번도 없다고 했다. 금기를 범하는 일인 만큼 두 사람은 살금살금 집을 나서 쿵쿵 다리 옆에서 합류한다 들었다고 그녀는 말했다. 도키치에게 다른 사정이 있어. 부인을 속이고 홀로 밤낚시를 한 게 아닌가 의심스러웠다. 그렇다면 에치젠야의 주인이 잉어를 낚다가 실수로 강에 빠졌다는 엉터리 이야기를 어째서 했을까. 그리고 어째서 스스로 강물에 뛰어들었을까. 또한 예의 수상한 여자는 누구인가, 그 여자와 도키치 사이에 모종의 관계가 있나 없나, 조사관들도 판단을 내리기 어려웠다.

"어떤가, 한시치. 대강의 줄거리는 이러한데, 이것만으로는 연극의 막을 올릴 수가 없지. 어떻게든 궁리해서 이야기를 마무리 지어주겠나."

핫초보리 도신 무라타 료스케가 한시치를 불러서 말했다.

"좋습니다. 한번 해보지요. 그런데 사원부교 허락은 떨어진 것이겠지요?"

절 앞 문전 마을은 사원부교의 영역으로 행정부교 관할이 아니다. 그곳에 함부로 발을 디딜 수는 없었기에 확인 차 묻자 료스케는 고개를 끄덕였다.

"사원부교 쪽에서 먼저 말을 꺼냈으니 문제없어. 마음껏 움직여서 일을 잘 끝내주게."

4

"이후의 일을 차근차근 설명하자면 아주 길어집니다. 듣는 사람을 계속 애태우면 안 되니 중동무이한 것 같지만, 결말 부분은 간단하게 말씀드리지요."

한시치 노인이 말했다.

"그로부터 닷새 후에 사건의 진상은 모두 밝혀졌어요."

"예? 어떤 식으로 결말이 났습니까?"

내가 열심히 물었다.

"대체 괴담 속 여자는 누군가요?"

"요즘 분들은 설마 암컷 잉어가 여자로 변해 자신의 남편을 되찾으러 왔다는 생각을 하지 않으시겠지만, 옛날 사람들은 모두 그렇게 생각했어요."

노인은 웃었다.

"이 괴담의 여주인공은 예전에 니시카와 이토지라는 이름을 썼던 무용 사범으로, 다카야마라는 긴자(에도 시대 은화 주조소—옮긴이) 관리의 첩이 되어 우시고메 아카기시타의 멋들어진 집에서 호화롭게 살고 있었지요. 긴자 관리란 말할 것도 없이 은화 주조소에 근무하는 관리입니다만, 천하에 통용되는 은을 만드는 관청인 만큼 뭔가 두둑하게 떨어지는 게 있는지 여기서 일하는 사람들은 모두 엄청나게 부유했습니다. 그런 사람의 애첩이니, 지금은 본명인 오이토로 돌아온 이토지도 겉모습은 어떻든 안으로 들어가면 깜짝 놀랄 만큼 으리으리한 집에 살게 되었어요. 다카야마는 사흘이 멀다 하고 드나들었지요. 같은 일을 하는 관리나 어용상인을 데려올 때도 있었고요. 사건이 있었던 밤에도 다카야마는 다섯 명의 동료를 데려와 초저녁부터 오이토 집의 안방에서 마시다가 이런저런 식도락 이야기가 나왔는데 어떤 이가, 에도가와 강의 보라잉어를 한번 먹어 보고 싶다, 하고 말을 꺼냈어요. 어차피 보라잉어도 평범한 잉어랑 큰 차이 없겠지, 하는 자도 있었지요. 거기에 더해 다카야마까지, 길고 짧은 건 대 보아야 알지, 나도 꼭 한번 그 잉어를 먹어 보고 싶다고 말하자 술시중을 들던 오이토가 무슨 생각을 했는지, 서방님이 그렇게 드시고 싶으시다면 제가 금방 잡아다 드리지요, 하고 말했어요. 다들 놀라서, 역시 다카야마의 부인이다, 정말로 그 잉어를 잡아온다면 우리도 좀 얻어먹고 싶다, 하고 반쯤 농담으로 시끌벅적 떠들었고, 오이토는 잠시 기다려 달라며 자리에서 일어났습니다. 남자들은 취해서 별 신경도 쓰지 않고 마시고 있는데, 아무리 지나도 오이토가 돌아오지를 않아요. 어떻게 되었느냐고 여종에게 물으니 아까 바깥에 나가서서 돌아오지 않는다고 대답했지요. 그럼 정말로 잡으러 간 건가 하고 말은 했지만 그럴 리가 없다고 생각하며 웃어넘겼습니다. 그런데 마침내 오이토가, 오래 기다리셨지요, 라며 가져온 접시에는 눈대중으로도 일 척은 되어 보이는 살아 있는 커다란 잉어가 있고, 그 비늘이 촛대의 불빛에도 보라색으로 보였기에 다들 앗 하고 놀랐어요. 다카야마는 기분이 좋아져서, 오이토가 아니면 할 수 없는 일이로다, 여러분도 칭찬 좀 해주시게, 이 다카야마도 칭찬해주지, 하고 자기가 모리쓰나(조루리《오우미 겐지 센진야카타(近江源氏先陣館)》의 등장인물. 형 모리쓰나와 동생 다카쓰나가 섬기는 두 주인이 적이 되어 싸우게 되었다. 다카쓰나의 목을 베었다는 이야기에 모리쓰나의 주군 호조는 모리쓰나와 인질로 잡고 있던 다카쓰나의 아들 고시로에게 검분을 명했는데, 고시로는 목을 보고 아버지 뒤를 잇겠다며 할복한다. 사실 그 목은 가짜였으나 모리쓰나는 고시로의 행동에 감동해 주군께 진짜 목이라고 고하고, 죽어가는 고시로를 크게 칭찬한다—옮긴이)라도 된 듯이 부채를 펼쳐 격찬하자, 다른 이들도 훌륭하다, 훌륭해라며 부채를 펼쳐 부채질해요. 정말 어처구니없는 이야기지만 옛날에는 이런 패들이 차고 넘쳤어요. 천하의 관리들이 이런 꼴이니 그야말로 에도 말이었지요."

"오이토라는 여자가 분장을 하고 짚신가게에 찾아간 거군요. 그렇다 하더라도 어떻게 잉어가 있다는 사실을 알았을까요?"

이것은 내가 아니더라도 당연히 생길 만한 의문이리라. 한시치 노인은 알겠다며 고개를 끄덕이고 다시 조용한 어투로 이야기를 이어 갔다.

"그건 자연히 알게 됩니다. 차분히 계속 들어보세요. 수사를 시작할 때 이 사건에는 반드시 생선가게가 얽혀 있을 거라고 짐작했습니다. 짚신가게 주인이 얼마나 잉어를 좋아하는지 몰라도 자기만 먹는 게 아니라 어딘가에 팔아넘긴 게 틀림없어요. 그러려면 생선가게가 한편이어야 한다고 생각해 부인 오토쿠를 다그치자, 아니나 다를까 근처 가와하루라는 맞춤 요릿집을 거쳐 어딘가로 가져간다는 사실을 알았습니다. 가와하루는 제법 큰 가게로 하타모토 저택이나 거상 단골을 가지고 있었어요. 전에 말한 것처럼 사람이 북적이던 시대이니, 은퇴한 하타모토나 거상 같은 돈이 남아도는 이들이 가와하루의 우사부로에게 부탁해 금어교의 보라잉어를 샀던 거지요. 맛은 특별히 차이가 없는데, 그게 바로 사치라는 것이에요. 먹을 수 없는 걸 먹는다는 일종의 도락이지요. 우사부로는 그 틈을 파고들어 비싼 값에 팔아넘겼어요. 하지만 자기네가 함부로 낚시를 하거나 망을 치면 장사가 장사인 만큼, 쉽게 눈에 띌 수 있으므로 평소 친하게 지내던 도키치를 꼬드겨 낚아 오게 한 겁니다.

오토쿠의 자백으로 이러한 사실은 알았지만, 아직 잉어를 가지러 왔다는 여자의 정체는 알 수 없었어요. 그래서 사람을 시켜 조사해 보니 맞춤 요릿집의 숙수인 도미조라는 잘생긴 젊은 놈이 다카야마의 첩 오이토와 그렇고 그런 사이임을 알아냈습니다. 도미조는 오이토가 춤을 가르칠 때부터 알고 지내던 사이로 지금도 남몰래 밀회하고 있었지요. 그래서 저는 수하 마쓰키치를 시켜서 아침 목욕을 하고 돌아오는 도미조를 잡아오게 했습니다. 오토쿠의 자백이 있으니 바로 우사부로를 체포해도 되지만, 우사부로는 만만치 않은 영감이라 생각 없이 당사자를 잡았다가 끝까지 시치미를 떼면 일이 번거로워지므로 먼저 숙수 도미조를 붙잡아, 이 녀석의 입에서 움직이지 않는 증거를 확보하자고 생각한 겁니다. 도미조는 의외로 겁쟁이라 조금 위협했더니 바로 전부 불어버린 데다 생각지도 못한 또 다른 일까지 털어놓았습니다. 오이토 사건이지요.

짚신가게에 잉어가 있는 걸 오이토가 어떻게 알았느냐 하면 바로 이 도미조의 입으로 들은 겁니다. 전날 밤 근처 미용실 이 층에서 오이토와 도미조가 만나 잡담을 나누다가 짚신가게 도키치가 에도가와 강의 보라잉어를 몰래 반입해 온다는 이야기를 했습니다. 그뿐만 아니라 도키치가 점점 간이 커져 법을 어기면서 하는 일이니 지금까지처럼 한 마리에 두 푼에는 팔 수 없다, 이제부터는 마리당 한 냥씩 쳐 달라고 요구했으나 우사부로가 들어주지 않았다, 오늘도 그렇게 다투다 도키치가 한 마리를 팔지 않고 도로 가지고 돌아갔다, 하는 이야기를 했기에 짚신가게에 잉어 한 마리가 있음을 오이토는 알고 있었던 겁니다. 오이토도 그때는 아무 생각 없이 듣고 있었지만, 다음 날 밤 다카야마가 동료들을 데리고 와서 보라잉어 이야기를 나누었을 때 문득 어제 도미조가 한 이야기를 떠올렸지요. 여기서 한번 자신의 솜씨를 보여 주어야겠다는 생각에 지금 잉어를 잡아 오겠다고 경솔하게 큰소리를 쳤어요. 애인인 도미조에게 부탁해 도키치에게 살 속셈이었는데, 아쉽게도 도미조는 어디를 갔는지 가와하루에 없었지요. 그렇다고 큰소리치고 온 이상 이제 와서 빈손으로는 돌아갈 수 없지요. 생판 모르는 짚신가게에 가서 무턱대고 잉어를 팔아

달라고 해봤자 상대해 줄 리도 없고요. 고심 끝에 생각해낸 게 가짜 괴담으로, 주변의 우물물인지 뭔지로 머리와 옷을 적시고 짚신가게를 찾아가니 마침 남편은 집에 없고 부인 혼자. 무용 사범이었던 만큼 몸짓이며 목소리 연기는 훌륭했겠지요. 대단한 사정이라도 있는 것처럼 꾸며서 보기 좋게 순순히 잉어를 빼앗다니, 진짜 연극이었다면 박수갈채를 받아야 할지도 모르겠군요."

"아하, 이제야 알겠습니다. 오이토라는 여자는 굉장한 연기자로군요. 그런데 도키치는 어떻게 된 건가요?"

나는 연달아 물었다.

"여기까지 이야기하면 선생도 대강 알아채셨겠지요. 숨은 사정은 이게 답니다."

노인은 아직도 모르겠느냐고 묻는 것처럼 내 얼굴을 바라보면서 잠시 담배를 한 대 피웠다.

"도미조의 얼굴을 노려보고, 너 이놈 목둘레며 손등에 긁힌 상처는 어찌 된 거냐, 설마 여자와 사랑싸움이라도 한 건 아닐 터, 도키치를 어떻게 했느냐, 하고 크게 호통치자 그 녀석 하얗게 질린 얼굴로 쪼그라들었어요.

가와하루의 주인 우사부로는 생선 보부상부터 혼자 힘으로 이만큼의 가게로 성장시킨 자예요. 나이는 벌써 예순 가까이 되었지만 몸도 튼튼하고 성격도 드세지요. 도키치가 약점을 이용해 아무리 보채도 상대는 꿈쩍도 하지 않았습니다. 거꾸로 혼쭐이 난 도키치가 분을 못이겨, 당신이 금단의 보라잉어를 팔아서 마구잡이로 돈을 벌어들이고 있다는 사실을 내가 입만 뻥끗하면 이 집은 하루아침에 짜부라질걸, 따위의 협박을 늘어놓아도 우사부로는 놀라지 않았어요. 그런 소리를 섣불리 입 밖에 내면 우사부로뿐 아니라 가장 먼저 자신의 신변이 위험해지니까 부아가 치밀어도 도키치는 참을 수밖에 없거든요. 울며 겨자 먹기로 참았으면 아무 일 없이 무사했겠지만, 도키치도 돈이 필요했어요. 그 이유는 나중에 설명을 드리지요. 그날 밤도 밤낚시를 간다고 하고 집을 나와서 사실은 다시 한 번 협상해볼 요량으로 우사부로를 찾아갔습니다. 가와하루 앞에 다다랐을 때, 마침 바깥에 서 있던 숙수 도미조를 그늘로 불러서, 어제는 내가 잘못했으니까 자네가 주인어른에게 잘 이야기해서 한 마리 한 냥을 쳐달라고 부탁했으나 도미조는 상대도 하지 않았지요. 자신은 달리 갈 곳이 있다며 뿌리치고 가려는 것을 도키치가 붙잡았습니다. 그것이 또 싸움으로 번져 성질 급한 도미조가 상대의 옆구리를 힘껏 후려갈기자 도키치는 울컥해서 멱살을 잡았는데 목을 너무 세게 졸랐는지 도미조는 그대로 털썩 쓰러져 버렸어요. 도키치는 깜짝 놀라 도망쳤지요.

도키치도 나쁜 인간은 아닙니다. 근본은 착실한 녀석이니 실수라고는 해도 상대를 죽인 이상 체포되고 말 것이란 사실이 무서웠겠지요. 정신없이 여기저기 도망쳐 다니다가 밤이 깊어지기를 기다려 자신의 집에 몰래 돌아온 모양입니다. 하지만 뒤가 켕겼기에 부인에게

에치젠야의 다메가 강에 빠졌다는 둥의 엉터리 이야기를 했어요. 어째서 그런 거짓말을 했는가 하면, 방금 말했듯이 마음이 불편해서 견딜 수 없었기 때문이겠지요. 범죄자란 참 묘하게도 자신이 저지른 악행을 다른 사람 일처럼 이야기함으로써 마음이 조금 가벼워지는 경우가 있답니다. 도키치 역시 그때 무슨 말이라도 하지 않으면 기분이 풀리지 않았던 모양이지요. 부인은 그게 진짜인 줄 알고 빨리 에치젠야에 알리고 오라고 재촉했어요. 이제 와서 거짓말이었다고도 못 하고 하는 수 없이 밖으로 나왔지만, 애초에 에치젠야로 갈 수는 없었어요. 그래서 그후의 상황을 살피러 가와하루에 몰래 가서 문틈으로 훔쳐보았습니다. 물론 죽은 자는 말이 없으니 확실한 건 알 수 없으나, 앞뒤 사정으로 추측해 보건대 아마도 그러했겠지요.

가와하루의 일꾼이 정신을 잃은 도미조를 발견하고 안으로 데려와 물이며 약을 먹이자 다행히 금세 다시 숨을 쉬었어요. 사실을 알았다면 도키치도 안심했을 텐데 말썽이 나려면 어떻게도 막을 수 없는 법인가 봅니다. 열심히 안의 동태를 살피고 있는데 때마침 주인 우사부로가 돌아왔어요. 근처 이 층에서 열리는 화투며 자잘한 노름 모임에 지체 높은 양반들도 오지요. 이것을 나이카이(內會)라고 합니다. 우사부로도 나이카이에 얼굴을 내밀었다 밤중에 집에 돌아오니 바깥에서 수상한 놈이 안을 들여다보고 있어요. 초롱불로 비추어 보니 다름 아닌 도키치가 아닙니까. 이 녀석, 이번에는 나를 죽이러 왔느냐, 하고 목덜미를 붙잡아 안으로 끌고 갔어요. 도키치는 당황해서 도망치려고 하고, 우사부로는 악착같이 뒤쫓았지요. 아시다시피 맞춤 요릿집이라서 가게에는 개수대가 있고 그 옆에 커다란 우물이 있습니다. 평범한 우물이 아니라서 우물 울이 낮게 되어 있어요. 도키치는 도망쳐 다니다가 우물가에서 발이 미끄러져 우물 쪽으로 비틀거리는가 싶더니 거꾸로 떨어져 버렸습니다. 그 소리에 가게 일꾼들이 일어나 바로 끌어올렸지만 도키치는 벌써 숨이 끊어져 있었습니다. 도미조와 달리 되살아날 것 같지도 않았어요. 그렇다고 괜히 의사를 부르면 뒤처리가 귀찮아집니다. 우사부로는 집안사람들 입막음을 하고 한밤중인 걸 다행으로 여기며 도키치의 시체를 바깥으로 옮겨 슬쩍 에도가와 강에 버렸습니다. 시체는 음식 배달하는 커다란 바구니에 넣어서 도미조와 배달원 두 사람이 운반했지요."

"그럼 종이가게 주인은 아무 상관도 없었던 건가요?"

"전혀 관계가 없어요. 평소 도키치와 낚시 친구이기는 했지만 잉어 사건에는 관계가 없음이 밝혀졌습니다. 알고 계실지 모르겠지만 아카기시타는 예전에 불법 매춘이 성행한 곳으로, 지금도 그 영향으로 여관이며 요릿집 간판을 단 매춘 업소 따위가 있지요. 도키치는 그곳의 작부 중에 단골이 생겨 돈이 많이 필요했어요. 금어교의 밤낚시도 결국 그런 돈이 필요했기 때문에 시작한 것이지요. 부인에게는 매일 밤낚시를 가는 것처럼 하고, 세 번에 두 번은 그 여자를 낚으러 갔습니다. 그럴 때는 오늘 밤은 허탕이었다고 거짓말을 쳤지만 그래도 자기 혼자라면 의심받을 것 같아서 낚시 친구인 다메도 함께라는 등 대충 말을 지어낸 모양이에요. 종이가게 주인이야말로 진짜 피해자지요. 그 때문에 생각지도 못한 재난에 휩쓸려 한 번은 체포되고, 그 후로도 계속 자경소로 불려가 고초를 겪었습니다만, 위의 사정이 밝혀져 무사히 해결되었습니다. 가와하루의 우사부로는 사형, 도미조는 심문 중에 옥사, 배달원 두 사람은 추방당했을 겁니다. 우사부로의 자백으로 잉어를 먹은 자도 모두 알아냈지만, 그쪽의 수사는 모두 흐지부지되고 말았습니다. 신분 있는 사람은 함부로 수색하지 못하고, 거상은 돈을 써서 남몰래 사람을 움직였겠지요. 다카야마도 오이토도 무사했으나 이 사건으로 도미조와의 비밀이 들통나는 바람에 오이토는 다카야마에게 절연 당하고 어딘가로 떠났다고 합니다."

외눈박이 요괴 一つ目小僧

半七捕物帳

1

가에이 오 년(1852년) 팔월 중순, 신발지기를 동반한 무사가 요쓰
야 덴마초 대로의 노지마야 앞에 멈추어 섰다. 새를 파는 노지마야
는 이 근방에서도 유서 깊은 가게였다. 내일 밤이 십오야라, 억새장
수를 불러다 값을 흥정하던 주인 기에몬은 손님이 무사임을 확인하
고 공손히 인사했다. 무사는 새장 안에서 끊임없이 지저귀는 갖가지
아름다운 새들이 눈에 차지 않는지 가게 안으로 쓱 들어왔다.

"주인장, 좋은 메추라기는 없는가?"

"있습지요."

기에몬은 가슴을 펴고 대답했다. 그는 보름 정도 전에 금 열닷 냥짜리 메추라기를 입수했다.

"보여주겠나?"

"예, 물론입죠. 누추하지만 안으로 들어오시죠."

마흔쯤 먹어 뵈는 무사는 생베 홑옷에 같은 삼베를 쥐색으로 물들인 승마용 하오리, 여름 하카마(기모노 겉에 입는, 폭이 넓은 하의—옮긴이)를 입고 갖신을 신었다. 됨됨이 또한 천박하지 않았다. 어느 높은 집안의 나리라 짐작한 기에몬은 소홀히 대하지 않았다. 기에몬은 이들에게 차를 내주고서 안으로 들어가 메추라기 새장 하나를 조심조심 들고 왔다. 열닷 냥이라는 가격을 듣고 무사는 고개를 살짝 갸우뚱했으나 결국 메추라기를 사기로 하고, 선금으로 한 냥을 놓고 갔다.

"내일 아침 모처에 가지고 가야 하니 미안하지만 오늘 밤까지 배달해주게."

주소는 신주쿠 신야시키로, 근처에서 호소이라고 물으면 금세 알거라고 했다. 어딘가에 가지고 간다는 것으로 보아 무슨 사정이 있어 권문세가에 선사품으로 드리려는 것이겠거니 하고 기에몬은 생각했다. 가게를 나서기 전에 무사는 다시 한 번 다짐을 두었다.

"반드시 실수 없도록 해주게. 잔금은 물건을 받고 바로 치르겠네."

그러면서 자신은 이제부터 다른 곳에 들렀다 돌아갈 테니 날이 저문 다음에 배달해달라고 했다. 기에몬은 그렇게 하겠다고 말했다.

신주쿠 신야시키란 지금의 센다가야 일부로, 다이묘의 별저나 하타모토의 저택, 직급이 낮은 고케닌 등의 주거도 있으나 뒤쪽은 전부 논밭으로 길가에 큰 대숲이며 초원이 있어 낮에도 무척 한적한 곳으로 알려져 있었다. 날이 저물고서 그런 곳을 가기가 내키지 않았지만, 장사를 하려면 어쩔 수 없었다. 하물며 열닷 냥짜리 큰 거래이니, 기에몬도 좋다 싫다 가릴 계제가 아니었다. 다른 일꾼도 있지만 고가의 상품을 들고 양반집에 찾아가야 하는 일이라 기에몬이 직접 가기로 하고 날이 저물기를 기다렸다.

오늘은 아침부터 찌뿌듯하여 내일 달맞이가 걱정되는 날씨였는데, 오후가 되자 구름이 점점 어두운 색을 띠며 당장에라도 가랑비가 후드득 떨어질 것만 같았다. 음력 팔월 중순이면 아침저녁으로 제법 쌀쌀해지는 게 보통이지만, 오늘은 선선한 정도를 넘어서 홑겹옷이 춥다 싶을 정도로 차가운 바람이 불어왔다. 덴류지의 저녁 여섯 시를 알리는 종소리를 들으며 저녁을 먹고 있는데, 낮에 왔던 신발지기가 노지마야를 찾아왔다.

"그 일대는 인적도 드물고 길이 어둡습니다. 저택을 찾기 어려울 테니 제게 가서 길 안내를 하라고 나리께서 말씀하셨습니다. 준비가 다 되셨으면 지금 바로 가시지요."

"아이고, 감사합니다."

기에몬은 안내인이 와준 것을 기뻐했다. 허겁지겁 식사를 마치고 메추라기 새장을 안고 가게를 나왔을 때 바깥은 이미 캄캄했다. 신발지기와 이야기를 나누며 신주쿠 방면으로 길을 서두르는데, 가느 다란 빗줄기가 두 사람의 이마 위에 차갑게 떨어졌다.

"결국 내리는군요."

신발지기가 혀를 찼다.

"내일은 비가 갤는지."

이런 이야기를 하면서 발걸음을 재촉하다 보니 어느새 신야시키 였다. 가랑비 내리는 가을밤, 인적 드문 주택가는 등불조차 보이지 않는 어둠 밑바닥에 가라앉아 있었다. 신발지기는 어느 저택의 곁문 으로 기에몬을 데리고 들어갔다. 저택 안도 어둑어둑해서 잘 알 수 없지만 현관 근처가 상당히 황폐해 보였다. 내부 출입문을 들어서니 다다미 여덟 장 크기의 방이 나왔다. 기에몬을 여기에 기다리게 하 고 신발지기는 어딘가로 사라졌다.

방 안에는 어두운 등불이 하나 밝혀 있었다. 그 빛으로 주변을 둘 러보니 손질한 지 오래되었는지 천장이며 다다미 위에 비 샌 흔적이 있고, 군데군데 곰팡이가 슬고, 장지문도 심하게 찢어져 있는 것이 눈에 띄었다. 낮에 왔던 무사의 모습과는 딴판으로 살림살이가 넉넉 지 않은 듯한 저택 꼬락서니에 기에몬은 얼굴을 찌푸렸다. 이런 다 쓰러져 가는 집에 살면서 잔금 열넷 냥을 탈 없이 내어 줄 수 있을지 불안을 느끼면서 기다리고 있는데, 안에서는 좀처럼 사람이 나올 기 척이 없었다. 비는 부슬부슬 계속 내리고 어두운 정원에서는 벌레 소리가 쓸쓸히 들렸다. 기에몬은 점점 기다리는 데 지쳐 재촉하듯이

헛기침을 한 번 했다. 그것을 기다
린 것처럼 툇마루에서 작은 발
소리가 들리더니, 삐걱거리는
장지문을 열고 들어오는 자가
있었다.

　열서너 살짜리 차 시중을 드는
사환이었다. 기다리는 기에몬을
위해 차라도 내온 것일까. 그러
나 그는 고개도 돌리지 않고 도코노마에 걸려 있는
산수화 족자로 팔을 뻗었다. 다른 그림으로 바꾸려나
보다 하고 지켜보았지만, 그렇지도 않은 모양이었다. 소년은 족자를
윗부분까지 말아 올리더니 손을 놓았다. 족자는 퍼드덕 소리를 내며
원래대로 돌아왔다. 다시 말아 올리고 또 손을 놓았다. 이런 짓을 몇
번이나 반복하자 기에몬도 보다 못해 말을 걸었다.

　"이보시오, 계속 그러면 족자가 상합니다. 내릴 거라면 제가 도와
드리지요."

　"닥치고 있어."

　소년은 획 돌아서서 기에몬을 째려보았다.

　기에몬은 이때 처음 소년의 얼굴을 똑바로 보았다. 왼쪽 눈 하나
뿐이었다. 입꼬리가 귀까지 찢어져 커다란 엄니 두 개가 하얗게 드
러났다. 어둑한 등불로 그 기괴한 형상을 본 순간 쉰이 넘은 기에몬

도 으악 하고 기겁하며 반쯤 정신을 잃고 그 자리에서 졸도하고 말
았다.

한참 만에 겨우 제정신이 들어보니 머리맡에 서른대여섯 살쯤 된
요닌으로 보이는 남자가 앉아 있었다. 남자가 작은 목소리로 물었
다.

"뭔가 보았나?"

기에몬은 너무 무서워 입이 떨어지지 않았다. 요닌은 그 모습을
보고 다 알았다는 듯이 고개를 끄덕였다.

"또 나왔나 보군. 이제 와서 무엇을 감추겠나. 이 저택에는 때때
로 괴이한 일이 있네. 우리는 익숙해져서 괜찮지만, 처음 본 자는 놀
라는 게 당연하지. 절대로 이 일을 발설해서는 아니 되네. 이런 일이
있어서인지 나리가 갑자기 기분이 좋지 않으시다며 쉬고 계셔서 메
추라기 건도 오늘은 좀 어렵겠네. 미안하지만 오늘은 그냥 가지고
돌아가주게."

요닌은 미안해하며 말했다. 기에몬도 이런 유령 저택에 오래 있고
싶지 않았다. 그래서 돌아가 달라는 말을 듣자마자 메추라기 새장을
들고 허겁지겁 바깥으로 도망쳤다. 비는 아직 내리고 있었다. 뒤에
서 누군가가 쫓아오는 것만 같아서 캄캄한 길을 앞만 보고 달린 끝
에 신주쿠 거리의 불빛을 보고서야 비로소 안심하고 숨을 내쉬었다.

요괴에게 놀란 탓인지, 차가운 비를 맞은 탓인지 기에몬은 그날
밤부터 고열에 시달려 보름쯤 자리보전했다. 팔월 말, 조금씩 조금

씩 기력을 회복한 기에몬은 메추라기의 울음소리가 마음에 걸렸다. 그날 밤 목숨보다 소중히 품에 안고 돌아와, 별 탈 없이 가게 안쪽에 놓고 길렀는데, 그 울음소리가 지금까지와는 다른 듯이 들렸기에 기에몬은 이상하게 여겼다. 자신이 아픈 사이 일꾼들이 소홀히 대하는 바람에 안타깝게도 귀한 새의 목소리가 변한 건 아닌지, 만약을 위해 메추라기 새장을 머리맡으로 가져오게 하여 들여다보니 어느 사이엔가 다른 새로 바뀌어 있었다. 기에몬은 깜짝 놀랐다. 외눈박이 요괴를 보고도 놀랐지만, 열닷 냥짜리 메추라기가 덤으로 끼워 파는 쓸모없는 메추라기로 바뀐 것에도 놀랐다. 자리에 누워 있는 사이 일꾼들이 빼돌린 걸까. 아니면 호소이의 유령 저택에서 정신을 잃고 쓰러진 틈에 재빨리 바꿔치기 당한 걸까. 둘 중 하나가 틀림없었다.

기에몬은 만일 일꾼의 소행이라면 함부로 입 밖에 내서는 안 된다는 생각에 그대로 일을 덮어두었다. 구월이 되어 이불을 홀홀 털어버리고 일어난 기에몬이 지체 없이 신야시키에 달려가 보니 본 적 있는 낡은 저택이 그곳에 있었다. 그러나 그곳에는 사람이 살지 않았다. 이웃에 묻자 그 집에는 호소이라는 하타모토가 살았으나 무슨 사정이 있는지 조시가야로 이사해서, 올여름부터 빈집이 되었다고 했다. 더 이상 의심할 여지가 없었다. 악당들이 짜고 기에몬을 빈집으로 불러들여 괴이한 괴물로 위협해서 가지고 있던 메추라기를 빼앗은 것이다. 선지급으로 받은 한 냥을 빼더라도 열넷 냥의 손해를 보고 말았다. 이 시대에 열 냥 이상의 손해는 큰 타격이었다. 기에몬은 새파랗게 질렸다.

'신고를 하면 귀찮게 여기저기 끌려다녀야 할 텐데. 그렇다고 넋 놓고 울기만 하는 것도 분하지.'

돌아오는 길에 이리저리 생각을 굴려보았으나 어느 쪽이 나은지 판단을 내릴 수 없어 마을의 자경단원에게 상담을 청했다. 자경단원은 눈살을 찡그렸다.

"그런 일이 있는 줄은 전혀 몰랐네. 소문에 오륙일 전에도 똑같은 빈집에서 쉰 냥짜리 찻그릇을 빼앗긴 자가 있다더군. 그런 일을 입다물고 있다가는 악당이 체포되었을 때 당신까지 벌을 받아야 해. 한시라도 빨리 신고해두게나."

기에몬은 자경단원의 충고를 듣자마자 그 길로 소장을 냈다.

2

요쓰야에서 일어난 사건이기는 하나 간다의 한시치가 조사를 맡아, 수하 마쓰키치를 데리고 야마노테로 향했다. 가는 길에 마쓰키치가 말했다.

"대장님. 다 같은 놈들 짓이겠죠?'

"틀림없어. 이곳저곳의 빈집을 이용해서 갖가지 악행을 저지르는 성가신 놈들이야."

근래 야마노테의 빈 저택으로 상인을 끌어들여 갖가지 수단을 써서 물품을 갈취하는 일이 빈번했다. 혼고 모리카와슈쿠며 고이시카와 오토와, 그 밖에도 오쓰카, 스가모, 조시가야 등 인적 드문 곳의 빈 저택을 골라 상인을 데리고 들어가 상대를 입구에서 기다리게 해놓고 물품만 받아 챙겨 안으로 들어간 뒤 자취를 감추는 일도 있었다. 또는 방으로 불러들여 힘으로 위협해 갈취하는 일도 있었다. 이웃에 사는 사람들은 그 집에 사람이 살지 않는다는 사실을 대체로 알고 있으나 멀리서 온 자는 그것도 모르고 두 눈 뜨고 속아 넘어갔다. 그런 까닭에 밝은 대낮에는 피해가 없었다. 그들은 뭐든 구실을 만들어 언제나 어두운 밤에 상대를 불러냈다. 같은 장소에서 동일한 수법을 여러 번 반복하면 금세 꼬리가 밟힐 위험이 있으므로 한 장소에서는 많아야 두세 번 정도만 일을 저지르고 다른 장소로 옮기는 게 지금까지의 수법이었다. 따라서 이번 메추라기 건도 같은 녀석들의 소행임은 확실했다.

"하지만 이번에는 지금까지와는 달리 색다른 수법을 썼더군."

한시치가 웃으면서 말했다.

"녀석들도 열심히 머리를 굴리고 있군요."

마쓰키치도 웃었다.

"그래도 외눈박이 괴물이라니, 잘도 생각해냈네요. 돼먹지 않은 놈들이에요."

"정말이지 막돼먹은 놈들이야. 사람을 너무 우습게 여기는군. 이번에야말로 어떻게든 혼쭐을 내주겠어."

두 사람은 덴마초의 노지마야에 가서 주인 기에몬을 만나 그날 밤 일을 들었다. 요괴의 정체도 자세히 캐물었다. 기에몬은 나잇값도 못하고 겁에 질려 있었다. 괴물의 정체를 분명히 본 것은 아니지만 외눈박이라고 해도 흔히 아는 외눈박이 괴물처럼 얼굴 가운데 눈이 하나 있는 게 아니었다. 다만 왼쪽 눈 하나만 빛나 보였다고 한다.

두 눈이 다 있는 자가 무언가로 한쪽 눈을 가린 것이리라고 한시치는 생각했다. 입이 찢어진 것처럼 보인 것도 그림물감으로 그려서 분장한 게 틀림없다. 엄니 역시 무언가로 만든 것이리라. 이렇게 따져보니 외눈박이 요괴의 정체도 대충 알 것 같았다. 필시 겁쟁이 기에몬이 사람이 분장한 모습을 보고 놀란 것이리라. 그러나 겁쟁이인 것이 오히려 다행이었는지도 모른다. 겁 없이 괜스레 요괴를 붙잡으려고 했다면 숨어 있던 악당들이 그의 몸에 어떤 위해를 가했을지 모른다. 외눈박이 요괴에 놀라 열닷 냥짜리 메추라기를 빼앗긴 편이 그에게는 오히려 작은 재난이었던 듯하다.

"수고스럽겠지만 그 저택까지 안내를 부탁하네."

한시치는 기에몬의 안내를 받아 신야시키로 향했다. 과연 낡은 저택이기는 하나 캄캄한 밤에 겉으로만 봐서는 주인 없는 집인지 아닌지 모를 법했다. 대문 안도 현관 부근만은 풀이 베어져 있었다. 빈집이란 사실을 들키지 않기 위해 아마도 전날 밤이나 낮에 풀베기해 두었으리라. 한시치는 그들이 상당히 용의주도하다는 사실을 알았다.

"어떻게 할까요. 안에 들어가 볼까요?"

마쓰키치가 물었다.

"어쨌든 일단 전부 살펴보아야겠지."

그들이 이미 장소를 바꾸었으리라는 사실은 알고 있었지만 그래도 어떤 단서를 발견할지 모를 일이다. 한시치가 앞장서서 집 안으로 들어서자 마쓰키치와 기에몬도 뒤를 따랐다. 기에몬이 있었다던 다다미 여덟 장 크기의 방에 들어가 툇마루의 커다란 빈지문을 활짝 열자 가을 햇살이 방 안 가득 흘러들었다.

"음, 안은 꽤 황폐하군."

한시치는 주변을 둘러보면서 말했다.

"저 역시 무척 낡은 저택이라고 생각했지만, 설마 사람이 살지 않는 집이었을 줄은……."

기에몬도 새삼 한숨을 쉬었다.

벽이 조금 무너진 도코노마에는 산수화 족자도 걸려 있지 않았다. 세 사람이 방을 나와 저택 안을 둘러보니 먼지가 두텁게 쌓인 툇마루에 크고 작은 발자국이 희미하게 남아 있었다. 쥐의 발자국도 보였다. 발끝으로 먼지 위를 걸었다. 다른 방들은 전부 다다미를 들어냈으나 부엌과 연결된 다다미 여섯 장짜리 어두운 방 하나만은 해진 다다미가 깔려 있고, 습기 찬 곰팡내가 코를 찔렀다. 한시치는 엎드려서 오래된 다다미의 냄새를 맡았다.

"마쓰, 너도 맡아 봐라. 술 냄새가 나는구나."

마쓰키치도 마찬가지로 냄새를 맡아 보고 고개를 끄덕였다.

"얼마 되지 않은 술 냄새인 것 같은데요."

"호오, 너 아주 개코로구나. 얼마 되지 않은 술 냄새라. 원래 여기는 여종들의 방이다. 여기서 술을 마실 사람은 없을 거야. 녀석들이 여기서 모였던 게 틀림없어. 일단 창문을 열어 보아라."

마쓰키치가 창문을 열자 비쳐 든 빛으로 한시치는 방 안을 둘러보았다. 반침 안도 조사했다. 장지문을 열고 부엌으로 나갔다. 봉당에도 내려가 둘러보다 작은 물건 하나를 주었다. 한시치는 그것을 품속에 넣고 나서 처음의 다다미방으로 돌아갔다.

"그럼 이제 돌아갈까."

"벌써요?"

마쓰키치는 어쩐지 아쉬운 듯이 대답했다.

"언제까지 유령 저택을 지켜봐서 뭐하겠나. 날이 저물면 또 외눈박이 괴물이 나올지도 모르고."

한시치가 웃으면서 저택을 나갔다. 중간에 기에몬과 헤어져, 한시치와 마쓰키치는 뒷골목 길을 따라 조용히 걸었다.

"이봐, 마쓰. 이게 뭔 줄 아나?"

한시치는 품속에서 꺼내 보였다.

"허, 어디서 이런 걸……. 이거 안마사가 쓰는 피리 아닙니까."

"그렇지. 부엌 봉당에 굴러다니던 빈 쌀가마니 아래에서 나왔어. 곧 죽어도 하타모토 저택에서 떠돌이 안마사를 불러들였을 리가 없지. 저런 곳에 어째서 안마사의 피리가 떨어져 있을까. 왜인 것 같으냐?"

"글쎄요."

마쓰키치는 고개를 갸웃거렸다.

"이것으로 외눈박이 요괴의 정체가 밝혀졌습니다."

한시치 노인은 나에게 이야기했다.

"처음에는 한쪽 눈을 무언가로 감추었으리라 생각했지만, 피리를 줍고서 다시 생각이 바뀌었습니다. 마쓰키치나 다른 수하들에게 명령해서 에도 전체에 애꾸눈 안마사가 얼마나 있는지를 조사하게 했더니 일곱 명 있더군요. 그중에서 나이 어린 네 명의 신변을 조사해 보니, 이리야 공동 주택에 사는 슈에쓰라는 열네 살짜리 안마사가 아무래도 수상쩍었어요. 이 녀석은 어릴 적에 장난치다가 대나무 끝에 찔려 한쪽 눈을 잃었지요. 애꾸눈 안마사가 되어 푼돈을 받으며 여기저기 떠돌아다니다, 종종 불러주는 우마미치의 나막신가게 주인과 어느새 친해졌어요. 그런데 그 집 주인이 악당으로 어린 안마사를 교묘히 꼬드겨서 안마 치료를 간 집의 물건을 닥치는 대로 훔쳐오게 한 다음 자신이 싼값에 사들였답니다. 그러다가 이 주인이 나쁜 고케닌과 공모하여 빈 저택을 소굴로 삼았는데, 자기 집과 가까우면 들킬 염려가 있어 언제나 먼 야마노테까지 가서 일을 저질렀습니다."

"안마사도 한패였군요."

"그때까지는 상대를 현관에 기다리게 하고 물품을 들고 뒷문으로 도망치거나, 상대가 좀처럼 방심하지 않으면 안으로 불러서 주먹다짐으로 협박해 왔어요. 그런데 인간이란 참으로 기이한 존재지요. 아무리 악당이라도 같은 수법을 반복하다 보면 자연히 질리나 봅니다. 상의 끝에 생각해낸 새로운 방법이 바로 괴담 냄새가 나는 예의 사건입니다. 나막신가게 주인이 지인 중에 이런 애꾸눈 안마사가 있다고 하자 모두 그것참 신기하다고 기뻐하며 안마사 슈에쓰를 잘 설득해서 한편으로 꼬드기기로 했답니다. 불량소년으로 큰 슈에쓰 또한 재미있어하며 동참한 것이지요. 원래 입이 좀 큰 녀석인데, 거기서 착안해 그림물감으로 입을 찢어진 것처럼 꾸미고, 상아 젓가락으로 엄니를 만들었어요. 슈에쓰는 어머니와 함께 살았습니다. 어머니와 동네 사람들이 보는 앞에서 괴물 분장을 하고 집을 나설 수 없으니까, 장사하러 나가는 것처럼 평소대로 지팡이를 짚고 피리를 불며 집을 나와 빈 저택 부엌방을 분장실 삼아, 그곳에서 완벽하게 변신을 했습니다. 슈에쓰는 품속에 넣어 두었던 피리가 떨어진 사실을 나중에야 알아챘습니다만, 어디서 떨어뜨렸는지 모른 채 무심코 그대로 둔 것을 운 나쁘게 제가 발견한 거지요. 차근차근 조사해보니 이 안마사는 나이에 어울리지 않게 씀씀이가 헤프더군요. 이웃 평판도 좋지 않고요. 그래서 붙들어 심문하니, 어쨌거나 아직 어린애라 살짝 겁준 것만으로 전부 자백했습니다."

"그러면 나막신가게 주인과 고케닌, 안마사 슈에쓰……. 그 밖에
도 동료가 있었나요?"

내가 물었다.

"나막신가게 주인은 도스케란 녀석으로, 이자가 요닌 역을 맡았
습니다. 나리인 척했던 이는 누카메 산고로라는 고케닌, 신발지기는
무사 집안에서 계약직으로 일하는 잡일꾼 곤페이라는 녀석으로 이
자는 진짜 신발지기였지요. 그 밖에 마부치 긴파치라는 떠돌이 무사
가 가세했습니다. 슈에쓰는 그 전에도 그 후에도 딱 한 번, 외눈박이
요괴 역을 맡았을 뿐인데, 무척 재미있어하며 또 다른 역으로 써 달
라고 줄기차게 나막신가게 주인을 졸랐답니다. 좌우지간 외눈박이
요괴를 찾아낸 덕에 다른 녀석들도 모두 줄줄이 체포되고 말았습니
다. 시시한 괴담 놀이를 하지 않았다면 좀 더 목숨이 붙어 있었을지
도 모르겠군요. 녀석들에게는 불운한, 세상을 위해서는 잘된 일이었
지요."

단발뱀의 저주 かむろ蛇

半七捕物帳

1

어느 해 여름, 보슈로 여행을 갔다오는 길에 산 형식적인 기념품을 손에 들고 한시치 노인을 방문하니 젊을 적부터 피서 여행 따위한 적 없다는 노인은 기뻐하며 해수욕장 이야기를 들었다.

내가 노코기리야마 산에 올랐다가 엄청나게 많은 뱀을 만난 이야기를 하자 한시치 노인은 얼굴을 찡그리며 웃었다.

"지인 중에도 노코기리야마 산의 부처님께 참배를 다녀온 사람이 있지만 뱀 이야기는 처음 듣는군요. 딱히 무슨 해코지를 하는 것도 아니지만 기분이 좋지는 않지요. 뱀이라 하면 언젠가 귀신 사범 이야기를 한 적이 있었지요. 사범을 목 졸라 죽이고 목에 뱀을 휘감아

놓은 사건 말입니다. 그 사건 말고 뱀 이야기가 또 있는데, 뱀은 이제 넌더리가 나십니까?"

"괜찮습니다. 들려주세요."

"그럼 이야기해 드리지요. 언제나 그랬듯이 미리 몇 가지 이야기를 해두겠습니다. 그러지 않으면 요즘 사람들은 이해하기가 힘들 테니까요. 아시다시피 고이시카와에 고비나타라는 곳이 있어요. 고비나타는 꽤 구역이 넓어서 그 안에 여러 가지 이름을 가진 지역이 있는데, 이제부터 말씀드릴 곳은 고비나타의 스이도바타입니다. 메이지 이후에 스이도바타초 1가, 2가로 나누어졌지만 에도 시대에는 전부 싸잡아 스이도바타라고 불렀습니다. 스이도바타, 지금의 스이도바타초 2가에 니치린지라는 조동종 절이 있습니다. 본당 왼편으로 올라가면 뒷산에 히카와 신사가 있었지요. 옛날에는 니치린지와 히카와 신사가 함께 있었는데 메이지 초기에 신불습합(신도와 불교의 조화와 융합을 주장한 사상으로 19세기 중엽까지 일반에 널리 퍼졌으나 메이지 신정부의 종교 분리 정책으로 금지됨—옮긴이)이 금지되면서 히카와 신사는 핫토리자카 언덕의 고비나타 신사와 합쳐졌어요. 신사 터는 한동안 공터인 채 남아 있다가 지금은 나무를 베어내고 도쿄의 공공용지가 된 모양이더군요.

그런 이유로 오늘날 그곳에 히카와 신사는 없지만, 에도 시대에는 훌륭한 신전이 있었고, 《에도 명소 도감》에도 그 모습이 실려 있습니다. 그런데 히카와 산에는 '단발뱀'이라는 괴물이 산다는 전설이 있었어요. 여기에 대해 갖가지 설이 있는데, 몸은 푸르고 머리는 검은 것이, 옛날 아이들의 단발머리와 닮아서 단발뱀이라고 한다며 보고 온 것처럼 떠드는 사람도 있었습니다. 또 다른 일설에 따르면 날씨가 흐린 어둑한 날이면 숲 근처에 단발머리를 한 귀여운 여자아이가 놀고 있는데, 그 아이가 바로 뱀의 화신이라고 합니다. 아이를 본 자는 사흘 안에 죽는다고 전해졌지요. 물론 실제로 만났다는 사람은 별로 없었지만요. 안에이 연간(1772~1780년) 스이도바타의 아라키자카 언덕에서 포목점을 하던 마쓰모토야 주자에몬의 아들이 이삼 일 앓아눕더니 급사했는데 죽기 직전에 실은 히카와 산에서 단발뱀을 보았다는 이야기가 있는 정도지요.

아무튼 그 외에도 두세 명 비슷한 일이 있었다고 하여, 밤은 물론이고 새벽이나 초저녁, 날씨가 흐린 날에는 다들 히카와 산에 오르

기를 꺼렸습니다. 그런 곳은 가까이하지 않는 게 제일이지만, 히카와 님은 고비나타 일대의 수호신이라서 참배는 해야만 하지요. 제례는 음력 일월, 오월, 구월의 십칠일이었는데, 이날만은 단발뱀도 모습을 드러내지 않았다고 합니다. 대체 그런 전설이 진짜냐 거짓이냐하고 요즘 분들이 따지고 물으시면 대답하기가 곤란한데, 옛날 사람들은 정말로 그것을 믿었어요. 그리 알고 이야기를 들어주십시오."

안세이 오 년(1858년) 칠월부터 팔월, 구월에 걸쳐 에도에는 콜레라가 대유행했다. 이른바 '무오년 호열자(1858년 에도에 콜레라가 대유행하여 십만 명의 사망자를 냈다—옮긴이)'라 부르는 사태다. 엄청난 기세로 만연하는 전염병에 대한 방역법을 몰랐던 그 시대 사람들은 그저 부처님께 구제를 비는 수밖에 없었기에 어느 신사나 절에도 참배객이 인산인해를 이루었다. 평소에 비교적 한산한 고비나타의 히카와 신사에도 그때에는 시간을 불문하고 참배객이 눈에 띄었다. 전설의 단발뱀보다 눈앞의 호열자가 무서웠던 것이리라.

역병이 창궐한 해답게 말만 가을이지 늦더위가 기승을 부렸다. 그해 팔월 말의 일이다. 고비나타 스이도초의 담뱃가게 세키구치야의 딸 오소데가 어머니 오코토, 여급 오요시와 함께 히카와 신사를 참배하러 갔다. 세키구치야는 이곳에서 대대로 장사를 해 왔다. 가게 말고도 땅이며 세를 놓은 공동 주택을 가지고 있고, 사환 둘 외에 젊은 일꾼 세 명, 여급 세 명을 부렸다. 가족은 주인인 지혜가 마흔한 살, 안주인 오코토가 서른일곱 살, 딸 오소데가 열여덟 살로 전대 주인 부부는 스무 해 전에 앞서거니 뒤서거니 세상을 떴다.

신사 가까이 사는 오소데 일행은 점심때를 지나 가게를 나섰다. 아침에는 화창했는데 오전 열 시쯤부터 때때로 구름이 끼고 서늘한 바람이 불었다. 마을을 빠져나와 상수도를 따라 걷는 중에만 두 번의 장례 행렬을 만났다. 둘 다 호열자에 당한 사람들이리라는 사실에 여자들은 기분이 좋지 않았다.

니치린지에 도착해 뒤쪽 히카와 산에 올라 보니 오늘은 드물게 참배객은 한 명도 보이지 않고 키 큰 삼나무 숲에서 가을 매미가 우는 소리만 들렸다. 히카와 신사 앞에 공손히 절하고 다들 그러하듯이 가족의 안녕을 비는 사이 하늘이 점점 흐려지더니 그렇지 않아도 어둑한 나무 그늘이 저물녘처럼 어두워졌다.

"날씨가 심상치 않구나."

오코토는 참배를 마치고 하늘을 올려다보았다.

"쏟아지기 전에 빨리 돌아가요."

오요시도 재촉했다.

매미 울음소리도 어느 틈에 그쳐 주변은 기분 나쁠 정도로 고요했다. 차갑고 무거운 공기가 세 사람의 피부에 와 닿았다. 비가 내리면 큰일이라는 생각에 세 사람은 발걸음을 조금 빨리해 산에서 내려가고 있었는데, 오소데가 무엇을 보았는지 갑자기 발을 멈췄다. 오소데가 말없이 어머니의 소매를 끌자 오코토도 멈추어 섰다. 이어서 오요시도 발을 멈추었다. 그들은 길가 삼나무 거목 사이에 서 있는 한 소녀를 보았다.

새하얗고 청초한 얼굴에, 하얀 천에 비늘 같은 삼각형 모양을 물들인 새로 지은 홑옷을 입고, 물빛 오비를 묶은 소녀였다. 그러나 정작 지금 세 사람의 주의를 끈 것은 검은 머리카락이었다. 가지런한 단발머리였다.

앞서 이야기한 것처럼 당시에는 호열자 때문에 신사를 참배하는 사람들이 갑자기 늘어서 무시무시한 단발뱀 전설도 한동안 잊힌 듯 했다. 그러나 전설이 완전히 사라진 것은 아니었다. 오늘처럼 구름 낀 어두운 날에 단발머리 소녀를 눈앞에서 목격한 세 사람이 커다란 공포에 사로잡힌 것도 무리가 아니었다. 그들은 소녀의 오비 색과 똑같이 파랗게 질린 얼굴로 그 자리에 우뚝 멈추어 서고 말았다.

열아홉 살로 오소데보다 나이가 많고 본디 기가 센 오요시는 이런 일 앞에서도 떨고만 있지 않았다. 오요시는 작은 목소리로 주인에게 귀띔했다.

"들키면 큰일이에요. 도망쳐요."

다행히 소녀가 정면을 향하고 있지 않아서 세 사람은 그 옆모습을 보았을 뿐이다. 살금살금 빨리 빠져나가면 어쩌면 발각당하지 않고 도망칠 수 있을지도 모른다. 하지만 뛰면 발소리가 들릴 우려가 있기에 오코토는 두 사람에게 귀띔해서 숨소리조차 새나가지 않도록 양 소매로 입을 가렸다.

세 사람이 발소리를 죽이고 삼나무 숲을 지나치려 했을 때였다. 오소데가 가장 두려움에 떨고 있었던 걸까. 자꾸 움츠러드는 다리를 끌고 가다가 나무뿌리인지 돌인지에 걸려 잡을 새도 없이 털썩 넘어지는 바람에 오코토와 오요시도 깜짝 놀랐다. 이렇게 된 이상 발소리를 신경 쓸 계제가 아니다. 정신없이 오소데를 일으켜 세워 오코토와 오요시가 양쪽 손을 잡고 마구잡이로 끌면서 달리기 시작했다. 돌계단으로 되어 있는 산의 입구를 구르듯 내려가서 마침내 절의 본당 앞에 다다라서야 세 사람은 한숨 돌렸다. 오소데는 얼굴에 핏기가 사라지고 말도 제대로 못했다.

오코토가 불목하니에게 물을 얻어 와 오소데에게 마시게 하고, 자신들도 마셨다. 산에서 내려오고 나니 갑자기 더워져, 오코토는 수건을 짜서 얼굴이며 목덜미의 땀을 닦았다. 산속에서 만난 수상한 소녀 이야기는 불목하니에게도 하지 않았다.

"집에 돌아가서도 입 다물고 있어라. 누구에게도 절대 말해서는 안 돼."

오코토는 오요시에게도 입단속을 단단히 하라고 했다.

셋은 불안한 마음을 안고 세키구치야로 돌아갔다. 그중에서도 오소데는 넋이 나간 사람 같았다. 결국 그날 밤 저녁조차 제대로 들지 못했다.

오코토는 그날 일어난 일을 남편 지헤에게도 고백하지 않았다. 남편에게 쓸데없는 걱정을 끼치고 싶지 않았을 뿐 아니라 그 일을 입에 담는 게 무서웠기 때문이다. 다음 날도 다시 한 번 오요시에게 절대로 다른 곳에 말해서는 안 된다고 주의를 주었다. 세 사람은 뒤도 돌아보지 않고 도망쳤기 때문에 소녀가 자신들을 발견했는지 알 길이 없었다. 오코토는 남몰래 마음속으로 알아채지 못했기를 빌었다.

그즈음 누가 시작했는지 모르지만 처마에 팔손이나무 잎을 달아두면 호열자의 역병신을 쫓을 수 있다는 이야기가 퍼졌다. 팔손이나무 잎은 덴구(수행자 차림에 얼굴이 붉고 코가 큰, 깊은 산속에 사는 날개 달린 요괴—옮긴이)의 부채와 닮았기 때문이라고 한다. 오코토는 그 이야기를 믿지 않았지만 세상이 이리 뒤숭숭하니 좋다는 건 뭐든 따르는 게 나을 것 같아서, 정원에 커다란 팔손이나무가 있음을 다행으로 여기며 잎을 꺾어 가게 처마에 매달아 놓았다.

다음 날 오후 오코토가 가게에 나가 보니 처마에 달아 놓은 팔손이나무의 커다란 잎이 벌써 말라서 가을바람에 부스럭거리는 소리를 냈다. 말라버린 잎은 주술의 효험도 없겠지 싶어, 다른 사람에게 부탁할 것도 없이 직접 정원에서 새잎을 따다 갈아 달려고 했을 때였다. 문득 오래된 마른 잎에 벌레가 먹은 듯한 흔적이 눈에 띄었다.

눈을 비비고 들여다보니 벌레 먹은 자국은 흘려 쓴 듯한 글자로 보였다. '오소데 죽는다.' 이렇게 씌어 있었다. '오소데가 죽는다.' 오코토는 섬뜩했다.

오요시를 몰래 불러 팔손이나무의 마른 잎을 보여주자 그녀 역시 벌레 먹은 듯한 글자를 '오소데 죽는다'로 읽었다. 팔손이나무 잎이 벌레 먹는 일은 드물다. 그런데 말라버린 잎 표면에 '오소데 죽는다'라는 벌레 먹은 자국이 남아 있는 것이다.

어제 그런 일이 있은 직후라 오코토는 온몸의 피가 단번에 얼어붙는 것 같았다.

2

세키구치야 뒤에는 네 채의 셋집이 있다. 모두 세키구치야 소유로 그중 한 채에 도시조라는 젊은 목수가 혼자 살았다. 젊은 직공이다 보니 이런 때에도 술을 마시는 등 밤 나들이를 다니며 건강을 돌보지 않은 탓에 역병이 찾아와 밤부터 구토와 설사를 시작하더니 다음 날 낮에 숨을 거두고 말았다.

홀몸이라 동료며 이웃 주민이 모여 장사를 지내야 했다. 셋집에서 벌어진 일이기에 세키구치야에서도 일꾼에게 부의를 들려 문상을 보냈다.

"내 땅에서도 드디어 호열자가 나왔군."

주인 지혜는 얼굴을 찌푸렸다.

호열자가 전염된다는 사실은 알아도 그것을 예방하는 법을 모르니 주변 사람들은 그저 두려움에 떨 뿐이었다. 그 즈음에는 전염될까 두려워 호열자로 죽은 사람 집에는 문상이나 밤샘을 하러 가는 자가 적었으나 그래도 도시조 집에는 이웃 사람 대여섯 명이 모여서 모양만이라도 밤샘을 하기로 했다. 도시조의 옆집에 사는 이는 모키치라는 담배장수로, 역시 젊은 독신자였다. 담배장수라도 가게를 가지고 있는 게 아니라 팔 담배를 꾸려 지고 다이묘 저택의 당직실이나 남자 하인 방, 각지의 절들을 돌아다니는 도붓장수다. 모키치는 세키구치야의 셋집에 살 뿐만 아니라 상품인 담배를 세키구치야에서 원가로 사고 있었기 때문에 밤낮으로 살갑게 드나들었다.

모키치와 도시조는 벽 하나를 사이에 둔 세입자로 똑같이 처자식이 없는 처지라 친하게 지내왔다. 도시조가 엊저녁부터 앓아눕자 장사를 쉬고 간호했을 정도였으니 오늘 밤에도 당연히 자리를 지키고 있었다. 늦더위가 기승을 부리는 날씨 때문도 있고, 꼭꼭 닫아 두면 역병의 나쁜 기운이 고인다고 생각하여 좁은 집 안의 문이며 창은 전부 활짝 열어둔 상태였다.

그 밤 아홉 시경, 골목서 개 짖는 소리가 들려 모키치가 집 안에서 고개를 빼고 바깥을 살펴보니 우물가에 하얀 그림자가 보였다. 집 안의 등불이 바깥까지 비추고 있었기에 그림자의 정체도 대충 알 수 있었다. 하얀 홑옷을 입은 소녀였다. 소녀는 세키구치야 뒷문에 서서 출입문 사이로 안을 살폈다. 모키치는 옆에 앉아 있는 같은 공동주택 주민 진조의 소매를 잡아당기며 속삭였다.

"어느 집 아이죠?"

진조도 고개를 늘어뜨리고 바깥을 쳐다보았다. 개는 계속해서 짖었다. 소녀는 개가 무서운지 출입문 곁을 떠나 조용해진 골목 어귀로 물러갔는데, 조리를 신은 것 같았지만 발소리는 들리지 않았다.

"처음 보는 아이네요."

모키치는 다시 이야기했다.

"음, 이 근방 아이는 아닌 것 같군."

진조는 말은 그렇게 했으나 크게 괘념치 않았다. 모키치는 신경이 쓰이는지 앞에 있던 나막신을 발에 꿰차고 골목까지 쫓아 나왔다. 이미 소녀의 모습은 보이지 않았다.

"어디에서 온 아이일까."

모키치는 아직도 고민하고 있었지만 다른 사람들은 진조와 마찬가지로 특별히 흥미나 주의를 가지지 않았기 때문에 이야기는 거기서 끝나고 말았다. 돌림병인 탓에 다음 날 아침 일찍 시체를 화장터로 보내야 했는데 요즘 들어 장례식이 많아서 관을 시간에 대지 못한다고 했다. 마지못해 저녁까지 연기하기로 하고 관계자들은 무시무시한 호열자 시체를 지키면서 하루를 보냈다.

그날 오후였다. 서른 전후의 남자가 세키구치야 앞에 멈추어 섰다.

"이 뒤에 도시조라는 목수가 사나?"

"도시조 씨는 호열자로 죽었는데요."

가게 일꾼이 대답했다.

"호열자로 죽었다?"

남자는 당황하며 물었다.

"정말인가? 대체 언제 죽었지?"

"어제 오후에……."

"이럴 수가."

남자가 혀를 찼다.

장례식이 아직 끝나지 않았다는 이야기를 듣고 남자는 서둘러 골목 안으로 뛰어갔다. 그는 향 연기가 감도는 문간에서 외쳤다.

"이보시게, 도시조가 죽었나?"

"어제 죽었는데요."

입구에 있던 모키치가 대답했다.

"들어오세요……."

문상객인 줄 알았던 남자는 성큼성큼 안으로 들어오더니 다다미 여섯 장짜리 방구석에 누운 젊은 목수의 시체를 바라보고는 부아를 내며 혀를 찼다.

"제길, 운도 좋은 놈이군."

호열자로 죽었는데 운이 좋다니 무슨 소리인가 하고 그 자리에 있던 사람 모두가 놀랐다. 다들 어안이 벙벙해서 남자의 얼굴을 쳐다보자, 그가 의문의 해답을 제시하듯 설명했다.

지금으로부터 사흘 전 밤에 유시마 덴진시타의 관 장수 이타로가 누군가에게 살해당했다. 앞에서도 말했듯이 당시에는 호열자로 인한 사망자가 많아서 어디의 관 짜는 가게에서도 관 만들기로 정신이 없었다. 자신들만으로는 일손이 딸려 목수며 통장이 등을 임시로 고용했다. 솜씨 좋은 직공은 관 따위 만들고 싶어 하지 않았지만, 실력이 떨어지는 자나 수습들은 후한 품삯에 끌려 곳곳의 관 짜는 가게에 도우러 갔다. 이 집의 도시조도 그중 한 사람으로 얼마 전부터 이타로의 가게에서 일했다.

이타로가 누군가에게 살해당한 이유는 돈 때문이라고 결론이 났다. 관 장수에게는 역병신이 복을 가져다주는 신이다. 장사가 번창한 덕에 이타로는 뜻밖의 큰돈을 벌었다. 그 큰돈이 재앙으로 변해 이타로는 죽고 부인은 상처를 입은 것이다. 수사 끝에 임시로 고용한 목수 도시조를 강도 용의자로 보고 체포하러 와보니 이 꼴이다. 붙잡혀 중죄를 받느니 호열자로 죽는 편이 나으리라. 운도 좋은 놈이라는 소리를 들어도 무리가 아니었다.

붙잡으러 왔다가 실망한 남자는 간다 한시치의 수하 젠하치였다. 이렇게 되면 빈손으로 돌아가는 수밖에 없었지만, 그래도 도시조의 평소 행실이나 죽기 전 모습 등을 조사해둘 필요가 있었기에 도시조와 가장 친했다는 옆집 모키치가 바깥으로 불려 나왔다. 젠하치는 우물가 버드나무 아래에 서서 한동안 모키치를 심문하고서 돌아갔다.

"이게 뭔 일이람."

"사람은 겉만 봐서는 몰라."

"도시조 씨가 놀기는 좋아했지만 설마 그런 흉측한 짓을 할 줄은 몰랐어."

호열자로 죽은 도시조에 대한 사람들의 동정이 급속도로 식었다. 다들 억세게 운 좋은 놈이라고 속닥였다. 그렇다고 이제 와서 시체를 버리고 돌아갈 수도 없는 노릇이라 달갑지 않았지만 날이 저물기를 기다렸다. 그리고 저녁 여섯 시쯤 관이 도착하자마자 시체를 처넣어 메고 나갔다.

세든 사람이 죽었으니 집주인도 보고만 있을 수 없었다. 주인 대리를 보내야 할 터인데, 죽은 이가 호열자를 앓았을 뿐 아니라 흉악한 죄인이라는 소문을 듣고 일꾼들은 가기를 꺼렸다. 억지로 보내지도 못하고 곤란해 하고 있는데 여급 오요시가 가겠다고 나섰다.

"아서라. 너는 여자잖니."

오코토는 일단 만류했다. 하지만 누군가 가야 한다면 자신이 가겠다고 해서 결국 오요시를 보내기로 했다.

"호열자가 무섭지도 않은가 봐."

"모키치 씨와 함께 가고 싶어서겠지."

다른 여급들이 숙덕거렸다. 담배장수 모키치는 스물너댓 살로 피부가 하얗고 호리호리했다.

가을 저녁의 어두운 골목에 대여섯 개의 초롱 불빛이 쓸쓸히 흔들리고, 도시조의 관이 나갔다. 여덟 시가 지나 돌아온 오요시가 센주의 화장터에는 관이 오륙십 개나 쌓여 있어서 도저히 바로 화장할 수가 없다, 오늘은 그대로 맡겨두고 며칠 후에 뼈를 수습하러 가야 한다고 말했다. 호열자 때문에 화장터며 절이 혼잡하다는 건 익히 들었지만 지금 다시 그런 이야기를 들으니 세키구치야 사람들도 마음이 무거워졌다.

그중에서도 특히 오코토의 마음을 어둡게 만든 일이 있었다. 오요시가 안주인에게 몰래 귀띔해준 이야기였다.

"어제 밤샘을 하는데 흰 기모노를 입은 여자아이가 뒤쪽 출입문으로 집을 엿보았대요."

"우리 집 뒷문 말이냐?"

오코토는 안색이 변했다.

"담배장수 모키치 씨가 보았답니다. 진조 씨도 보았다고 하고요."

단발뱀과 팔손이나무 잎으로 한껏 겁에 질려 있던 참에 또다시 이런 이야기를 들은 오코토는 눈앞이 캄캄해졌다. 흰 기모노를 입은 소녀가 히카와 산에서 내려온 것이다. 오소데가 죽는다는 그 저주받은 운명이 점점 다가오는 것 같았다.

여태껏 오소데와 오요시의 입조심을 시키며 가슴에만 묻어 왔던 오코토도 더 견디지 못하고 남편 지혜에게 전부 털어놓았다. 지혜는 결코 어리석은 사람이 아니었다. 장사 수완도 제법 뛰어나고 세키구치야의 오래된 명성을 상처 입히지 않을 만큼의 기량을 갖추고 있었지만, 그는 신불(神佛)을 아주 깊이 믿고 받들었다. 그러한 신앙이 지나쳐 미신가라고 할 만했다. 오코토가 히카와 산에서 일어난 일을 숨긴 것도, 무심코 입 밖에 내기라도 하면 남편이 놀랄 게 틀림없다고 염려했기 때문이었다.

아니나 다를까 놀란 지헤는 눈물을 글썽이며 탄식했다. 단발뱀의 저주를 받은 딸의 목숨은 어차피 구하지 못한다고 체념한 것 같았다.

3

팔월 그믐날부터 갑자기 가을바람이 불더니 다음 날인 구월 초하루도 서늘했다.

"역시 날짜는 속일 수 없어요. 이제 호열자도 잠잠해지겠죠."

부인 오센과 이야기하면서 한시치가 홑옷을 겹옷으로 갈아입고 있는데 아침 일찍부터 젠하치가 찾아왔다.

"갑자기 선선해졌네요."

"마침 그 이야기를 하고 있던 참이었어요. 호열자는 어때요?"

오센이 물었다.

"아직 기승을 떨고 있어요."

젠하치가 대답했다.

"가을바람이 분다고 금세 수그러들지는 않겠죠. 칠월부터 팔월에 걸쳐 많이도 죽어나갔어요."

"나쁜 사람이 죽는 건 하는 수 없지만 착한 사람까지 죽으니 큰일이네요."

"저희에게는 나쁜 놈이 죽는 것도 큰일입니다. 간신히 범인을 추격했는데 여차하는 순간 놈이 호열자에 당해버리면 웃음거리도 못 돼요. 실제로 요전번의 유시마 사건처럼요. 겨우 진상을 밝혀내서 고이시카와까지 갔더니만 목수 놈은 호열자라지요. 기운이 쭉 빠졌다고요."

젠하치는 말하다 말고 목소리를 낮추었다.

"그러고 보니 대장님. 지금 말한 고이시카와에서 말입니다. 또 조금 묘한 소문을 들었는데요."

"묘한 소문이라니?"

오센이 자리를 뜬 다음 한시치는 젠하치와 마주 보고 앉았다.

"아시다시피 사람을 죽인 목수는 스이도초의 담뱃가게 뒤에 살았어요."

젠하치가 말을 이었다.

"집주인이 하는 세키구치야라는 오래된 담뱃가게는 살림도 넉넉하고, 이웃들의 평판도 나쁘지 않은 집이에요. 그런데 그곳의 여급인 오요시라는 젊은 여자가 이삼 일 전에 죽었습니다."

"역시 호열자인가?"

한시치가 물었다.

"아니요, 호열자가 아니라 급사인 모양이라……. 세키구치야에서 서둘러 의사를 불렀지만 이미 늦었다고 하더군요. 죽을 때 모습이 영 이상했다고 하는데 일꾼과 여급의 입단속을 단단히 시켜서 입도 뻥끗 못하게 했어요. 그 탓에 오히려 갖가지 소문이 난무하고 있습니다. 이웃 사람들만 이러쿵저러쿵하는 게 아니라 오요시의 친가에서도 받아들일 수 없다며 딸의 시신을 고분고분 인수하지 않고 있답니다. 호열자가 유행하는 시기에 시체를 계속 내버려둘 수도 없는 노릇이라 촌장과 오인보(이웃한 다섯 집을 하나로 묶어 화재며 범죄 따위의 문제에 연대 책임을 지게 한 조직—옮긴이)가 중간에 끼어서 일단 시신만은 가져가라고 설득했지만 결론을 맺지 못한 채 아직 말썽을 빚고 있다더군요."

"오요시라는 여자의 친가에서는 어째서 반대하는 거지? 시체에 무슨 수상한 점이라도 있었나?"

"아무래도 그런 모양이에요. 그게 또 기묘한 이야기인데……. 주변 소문으로는 히카와 산 단발뱀의 저주를 받았답니다. 그런 일이 진짜 있을까요?"

"히카와의 단발뱀……."

한시치도 생각에 잠겼다.

"옛날부터 그런 이야기를 듣기는 했지만 소문인지 진짜인지 믿을 수 없어. 그러면 오요시라는 여자가 히카와 산의 뱀을 만났다는 건가.”

　“세키구치야의 안주인과 딸, 오요시, 이렇게 세 명이서 히카와로 참배를 갔다가 돌아오는 길에 만났다고…… 뱀이 아니라 단발머리 여자아이라고 합니다만…….”

　“여자아이라.”

　한시치는 다시 생각했다.

　“오요시는 뱀의 저주를 받아 급사했다는 얘기군. 급사에도 종류가 여러 가지 있는데 어떤 식으로 죽었지?”

　“그에 대해서도 여러 소문이 있지만 제가 오치요라는 여급을 구슬려서 들은 바로는 이렇습니다.”

　세키구치야에서는 오요시, 오치요, 오쿠마라는 세 명의 여자를 부리고 있는데 오요시는 안살림을 맡아 하고 다른 두 명은 부엌일을 한다. 그날 밤은 아직 늦더위가 남아서 뒷문 공터 쪽 빈지문을 조금 열어 놓고 다다미 넉 장 반짜리 여급 방에 모기장 하나를 달고 세 명이 이부자리를 나란히 한 채 잠이 들었다. 젊은 세 사람은 정신없이 잠들었는데 한밤중에 갑자기 오요시가 소란을 피웠다. 양쪽에서 자던 오치요와 오쿠마도 놀라서 눈을 떴다. 오요시가 작은 목소리로 “뱀……”이라고 외치는 바람에 두 사람은 깜짝 놀랐다.

　오치요와 오쿠마가 허둥지둥 모기장을 굴러 나와 부엌에서 사방등에 불을 붙여 가지고 오니 오요시는 이부자리 위에서 몸부림치며 괴로워하고 있었다. 둘이 부랴부랴 가게 남자들을 깨우는 소리를 들은 주인 부부도 일어나 나왔다. 사환이 단골 의사를 부르러 갔다.

워낙 밤늦은 시각이라 의사는 금세 오지 않았다. 오요시는 의사가 오기 전에 죽고 말았다. 사인은 의사도 확실히 알아내지 못했으나 오요시가 "뱀……"이라고 말한 것으로 보아 아마도 살무사 같은 독사에게 물렸으리라고 추측했다. 당시 이 주변은 숲이며 구릉도 많고, 무가 저택의 공터며 초원도 많아서 살무사나 뱀이 드물지 않았다. 운 나쁘게도, 열어 놓은 빈지문 사이로 기어들어 온 뱀의 희생양이 된 것이리라. 뱀을 찾아내지 못하면 안심할 수 없다. 젊은 일꾼들과 사환까지 다 함께 독사를 찾아 나섰지만 집 안은 물론 정원에도 그럴싸한 모습은 보이지 않았다.

이렇게 일꾼들이 술렁이는 동안에 주인집은 비교적 냉정했다. 주인 지혜와 부인 오코토는 말이 거의 없었다. 딸 오소데는 방 안에 숨은 채 얼굴도 내밀지 않았다. 독사 잡이가 일단락되고서 지혜는 의사를 안으로 불러들여 부인과 함께 단발뱀 사건을 이야기했다. 이야기가 가게 일꾼들에게도 새어나가 자연히 소문의 씨앗이 되었던 것이다.

이걸로 미루어 생각해 보건대 주인집이 담담한 이유는 인정이 없어서가 아니라 어쩔 수 없는 운명이라고 체념했기 때문인 듯했다. 오요시뿐 아니라 오코토와 오소데도 같은 운명을 맞이하게 되지 말라는 법은 없었다. 오요시 한 사람만 제물이 되다니 그걸로 단발뱀의 저주가 사라질까, 세 명 모두 같은 저주를 받는 걸까, 진실은 누구도 알지 못했다. 냉정했던 게 아니라 너무 큰 공포에 사로잡혀 한동안 제대로 말을 할 수 없었던 것이리라. 그러나 오요시의 친가에서는 그 태도를 몰인정하다고 힐난했다.

"아무리 몰인정했다고 해도 부모가 딸의 시체를 인수하지 않다니 이해하지 못하겠어."

한시치가 말했다.

"세키구치야에서 죽였다고 생각하는 건가."

"설마 죽였다고 생각지는 않겠지만 이부자리에서 살무사에게 물렸다니 아무래도 곧이들리지 않죠. 하물며 단발뱀 따위 지어낸 이야기인지 아닌지 알 수 없어요. 금쪽같은 딸이 죽은 이상 어떻게 죽었는지 확실히 알 때까지 함부로 시체를 인수할 수 없다고 주장하고 있다고 해요. 세키구치야에서도 상당한 위로금을 주려는 것 같지만, 부모 쪽에서 오백 냥인지 천 냥인지를 받아낼 작정인 모양이라……."

"오백 냥, 천 냥……."

한시치도 놀랐다.

"사람 목숨은 돈으로 매길 수 없다지만 고용살이 일꾼이 죽었다고 오백 냥, 천 냥이나 뜯길 수야 없지. 대체 부모란 작자는 어떤 사람이냐?"

"오백 냥, 천 냥은 제쳐 두고 부모가 트집을 잡는 데는 까닭이 있답니다."

젠하치가 설명했다.

"하나하나 캐물어 보니 오요시라는 여자는 여급으로 일하고 있지만 사실 주인의 조카라더군요."

"그럼 평범한 일꾼이 아니잖은가."

"형의 딸입니다. 형은 지에이몬이라고 원칙대로라면 가게를 물려받을 장남이었지만 젊을 때부터 놀기 좋아해서 부모에게 의절당하고 대신 동생 지혜가 세키구치야를 상속받은 겁니다. 임종 전에 그만 용서해주라는 사람도 있었으나 전 주인은 허락하지 않은 건 물론이고, 그런 녀석은 절대로 세키구치야에 한 발짝도 들어서는 안 된다고 유언까지 남겼다더군요. 그게 스무 해도 더 전의 일인데 그 때문에 지에이몬은 지금까지도 공공연히 세키구치야에 얼굴을 내밀지 못한답니다. 뒷문으로 몰래 들어온다는 거지요."

"지에이몬은 무얼 하고 있지?"

"시타야 사카모토에서 작은 담뱃가게를 한다고 합니다. 표면적으로는 의절했다고 하더라도 세키구치야의 맏아들로, 지금 주인의 형인 건 분명하니까 세키구치야에서도 어느 정도 생활을 봐주고, 상품인 담배 따위도 대주는 것 같아요. 그 딸이 바로 오요시예요. 오요시 역시 대놓고 친척이라고 말하지 못하는 처지라 일꾼으로 고용되어 세키구치야의 신세를 졌던 겁니다. 자세히는 모르지만 세키구치야에서 오요시를 받아들였을 때 장차 괜찮은 신랑감을 붙여서 어느 정도 밑천을 나누어주어 형 가게를 잇게 하겠다는 약속이 되어 있던 것 같아요. 그러니 오요시가 갑자기 죽어서 가장 곤란한 것은 형 지에이몬입니다."

"형은 이제 정신 차리고 살고 있나?"

"지에이몬은 벌써 쉰으로 지금은 성실히 일하는 모양이지만 옛날에 방탕하게 살았던 성질은 없어지지 않지요. 자신에게 문제가 있었다고는 해도 세키구치야의 가산을 동생에게 빼앗겼으니 마음이 좋지 않은 데다 잘 돌보겠다는 약속을 하고 맡긴 딸이 정체 모를 죽음을 맞이했어요. 이렇게 되자 뭐라도 트집을 잡고 싶어지는 게 사람 마음이라 시체를 인수하느냐 마느냐로 고집을 피우는 거겠죠. 지에이몬은 표면상 어떻든 간에 육친인 조카를 맡아서 억울하게 죽여놓고 죽어버린 걸 어떻게 하느냐는 얼굴을 하는 건 참으로 매정하고 괘씸하다고 말하고 있어요. 이런 사달이 난 것도 결국 오요시가 어떻게 죽었는지 확실히 밝혀내지 못해서예요. 정말로 살무사에게 물렸는지 의사도 확실히 알 수 없다는 것 같아요."

"역시 살무사겠지."

한시치가 말했다.

"살무사일까요?"

젠하치도 고개를 끄덕였다.

"그러면 시비 걸 것도 없어지겠지요. 아무리 지에이몬이 아등바등해도 소용없으니까요."

"아니야, 시비를 못 걸 건 없지. 오요시는 어떤 여자였나?"

"오요시는 열아홉 살로 주인집 딸과는 한 살 차이입니다. 주인집 딸 오소데는 올해 열여덟. 표면상은 주인과 일꾼이라도 어쨌거나 사촌 사이라서 어느 쪽이 더 예쁘고 못생기고 할 것 없이 지극히 평범해요. 그래도 오요시가 나이가 많은 만큼 조숙해서 남자에 관심이 있어 보였습니다."

"세키구치야 뒤의 공동 주택에는 어떤 자들이 살지?"

"호열자로 죽은 목수 도시조, 그 밖에 담배장수 모키치, 맞춤옷가게 직공 진조, 소쿠리장수 로쿠베……. 진조와 로쿠베에게는 처자식이 있습니다."

"모키치라는 게 도시조 옆집에 사는 녀석이었지. 어떤 녀석인가?"

"스물서너 살 먹은 허여멀겋고 호리호리한 놈입니다. 오사카에서 태어났는데, 이전에는 유시마의 찻집에 있었다더군요."

"유시마의 찻집에 있었다……. 남창(男娼) 출신인가."

"소문으로는 그렇습니다."

"그래?"

한시치는 지그시 눈을 감고 다시 생각에 빠져들었다.

4

세키구치야의 딸 오소데가 앓아누웠다.

의사도 무슨 병인지 알지 못했으나 오요시의 횡사에 이어 딸이 병들었으니 세키구치야 부부는 병의 원인이 무언지 대강 짐작이 갔다. 다음에는 자신 차례라고 생각하자 부인 또한 살아 있는 것 같지 않았다. 식사도 제대로 들지 못하게 되어 결국 병자나 다름없어졌다. 아무리 비밀을 지키려 해도 입이 가벼운 일꾼들에게서 새어나간 단발뱀 소문은 일대에 쫙 퍼졌다. 호열자도 무섭지만 단발뱀도 무섭다. 조만간 세키구치야 일가 모두 저주받아 죽고 말 거라는 둥 터무니없는 이야기를 나불거리는 자도 있었다.

그러는 와중에 또다시 공동 주택에 괴담이 떠돌았다. 맞춤옷가게 직공 진조의 부인이 밤 열 시가 다 되어 목욕을 마치고 돌아오다가 어두운 골목에서 한 남자와 스쳐 지났다. 그게 목수 도시조와 너무 닮아서 그녀는 새파랗게 질려 집으로 도망쳤다.

"지금 저기에 도시조 씨가 지나갔어……."

"헛소리 말아."

남편 진조는 호통쳤다.

호열자로 죽은 도시조는 화장터로 보내져 며칠인가 후에 뼈를 수습해 근처 절에 묻었다. 그런 사람이 근처를 걸어 다닐 리가 없다. 하지만 부인은 모습을 똑똑히 보았다고 했다. 이야기를 듣고 옆집

소쿠리장수 부인도 안색이 변했다.

"그럼 도시조 씨 유령이 틀림없어."

무서운 돌림병이 돌아 여기저기 할 것 없이 사망자가 많은 시기에는 갖가지 괴담이 생겨나는 법이다. 소쿠리장수 집에서는 부인뿐 아니라 남편 로쿠베도 그것을 믿어 호열자로 죽은 도시조의 영혼이 주변을 떠도는 것이라고 말했다. 그런 소문이 오모테초까지 퍼졌을 때, 도시조와는 벽 하나를 사이에 두고 살았던 담배장수 모키치도 이런 말을 꺼냈다.

"사실 나도 도시조 씨를 보았어."

이렇게 되자 유령 소문은 점점 부풀어 세키구치야의 셋집에는 밤마다 도시조의 유령이 나타난다고, 있는 말 없는 말 붙여서 떠드는 사람까지 생겼다. 그렇지 않아도 호열자로 다들 두려움에 떨고 있던 시기이므로 단발밤에 유령 같은 꺼림칙한 소문이 줄곧 이어지자 주변 일대는 어두운 공기에 휩싸였다.

특히 어두운 공기 속에 갇혀 있는 건 세키구치야 일가였다. 딸은 앓아눕고, 안주인은 병자나 다름없이 된 판국에 오요시 일도 뒤처리가 아직 완전히 해결되지 않았다. 마을의 오인보가 세키구치야와 지에이몬 사이에서 갖가지 화해 방법을 모색했으나 지에이몬은 쉽게 타협하지 않았다. 평범한 일꾼의 부모였다면 이쪽에서 거액의 위로금을 던져주고 이걸로 만족할 수 없다면 알아서 하라고 냉정하게 자를 수도 있으련만, 의절했다고는 하지만 지에이몬은 세키구치야의 장남으로, 당주 지혜의 형이다. 지혜는 형과 싸우기를 원치 않았다. 중재인들도 차마 형을 심하게 밀어붙일 수 없었다. 지에이몬은 그런 약점에 파고들어 끈질기게 억지를 쓰는 것이었다. 요즘 말로 하면 생활 보조금으로 금 천 냥을 내놓으라고 주장한 것이다.

말할 것도 없이 그 시대의 천 냥은 엄청난 돈이나, 외동딸 오요시를 잃고 자신의 노후를 돌봐줄 사람이 없으니 일 년에 쉰 냥꼴로 스무 해 분, 즉 천 냥의 보조금을 내놓으라는 것이었다. 그것도 일 년에 쉰 냥씩 매년 주는 것은 안 되고, 금 천 냥 전액을 한 번에 내놓으라고 독촉했다. 맞는 말인 것 같기도 하고 아닌 것 같기도 했다. 처치가 곤란해진 중재인들은 결국 삼백 냥 정도로 교섭을 진행했으나 지에이몬은 절대로 양보하지 않았다.

중재인도 신물이 나서 손을 떼려 할 때, 지에이몬은 흰머리가 섞인 살쩍을 부르르 떨면서 말했다.

"지혜는 형을 내쫓아 재산을 가로챈 놈이야. 이제는 형의 딸을 열다섯 살 봄부터 열아홉 살 가을까지 거의 공짜로 부려 먹은 끝에 죽여버리고서 나이 든 형을 길거리로 내모는구나. 나도 이제 참을 만큼 참았어. 재작년에는 부인이 죽고, 올해는 딸이 죽다니, 혼자 남아서 무슨 낙이 있겠느냐. 목숨 따위 언제라도 버릴 각오다."

지혜를 죽이고 자신도 죽겠다는 듯한, 일종의 협박이었다. 중재인들은 설마설마 하면서도 어쩐지 찜찜하여 그대로 손을 떼지도 못하게 되었다. 그렇게 늘 같은 입씨름으로 몇 날 며칠을 보내는 사이 구월도 열흘이 지나 또 다른 소동이 일어났다. 세키구치야의 셋집에 사는 소쿠리장수 로쿠베의 부인이 급사한 것이다.

아직 초저녁이라 남편 로쿠베는 집에 없었다. 갑자기 꺅 하고 비명이 들려 옆집 진조 부부가 뛰어왔을 때 부인은 부엌에 쓰러져 있었다. 부리나케 의사를 불러왔지만 역시 원인을 알 수 없었다. 의사는 역시 살무사에 물리기라도 한 거겠지, 하고 말했다. 소쿠리장수의 부인은 치료의 보람도 없이 다음 날 아침 죽고 말았다. 그 일로 또 여러 가지 소문이 떠돌았다.

"세키구치야의 뱀이 셋집으로 들어간 거지."

"아니, 도시조 씨의 유령이 나온 거야."

뱀과 유령 사이에서 집요하게 고민하던 사람들 앞에 제2의 호열자 소동이 일어났다.

서늘한 바람이 불기 시작하면서 호열자도 조금 시들해졌을 무렵, 세키구치야의 사환 이시마쓰가 호열자에 걸려 이틀 만에 죽었다. 이시마쓰에게 옮았는지 병자나 다름없었던 안주인 오코토도 이어서 같은 병에 씌어 하룻밤 만에 죽었다. 세키구치야는 앞길이 암담했다. 이웃 주민들의 마음도 무거웠다.

병이 병인 만큼 세키구치야에서도 부인의 장사를 소박하게 지냈다. 장례가 끝나고서 지혜는 체념한 듯이 말했다.

"딸도 결국 죽을지 몰라요. 나 또한 어찌 될지 알 수 없습니다. 세키구치야가 문을 닫는 시기가 온 것이겠지요. 형님이 바라는 대로 오백 냥이든 천 냥이든 내드리겠습니다."

아무리 그래도 천 냥은 터무니없다며 중재인들이 다시 교섭을 진행해 육백 냥까지 돈을 올리자 지에이몬도 이쯤이 한계라고 생각했는지 마지못해 승낙했다. 그렇지만 큰돈이라서 함부로 건네주지는 못했다. 후일을 위해 자경단에서 공증을 서고 이후 딴말하지 않겠다는 각서를 쓰고서야 인수가 끝났다.

이 모든 사건 뒤에는 젠하치의 눈이 항상 빛나고 있었다. 한시치도 빠짐없이 보고를 들었다. 당장은 어디에도 손을 쓸 수 없었지만 사건의 실체에 점점 다가가는 듯한 기분이 들었다.

5

구월 이십일 밤중에 시타야 사카모토에서 담뱃가게를 하는 지에이몬이 누군가에게 살해당했다. 이상한 소리를 들은 이웃 사람들이 달려갔을 때 범인은 벌써 자취를 감춘 뒤였다. 날붙이로 목과 가슴을 찔린 지에이몬은 숨을 깔딱이며 말했다.

"모……도……도시조……."

무슨 말인가를 좀 더 하려 했으나 그 말만 하고 목숨이 끊어졌다. 서둘러 신고해 검시를 받았지만 원한에 의한 사건인지 단순한 싸움인지 강도인지 바로는 알 수 없었다. 다음 날 아침 이야기를 들은 젠하치가 한시치와 함께 시타야에 당도한 것은 오전 열 시경이었다. 두 사람은 자경소에 들러 한차례 보고를 듣고 나서 자경단원의 안내로 지에이몬의 담뱃가게에 발을 들여놓았다. 내림 두 칸의 작은 가게로, 안은 다다미 여섯 장과 두 장짜리 방이 두 개, 이 층은 다다미 넉 장 반짜리 방이 하나 있다.

부인과 딸이 세상을 뜨고 지에이몬은 당시 혼자 살았다. 뒷집에 사는 나막신 굽을 갈아주는 사람의 할머니인 오토리라는 이가 아침저녁을 봐주러 온다고 자경단원은 설명했다.

"그럼 일단 오토리라는 자를 불러주시게."

한시치 앞에 쉰네댓 살의 성실해 보이는 노파가 불려왔다. 노파와 함께 옆집 잡화점 주인도 불려왔다. 잡화점 주인 기헤는 어제저녁 가장 먼저 달려온 남자다. 오토리와 기헤의 진술에 따르면 지에이몬은 젊었을 때 많이 놀아봐서인지 붙임성이 좋았고, 지금까지 별다른 말썽도 없었다고 한다. 장소도 나쁘고 가게도 작아서 장사는 잘되지 않는데 매일 말술까지 마셔서 형편이 좋지 않았던 모양이다. 그래도 딸이 죽기 전까지는, 사위를 얻으면 자신은 두 발 뻗고 편하게 살거라는 둥 허풍을 떨었다. 얼마 전에는 술김에 오토리에게 이런 말을 했다고 한다.

"지금 내 눈앞에 대어가 있어. 여기서 호열자 따위에 걸릴 수야 없지."

그러나 딸이 덜컥 죽고 나서는 크게 낙담했는지, 매일 술을 진탕 마시고, 세키구치야에서 위로금을 잔뜩 받아내겠다고 떠들었다. 담판이 어떻게 잘 풀렸는지 요 이삼일은 기분이 좋았다.

"이 집에 평소 자주 찾아오는 자가 있나?"

한시치가 물었다.

"담배장수 모키치 씨가 자주 와요."

오토리가 대답했다.

"피부가 하얗고 호리호리한 사람으로……. 지에이몬 씨 말로는 나중에 오요시의 신랑감으로 생각하는 모양이었어요. 그 밖에는 목수 도시조 씨라는 사람이 때때로 왔는데 호열자로 죽었다더군요."

"그럴 리가."

기혜가 끼어들었다.

"도시조라는 사람, 이삼일 전 밤에 찾아오지 않았나? 우리 가게 앞을 지나간 게 그 사람인 줄 알았는데……. 사람을 잘못 봤나."

"모키치라는 담배장수가 최근에도 왔었나?"

한시치가 다시 물었다.

"어제 오후에도 왔었어요."

오토리가 대답했다.

"저에게 가게를 잠시 맡기고 지에이몬 씨와 모키치 씨가 함께 이층으로 올라가서 한참 이야기를 했습니다."

이 층에 올라가 보니 다다미 넉 장 반짜리 좁은 방은 생각 외로 깨끗하게 정리되어 있었다. 만약을 위해 붙박이장을 열어 살펴보았으나 잡동사니가 조금 처박혀 있을 뿐 이렇다 할 물건은 보이지 않았다. 부엌으로 내려가 바닥의 지하 저장고 문을 열고 마찬가지로 뒤져보았지만 역시 이상한 점은 없었다.

"지에이몬이 죽을 때 무슨 소리를 했다던데?"

"했습니다."

기헤가 대답했다.

"목소리가 너무 희미해서 잘 들리지는 않았지만…… 뭐라던가 '모……도……도시조'라고 하는 것처럼 들렸습니다……."

"그러면 목수 도시조로군."

젠하치가 말했다.

"하지만 도시조라는 사람은 호열자로 죽었다고 하니까……."

"네가 이삼일 전 밤에 보았다고 했지 않아."

젠하치가 다그쳤다.

"사람을 잘못 보았을 수도 있으니 확실히 그렇다고는 못 합니다."

이것으로 일단 대강의 조사를 마치고 한시치와 젠하치는 지에이몬의 집을 나왔다.

"도시조라는 놈이 살아 있는 걸까요?"

젠하치가 걸으면서 물었다.

"호열자로 죽어 화장터에 보내져 재가 된 놈이 살아 있다는 것도 이상하지만 세키구치야의 셋집에도 도시조의 유령이 나왔다고 하니까, 무슨 수를 써서 살아났는지도 모르지."

한시치가 말했다.

"지에이몬이 죽기 전에 도시조라고 말한 이상 아무리 생각해도 도시조가 죽였다고밖에 생각할 수 없어. '모'가 목수의 '모'인지 담배장수 모키치의 '모'인지는 고민을 좀 해봐야겠군. 십중팔구 모키치일 테지."

"그럴까요."

"이 사건에 모키치가 연관되어 있음은 틀림없어. 어찌 된 건지 대충 알겠군. 빨리 모키치를 잡아와. 인간은 뻔뻔해도 남창 출신의 가냘픈 놈이다. 너 혼자로도 충분하겠지. 아니지, 잠깐만. 괜히 놓쳐서 절에라도 숨어들면 귀찮아지겠군. 함께 가자."

둘이 함께 고이시카와의 스이도초를 찾아갔을 때 세키구치야의 공동 주택에 모키치의 모습은 보이지 않았다. 옆집 진조의 부인 이야기로는 도시조의 유령을 두려워하던 참에 주인집 세키구치야에서 호열자 환자가 둘이나 연달아 나오는 바람에, 이런 곳에서 도저히 못 살겠다고 진저리를 치며 오류일 전부터 거의 집에 들르지 않는다고 했다. 낮에 한두 번 돌아온 적이 있지만 매일 밤 다른 곳을 전전하며 잠을 자는 모양이었다. 한시치는 속으로 웃으면서 듣고 있었다.

"그런데 도시조의 유령은 지금도 나오나?"

"제가 본 건 한 번뿐이에요……."

부인은 목소리를 낮추며 말했다.

"그 후로도 나온다는 사람도 있고 사라졌다는 사람도 있어서 어느 쪽이 진짜인지 모르지만 소쿠리장수 부인까지 그런 일을 당하고 나니 기분이 좋지 않아요. 우리는 날이 저물면 웬만해서 집 밖에 나가지 않으려고 해요."

"도시조가 묻힌 절은 어디인가?"

"가이다이마치의 만요지예요."

"도시조의 단나사인가?"

"아니요. 도시조 씨는 단나사가 없어서 모키치 씨가 자신이 아는 절에 맡겼어요."

"고맙네. 우리가 물으러 왔던 일은 아무에게도 말하지 말게나."

바깥으로 나와 보니 세키구치야는 안주인의 칠일재도 끝난 후일 텐데, 호열자 환자가 연달아 나온 것 때문에 이웃에 폐가 될까 했는지 대문을 반쯤 닫고 장사를 쉬는 모양이었다. 한시치는 딱하게 생각했다.

가이다이마치는 여기서 멀지 않다. 두 사람은 에도가와 강의 이시키리바시 다리를 건너 가이다이마치에 다다랐다. 이 일대는 흔히 '네 개 절 마을'이라고 불린다. 네 채의 절 외에 헌옷가게가 많은 마을이다. 절 뒤는 초원이고, 또 그 뒤에는 한 면 가득 논밭이 펼쳐져 있다. 초원에는 키 큰 억새가 우거져 하얀 이삭이 푸른 하늘 아래에 멀리 나부꼈다. 어딘가에서 때까치의 울음소리도 들렸다.

두 사람은 만요지 앞에 섰다. 그다지 큰 절은 아니었지만 내실이 튼튼하다는 소문을 근처에서 들었다. "절은 귀찮은데" 하고 한시치는 중얼거렸다.

"도시조는 유령이 아니라 진짜 사람일 거야. 분명 모키치와 함께 여기에 숨어 있을 텐데, 함부로 발을 디딜 수 없으니, 거참. 사원부교에 허락을 받으러 다시 가야 하나. 귀찮아졌어."

그때 뒤쪽 초원에서 개 짖는 소리가 시끄럽게 들려서 둘은 얼굴을 마주 보았다. 한시치가 앞장서서 뒤로 돌아갔다. 초원은 제법 넓었다. 억새 안쪽에서 들개 몇 마리가 사납게 울부짖고 있었다. 두 사람은 개 짖는 소리를 따라 키 큰 억새를 헤치며 나아갔다. 앞쪽에서도 바스락거리며 억새를 헤치고 오는 자가 있었다. 서로 앞이 보이지 않았기에 충돌 직전에 눈과 눈이 마주쳤다. 그때 젠하치가 갑자기 한시치의 소맷자락을 잡아끌었다.

"모키치예요."

당황해서 몸을 돌려 도망치려 하는 상대를 젠하치가 바로 뒤쫓았다. 모키치는 가지고 있던 괭이를 쳐들고 정면으로 덤볐다. 젠하치가 아슬아슬하게 몸을 피하자 억새 안에서 또 한 사람, 가래를 들고 쳐들어오는 이가 있었다.

"여러 명이다, 조심해."

한시치도 젠하치에게 주의를 주면서 가래를 든 남자에게 달려들었다. 뒤에 나타난 적이 만만치 않아 보였기 때문이다. 워낙 억새가 깊다 보니 억새 잎이 눈과 입을 찌르고 팔다리에 감겨서 생각대로 움직일 수 없었다. 젠하치 역시 겨우겨우 모키치의 팔을 붙잡았지만 억새 잎이 가로막아 눈을 뜰 수조차 없었다. 그러한 불편함은 적도 마찬가지기는 하나 이럴 때에는 약한 쪽이 유리하다. 억새가 방해하는 것을 이용해서 모키치 일당은 필사적으로 저항했다.

네댓 마리의 들개도 달려왔다. 들개들은 한시치 일행의 편을 들듯이 모키치 일당을 둘러싸고 짖어대고, 달려들었다. 가래를 든 남자는 한시치를 밀치고 한 간(약 1.8미터—옮긴이) 정도 도망쳤지만 억새 뿌리에 걸려 넘어졌다. 한시치는 위에서 덮치듯이 상대를 제압했다.

모키치는 뜻밖에 격렬하게 저항했으나 이내 젠하치 발밑에 쓰러졌다. 억새 잎에 베여 양쪽 다 볼이며 손발에 여러 군데 찰과상을 입었다. 두 사람이 오라를 지우고 일어나자 개들이 한시치 일행을 안내하듯이 짖으며 달리기에 억새 사이를 따라갔다. 억새가 어지러이 쓰러진 한 평쯤 되는 빈터가 보였다. 새로 파낸 부드러운 흙 안에 무언가를 묻은 것처럼 보였기에 모키치가 가지고 있던 괭이로 파내자 흙 아래에 젊은 목수의 시체가 누워 있었다.

6

"이걸로 수사는 종결되었습니다."

한시치 노인이 말했다.

"범인을 쫓다가 부상당하는 일은 종종 있었지만, 그때처럼 억새

세례를 받은 적은 없었습니다. 한동안 얼굴이며 손발이 얼얼해서 목욕하는 것도 애를 먹었어요."

"저도 일찍이 이시바시야마 전투(1180년 미나모토노 요리토모와 오바 가게치카가 벌인 전투. 미나모토 측의 사나다 요시타다와 오바의 동생 마타노 가게히사가 어둠 속에서 맞붙어 싸워 함께 죽었다고 전해진다—옮긴이) 그림에 시를 써 달라는 부탁을 받고 '사나다와 마타노, 어둠 속에서 억새를 붙잡았구나' 라는 시구를 만들어 준 적이 있지만, 억새 속에서 벌이는 격투는 정말 고될 것 같군요."

내가 말했다.

"자칫하다가는 눈을 찔리니까요."

노인은 웃었다.

"그런데 사건의 진상은 어디서부터 말씀드릴까요?"

"가래를 든 남자는 누구인가요?"

"그자는 만요지의 불목하니로, 이름은 주베…… 우메카와와 도피행이라도 벌일 듯한 이름이지요(주베는 유명한 조루리《명도의 파발꾼》에서 돈을 횡령해 기녀 우메카와와 도망치는 주인공의 이름이다—옮긴이). 나이는 쉰, 체구가 건장한 놈이었습니다. 오사카 출신으로 모키치의 아버지예요. 이놈 역시 옛날에는 방탕아처럼 지내다 아들인 모키치가 예쁘장하게 태어나자 어릴 때 가게마자야(남색을 파는 가게—옮긴이)에 팔았습니다. 에도의 가게마자야는 덴포 개혁(1840년대 연이은 기근과 물가 폭등, 농민 봉기 등으로 어지러워진 질서를 바로잡기 위해 내린 검약령과 그에 따른 사회, 정치 개혁—옮긴이)으로 폐지되었지만 그 후에도 남자 급사라는 이름으로 영업했지요. 남창에 대해서는 본 사건과 상관없는 이야기라 자세히 말씀드리지 않겠지만, 여자와 다르게 어릴수록 인기가 있으니까, 열일고여덟이 되면 장사를 접어야 합니다. 남창 출신은 단골……대부분은 스님이었는데, 그들에게 얼마쯤 밑천을 받아 조그마한 장사라도 시작하거나 절의 호위 무사 자리를 얻거나, 아니면 방물이며 담배 행상이 되지요. 절에 예전 단골들이 있어서 담배를 팔러 다니는 일이 많았던 모양이에요. 모키치도 그중 하나로, 세키구치야의 공동 주택에 살면서 담배장수가 되었습니다. 만요지의 주지도 모키치의 옛날 단골이었던 인연으로 아버지 주베를 자신의 불목하니로 쓰게 되었던 겁니다."

"문제의 단발뱀 사건은 모키치와 지에이몬의 연극이었나요?"

"예, 그렇지요. 아시다시피 지에이몬은 맏아들이면서 세키구치야의 가산을 동생 지혜에게 빼앗긴 것 때문에 속으로 아주 불만이 많았어요. 지혜는 본디 착한 사람이라서, 그냥 동생에게 딸을 보내 만사를 떠맡겨놓으면 다 잘 풀렸을 텐데, 그거로는 분이 풀리지 않았지요. 또 그 딸 오요시라는 게 기가 세서, 세키구치야의 딸과 사촌 사이인데도 표면적으로는 고용인처럼 일해야 하는 걸 분하게 여겼답니다. 세키구치야에서는 나중에 괜찮은 짝을 지어주어 끝까지 보살펴 주려고 하는데도 지에이몬 부녀는 속으로 맹렬히 원망하고 시기하며 무슨 트집 잡을 게 없나 눈에 불을 켜고 있는 판이니 무사히

지낼 리가 없지요. 어떻게든 큰 말썽이 일어나는 게 당연합니다. 거기에 모키치가 담배를 사러 매일같이 세키구치야에 드나들었어요. 접대부였던 만큼 미남에 달변가라서 오요시는 어느새 모키치와 정분이 났습니다. 겉은 온화해도 속은 시커먼 모키치가 지에이몬 부녀와 공모하여 한바탕 연극을 꾸민 것이지요."

"그 연극의 내용은……."

"세키구치야의 외동딸을 죽여서 사촌인 오요시를 상속인 자리에 앉히려는 책략입니다. 외동딸인 오소데가 호열자로 죽어주면 고맙겠지만 만사가 그리 쉽게 풀리지는 않는 법이지요. 그렇다고 독살 따위는 뒷일이 번거롭고. 그래서 생각해낸 게 단발뱀입니다. 오소데 모녀가 요즘 스이도바타의 히카와 신사에 참배하러 가는 걸 이용해, 먼저 단발뱀으로 위협해 두고 나서 독사를 이용해 오소데를 죽이기로 한 거예요. 누구나 아는 단발뱀의 저주로 살해당했다고 하면 이상하게 여길 사람도 없을 테고요. 아버지인 지혜는 미신가니까 당연히 의심할 리가 없어요. 요즘 사람들이 생각하기에는 너무 과장된 연극 같아 보이겠지만, 단발뱀을 믿었던 시대이니까 그것을 이용한 이런 범죄도 가능했던 겁니다.

그즈음 유시마 덴진〔문신(文神)으로 추앙되는 스가와라노 미치자네를 모신 신사—옮긴이〕의 경내에도 가설극장이 있었습니다. 거기서 연극을 하는 리키사부로라는 아이를 모키치가 빌려와, 히카와 산에 단발뱀이 모습을 드러낸 것처럼 꾸민 거예요. 누가 뭐래도 연기로 벌어먹는 아이라 이런 역할에 딱 들어맞았지요. 오소데 모녀가 참배하러 갈 때 일당인 오요시도 함께 따라갔기 때문에 괴담 같은 연극이 더 완벽하게 성공한 겁니다. 계획대로 그 연극으로 딸은 마음의 병을 얻고, 어미도 병자나 다름없어졌어요. 더불어 셋집의 목수가 호열자로 죽었고요. 그때를 노려 드디어 오소데를 죽일 순서가 되었습니다. 뱀은 모키치가 잡아와서 오요시에게 건넸습니다. 지금과 달리 그 시절의 고이시카와 부근에는 뱀이나 살무사가 얼마든지 살고 있었으니 근처 덤불에서라도 잡아 왔겠지요. 잡은 뱀을 작은 상자에 넣어 오요시에게 건넸어요."

"살무사인가요?"

"살무사지요. 오요시는 한밤중에 오소데의 모기장 안에 뱀을 풀어놓으려고 했지만 역시 나쁜 일을 하면 벌을 받는 법이라, 살무사를 꺼낼 때 잘못해서 자신이 물리고 만 것이지요. 어디를 물렸는지 모르지만 순식간에 독이 퍼져 죽고 말았습니다. 다른 사람을 저주하면 자신에게 두 배로 돌아온다는 말은 바로 이런 걸 두고 하는 소리예요. 생각지도 못한 실패에 모키치와 지에이몬도 깜짝 놀랐지만, 이미 때늦은 일이었어요. 그래서 이번에는 수법을 바꾸어 지에이몬이 수상하게 죽은 딸의 시체를 데려올 수 없다고 트집을 잡아 끝내 세키구치야에서 육백 냥을 뜯어냈습니다."

"육백 냥 때문에 지에이몬은 살해당한 거군요."

"그렇지요."

노인은 고개를 끄덕였다.

"먼저 목수 도시조의 이야기를 해야겠군요."

"저도 그게 마음에 걸렸어요. 도시조는 어떻게 살아 있었던 건가요?"

"이야기를 가만히 들어보세요. 도시조는 유시마의 관 짜는 가게에 일손을 보태러 갔다가 주인 이타로가 호열자 덕에 큰돈을 번 사실을 알고 한밤중에 잠입해서 이타로를 죽이고 부인에게 상처를 입혀 열 냥을 훔쳤습니다. 그때 옆집의 모키치가 바깥에서 망을 보았더랍니다. 그런데 천벌이랄지 운이 좋다고 해야 할지, 도시조는 호열자에 걸려서 젠하치가 잡으러 갔을 때에는 이미 죽어 있었어요. 그때 젠하치가 모키치를 좀 더 잘 조사했더라면 이 녀석도 공범이라는 사실을 밝혀낼 수 있었을 테지만 거기까지는 해내지 못하고 놓쳤습니다.

도시조의 시체를 센주의 화장터로 가지고 갔을 때 호열자 소동으로 화장터는 발 디딜 틈이 없을 정도로 성황, 오륙십 개는 되는 관이 쌓여 있어 도저히 오늘 전부 태울 수 없다기에 관을 그대로 맡기고 돌아갔습니다. 그 시절 화장터는 아주 난폭했는데 특히 일이 많을 때라 엉망진창이었지요. 이웃 사람들이 관을 두고 돌아간 다음 어떻게 된 일인지 도시조는 되살아나서 관을 부수고 기어 나왔습니다. 밤이 깊어 주변은 새카만 어둠, 당연히 아무에게도 말하지 않고 그곳을 나왔습니다.

요즘이라면 그걸로 끝날 리가 없지만 앞서 말했듯이 너무 혼잡해서 아무도 신경 쓰지 않았어요. 며칠 후에 뼈를 주우러 와서 도시조의 재를 수습해 갔는데, 당연히 다른 사람 것이었지요. 누구의 뼈였는지도 모릅니다. 호열자가 유행했을 때는 이런 착오가 얼마든지 있었습니다."

"도시조는 그렇게 소생한 거군요."

"호열자로 한번 죽었으면서 되살아났어요. 신기하다면 신기한 일입니다. 어쩌면 진짜 호열자가 아니었는지도 모르지요. 도시조가 화장터를 떠나 어디서 무얼 했는지 죽은 이는 말이 없으니 알 길 없지만 뼈까지 다 추스르고 며칠이 지난 어느 날 밤 불쑥 돌아왔습니다. 옆집에 얼굴을 내밀자 모키치도 처음에는 놀랐지만 살아 돌아온 연유를 듣고 한숨 놓았지요. 하지만 유시마의 강도 살인이 들통 나서 젠하치가 체포하러 왔던 일 때문에 안심할 수 없었습니다. 죽어버리면 그걸로 끝이지만 살아 돌아오면 일이 복잡해지니 모키치는 도시조에게 귀띔해서 우선 만요지에 있는 아버지 곁에 숨겼습니다.

같은 공동 주택에 사는 진조의 아내가 유령을 보았다는 건 그날입니다. 유령이 아닌 게 들통 나면 귀찮아질 것 같아서 모키치도 입을 모아 유령 소문을 퍼뜨렸어요. 그러던 중 소쿠리장수 부인이 변사했습니다. 오요시를 죽인 살무사가 세키구치야 뒤쪽으로 도망쳐서 주변을 돌아다녔던 건지 아니면 다른 이유가 있었는지, 의사가 사인을 밝혀내지 못해서 여러 억측이 난무했지요. 게다가 또 세키구치야의 호열자 소동, 갖가지 나쁜 일이 잘도 이어졌지만 안주인과 사환의 호열자는 누구의 소행도 아니라 자연재해였으니 하는 수 없습니다.

모키치는 담배장수인 데다 세키구치야에도 출입하고 있어서 지에 이몬과도 허물없이 지냈어요. 도시조도 모키치의 소개로 지에이몬과 알게 되었지요. 그러나 유시마의 강도 살인과 세키구치야 사건은 전혀 별개로 유시마는 도시조와 모키치 두 사람, 세키구치야는 지에이몬과 오요시, 모키치 세 사람, 각자의 역할이 다르고 양쪽 모두 발을 걸친 자는 모키치뿐이에요. 교토, 오사카 출신의 접대부 중에는 불쾌할 정도로 치근거리고 속이 시커먼 놈이 왕왕 있었습니다."

"그렇다면 모키치와 도시조가 공모해서 지에이몬을 죽인 건가요?"

"오요시가 죽는 바람에 단발뱀 건은 실패했지만 지에이몬이 트집을 잡아 세키구치야에서 돈을 갈취했지요. 모키치도 그것을 노리고 있었는데 지에이몬은 담판을 짓고 드디어 육백 냥을 받자 전부 자신의 주머니에 넣고 모키치에게는 한 푼도 주지 않았어요. 오요시가 죽은 이상 모키치 따위에게 이제 볼일이 없다는 거지요. 모키치는 받아들일 수 없었겠지요. 내 몫을 두둑이 챙겨주지 않으면 세키구치야에 가서 전부 불겠다고 협박하자 지에이몬은 코웃음 치며 맘대로 하라고 으름장을 놓았어요. 하다못해 백 냥만 달라고 사정했지만 그것도 거절하더니, 열 냥을 던져주고 쫓아버렸답니다. 억울한 모키치는 만요지에 숨어 있는 도시조와 의논해서 최후의 수단을 쓰기로 했습니다.

그 전까지 도시조가 시타야에 몰래 찾아가서 모키치를 위해 중재역을 맡기도 했으나 지에이몬은 절대로 고개를 끄덕이지 않았지요. 되레 어렴풋이 유시마 사건의 냄새를 맡았다는 티를 내서 결국 살려둘 수 없게 되었던 겁니다. 구월 이십일 밤, 도시조가 뒷문으로 숨어들어 갔어요. 뒤뜰이 샛길처럼 되어 있어 편리했지요. 날림 공사로지은 낡은 집이라서 도시조는 힘도 들이지 않고 부엌의 빈지문을 떼어냈습니다. 평소처럼 모키치는 바깥에서 망을 보았지요.

모키치는 현장을 보지 않았기 때문에 자세한 건 몰랐지만, 도시조는 작은 칼을 가지고 잠든 지에이몬을 덮쳐 생각대로 상대를 해치우고 돈이 어디 있나 뒤졌다고 해요. 불단 서랍에서 백 냥, 낡아빠진 옷고리짝 바닥에서 백 냥, 합이 이백 냥을 찾아냈으나 남은 사백 냥을 숨긴 곳은 알 수 없었습니다. 그러던 중 이웃 사람들이 일어난 기척이 들려 둘은 재빨리 그곳을 도망쳐 무사히 우시고메로 돌아갔어요.

육백 냥을 노렸는데 아쉽게도 이백 냥밖에 건지지 못했지요. 그래도 도시조는 순순히 반으로 나누어 주었기에 모키치도 일단은 만족했어요. 그러나 아버지 주베도 악당, 반으로 나눈 백 냥을 도시조에게 주는 게 아까워서 아들 모키치를 꼬드겨 지쳐 잠든 도시조를 목졸라 죽이고 백 냥을 빼앗았습니다. 시체를 절 뒤편 초원에 묻고 부자는 세상이 잠잠해질 즈음 이백 냥을 가지고 고향인 오사카로 돌아갈 작정이었습니다.

시체는 밤중에 묻었습니다만, 거기는 들개가 많은 지역이었어요.

개들이 무슨 냄새를 맡았는지 다음 날 초원에 모여들어 짖어댔습니다. 처음에는 그냥 내버려두었지만 너무 심하게 짖어서 모키치 부자도 불안해졌지요. 혹시 시체 묻은 곳을 파헤치면 큰일이니까요. 개가 너무 심하게 짖으면 다른 사람이 수상하게 여길지도 모르고요. 그래서 가래와 괭이를 들고 현장을 보러 갔는데 시체에는 별 이상이 없었어요. 모여든 개를 쫓아내고 억새를 가르며 돌아오던 중에 저희와 마주친 것이지요. 그것이 두 사람의 불운, 결국 조금 전 말씀드렸던 최후를 맞이하게 되었습니다."

"사백 냥의 행방은 찾지 못했습니까?"

"지에이몬의 가게 마루 밑에 묻혀 있었어요. 돈을 어떻게 처분했는지 확실히 알지는 못하나 무탈하게 세키구치야에 건네졌다고 들었습니다. 세키구치야의 딸 오소데는 단발뱀의 정체를 알고서 마음이 든든해져서인지 이내 자리를 털고 일어났어요. 오소데야말로 모키치 일당이 노린 진짜 표적이었건만 끝내 무사히 목숨을 건졌지요. 인간의 운명은 모를 일이에요."

"팔손이나무 잎에 '오소데 죽는다'고 쓴 것은 오요시의 짓이었나요?"

"오요시의 잔재주였지요. 실물을 보지 못했지만 타거나 썩게 하는 약을 발라 벌레 먹은 것처럼 꾸몄을 겁니다. 자세히 살펴보았다면 오요시의 글씨체라고 알았을 텐데……. 그런 점이 보통사람다움이니 어쩔 수 없죠. 아니, 저희 같은 전문가도 때때로 어이없는 부주의로 실패를 저지르니 보통사람들을 탓할 수 없군요. 핫초보리에 사는 관리나 오캇피키 역시 신은 아닙니다. 때로는 뜻밖의 착각으로 나중에 웃음거리가 되는 일이 있었어요."

노인은 말하다 말고 웃음을 터뜨렸다.

"큰 웃음거리라고 하면 이런 일이 있었지요. 메이지 이후, 히카와 신사가 핫토리자카 언덕으로 옮겨간 뒤의 이야기인데, 고이시카와의 참배 날에 돈을 받고 단발뱀을 보여 주는 장사가 나왔습니다. 이게 예로부터 히카와 산에 산다고 이름을 떨치던 단발뱀이라고 해서, 자세히 보니 어디인가에서 커다란 구렁이를 잡아와 머리에 콜타르를 발라 놓고 머리가 검은 단발뱀이라 소란을 피운 거였다고 합니다……. 메이지 초기만 해도 이런 엉터리 전시물이 수없이 남아 있었어요. 하하하."

사라진 두 여자

二人女房

半七捕物帳

1

사월 중반, 토요일 저녁이었다.

"내일 날씨는 어떻답니까?"

한시치 노인이 물었다.

"흐릴 것 같네요."

내가 대답했다.

"꽃 피는 계절의 날씨는 참 변덕스러워서……."

노인은 미간에 주름을 모았다.

"그래도 선생은 꽃놀이를 가실 거지요?"

"비만 내리지 않는다면 나가볼까 합니다."

"어디로……."

"고가네이로요."

"고가네이라……. 기차에는 사람이 꽤 많겠지요."

"내일은 일요일이니 생각만 해도 몸서리가 납니다."

"그래도 근래에는 편리한 기차가 있으니까 쉽게 당일치기를 할수 있지요. 옛날에는 신주쿠에서 요도바시, 나카노, 고엔지, 마바시, 오기쿠보, 오소노이, 보쿠야요코초, 이시바시, 기치조지, 세키젠 ……. 이게 에도에서 고가네이로 가는 지름길인데, 걸어보면 제법 멀어요. 느긋하게 꽃구경을 하려면 아무래도 하룻밤 묵어야 하지요. 고가네이바시 다리 부근에 두세 채 있는 요릿집이 여관을 겸업하므로 대부분 거기서 묵었습니다만, 요릿집이라고 해도 시골찻집이라 에도에서 온 사람에게는 불편하기 이를 데 없었습니다."

"한시치 씨도 가신 적이 있었지요?"

"있지요."

노인이 웃었다.

"고가네이의 벚꽃이 멋지다는 이야기는 익히 들었지만 말씀드렸듯이 거리가 멀어서 항상 생각만 하고 가지 못하다가, 잊을 수도 없는 가에이 이 년(1849년) 아사쿠사의 겐쿠지 절에서 큰 법사가 있던 해였습니다. 겐쿠지의 조베의 법사는 사월 십삼일이었는데, 이해 삼월 십구일에 수하 고지로와 젠하치를 데리고 처음으로 고가네이까지 먼 걸음을 해보기로 했다 이겁니다. 무사 신분이라면 전립이라도 눌러쓰고 말 위에서 느긋하게 즐기며 가겠지만, 저희 같은 상사람은 그리할 수 없지요. 세 사람은 각반을 차고 짚신을 신고, 요즘 말로 하면 소풍하는 차림으로 아침 일찍 야마노테로 가서 신주쿠, 요도바시, 나카노로 길을 따라 걸었습니다. 음력 삼월이라 낮에는 조금 더울 정도였어요. 지금 생각하면 옛날 사람은 만사에 느긋했지요. 중간 중간 찻집에 들러 쉬다가 무사태평하게 다시 어슬렁어슬렁 걸어요. 그걸 보양이라고 믿었답니다. 하하하."

"하지만 그게 정말 보양 아닌가요. 요즘은 기차에 타려 해도 이 난리니 놀러 가는 건지 고행을 하러 가는 건지 모르겠어요. 아무리 생각해도 옛날 방식이 진짜 꽃놀이였지 싶어요. 그런데 거기 가서 무슨 재미있는 일은 없으셨습니까?"

"있고말고요."

노인은 또 웃었다.

"개가 돌아다니면 몽둥이를 맞는다고 하는데, 신기하게도 저희는 돌아다니면 사건을 맞닥뜨립니다. 고가네이까지 가는 길은 무사했어요. 고가네이바시 다리 근처에서 점심을 먹고 일대 꽃을 천천히 둘러보고 거기서 묵었다면 아무 일 없었을 텐데, 어차피 묵을 거면 후추의 역참까지 가기로 했더랍니다. 다들 다리 하나는 튼튼한 녀석뿐이라 논두렁을 누비며 고슈 가도로 나가 고가네이에서 대략 일 리반을 걸어 후추에 도착했어요. 역참 중간쯤에 있는 가시와야라는 여관에 들어갔을 때도 아직 해가 중천이라 로쿠쇼 신사에 참배를 드리러 가자는 이야기가 나왔지요. 암흑 축제로 유명한 로쿠쇼 신사, 여기에 온 이상 한번은 참배해야겠다 생각한 거예요. 선생은 가보신 적이 있으신가요?"

"아니요. 고가네이에는 학창 시절에 딱 한 번 가본 것이 다라 후추는 간 적이 없습니다."

"그러면 설명을 조금 해 두어야겠군요. 신사 입구에서 즈이진문(양쪽에 수행 무관의 모습을 한 신상이 안치된 신사 외곽문—옮긴이)까지 대략 일 정 반, 길 양옆은 소나무와 삼나무 숲으로 네댓 아름은 할 법한 거목이 하늘을 찌르듯 우거져 있습니다. 그 숲의 우듬지에는 수많은 백로며 가마우지가 서식하는데 소한부터 입춘까지 삼십 일간은 모두 어딘가로 날아갔다가 추위가 물러가면 다시 돌아와요. 그것이 매해 하루도 틀리지 않아서 이 지방 일곱 가지 불가사의 중 하나로 전해집니다. 백로와 가마우지는 시나가와의 바다나 다마가와 강 부근까지 날아가서 갖가지 생선을 물고 오는데, 실수로 생선을 나무 위에서 떨어뜨리는 때가 있어요. 그 고장 아녀자들이 종종 줍곤 하지요. 바다와 떨어진 곳이지만 새 덕분에 생각지도 못한 신선한 바닷고기를 주울 수 있다니 얼마나 다행입니까. 간단히 말하면 하늘에서 물고기가 내린다는 소리인데……."

"재미있는 이야기네요. 지금도 그럴까요?"

"글쎄요, 지금은 어떤지 모르지만 옛날에는 그랬습니다. 실제로 저도 봤으니까 거짓말이 아니에요."

노인은 계속해서 웃었다.

"그때도 물고기가 내렸습니다. 저와 고지로, 젠하치, 이렇게 셋이 숙소를 나와 로쿠쇼 신사의 사당을 향해 걸었어요. 즈이진문까지 양 옆으로 우거진 거대한 소나무와 삼나무 숲을 보면서 가는데 고지로 가 갑자기 앗 하고 소리를 질렀습니다. 무언가 하고 가리키는 방향 을 보자 커다란 백로 한 마리가 창공에서 선회하며 내려와 숲의 우 듬지에 앉으려는 순간 어찌 된 일인지 물고 있던 검은 생선을 떨어 뜨려 물고기가 하늘에서 내려오지 뭡니까. 그러자 부근에서 놀던 두 아이가 와아 하며 달려옵니다. 한 명은 아기를 업은 열네댓의 여자 아이, 또 한 명은 열하나둘 된 남자아이로, 둘 다 허둥지둥 생선을 주 우려고 해요. 인간들끼리 다툼이 일어나니 백로도 내려오지 못했겠 지요.

나이가 위인 여자아이가 재빨리 주운 생선을 남자아이가 빼앗으 려고 합니다. 여자아이는 빼앗기지 않으려고 하고요. 둘 다 울상이 되어 열심입니다. 어차피 꼬마들 싸움, 웃으며 지나치면 그만인 것 을 그냥 보고 지나치지 못하는 게 제 천성, 상처라도 입으면 안 되니 까 고지로에게 말리라고 하자, 고지로는 달려가서 두 아이를 떼어놓 았습니다. 아무리 상대가 아이라도 싸움을 말리러 간 이상 해결은 보아야지요. 생선은 먼저 주운 여자아이에게 주어야 합니다. 고지로 가, 대신 너에게는 이것을 주마, 하고 삼 문인지 사 문쯤 쥐여 주자 남자아이는 크게 기뻐하며 고개를 끄덕였어요.

하지만 이 아이들은 원래 사이가 좋지 않은지, 아니면 생선을 빼앗긴 게 분했는지 남자아이는 여자아이를 가리키며, 이 녀석 집에는 유령이 나온다, 와아 유령이다, 유령이다, 라고 소리 지르면서 잽싸게 도망쳤습니다. 여자아이는 손에 쥐었던 생선을 내던지며 와앙 하고 울음을 터뜨렸어요. 어리둥절했지만 계속 아이를 상대하고 있을 수 없는 터라 셋은 그대로 그 자리를 벗어나 즈이진문으로 들어가서 사당에 절을 드리고 숙소로 돌아왔습니다.

그냥 이뿐이라면 딱히 얘깃거리도 되지 않습니다마는 그날 밤 여관도 한가했는지 여급 두 사람이 방으로 와 술시중을 해주더군요. 그때 물고기가 내려온 이야기가 나왔는데, 여급이 여자아이를 알고 있었습니다. 남자아이는 누군지 모르겠지만 여자아이는 오산일 거라더군요. 오산의 아버지 도모조는 사 년 정도 전까지 후다 역참에서 다마가와 강의 고기잡이를 했습니다. 후다는 후추에서 일 리 이십삼 정이 못 되는 거리에 있는데, 요즘에는 조후라는 이름으로 알려져 있는 모양이에요. 후추와 후다는 엎어지면 코 닿을 데라 그 땅에 사는 사람들은 매일 왔다 갔다 한다는군요.

도모조는 아주 질이 나쁜 인간으로 도박에 싸움까지 한답니다. 무슨 나쁜 짓이라도 했는지 후다의 고기잡이 동료에게도 미운털이 박혀 지금은 후추 역참으로 흘러들어와 이렇다 할 직업도 없이 빈둥거리고 있었어요. 몇 해 전 부인과 사별했고, 오쿠니와 오산이라는 두 딸이 있었지요. 그런 녀석이니 나이 찬 딸을 그냥 둘 리가 없습니다.

언니 오쿠니는 조후의 사창굴에 팔아버리고, 여동생 오산은 후추의 기타야라는 쌀집에 애보기 하녀로 보냈다고 합니다."

"기타야에 유령이 나오는 건가요?"

나는 이야기 중간에 끼어들어 물었다.

"아니요. 기타야는 관계가 없고 도모조의 집에 나온다고 하더군요."

"무엇이 나왔답니까?"

"도모조는 역참 변두리의 작은 집에 사는데 매일같이 집을 비우고 놀러 다녔어요. 그 집에 남녀의 유령이 나온답니다······. 여자는 조후의 사창굴로 팔려간 딸 오쿠니, 남자는 에도의 젊은이라더군요."

"둘이 정사라도 했습니까?"

"그렇습니다. 함께 목숨을 끊은 두 사람의 유령이 도모조의 집에 나타나는 겁니다. 밤은 물론이고 비 내리는 어두운 날에는 낮에도 나온다니까 무시무시하지요. 도모조가 태연한 걸로 보아 정말로 나오는 건지 아니면 도모조의 배짱이 좋은 건지 알 수 없지만, 어쨌거나 그 집에 유령이 나온다는 이야기는 꽤 유명해서 역참 안에 모르는 이가 없다고 여급들은 진지하게 이야기했어요."

"유령이 되어서 나온다니, 남자와 딸이 도모조에게 원한을 품을 이유라도 있겠군요."

"그 원한이라는 것이 말이지요······. 이렇게 된 겁니다."

2

재작년 오월, 두 남자가 로쿠쇼 신사의 암흑 축제를 구경하러 에도에서 함께 왔다. 요쓰야의 이즈미야라는 포목점 아들 세이시치와 행수 이쿠지로는 바로 이 가시와야에 묵었는데, 축제가 밤새워 이어져 아침까지 제대로 자지 못했기에 밤이 밝고 나서 잠자리에 들어 점심이 지나 일어났다. 이래서야 해 떠 있는 시각에 에도에 들어가지 못하리라 생각한 두 사람은 오후 두 시가 넘어 여관을 나와 조후에 묵기로 했다. 둘 다 스물두셋 먹은 한창때의 젊은이인지라 보통 여관이 아니라 고슈야라는 창가(娼家)에 들어갔다.

고슈야는 도모조의 딸이 일하는 가게로, 바로 그 오쿠니가 세이시치를 상대했다. 이쿠지로는 오아사라는 여자를 샀다. 오쿠니는 그때 스무 살로, 이 가게의 간판 기생이었는데 하룻밤 손님임을 빤히 알면서도 에도에서 온 젊은 손님을 특별히 대했는지 그다음 날 아침 서로 아쉬워하며 헤어졌다.

에도에는 놀 곳이 많다. 눈앞에 신주쿠가 있었지만 오쿠니를 잊을 수 없었던 세이시치는 가게에 뭐라 둘러댔는지 모르나 그 후로도 두 달에 한 번 정도는 고슈야를 찾았다. 당시 고슈 가도라고 하면, 신주쿠에서 시모타카이도까지 이 리 삼 정, 가미타카이도까지 십일 정, 조후까지 일 리 이십사 정, 합이 사 리 길을 찾아오는 것이니 오쿠니는 정말로 기뻤던 모양이다. 그렇게 일 년 남짓이 흘렀다. 에도 요쓰야와 고슈 가도의 조후까지는 오가는 길이 너무나 멀기에 두 사람 사이에 낙적 이야기가 나왔다.

그러려면 부모에게도 사실을 밝혀야 한다. 오쿠니가 아버지 도모조를 불러 이야기하자 그는 기꺼이 승낙했다. 그러나 에도의 손님이 낙적하려고 하면 주인도 약점을 잡고 비싼 값을 부를 터이니, 내가 직접 담판을 지으러 가서 열닷 냥이나 스무 냥으로 값을 깎아주마, 일단 세이시치라는 남자에게 스무 냥 정도 가지고 오게 하라고 일렀다.

도모조는 시키는 대로 돈을 들고 후추로 찾아온 온순한 세이시치를 속여 돈을 빼앗았다. 그러고서 열닷 냥이나 스무 냥 정도의 푼돈으로 소중한 딸을 네 녀석에게 넘겨줄쏘냐, 딸을 원하면 따로 키워준 값 백 냥을 가지고 와라, 하고 콧방귀를 뀌었다. 이건 약속이 틀리지 않느냐고 따졌으나 세이시치는 도모조의 적수가 못 되었다. 결국 흠씬 두들겨 맞고 쫓겨나고 말았다.

억울한 눈물을 흘리며 고슈야로 돌아온 세이시치와 오쿠니가 어떤 말을 주고받았는지 모르지만 둘은 그날 밤 고슈야에서 빠져나와 다마가와 강가로 갔다. 물이 얕아 죽기 어렵겠다고 생각했으리라. 오쿠니가 가지고 있던 면도칼로 남자는 여자의 목을 찔렀다. 그리고 자신의 목을 찔렀다. 그래도 금방 죽지 못했는지 피투성이가 되어 꼭 끌어안은 채 여울로 뛰어들어 쓰러진 두 사람이 다음 날 아침에 발견되었다. 유서 따위 남아 있지 않았으나 동반 자살한 것임은 의심할 여지가 없었다.

이것이 작년 팔월 강가에 하얀 갈대꽃이 필 무렵의 일로, 젊은 남녀를 비참한 죽음의 심연으로 몰아넣은 게 도모조의 흉행 때문임을 사람들도 자연히 알게 되었으나 상대가 상대라 고슈야에서도 드러내놓고 따지지 못했다. 덕분에 도모조는 태연하게 놀면서 지냈다. 사건 이후 안 그래도 평판이 나빴던 도모조를 지역 사람들은 모두 싫어했다. 오쿠니와 세이시치의 유령이 원한을 품고 나온다는 소문도 떠돌았다. 도모조가 낮에는 태연한 얼굴을 하고 있지만 밤에는 피투성이 유령 둘의 괴롭힘에 끙끙대며 고통스러워한다고 참말인 것처럼 떠드는 사람도 있었다.

이상이 여관 여급들의 이야기였다. 한시치 일행도 정말 무정한 놈이라고 맞장구를 쳤으나 오쿠니와 세이시치가 합의로 정사한 이상 표면적으로 도모조를 어찌할 방도가 없음을 알기에 더 이상 묻지 않았다. 다음 날 아침 숙소를 나서 역참 외곽으로 가는 중에 어제의 남자아이가 두세 명의 친구들과 길에서 노는 모습을 발견하고 고지로가 말을 걸었다.

"꼬마야, 유령이 나오는 집이란 게 어디냐?"

"저기예요."

남자아이는 손가락으로 가리켜 알려주었다. 일고여덟 채 앞에 새로 지붕을 얹은 작고 허름한, 강한 바람이 불면 쓰러질 것처럼 기운 집이 있었다. 집 앞에는 커다란 홰나무가 서 있었다.

어차피 가야 할 방향이라 그 집 앞을 지나가면서 흘깃 엿보니 홰나무 가장귀에 큰 가마우지 한 마리가 묶여 있고, 그 발에 '매물'이라고 씌어 있는 종이쪽지가 묶여 있었다. 옳다구나 하고 젠하치가 다가가 사람을 불렀다.

"여보시오, 이 새 파는 겁니까?"

남자는 어두운 방 안에서 이불을 뒤집어쓴 채 고개를 내밀었다. 잠을 자고 있었던 건 아니었는지 금세 상체를 일으키고 대답했다.

"당연히 파는 거지."

"얼맙니까?"

"금 서 푼이네."

"아이고, 비싸기도 하네."

"비싸긴 뭐가 비싸."

그렇게 말하면서 일어나 나온 이는 마흔두세 살의 피부가 검붉고 수염이 무성하고 체구가 큰, 보기에도 인상이 나쁜 남자였다. 그는 세 사람을 뚫어지게 쳐다보더니 짜증 섞인 목소리로 말했다.

"장사 방해하지 말게. 너희 그 새가 뭔지나 알아? 이건 가마우지야. 야생 가마우지라고. 너희 같은 인간이 살 물건이 아니야."

"가마우지란 건 알지만 가격을 물어봤을 뿐이요."

젠하치가 대꾸했다.

"그러니까 방해꾼이라고 하지. 에도 사람이 가마우지를 사서 뭐에 쓰려고. 아니면 요즘 에도에서는 가마우지를 삶아 먹는 게 유행인가. 아침 댓바람부터 재수 없게. 얼른 꺼져."

남자는 눈을 희번덕거리며 소리 질렀다.

"이보, 진정하시게."

한시치가 끼어들었다.

"당신 말대로 가마우지를 사 가봤자 선물로도 주지 못하지. 이야 깃거리 삼아 가격을 물었을 뿐이니 방해꾼이라고 하면 변명할 말이 없네. 그나저나 가마우지는 어디서 잡았나?"

"사오일 전에 어디선가 날아왔어. 아마 신사 숲으로 돌아가던 녀석이 길을 잘못 들었겠지. 숲에 있는 놈은 함부로 손댈 수 없지만 내 집에 날아들어 온 걸 잡는 건 내 맘이지. 이 녀석은 야생 가마우지 중에서도 난폭한 놈이니까 무심코 다가갔다가 쪼여도 책임 못 져. 익숙한 나조차 다쳤다고."

남자는 말을 내뱉고 안으로 들어가버렸다. 더 이상 대화가 불가능하다고 판단한 한시치는 인사를 하고 그곳을 나왔다.

"저놈이 도모조군요. 정말 귀엽지 않은 놈이네요."

고지로가 걸으면서 말했다.

"젠하치가 시답지 않은 소리를 하니까 저런 놈에게 사과까지 했잖아."

한시치가 웃었다.

"정말로 유령이 나오는지 안 나오는지는 모르겠지만 저런 녀석한테 나타난 유령이 가엾군. 유령에게 어깨를 주무르게 하거나, 밥을 짓게 할지도 모를 일이야."

세 사람은 그날 오후에 에도로 돌아왔다. 신주쿠에서 늦은 점심을 먹고 잠시 쉰 뒤에 관문을 넘어 요쓰야 대로로 접어들었다. 시오초 중간쯤에서 고지로가 갑자기 한시치의 소매를 잡아당겼다.

"대장님, 저기가 이즈미야예요."

그곳에는 이즈미야라는 간판을 단 포목점이 보였다. 나쁜 녀석에게 걸려 소중한 아들을 잃다니, 가엾게 여기며 슬쩍 들여다보니 내림 넉 칸에 일꾼도 여럿 있었다. 일대에서는 상당한 유지인 듯했다. 이만한 가게의 아들이 그까짓 스무 냥, 서른 냥으로 목숨을 버릴 필요는 없을 텐데. 참으로 딱하게 되었다.

'또 다른 사정이 있었나.'

한시치는 생각에 잠겼다.

3

그 해의 꽃놀이 철에는 드물게 화창한 날이 이어져 꽃잎이 돌풍에 휩쓸리는 일이 없었으나 사월에 들어서면서부터 흐린 날이 많아졌다. 사나흘이나 비가 이어져 계절에 맞지 않게 오슬오슬한 날도 있었다. 그래도 단옷날 전부터 날이 개어 삼일부터 칠일까지 오 일간은 초여름다운 햇빛이 축축하게 젖은 에도 거리를 반짝반짝 비추었다.

다른 일로 바빠서 한시치도 잊고 있었지만 오월 초에는 후추의 축제가 있다. 로쿠쇼 신사의 제례는 삼일에 시작해 육일 아침에 끝난다. 그 기간에 줄곧 맑은 날씨가 이어졌으니 여기저기서 몰려든 참배객으로 얼마나 혼잡했을지 안 봐도 훤했다.

그달 팔일 오후였다. 볼일이 있어 시타야에 다녀왔더니 고지로가 손님 한 명을 데리고 한시치가 돌아오기를 기다리고 있었다.

"대장님, 날씨가 또 꾸물거리네요."

"음. 맑은 날이 오래가지 않아서 큰일이야. 또 하늘이 울 것 같군."

말하면서 문득 보니 눈앞에도 울 것 같은 얼굴을 한 사람이 앉아 있었다. 마흔 전후의 마른 남자로 큰 가게의 대행수임은 한눈에 알았다. 고지로가 지체 없이 소개했다.

"이 사람은 요쓰야 사카마치의 이즈야라는 술도매상 대행수인데요, 대장님께 부탁드리고 싶은 일이 있다기에 제가 데리고 왔습니다."

뒤를 이어 남자도 이즈야의 대행수 지헤라고 자신을 소개했다. 한시치가 인사를 하고, 무슨 용건이냐고 물으니 지헤의 무거운 입에서 이런 이야기가 흘러나왔다.

"대강의 이야기는 조금 전 고지로 씨께도 말씀드렸지만, 저희 가게에 난처한 일이 생겨서……."

자신에게 일을 부탁하러 온 이상 어차피 무슨 사건이 일어났으리라는 것은 잘 알고 있으므로 한시치는 상대의 이야기를 끌어내기 위해 가볍게 대답했다.

"아, 그러세요. 무슨 복잡한 사정이라도 있는가요?"

"아시다시피 이달 오일에 후추의 로쿠쇼 신사 제례가 있었어요. 마님께서 명물인 암흑 축제를 꼭 한번 보고 싶다 하셔서 마님과 도련님, 그리고 저와 젊은 일꾼 마고타로, 이렇게 넷이서 아침 일곱 시경에 가게를 나섰습니다. 당연히 마님은 가마를 타셨고, 남자들은 걸어서 갔습지요. 요즘 날이 길기는 하지만 쉬엄쉬엄 가느라 후추 역참에 도착했을 때는 벌써 해가 뉘엿뉘엿했습니다. 이 축제는 처음 가보았는데 소문으로 들은 것보다도 훨씬 사람이 많더군요. 익숙지 않은 지방에서 갈팡질팡하다가 겨우겨우 가마야라는 여관에 들어갔는데, 여관 안도 엄청나게 혼잡해서 도저히 묵지 못할 것 같았어요. 하지만 오늘은 어느 여관이나 다 똑같다기에 조금 참기로 했습니다."

"저도 올 삼월에 후추에서 하룻밤 묵었지만 비수기라서 무척 한가했어요."

한시치가 웃었다.

"축제 때는 난리도 아니라고 여급들이 말했었지요."

"정말 상상을 초월하더군요."

지혜는 한숨을 쉬었다.

"그렇게 크지도 않은 여관에 백 명이 넘는 사람이 묵으니까, 한 방에 열다섯 명이고 스무 명이고 집어넣어서 앉을 곳도 없는 형편이었어요. 저녁밥도 각자 부엌에 가서 직접 받아 와야 하고요. 꼭 화재 때 대피소 같았습니다. 이럴 줄 알았다면 오지 말 걸 그랬다고 마님도 후회하셨어요. 이제 와서 돌아가지도 못한 채 잔뜩 위축되어 참고 있었죠. 대충 밤 열 시가 넘었을 즈음, 이제부터 신령님 행렬이 지나십니다, 불을 끄겠습니다, 하고 돌아다니며 알리는 목소리가 들리자마자 안팎의 불이 한번에 꺼지면서 온통 캄캄해졌습니다.

드디어 축제가 시작되었다니, 너도나도 손으로 더듬으며 가게 밖으로 달려 나왔으나 무엇 하나 보이지 않았어요. 어둠 속에서 신체를 실은 가마에 달린 금속물이 달그락달그락 울리는 소리와 그것을 짊어 메고 가는 사람의 발소리가 저벅저벅 들릴 뿐이었어요. 신체를 실은 가마는 윗마을의 임시 안치소로 보내져 어둠 속에서 먹을 것을 나누어주는 의식을 한다더군요. 그러는 중에는 안이나 밖이나 새카만 어둠뿐이에요. 새

벽 두 시경에 식이 끝나자 등불이 일제히 확 하고 켜져 마을 전체가 갑자기 밝아졌습니다. 재차 말씀드렸듯이 그때까지는 깜깜하게 어두워 어디에 누가 있는지 전혀 알 수 없었는데, 일단 밝아지고 나니

마님 모습이 보이지 않았어요. 도련님과 마고타로, 저도 걱정되어 인파를 헤치고 주변을 몇 번이나 뒤지며 다녔지만 도저히 찾을 수가 없었습니다.

한밤중이기도 하고 사람도 너무 많아서 어찌할 방도가 없었어요. 날이 밝으면 어디에서든 나오시겠지 하며 셋은 한숨도 자지 않고 날이 밝기를 기다렸건만, 마님은 역시나 보이지 않았습니다. 기다리다 보니 해가 중천, 다른 손님이 하나둘 숙소를 떠나도 저희는 돌아갈 수 없었어요. 여관 사람들에게도 부탁해서 짚이는 곳을 구석구석 뒤졌으나 수확은 없었습니다. 그래서 그날 밤도 후추에서 묵으면서 기다렸지만 마님은 돌아오지 않으셨어요. 가게에서도 걱정하고 있을 터라 셋이 의논 끝에 마고타로만 후추에 남고, 도련님과 저는 빠른 가마를 타고 에도로 돌아왔지요.

주인어른도 깜짝 놀라 친인척을 불러 모아 어제 밤늦게까지 여러 가지 이야기를 주고받으셨지만, 다들 걱정만 할 뿐 이렇다 할 방도도 없습니다. 같은 동네의 나막신가게 주인이 여기 고지로 씨와 친하다는 이야기를 들어서……."

"그런 사정으로 제게 부탁하러 오셨어요."

고지로가 말을 이었다.

"저 혼자서 결정할 일이 아니라서요. 하물며 에도에서 오 리, 칠 리나 떨어진 곳에서 일어난 일이고, 제발 대장님께 부탁해달라고 하기에 이렇게 함께 왔습니다. 어떻게 안 될까요? 대행수도 많이 걱정하고 있는 것 같은데……."

"젊은 것도 아니고 나이를 먹을 만큼 먹은 제가 함께 있었으면서 마님의 모습을 놓치다니, 주인어른은 물론이고 이웃에게도 면목이 없습니다. 만약 무사였다면 배라도 갈라야 할 판입니다. 대장님, 부디 헤아려주십시오."

마흔 줄의 남자가 눈물을 글썽이며 머리를 조아렸다. 고지로까지 말을 거든 이상 한시치도 거절할 수 없는 상황이었다.

"알겠습니다. 할 수 있을지 없을지 모르지만 이렇게 찾아와 주셨으니 제가 어떻게든 힘을 써 드리지요."

한시치는 사건을 받아들였다.

"이봐, 고지로. 올봄 처음으로 후추에 갔던 게 무슨 인연인지도 모르겠어."

"그렇네요."

고지로도 고개를 끄덕였다.

"대장님, 대행수에게 물어볼 것은 없으십니까?"

"잔뜩 있지. 댁의 안주인은 몇 살이고 어떤 사람입니까?"

"마님 성함은 오야에라고 합니다. 열여덟 살에 이즈야로 시집와서 이듬해 장남 조자부로 님을 낳으셨습니다. 조자부로 님이 올해 스무 살이시니까 마님은 서른여덟 살이시지요. 용모도 나쁘지 않고, 나이보다 어려 보이는 편이십니다."

지혜는 한시치의 물음에, 이즈야는 요쓰야 사카마치에서 오 대나

이어온 유서 깊은 집으로 단골 중에 무사도 많고, 논밭이며 셋집도 제법 가지고 있어 가게 사정도 나쁘지 않다, 주인 조시로는 서른네 살, 자식은 조자부로 말고 열일곱 살 요모키치, 열네 살 오하쓰가 있다, 일꾼은 자신 외에 젊은 사람 셋, 사환이 둘, 여급 둘, 합이 열세 명이 같이 지낸다고 대답했다.

"댁네에서는 시오초의 이즈미야라는 포목점을 알고 있습니까?"

한시치가 느닷없이 질문했다.

"이즈미야라면 알지요. 친인척은 아니지만 지난 대부터 사이좋게 지내고 있습니다."

"이즈미야의 아드님 일은 참 딱해요."

"정말 큰일이었죠……. 이즈미야에서도 아들의 시신을 수습하네 어쩌네 하며 꽤 많은 돈이 들었던 모양인데, 그에 대해서는 참으로 할 말이 없습니다. 그런 사건이 있었던지라 이번 후추행도 주인어른은 망설이셨어요. 저도 어쩐지 내키지 않았지만 마님께서 꼭 한번 보고 싶다고 하셔서 결국 큰맘 먹고 외출했다가 또다시 이런 일이 생기다니……. 역시 말렸어야 한다고 이제 와 후회하고 있습니다."

"이즈미야의 일꾼 중에 아드님과 함께 후추에 갔던 자가 있었지요?"

한시치가 다시 물었다.

"예. 이쿠지로라는 자입니다."

지혜가 대답했다.

"놀기 좋아하는 사람인데, 주인의 아들을 조후의 사창굴로 꾀어
낸 탓에 일이 그렇게 되었으니 주인에 대한 면목을 잃었지요. 하지
만 평범한 고용살이 일꾼이 아니라 주인의 먼 친척이라서 그냥 그대
로 일하고 있어요."

"이쿠지로는 몇 살입니까?"

"아마 스물셋쯤 되었지요. 방금 말했듯이 건실한 포목점 행수에
는 다소 어울리지 않는 도락가로, 근처 도키와즈 교실을 드나든다는
소문도 있습니다."

"이쿠지로가 댁에도 자주 들릅니까?"

"종종 옵니다."

그로부터 두세 가지 이야기를 나누고서 지혜는 돌아갔다. 돌아갈
때도, 제발 잘 부탁드립니다, 하고 몇 번이나 인사했다.

4

"대장님, 어떠세요? 대강 줄거리가 보이십니까?"

고지로가 물었다.

"그렇게 간단한 일이 아니야."

한시치는 웃었다.

"작년의 정사 사건과 이번 사건, 전혀 상관없는 일인지 아니면 무

슨 연관이 있는지, 먼저 그걸 생각해 봐야겠어."

"도모조 놈이 또 무슨 짓을 한 걸까요?"

"나 역시 그렇지 않을까 싶었지만 젊은 처녀라면 모를까 마흔이 다 된 부인을 납치할 리 없을 거야. 아무리 어두웠다 해도 주변에 사람이 많으니까 비명 정도는 지를 수 있었을 테고. 설마 도모조가 둘러매고 가지는 않았겠지. 나도 고민을 더 해볼 테니 너는 젠하치와 분담해서 이즈야와 이즈미야의 속사정을 뒤져 봐."

"올봄 후추에 다녀오기를 잘했군요."

"음. 다행인지 아닌지. 느닷없이 이런 일을 떠맡게 되어서야 판단이 서지 않는군."

고지로를 보내고 나서 한시치는 한동안 생각에 잠겼다. 이즈야의 대행수 말만으로는 상세한 사정을 알 수 없다. 대행수가 일가의 비밀을 누설할 리 없다. 따라서 그 이야기 외에 이즈야와 이즈미야에 얽힌 어떤 비밀이 숨어 있을 가능성이 있다. 결국 고지로와 젠하치의 보고를 기다렸다 정확한 판단을 내리는 수밖에 없었지만, 한시치는 직업병처럼 일단 지금까지 주어진 재료들로 추측해 보려 했다. 맞건 틀리건 생각할 수 있는 건 생각해야만 직성이 풀린다.

집 밖에서는 모종장수 소리가 들렸다. 오늘 아침부터 쏟아질 것 같았던 비가 조용히 내리기 시작했다. 한시치는 빗소리를 들으면서 말뚝잠이라도 자는 것처럼 눈을 감았다가, 이윽고 수건과 우산을 들고 동네 목욕탕에 갔다.

빗발은 점점 굵어져 해질 무렵의 하늘은 차츰 어두워졌다. 목욕하고 돌아온 한시치의 낯빛도 어두웠다. 수하 둘이 보고를 들고 올 때까지 마음을 확실히 정하지 못했다.

비는 다음 날도 이어져 본격적인 장마 분위기가 났다. 그날 저물녘에 먼저 젠하치가 얼굴을 내밀었다.

"드디어 장마네요. 엊저녁 고지로에게 이야기를 듣고 오늘 아침부터 바로 조사에 착수했습니다."

"너는 어느 집에 갔지?"

한시치는 기다리다 못해 물었다.

"시오초의 포목점이에요. 일단 거기서 들은 것만 말씀드리겠습니다."

젠하치가 이야기를 시작했다.

"이즈미야는 가게 규모를 보더라도 알 수 있듯이 마을의 유지로, 동네 사람들 말로는 한 재산 한답니다. 주인 규베는 쉰 살 정도이고 후처인 오다이는 서른네댓 살, 선처에게도 후처에게도 자식이 없어서 주인은 조카인 세이시치를 양자로 삼고 스물두 살이 되도록 키웠는데 조후의 오쿠니와 함께 목숨을 끊고 말았지요."

"세이시치가 양자였나?"

"원래 얌전하고 견실한 청년이었다더군요. 후추에 갔다 돌아오는 길에 하룻밤 논 게 고질이 되어 돌이킬 수 없어졌다며 이웃들도 딱하게 여겼어요. 그리고 행수 이쿠지로 말입니다만, 주인의 먼 친척이라고 알려졌지만 사실은 대행수의 아들이라고 합니다. 여기에는 그럴만한 사정이 있는데⋯⋯."

지금으로부터 스무 해 전, 이즈미야의 대행수 유조가 옥에 간혔다. 기슈인지 오와리(둘 다 도쿠가와 쇼군 가문의 직계로 유력 다이묘 집안─옮긴이)인지에 납품한 물건에 부정이 있었기 때문이라 한다. 유조는 심문을 받다가 옥사했다. 떠도는 소문으로는 주인의 죄를 대행수가 전부 뒤집어썼다고 한다. 주인은 아무것도 모른다고 어물쩍 넘겼다. 충성스러운 대행수 유조의 아들이 이쿠지로다. 어머니 오미노는 당시 아직 두세 살이었던 이쿠지로를 데리고 고슈의 친척 집으로 떠났다. 물론 이즈미야에서 상당한 위로금을 주었을 것이다.

이쿠지로는 여덟인가 아홉 살에 성인식을 치르고 에도로 나와 옛 주인인 이즈미야에서 일하게 되었다. 아마 오래전부터 약속되어 있었으리라. 사람들에게는 먼 친척이라고 소개하고 주인도 특별히 총애했다. 이즈미야에 아이가 없으니까 대행수의 충의에 대한 보답으로 이쿠지로를 양자로 들이는 게 아닐까 하고 말하는 사람도 있었으나, 예상과 달리 주인의 조카 세이시치가 열세 살 때 양자로 들어왔다. 이쿠지로는 여전히 가게에서 일하고 있었는데, 건실한 가게 일꾼에게 어울리지 않게 노래며 춤을 배우러 다니거나, 급기야 신주쿠의 사창굴에서 놀다 오곤 해도 주인이 너그러이 눈감아주는 이유 역시 죽은 아비의 충의를 잊지 않기 때문이리라. 설령 양자로는 앉히지 않았더라도 장차 분점이라도 내주어 한 가게의 주인으로 만들어주리라고 옛날 일을 아는 이들은 이야기했다.

"오호, 이쿠지로라는 놈에게는 그런 사연이 있었군."

한시치는 고개를 끄덕였다.

"이쿠지로는 여전히 가게에서 일하고 있나?"

"오늘도 가게에 나와 있었습니다."

젠하치는 말하다 말고 목소리를 조금 낮추었다.

"소문뿐이라 확실하지는 않은데 이즈미야의 안주인이 단옷날 밤부터 집에 없답니다. 당연히 이즈미야에서는 비밀로 하고 있지만 가게의 사환이 심부름을 나왔다가 누군가에게 떠든 모양이라……."

"이즈미야의 안주인도 없어졌단 말인가?"

한시치도 눈을 번뜩였다.

"단옷날 밤이라면 후추의 암흑 축제가 있던 밤이잖아. 같은 날 밤에 이즈야의 안주인은 후추에서 모습을 감추고, 이즈미야의 안주인은 에도에서 모습을 감추었다니. 아무리 둘이 알고 지내는 사이였다 하더라도 설마 여자끼리 꾀어내 도피 행각을 벌인 것도 아닐 테고. 일이 묘해졌군."

두 여자 사이에 무슨 관계가 있는지, 아니면 우연의 일치인지, 한시치도 판단에 고심했다. 젠하치도 말없이 생각하고 있었다.

"에쿠나, 잘도 내리네."

고지로가 혼잣말처럼 중얼거리면서 들어왔다.

"어때? 뭐 진귀한 거라도 찾았어?"

들어오자마자 고지로가 젠하치에게 물었다.

"음, 일단 대강은 알아냈지."

한시치가 대신 대답했다.

"가장 큰 수확은 이즈미야의 안주인도 암흑 축제 밤에 자취를 감추었다는 사실이야."

"허허."

고지로도 눈을 동그랗게 떴다.

"그거 재미있군요. 그런데 대장님, 젠하치와 달리 제 쪽은 괜찮은 물건이 없어요. 이즈야는 대체로 대행수가 말한 대로였는데, 이웃에게 물으니 주인은 어수룩한 사람이고 부인 오야에가 안팎의 일을 도맡아서 꾸려가는, 부인이 하늘인 집안이라더군요. 벌써 다 큰 아들, 딸이 있는데도 오야에는 화려하게 차려입고 절이며 신사에 참배를 가곤 했답니다."

"바람이 났다는 소문은 없나?"

한시치가 물었다.

"행실이 그렇다 보니, 저도 부도덕한 짓을 하지 않았을까 의심하고 사방팔방 탐색해 봤지만 그런 소문은 없는 것 같습니다. 어지간히 솜씨 좋게 처리한 걸까요."

"이즈미야의 행수 이쿠지로와 사이가 수상하다는 소문은 못 들었나?"

"못 들었는데요. 그런 소문이 있습니까?"

422

"아니야, 그냥 물어본 거다."

이렇게 말하고 다시 생각에 잠겨 있던 참에 부인 오센이 여급을 시켜 푸짐한 초밥 접시를 날라 왔다. 누군가가 보내왔다고 한다. 직업상 이런 선물을 받는 일은 드물지 않다. 바로 차를 끓여 한시치와 젠하치, 고지로 세 사람이 초밥을 먹기 시작하는데 그 곁에서 오센이 이런 이야기를 꺼냈다.

"목욕하고 오는 길에 자경소 앞을 지나다가, 비가 오는데 사람들이 모여 있어서 뭐지 하고 들여다봤더니 옆 마을 신키치의 어머니가 자경소에 뛰어들어 꺼이꺼이 울고 있었어요."

만담가 신쇼의 제자인 신키치는 옆 마을 공동 주택에 산다. 스물네댓 살로 외모는 나쁘지 않으나 재주가 미숙하여 에도 중심의 좋은 자리에는 얼굴을 내밀지 못하고, 변두리나 에도 근교를 순회하며 어머니 오사가와 둘이서 살고 있다. 그래도 예인 나부랭이이고, 이웃이기도 해서 한시치는 신키치 모자의 얼굴을 알고 있었다.

"신키치의 어머니가 왜 울고 있었지?"

"그게 말이죠. 오사가 씨가 정신없이 울며 소란을 피우며 한 이야기라 종잡을 수 없기는 한데요. 신키치가 지난달 고슈 가도로 돈 벌러 가면서 월말에는 에도에 돌아온다 했는데 달이 바뀌어도 소식이 없대요. 매일 걱정하며 지내다가 그저께 밤 이상한 꿈을 꾸었다네요."

"어떤 꿈을……?"

"오사가 씨가 화로 앞에 앉아 있는데 신키치가 바깥에서 멍하니 들어와 말없이 절을 하더래요. '이제 돌아오니?' 하고 말을 걸어도 대답이 없고요. 왜 말없이 고개를 숙이고 있느냐고 묻자 신키치는 작은 목소리로, '얼굴을 보이면 어머니가 놀랄 테니까' 하더래요. 네 얼굴을 보고 놀랄 사람이 있을까 보냐, 먼 길을 다녀왔으면 먼저 건강한 얼굴을 부모에게 보여야 하는 법이다, 빨리 고개를 들어, 하고 말하자 신키치가 스윽 고개를 드는데……."

여기까지 이야기하고서 오센이 저도 모르게 숨을 삼키자 고지로는 웃으면서 말참견을 했다.

"어쩐지 괴담 같네요."

"진짜 괴담이에요."

오센은 얼굴을 찡그렸다.

"고개를 든 신키치 얼굴은 피투성이……. 자갈 같은 걸로 문지른 것처럼 얼굴 전체가 쓸려 있었답니다. 놀라서 꺄악 하고 소리를 지르자마자 꿈에서 깼대요……. 혹시 이 꿈이 진짜이고, 아들 몸에 무슨 변고라도 있는 게 아닐까 싶어 불안했겠지요. 그런데 어제도 똑같이 아들 얼굴이 피투성이인 꿈을 꾸었대요. 정말 걱정되어 죽겠더래요. 그리고 오늘 저녁, 목욕탕에 갔다 돌아와 보니 어두운 집 안에 신키치가 풀이 죽어 앉아 있는데 돌아보자 역시 얼굴이 피투성이, 오사가 씨는 더 이상 소리도 나오지 않았대요……. 이건 아무래도 예삿일이 아니다, 아들은 어딘가에서 비명횡사한 게 틀림없다, 하며 반미치광이처럼 울며 매달리러 온 거지요. 자경소에서도 어떻게 해줄 게 없는데 말이에요. 당신이 너무 걱정하니까 그런 꿈을 꾼 거겠지, 꿈은 반대라잖아 따위의 말로 적당히 달랬지만 오사가 씨는, 남편도 잃은 처지에 하나뿐인 자식에게 만약에 무슨 일이 있다면 나도 더는 못 산다며 울며 소란을 피웠어요. 그러다가 집주인이 와서 억지로 달래며 끌고 돌아갔는데 생각해 보면 가엾기도 해요. 신키치는 대체 어떻게 된 건지."

듣고 있던 세 사람은 얼굴을 마주 보았다. 바깥에는 어두운 비가 잠시도 멈추는 일 없이 내렸다.

"정말로 괴담이군요."

젠하치는 식은 차를 마시며 말했다.

"자경소에서 말하는 대로 오사가 씨가 너무 걱정한 나머지 아들의 꿈을 꾸거나 모습을 본 거겠죠. 그런 줄도 모르고 신키치 녀석, 근교를 돌고 두둑해진 주머니로 지금쯤 어딘가의 역참에서 흥청망청 들떠 있는 거 아닌지 몰라요. 정말 불효자식이에요."

"오센, 우산 꺼내줘."

한시치는 일어서서 오비를 다시 맸다.

"어디 가세요?"

"신키치네 어머니를 만나고 올게."

"대장님, 괴담을 진짜 믿으시는 겁니까?"

고지로는 한시치의 얼굴을 올려다보았다.

"믿든 안 믿든 조금 짚이는 게 있어. 내가 돌아올 때까지 너희는 여기서 기다려라."

거센 빗줄기를 헤치며 한시치는 옆 마을로 향했다.

5

다음 날 아침, 한시치는 핫초보리 도신의 저택에 얼굴을 내밀어 이러이러한 연유로 사오일간 에도를 비우겠다 고하고, 아침 열 시경에 후추로 출발했다. 고지로와 젠하치도 함께였다.

다행히 빗줄기가 굵지 않았지만 오늘도 부슬부슬 내렸다. 지난번 고가네이행과 달리 세 사람은 우천을 대비한 여행자 차림으로, 삿갓에 여행용 비옷, 각반, 짚신으로 무장했다. 한시치는 품속에 짓테를 몰래 지녔다. 가는 길 역시 지난번과는 다소 달리해, 가미타카이도에서 가라스야마, 가네코, 시모후다, 가미후다, 시모이시하라, 가미이시하라, 구루마가에시, 소메야를 지나는 고슈 가도를 똑바로 더듬어 오후 다섯 시 무렵 후추 역참에 도착했다.

숙소는 저번과 마찬가지로 가시와야로 정했다. 세 사람이 젖은 짚신을 벗자 안면이 있는 종업원이 정중하게 이 층 다다미방으로 안내했다. 축제가 끝난 다음인 데다 날씨도 이래서 길에서도 여행자의 모습이 적었는데, 여관도 텅텅 비어 있었다.

이전처럼 관광차 온 여행이 아니므로, 목욕을 마치고 저녁을 먹은 후 한시치는 여관 주인을 불러서 자신들의 신분을 밝혔다.

"이 역참에 가마야라는 여관이 있지?"

"예. 저희 집에서 대여섯 채 앞에 있습니다."

"조금 묻고 싶은 게 있으니 가마야의 주인을 불러다 주게."

"예예."

주인은 잔뜩 굳어서 부리나케 가마야의 주인 분에몬을 불러왔다. 분에몬은 마흔대여섯 살의 믿음직한 남자였다. 에도의 오캇피키에게 부름을 받은 그는 쭈뼛쭈뼛 인사했다.

"가마야의 분에몬이라고 합니다. 무슨 볼일이 있으신지요?"

"이달 오일, 암흑 축제가 있던 밤에 자네 가게의 여자 손님 한 명이 사라졌다더군. 어제로 벌써 닷새째다. 아직 아무 단서도 찾지 못했나?"

"요쓰야 사카마치에 있는 이즈야의 안주인이 사라져서, 저희도 걱정하고 있습니다마는 아직 아무것도 발견되지 않아 난처해하던 참입니다. 그날 밤은 숙박객 백사오십 명이 위아래로 가득 차 혼란했고, 불을 끈 어둠 속에서 무엇이 어찌 되었는지 전혀 알 길이 없습니다."

분에몬이 변명하듯 말했다.

"그런데 축제 전에 자네 집에 젊은 예인이 묵지 않았나?"

"예, 묵었습니다. 신키치라는 에도의 만담가였어요."

"언제부터 묵었지?"

"신키치 씨는 지난달부터 이 근방을 돌며 공연을 했어요. 여기서도 찻집과 숙박업을 같이하는 아즈마야라는 가게 이 층에서 사흘 정도 공연했지요. 일행 다섯 분은 그 뒤 하치오지로 향했지만, 신키치 씨는 몸이 안 좋다며 혼자 남아서 지난달 말부터 저희 집 이 층에 머물다가 암흑 축제 날 오후에 이제부터 일행의 뒤를 쫓아간다고 하고 떠났습니다."

"이 역참 외곽에 도모조라는 골칫거리가 있을 터인데, 녀석은 어찌고 있나?"

한시치가 다시 물었다.

"도모조는 별 탈 없이 있습니다. 지난달 말쯤이었죠, 에도로 이삼 일 놀러 갔다더니 지금은 돌아왔어요. 어제도 저희 가게 앞을 지나갔습니다. 도박에서 돈이라도 땄는지 다녀온 뒤로 사창굴에 가서 호화롭게 마시고 논다 들었습니다."

"가마우지라도 팔았겠지."

한시치가 웃었다.

"아니요, 가마우지는 그대롭니다. 집 앞에 매물이라고 적힌 종이가 아직 붙어 있습니다."

분에몬이 성실하게 대답했다.

"이즈야의 일꾼은 어찌고 있나?"

"어제까지 저희 집에 머물렀는데, 여태껏 아무것도 나오지 않았으니 일단 에도로 돌아가겠다며 오늘 아침 떠났습니다."

"엇갈렸나 보군."

한시치는 가마야의 주인을 돌려보내고서 젠하치에게 속삭였다.

"도모조의 집을 알고 있지? 녀석이 오늘 밤 집에 있는지 살짝 보고 와."

"알겠습니다."

젠하치는 바로 나갔다.

"도모조 놈을 체포하는 겁니까."

고지로가 물었다.

"녀석, 아무래도 눈 감아 줄 수 없는 놈이야. 급습해서 조사해야겠어. 지난달 말경에 에도에 갔던 것도 그렇고, 홍청망청 돈을 쓰는 것도 그렇고, 무슨 사정이 있을 게 틀림없어."

얼마 안 있어 젠하치가 돌아왔다.

"도모조는 집에서 술을 마시고 있어요."

"친구라도 와 있나?"

"그게 말이죠. 머리도 옷도 엉망이지만, 꽤 괜찮아 보이는 서른 줄의 여자에게 술시중을 들게 하고 기분이 좋아서 노래를 부르고 있었어요."

"그게 소문의 유령인가?"

고지로가 물었다.

"얼굴은 창백했지만 분명히 유령은 아니었어. 무엇보다 도모조의 딸 또래가 아니야."

"좋아."

한시치는 고개를 끄덕였다.

"한 놈에게 셋이나 덤비기는 과한 감이 있지만, 모처럼 왔으니 다 같이 가자. 나는 이대로 여관에서 나막신을 빌려 신고 가겠다. 놈이 날뛰면 안 되니까 너희는 단단히 준비하도록 해라."

세 사람은 숙소를 나왔다. 벌써 밤 여덟 시가 넘어, 어두운 마을의 띄엄띄엄 켜진 불빛은 빗속에 가라앉아 있었다. 이 역참에는 서너 채의 창가가 있다. 그중 요시노야라는 간판이 걸린 가게에서 젊은 남자 하나가 우산도 쓰지 않은 채 나왔다. 뒤를 쫓아 남자의 상대인 듯한 젊은 여자가 맨발로 따라왔다.

"신 씨, 기다려요."

"에이, 귀찮다 귀찮아."

두 사람 다 비에 젖어가면서, 여자가 떼치고 가려는 남자를 억지로 데리고 돌아오려고 실랑이를 벌였다. 역참의 밤 풍경, 별로 신기할 것도 없었지만 '신 씨'라는 목소리가 귓가에 들려 무심코 돌아보니 아니나 다를까 신키치였다.

"이봐, 신키치, 아무리 에도를 벗어났다고 해도 길 한복판에서 꼴 사납구나."

느닷없이 이름을 불린 신키치가 돌아보았다. 문 앞 등불로 한시치의 얼굴을 들여다보고서 별안간 깜짝 놀라 도망치려고 했으나, 신키치의 오른팔은 이미 한시치 손에 잡혀 있었다. 이리되면 도망칠 방도가 없다. 한시치에게 붙잡힌 신키치는 말없이 두세 채 앞의 어두운 곳으로 질질 끌려갔다.

"신키치, 이 뻔뻔한 놈. 사카마치의 이즈야 안주인을 유괴해서 어디로 넘겼느냐. 어서 말해. 네 녀석, 이즈야 안주인과 미리 짜고 먼저 가마야에서 기다리고 있다가 암흑 축제의 어둠 속에서 안주인을 데리고 도망쳤지? 다 알고 있어."

신키치는 입을 다물었다.

"대체 이즈야의 안주인을 어떻게 했어? 서른여덟이나 먹은 중년 부인을 설마 하니 여관 기녀로 팔지는 않았을 테고. 어디로 감추었어?"

신키치는 여전히 대답이 없었다. 안간힘을 다해 한시치를 밀치고 다시 도망치려다가 등 뒤에서 세게 밀려 길 한복판에 넙치처럼 넙죽 엎드렸다.

"묶을까요?"

고지로가 신키치의 목덜미를 붙잡고 물었다.

"그래. 가시와야로 끌고 가. 놓치지 마라."

오라를 지운 신키치를 고지로에게 맡기고, 한시치와 젠하치는 도모조의 집으로 향했다. 두 사람은 어둠 속에서도 눈에 띄는 커다란 홰나무 그늘에 숨어 집 안을 살폈다. 여자가 소리죽여 우는 소리가 들렸다. 다 부서져 가는 빈지문 틈새로 들여다보니 어둑한 사방등 아래에 벌거벗은 여자가 가늘고 질긴 줄로 묶여 뒹굴고 있었다. 도모조는 해진 다다미에 하얀 얼굴을 비비며 우는 여자가 재미있다는 듯이 바라보면서 술을 사발로 퍼마셨다.

"그 여잡니다. 아까 술을 따르던……. 설마 유령은 아니겠죠."

젠하치가 작은 소리로 말했다.

"그렇군. 문을 두드려."

한시치가 명령했다.

"실례합니다. 안녕하세요……."

젠하치가 문을 두드리자, 도모조는 사발을 내려놓고 바깥을 노려보면서 대답했다.

"누구야. 이런 시각에……."

"나다. 요전번의 가마우지를 사러 왔다."

한시치가 말했다.

"뭐? 가마우지를 사러 왔다고……?"

"가마우지를 백 냥에 사러 왔다."

"수작 부리지 마."

말은 그렇게 해도 불안을 느낀 도모조는 몸을 도사리고 빈지문을 열러 나왔다. 빈지문이 안팎에서 동시에 드르륵 열리자마자 젠하치가 뛰어들었으나, 상대도 주의하고 있던 탓에 쉽게 제압하지 못했다. 신키치와는 달리 덩치가 크고 실팍한 남자다. 두 사람은 입구 봉당을 구르며 몸싸움을 벌였다. 도미조는 젠하치를 밀어제치고 바깥

으로 뛰쳐나가려다가 한시치에게 손바닥으로 귀싸대기를 세게 얻어
맞고 저도 모르게 으악 하고 우뚝 섰다. 다시 한 번 가슴을 강하게
맞고 뒷걸음질치며 봉당에 쓰러졌다. 젠하치는 몸 위에 올라타 오라
를 지웠다.

"왜 나를 묶나."

도모조가 악을 쓰며 호통쳤다.

"어이, 조용히 해. 나는 에도에서 너를 잡으러 왔다."

한시치가 말했다.

눈앞에 짓테를 들이밀자, 제아무리 망나니 도모조라 한들 잠잠해
졌다.

6

"이야기는 이걸로 끝이에요."

한시치 노인이 웃었다.

"나머지는 선생의 상상에 맡기겠습니다."

"아니요, 사건이 너무 복잡해서 쉽게 상상이 가지 않네요."

나도 웃었다.

"도모조 집에 뒹굴던 여자가 이즈야의 안주인인지, 이즈미야의
안주인인지, 선생은 어느 쪽이라고 생각하시는지요?"

거꾸로 질문을 받은 나는 말문이 막혔다. 입을 다물고 있기 분해서 아무렇게나 대답했다.

"이즈미야의 안주인 같군요."

"허허."

노인은 내 얼굴을 들여다보았다.

"어떻게 아셨습니까?"

그렇게 물으니 나는 또다시 말문이 막혔다.

"어떻게라고 물으셔도……. 그냥 어쩐지 이즈미야인 듯하다고 생각한 것뿐이에요."

"그 듯하다는 게 중요해요."

노인은 진지하게 말했다.

"세상이 바뀐 요즘에는 경찰도 변해 수사 방법도 새로워졌지만, 옛날 탐정은 무엇무엇인 듯하다든가 누구누구인 듯하다는 생각을 먼저 가슴으로 떠올렸지요. 그게 제법 도움이 돼서 듯하다고 노린 것이 신기하게도 들어맞는 일이 자주 있어요……. 그래요, 제가 집에 앉아서 눈을 감고 팔을 꼬고 혹시 그런 게 아닐까 했던 생각이 대부분 들어맞았으니까요. 선생의 추측대로 그 여자는 포목점 안주인 오다이였습니다."

"오다이는 집을 나가서 후추에 갔던 건가요?"

"그렇지요. 저는 처음부터 이즈미야의 행수 이쿠지로라는 놈에게서 냄새가 난다고 점찍어 두었는데, 역시 이 녀석이 범인이었어요.

앞에서도 말했듯이 아버지 유조는 주인의 죄를 뒤집어쓰고 옥사했습니다. 충성스러운 아비의 마음을 봐서 이즈미야에서도 이쿠지로를 총애했지요. 이즈미야에는 자식이 없으므로 장차 양자로 삼아 주지 않을까 내심 기대했는데, 주인의 친척인 세이시치가 양자로 와서 이쿠지로는 실망했어요. 그게 모든 일의 발단입니다. 자포자기로 더욱 도락에 빠졌지만 주인은 너그러이 봐주었지요. 이쿠지로는 점점 우쭐해져서 이즈미야를 빼앗자고 결심했습니다. 선생이라면 이럴 때 어찌하시겠습니까?'

"글쎄요, 먼저 양자 세이시치를 쫓아내겠지요."

"누구든 그렇게 생각하겠지요. 물론 그 외에 방법도 없지만요. 이즈미야의 안주인은 후처여서 남편 규베와는 나이 차가 꽤 났습니다. 어느새 이쿠지로는 안주인 오다이와 불의를 저지르게 되었어요. 이쿠지로에게는 뜻밖의 행운이었지요. 열심히 부인의 비위를 맞춰가며 세이시치 추방 계략을 궁리하였으나 공교롭게도 세이시치는 얌전한 남자라 트집 잡을 만한 흠이 없었어요. 그러던 중 재작년 오월, 이쿠지로는 세이시치를 후추의 암흑 축제에 데려가 돌아오는 길에 조후의 고슈야로 꾀었지요. 이렇게 도락의 맛에 눈뜨게 한 다음 차츰차츰 세이시치를 타락시켜 그것을 트집 잡아 이즈미야에서 쫓아낼 심산이었습니다만, 약효가 과했어요. 세이시치의 상대였던 오쿠니는 그에게 첫눈에 반했고, 세이시치도 흠뻑 빠져들었지요. 걸려들었다, 하고 이쿠지로와 오다이는 한통속이 되어 주인 규베에게 갖가지 간언을 했어요. 규베는 어리석은 남자가 아니지만 그런 일이 계속되다보니 자연히 거기에 말려들어 세이시치의 신용은 점차 없어졌지요. 그래도 세이시치는 방황을 멈추지 못하고, 금 스물닷 냥을 빼돌려 오쿠니를 낙적하려고 했습니다. 물론 이쿠지로도 뒤에서 부추겼겠지요.

그런데 오쿠니에게는 도모조라는 못된 아버지가 붙어 있었어요. 도모조는 좋은 봉을 잡기라도 한 듯이 스물닷 냥을 빼앗고 싸움을 걸어서 세이시치를 쫓아내버렸지요. 천성이 온순한 세이시치는 분한 마음으로 가득했어요. 세이시치는 요즘 양부모의 심기가 불편하여 자칫하면 파양 당할지도 모른다는 사실을 어렴풋이 눈치채고 있었습니다. 스물닷 냥도 장부를 조작한 돈이니까 그게 탄로 나면 정말로 자신의 자리가 위태로워져요. 오쿠니는 세이시치의 처지를 동정하는 한편 매정한 아버지에 대한 복수를 생각했겠지요. 두 사람은 끝내 함께 목숨을 끊었습니다. 소원 성취한 이쿠지로는 손뼉을 치며 기뻐했어요."

"그럼 두 사람은 이쿠지로 앞에 유령이 되어 나타나도 됐겠군요."

"도모조도 못됐지만 이쿠지로는 그 배로 나빴어요. 참말로 이쿠지로에게 유령이 나타날 법한데, 두 사람 다 이쿠지로의 계략을 몰랐을 테지요. 그렇게 안주인 오다이가 배후에 서서 세이시치를 대신해 이쿠지로를 후계자로 앉힐 순서가 되었지만, 주인 규베가 쉽게 승낙하지 않았어요. 규베는 주저했습니다. 평소에 너그러이 봐주고는 있으나 이쿠지로가 도락가임은 규베도 잘 알므로 상속인으로 삼 았다가 세이시치의 전철을 밟아서는 곤란하다는 염려가 있었기 때 문이지요.

그렇게 반년쯤 흐르는 사이 오다이는 이쿠지로에게, 두 사람 사이 를 남편이 눈치챈 것 같으니 차라리 함께 도망치자고 요구하기 시작 했어요. 이쿠지로가 그럴 리 없으니 참으라고 달래도 오다이는 듣지 않았지요. 그러나 이쿠지로가 안주인과 불륜을 저지른 까닭은 이즈 미야의 양자가 되어 집안 재산을 차지하기 위해서로, 한 발만 더 내 딛으면 되는 시점에서 야망을 수포로 돌리고 나이 많은 여자와 사랑 의 도피를 할 생각 따위는 없었어요. 오다이가 맹렬히 다그치자 더 이상 싫다고 말할 수 없는 상황에 내몰린 이쿠지로는 또다시 나쁜 계략을 짰습니다. 그 일에 한 다리 걸친 게 도모조이지요."

"이쿠지로는 도모조를 알고 있었나요?"

"작년 정사 사건 때 도모조가 이즈미야에 쳐들어와서, 자신이 스 물닷 냥을 빼앗은 사실은 일절 말하지 않고, 이 집 아들 때문에 소중 한 딸이 죽었으니 보상하라며 시비를 걸었어요. 그때 이쿠지로가 중 간에 서서 금 서른 냥을 주고 쫓아냈지요. 그게 연이 되어 이쿠지로 는 도모조를 알고 있었습니다. 녀석이 돈만 주면 뭐든 하는 악당임 을 알았기에 한편으로 끌어들인 거예요.

사월 말에 도모조를 불러 의논한 다음, 오다이와도 드디어 도피행 의 의논을 시작했지요. 자신이 자란 고후에 어머니가 아직 살아계시는데 먼저 그곳에 몸을 숨기기로 하고 오다이에게 금 이백 냥을 훔치게 했습니다. 그중 일 할인 스무 냥만을 오다이에게 주고 남은 백팔십 냥은 자신이 가졌어요. 두 사람이 함께 나가면 금세 의심을 살 테니까, 네가 한발 먼저 가서 후추 역참의 도모조 집에서 기다려달라, 내가 나중에 데리러 가겠다, 하고 교묘하게 속여서 오다이를 보냈어요. 암흑 축제가 있는 날에는 에도나 근교의 참배객이 많이 모이니까 오히려 좋다며, 오월 오일에 오다이를 몰래 도망치게 했지요.

오다이는 남자에게 속아 후추로 가 도모조의 집에서 기다렸으나 이쿠지로는 오지 않았어요. 다음 날이 되어도 모습을 보이지 않았지요. 그도 그럴 것이 이쿠지로는 처음부터 사랑의 도피를 할 생각이 없었어요. 도모조에게는 여자가 가진 금 스무 냥을 빼앗고서 마음대로 처분해달라고 부탁해 두었지요. 세상에 이렇게 무정한 놈도 있답니다.

그것도 모르고 기다리는 오다이에게 도모조는 드디어 본성을 드러냈는데, 오다이에게는 남자와 도망친 약점이 있으니까 저항도 하지 못했어요. 품속의 스무 냥을 빼앗기고 도모조의 노리개가 되고 말았지요. 도망치면 귀찮아지므로 도모조는 오다이를 줄로 묶어 용무가 없을 때는 붙박이장 속에 팽개쳐 두었습니다. 오다이는 서른네댓 살쯤 되었지만, 용모가 그런대로 괜찮아서 실컷 가지고 놀다가 시골 찻집에라도 팔아먹자는 게 도모조의 본심. 오다이는 지독한 꼴을 당하면서도 이쿠지로가 곧 올 거라 믿고 눈물을 삼키며 참았다고 하니까 어지간히 남자를 믿었던 모양입니다.

아무리 생각해도 이쿠지로는 몰인정한 놈이에요. 보기 좋게 오다이를 쫓아내고, 금 백팔십 냥을 착복하고서 아무것도 모른다는 얼굴을 하고 이즈미야에 남아 있었어요. 충의를 다한 아버지와 반대로 지독한 악한이었지요."

"무서운 녀석이네요."

나는 탄식했다.

"그런데 신키치는 어찌 된 겁니까?"

"이 녀석 역시 이쿠지로와 막상막하의 무정한 놈입니다."

노인도 탄식했다.

"이즈야라는 술도매상의 안주인 오야에는, 이미 말한 것처럼 다른 아이가 셋이나 있으면서도 화려하게 치장하고 돌아다니는 여자였어요. 어차피 변변한 일은 안 하겠지 했더니만 아니나 다를까 만담가 신키치에게 반해 여기저기서 몰래 만났답니다. 그래도 잘 처신했는지 주변에서는 전혀 몰랐어요. 여기도 연상의 여자가 점점 열을 올렸지요. 아무리 사람 좋은 남편이라도, 있는 이상 신키치와 마음대로 만날 수가 없으므로 같이 도망가자고 졸랐어요. 이즈미야의 안주인과 똑같이요.

이쪽은 대체로 눈치채셨겠지요. 신키치가 후추 방면으로 공연하며 돌아다닐 때, 미리 짜 둔 대로 오야에는 암흑 축제를 보러 간다며 아들과 대행수, 젊은 일꾼을 데리고 공공연히 집을 나와 신키치가 묵었던 가마야로 가서, 축제의 어둠을 틈 타 손에 손을 잡고 도망친 겁니다. 모든 게 뜻대로 되어 그날 밤중으로 다음 역참인 히노까지 달아났습니다. 신키치는 사람들이 알아채지 못하도록 그날 오후에 가마야를 떠났다가 어두워지고서 다시 돌아왔지요. 후추에서 히노까지 일 리 이십칠 정입니다만, 약한 여자를 데리고 밤길에 걸으려니 빨리 갈 수가 없어요. 새벽 두 시 넘어서야 겨우겨우 히노 역참에 다다라, 잠든 여관 주인을 두들겨 깨워 묵었습니다.

전날 낮부터 새벽까지 걸은 피로감에 오야에는 해가 중천에 뜰 무렵에야 눈을 떴어요. 그런데 신키치의 모습이 보이지 않습니다. 오야에는 집에서 금 백오십 냥을 가져와 신키치에게 맡겼는데, 남자가 그 돈을 가지고 종적을 감추고 만 거지요."

"정말로 이쿠지로와 같은 수법이군요."

"예, 그래요. 오야에도 비로소 버림받았음을 깨달았지만 어찌할 방도가 없었어요. 주머니에 남아 있던 용돈으로 어떻게든 숙박료는 지급하고 나왔으나 이제 와 에도로 돌아가지도 못한 채, 남자에게 속은 분함과 앞으로 살아갈 길이 막막한 슬픔에 차라리 죽어버리자고 결심했겠지요. 그로부터 이삼일은 어디를 돌아다녔는지 모르지만, 오야에의 시체는 조후의 강 옆 자갈밭으로 떠밀려 왔습니다."

"몸을 던졌군요."

"다마가와 강의 수심이 깊어 보이는 곳을 찾아 뛰어내렸겠지요.

한편 신키치는 오야에를 버려두고 다시 후추로 돌아가 요시노야라는 창가에 숨었어요. 그 가게의 오쓰루라는 여자에게 열을 올리고 있었기 때문입니다. 오야에에게 빼앗은 돈도 있고, 반한 여자도 옆에 있으니 기분이 좋아 들떠 있었으나, 흔해 빠진 사랑싸움으로 이제 돌아가겠다느니 뭐라느니 말하고 내리는 빗속으로 뛰쳐나온 게 불행, 때마침 제 눈에 띄어서 꼼짝 못하고 붙잡혔습니다. 역시 나쁜 짓은 할 게 못 돼요.

이즈야의 오다이와 이즈미야의 오야에도 둘 다 똑같은 무도한 짓을 저지르고 지독한 꼴을 당하지 않았습니까. 악행에는 상응하는 벌이 따르게 마련입니다. 두 사람이 지독한 꼴을 당한 장소가 같은 후추 역참이고 같은 암흑 축제의 밤이라는 것도 무슨 인연처럼 보이지만, 신기하게 생각할 필요는 없습니다."

"신키치의 어머니가 꾼 꿈……. 신키치 얼굴이 피투성이가 되었다는 꿈 역시 아무것도 아니었군요."

"글쎄요. 기묘한 점이 있기는 합니다."

노인은 생각하면서 말했다.

"말했듯이 신키치는 죽기는커녕 멀쩡히 술을 마시며 놀고 있었지만, 오야에의 얼굴은 상처투성이였어요. 어디에서 몸을 던졌는지 몰라도 그 후 내린 비로 물살이 빨라져서 시체가 흘러가는 중 자갈에 쓸렸을 테지요. 얼굴이 온통 상처투성이인 게 딱 오사가 꿈에서 본 것 같은 모습이었습니다. 그러고 보면 오사가의 꿈도 꼭 얼토당토않은 일이 아닌 듯한 것이, 오야에의 혼령이 신키치 모습을 빌려 나타났는지 몰라요. 아니면 우연의 일치라고 해야 할까요. 그건 학자 선생님께나 여쭈어보아야 할 일입니다. 기묘한 일이 하나 더 있는데, 도모조가 매물로 내놓은 야생 가마우지가 그날 밤부터 모습을 감추고 말았습니다. 혼잡한 틈을 타 망을 끊고 원래 살던 숲으로 날아갔을 뿐인, 신기할 것 하나 없는 일인지도 모르겠습니다만."

"관계자 일동은 어떤 처분을 받았습니까?"

"오늘날의 형법으로는 모두 큰 죄가 아닐 테지만 옛날에는 전부 중죄였습니다. 먼저 이즈야 쪽부터 말씀드리자면, 오야에는 이미 죽었고 신키치는 사형을 선고받았는데 처형당하기 전에 옥사했습니다. 이즈미야의 이쿠지로는 주인의 아내와 밀통한 데다 갖가지 악행을 획책하였기에 효수형, 안주인 오다이도 사형에 처해졌습니다. 도모조는 그 밖에도 나쁜 짓을 했기에 역시 사형. 아무리 에도 시대라도 한 번에 이만큼의 사람이 사형을 받는 건 중대사였습니다.

일전에 세이시치 사건이 있었던 이즈미야는 사형수를 두 사람이나 낸 탓에 안주인의 유령이 나온다, 행수의 유령이 나온다는 등 소문이 퍼져 끝내 가게를 유지하지 못하고, 그렇게 유서 깊은 가게가 완전히 영락하여 어딘가로 옮겨 가고 말았습니다. 이즈야는 무사히 장사를 계속 했습니다만, 이곳 역시 유신 후에 이사해버린 모양입니다."

노인은 그렇게 말하면서 귀를 기울였다.

"저런, 빗소리가……. 내일 고가네이 행은 위태롭겠군요."

비는 일요일까지 이어져 나는 결국 고가네이에 가지 못했다. 이듬해 오월 중순, 한시치 노인이 작년에 해준 이야기를 떠올리고 맑게 갠 일요일 아침에 고가네이에 갔다. 제방의 벚꽃은 벌써 푸른 잎이 되어 있었다. 돌아가는 길에 후추로 돌아서 갔는데, 마을 외곽에서 가마우지를 파는 남자를 보았다. 도모조도 이런 남자였을까 하고 생각하며 잠시 들러 가격을 묻자, 남자는 쌀쌀맞게 대답했다.

"십오 엔⋯⋯. 이보, 장사 방해하지 마시오."

점점 더 도모조를 떠오르게 해서 나는 허겁지겁 도망쳤다.

| 《한시치 체포록》에 대하여 |

처음 《한시치 체포록(半七捕物帳)》을 쓰려고 마음먹은 것은 다이쇼 오 년(1916년) 사월경으로 기억합니다. 당시 저는 아서 코넌 도일 Arthur Conan Doyle의 《셜록 홈즈Sherlock Holmes》를 띄엄띄엄 읽기는 했지만 전부 통독한 적이 없었는데, 마루젠(주로 외국 서적을 다루었던 양품점. 현재는 일본의 유명 서점 체인이다―옮긴이)에 간 김에 《셜록 홈즈의 모험The Adventure of Sherlock Holmes》, 《셜록 홈즈의 회상록Memoirs of Sherlock Holmes》, 《셜록 홈즈의 귀환The Return of Sherlock Holmes》을 사서 단숨에 세 권을 연달아 읽고 나자 탐정 이야기에 대한 흥미가 들끓어 직접 써보자는 생각이 들었습니다. 물론 그 전에도 퍼거스 흄Fergus Hume 등의 작품을 읽어 보았으나 저를 자극한 것은 역시 도일의 작품입니다.

그러나 바로 작업을 시작할 여력이 되지 않아서 먼저 도일의 다른 작품을 뒤져 유명한 《마지막 갤리선The Last Galley》, 《녹색 깃발

The Green Flag》,《북극성의 선장The Captain of the Polestar》,《난롯가 이야기Round the Fire Stories》 등의 단편집을 닥치는 대로 읽기 시작했습니다. 그러나 그즈음에는 《지지신포(時事新報)》의 연재소설 준비도 해야 했기 때문에 좀처럼 책 읽을 시간이 나지 않았습니다. 결국 한 달쯤 지난 오월 하순에야 앞서 말한 작품들을 겨우 다 읽었습니다.

마침내 막상 쓰려고 보니 지금까지 에도 시대의 탐정 이야기라는 게 없었다는 생각이 들더군요.《오오카 정담(大岡政談)》이나 《이타쿠라 정담(板倉政談)》(실존했던 에도 행정부교 오오카 다다스케와 이타쿠라 가쓰키요의 명판결을 그린 연극 및 소설—옮긴이)은 재판을 주로 한 것이므로, 새로이 탐정을 주로 한 이야기를 써보면 재미있겠다 싶었습니다. 현대의 탐정 이야기를 쓰면 아무래도 서양 것을 모방하기 십상이라는 우려도 있었습니다. 차라리 순수한 에도식으로 써보면 색다른 맛의 작품이 나올지도 모른다고 생각했어요. 다행히 나는 에도 시대의 풍속, 습관, 법령이며 행정부교, 요리키, 도신, 오캇피키 등의 생활에 대해 대략적인 예비지식을 가지고 있었기 때문에 어떻게든 되리라는 자신도 있었습니다.

그해 유월 삼일부터 우선 원고지 사십삼 매짜리 〈오후미의 혼령〉을 쓴 다음 사십 매짜리 〈석등롱〉을 쓰고, 이어서 사십일 매짜리 〈간페이의 죽음(勘平の死)〉을 썼습니다. 그러나 팔월부터는 《고쿠민 신문(国民新聞)》의 연재소설을 써야만 했습니다. 《지지신포》와 《고쿠민 신문》, 두 신문에 동시에 소설을 연재하고 있었기에 체포록은 한동안 쓰지 못하고 있었습니다. 그런데, 당시 《문예클럽(文芸倶楽部)》의 편집 주임이었던 모리 교코(森曉紅) 군으로부터 연재물 하나를 기고해달라는 주문이 있어서 '한시치 체포록'이라는 제명으로 앞의 세 작품을 먼저 보냈습니다. 그것이 그것이 다이쇼 육 년(1917년) 신년호부터 게재되기 시작해 이어서 그해 일월부터 〈목욕탕 이층(湯屋の二階)〉, 〈귀신 사범(お化師匠)〉, 〈경종 괴담(半鐘の怪)〉, 〈수상한 궁녀〉를 썼습니다. 잡지상으로는 신년호부터 칠월호까지 연재되었습니다.

에도 시대 탐정 이야기는 이렇게 시작되었습니다. 제가 생각하기에도 암중모색하듯 미덥지 못한 형태였지만, 그럭저럭 인기가 있었던 덕으로 모리 군이 속편을 써달라고 부탁했기에 이듬해 일월부터 유월까지 다시 또 여섯 회에 걸친 체포록을 썼습니다. 그 후에도 각종 잡지며 신문의 청탁을 받아 여기저기 쓰다 보니 뜻밖에 상당한 양이 모여, 지금까지 발표한 이야기는 약 사십 종에 이릅니다.

때때로 한시치 노인이 실존인물인지 하는 질문을 받습니다. 물론

모델이 된 사람이 없지는 않지만, 실제적으로는 가공인물입니다. 한시치를 알고 있다든가, 한시치의 자식이 치과 의사라든가, 시계방을 한다든가, 심한 경우에는 자신이 한시치라고 자칭하는 사람도 있는 모양이지만 전부 동명이인으로, 제가 쓴 체포록의 한시치 노인과는 전혀 관계가 없음을 밝혀둡니다.

　앞에도 말했듯이 체포록이 처음 《문예클럽》에 게재된 것은 다이쇼 육 년 일월로, 지금 되돌아보니 십 년 남짓 흘렀습니다. 바로 그 《문예클럽》에 《한시치 체포록》에 대한 글을 쓰게 되다니, 새삼 눈 깜짝할 사이 흐른 세월에 놀라고 맙니다.

—《문예클럽》 1927년 8월호

오카모토 기도(岡本綺堂)

무사 정권이었던 '도쿠가와 에도 막부'가 붕괴하고 신정부가 들어선 메이지 원년(1868년), 에도(江戶)는 도쿄(東京)로 이름을 바꾸었다.

入江の戶(바다가 육지로 후미진 곳에 있는 강의 하구)

이름을 보면 알 수 있듯이 항구도시인 에도는 오래전부터 동쪽 상업 중심지였으며, 1603년 쇼군(무사 정권의 최고지도자)으로 임명된 도쿠가와 이에야스(德川家康)가 막부(중앙 정부)의 중심지로 삼으면서 마침내 인구 백만의 거대 도시로 새롭게 탄생한다.

에도는 흔히 '야마노테'와 '시타마치'로 나뉘는데 야마노테(山の手)는 이름 그대로 높은 지역을 뜻하며 주로 무사들이 살던 땅으로 요쓰야, 아오야마, 이치가야, 고이시카와, 혼고, 아카사카 등을 이른다.

시타마치(下町)는 본디 우미테(海手)라고도 했는데 매립에 의해 급속도로 시가지화되면서 '시타마치'라는 이름이 생겨났다. 상공업이 발달한 지역으로 기술자나 상인 등 일반 서민들이 사는 지역이었다.

　오캇피키, 한시치 대장은 바로 이 시타마치에서 벌어진 사건들을 수사하는 서민 경찰이다.

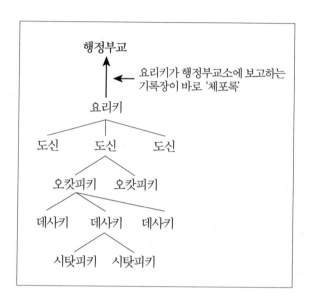

행정부교소(町奉行所)

　에도 시중(무가의 땅, 사원 땅 제외)의 입법, 사법, 행정, 경찰, 소방 등을 관장하던 곳.

요리키(与力)

　각 부교에 소속되어 네다섯 명의 도신을 지휘하고, 상관을 보좌하던 관리. 법률에는 그 대에 한한다고 되어 있으나 사실상 세습제였다.

도신(同心)

요리키 밑에서 잡무나 경찰 업무를 맡았던 하급관리. 두세 명의 오캇피
키를 두고 지휘했다. 핫초보리에 행정부교 소속의 요리키와 도신의 집단
주택이 있어, 행정부교 도신을 '핫초보리 도신'이라고 부르기도 했다.

오캇피키(岡っ引き)

정식 명칭은 고모노(小者), 그 밖에 고요키키(御用聞), 메아카시(目明し)
라고도 하지만 흔히 오캇피키라고 불렸다. 신분은 평민이나, 도신
이나 요리키에게 고용되어 사건의 수사와 범인 체포를 맡
았다.

봉록은 따로 없고, 도신에게서 한 달에 한 푼 정도
의 돈을 받는 게 고작이었다. 생활을 위해 부인
명의로 목욕탕이나 요릿집을 열어 장사하는
자가 많았다. 또, 그 때문에 사건의 냄
새를 맡고 그걸 빌미로 상가에서
돈을 뜯거나 악행을 저지르는 오
캇피키도 있어, 서민들의 미움을 사기
도 했다.

데사키(手先), 시탓피키(下っ引き)

데사키는 오캇피키의 부하로, 오캇피키의 손발이 되어 탐문 수사나 밑조사 등을 했다. 시탓피키는 데사키 밑에서 일하는 정보원으로 평상시에는 다른 생업을 하면서 정보를 수집하며 은밀하게 행동했기 때문에 겉으로 드러나는 일은 거의 없었다.

체포록(捕物帳)

행정부교소에 비치된 체포를 위한 출동기록장.

자경소(自身番)

마을마다 두었던 자치적인 경비 초소로, 파출소와 소방서 기능을 동시에 했다. 자경단원인 공동 주택의 관리인이나 고용된 파수꾼이 교대로 자경소를 지켰다.

용의자를 구류하고 심문하는 기능과 동시에, 각종 소방 장비를 갖추고 옥상에는 경종도 있어 화재가 일어나면 우선 종을 쳐서 마을에 알리고 소방 진화에 힘썼다.

'체포록(도리모노)' 이란 에도 시대를 배경으로 한 탐정 소설을 이릅니다. 명탐정 긴다이치 시리즈로 널리 알려진 요코미조 세이시(橫溝正史)의 《인형 사시치 체포록(人形佐七捕物帳)》부터 현대 사회과 미스터리의 기수라 불리는 미야베 미유키(宮部みゆき)의 《영험 오하쓰 체포록(靈驗お初捕物控)》(국내에는 시리즈 중 《흔들리는 바위》 출간)까지 체포록의 인기는 최근 일본의 에도 시대 열풍과 함께 다시 뜨거워지고 있습니다.

체포록의 역사는 지금으로부터 백 년쯤 전으로 거슬러 올라갑니다. 1917년 처음 소개된 《한시치 체포록》이 바로 그 시초입니다. 체포록이라는 장르 이름이 《한시치 체포록》에서 나온 것은 말할 필요도 없습니다.

작가 오카모토 기도는 소설가이자 희곡작가, 그리고 훌륭한 번역가였습니다. 일본의 괴담은 물론 동서양의 괴이한 이야기에 정통해 자신이 직접 《세계 괴담 명작집(世界怪談名作集)》을 기획출판하고 번역까지 한 엄친아지요. 오카모토 기도가 번역한 《세계 괴담 명작집》이며 《중국 괴기 소설집

(中国怪奇小説集)》은 지금도 쇄를 거듭해 출판되어, 많은 사람이 읽고 있습니다.

괴담을 사랑했던 기도의 마음은 추리 소설인 《한시치 체포록》에도 고스란히 담겨 있습니다. 작중에 오카모토 기도를 대신하는 '나'는 겁은 많지만 괴담이 좋아서 오들오들 떨면서도 열심히 무서운 이야기를 듣던 소년 시절을 거쳐, 한시치 노인의 좋은 벗이자 그의 이야기를 기록해서 세상에 알리는 사람으로 나옵니다.

바로 그 '나'에 의한 '셜록 홈즈 선언'이 유명하지요.

"한시치는 에도 시대의 숨은 셜록 홈즈였다."

참으로 당돌합니다. 《셜록 홈즈》의 번안 소설로 구상하기 시작했던 이 추리 소설은, 에도 괴담 전문가였던 오카모토 기도다운 괴담과 추리의 결합이라는 독특한 형태로 태어났습니다.

괴담의 범인을 찾아낸다니, 이거 어쩐지 수상한 냄새가 풀풀 납니다. 사실 에도 시대는 아직 괴담이 살아 있는 시대였어요. 괴담이 옛날이야기가 아니라 현실에 실재했으니, 어쩌면 괴담과 추리의 공존이 자연스러울 수밖에 없는지도 모릅니다.

다루는 사건들을 보면, 〈오후미의 혼령〉이나 〈쓰노쿠니야〉, 〈단발뱀의 저주〉 등 얼핏 괴담으로 보이는 사건들이 있는가 하면 깜짝 놀랄 만큼 요즘과 비슷한 유형의 범죄도 있습니다. 특히 〈창 찌르기〉에서 보여준 범인의 모습은 뉴스에서 떠드는 무차별 살인 사건과 무척 닮아서 오싹합니다. 요즘 소설이었다면 사쿠베 형제를 '사이코패스'라고 정의했겠지만, 그것을

'살생의 업보'라고 이야기하는 것이 또 운치가 있습니다.

《한시치 체포록》의 첫 작품인 〈오후미의 혼령〉에서는 한시치 노인에게 들은 이야기 중 가장 흥미로웠던 사건을 시대의 전후를 불문하고 골라내어 이야기해 나가겠다는, 앞으로의 전개 방향을 제시해주는데, 이 '체포록'에는 한시치 대장의 활약만 있는 것은 아닙니다. 한시치 노인의 이야기보따리는 그야말로 무궁무진해서, 한시치의 도움을 받아 쓰노쿠니야에 얽힌 괴담을 풀어낸 '인형 쓰네'(〈쓰노쿠니야〉), 무차별 살인마를 붙잡은 '후키야초의 시치베'(〈창 찌르기〉) 같은 다른 오캇피키의 활약상이 있는가 하면, 이번 선집에는 담지 못했지만 에도 시대의 《형사사건 판례집(御仕置例書)》에 적힌 여우의 복수 이야기(〈고조로 여우(小女郞狐)〉), 에도 시대의 첩보 기관이었던 오니와반과 금지된 종교였던 천주교도의 이야기(〈떠돌이 화공(旅繪師)〉) 등도 소재로 활용됩니다. 중요한 부분에 뜸을 들일 줄 아는 한시치 노인의 얄밉지만 맛깔 나는 입담도 그만이지만, 이야기 소재가 실로 다채롭습니다.

《한시치 체포록》의 뛰어난 점 중 하나는 고증이 거의 완벽한 데에 있습니다. 에도 시대를 공부하려면 우선 《한시치 체포록》을 읽으라고 할 정도로 말이지요. 〈단발뱀의 저주〉의 무오년 호열자 같은 유명한 사실(史實)이 곁들여져 소설은 더욱 생생하게 다가옵니다. 백오십 년 전 사람들의 생활상이 손에 잡힐 듯이 그려지지요.

《영험 오하쓰 체포록》이라는 체포록 시리즈를 발표한 미야베 미유키는

시대 소설을 쓰기 전에 항상 《한시치 체포록》을 읽는다고 합니다. 그래서 인지 미야베 미유키의 시대 소설은 오캇피키와 서민을 중심으로 한 이야기가 많아 한시치를 떠오르게 합니다. 실제로 이 책에 실린 〈쓰노쿠니야〉의 일부를 자신의 책 《메롱(あかんべえ)》에 인용하기도 했고, 나오키 상 수상 작가 기타무라 가오루(北村薫)와 함께 《읽어봐 '한시치'!(読んで,〈半七〉!)》, 《좀 더 '한시치'!(もっと,〈半七〉!)》라는 《한시치 체포록》 앤솔러지를 내기도 했지요. 후기를 대신한 두 작가의 한시치 대장에 대한 애정 과시 대담이 무척 즐거운 책입니다. 이번 번역에도 큰 도움이 되었습니다.

한시치는 요즘 말하는 꽃미남도 아니고, 초인적인 능력의 소유자도 아닙니다. 하지 못하는 일도 있고, 가끔 다 잡은 범인을 놓치는 일도 있지요. 하지만 그의 능력에는 과장이 없습니다. 바로 그 서민적이고 인간적인 부분이 한시치가 지금까지 많은 사람의 사랑을 받는 힘이 아닐까 싶습니다.

에도의 마지막 오캇피키, 한시치 대장의 이런 매력이 제 변변치 못한 번역을 거쳐 어떻게 전해질지 설렘과 두려움으로 가득합니다.

2010년 2월
추지나

半

七

捕

物

帳